《奥德赛》中的
歌手、英雄与诸神

〔美〕查尔斯·西格尔 著

杜佳 程志敏 译

Classics & Civilization

生活·讀書·新知 三联书店

Simplified Chinese Copyright © 2020 by SDX Joint Publishing Company.
All Rights Reserved.
本作品简体中文版权由生活·读书·新知三联书店所有。
未经许可，不得翻印。

图书在版编目（CIP）数据

《奥德赛》中的歌手、英雄与诸神／（美）查尔斯·西格尔著；杜佳，程志敏译.—北京：生活·读书·新知三联书店，2020.1（2025.3 重印）
（古典与文明）
ISBN 978-7-108-06634-3

Ⅰ.①奥…　Ⅱ.①查…②杜…③程…　Ⅲ.①《奥德赛》–诗歌研究　Ⅳ.①I545.072

中国版本图书馆 CIP 数据核字（2019）第 261851 号

Singers, Heroes, and Gods in the "Odyssey," by Charles Segal, originally published by Cornell University Press
Copyright © 1994 by Cornell University
This edition is a translation authorized by the original publisher.

本书由中山大学博雅学院古典学丛书出版计划资助，特此致谢。

责任编辑	王晨晨
装帧设计	薛　宇
责任印制	李思佳
出版发行	生活·讀書·新知 三联书店
	（北京市东城区美术馆东街 22 号 100010）
网　　址	www.sdxjpc.com
图　　字	01-2019-2753
经　　销	新华书店
印　　刷	北京建宏印刷有限公司
版　　次	2020 年 1 月北京第 1 版
	2025 年 3 月北京第 2 次印刷
开　　本	880 毫米 × 1092 毫米　1/32　印张 13.5
字　　数	269 千字
印　　数	6,001-6,600 册
定　　价	58.00 元

（印装查询：01064002715；邮购查询：01084010542）

"古典与文明"丛书
总 序

甘阳 吴飞

古典学不是古董学。古典学的生命力植根于历史文明的生长中。进入 21 世纪以来,中国学界对古典教育与古典研究的兴趣日增并非偶然,而是中国学人走向文明自觉的表现。

西方古典学的学科建设,是在 19 世纪的德国才得到实现的。但任何一本写西方古典学历史的书,都不会从那个时候才开始写,而是至少从文艺复兴时候开始,甚至一直追溯到希腊化时代乃至古典希腊本身。正如维拉莫威兹所说,西方古典学的本质和意义,在于面对希腊罗马文明,为西方文明注入新的活力。中世纪后期和文艺复兴对西方古典文明的重新发现,是西方文明复兴的前奏。维吉尔之于但丁,罗马共和之于马基雅维利,亚里士多德之于博丹,修昔底德之于霍布斯,希腊科学之于近代科学,都提供了最根本的思考之源。对古代哲学、文学、历史、艺术、科学的大规模而深入的研究,为现代西方文明的思想先驱提供了丰富的资源,使他们获得了思考的动力。可以说,那个时期的古典学术,就是现代西方文明的土壤。数百年古典学术的积累,是现代西方文明的命脉所系。19世纪的古典学科建制，只不过是这一过程的结果。随着现代研究性大学和学科规范的确立，一门规则严谨的古典学学科应运而生。但我们必须看到，西方大学古典学学科的真正基础，乃在于古典教育在中学的普及，特别是拉丁语和古希腊语曾长期为欧洲中学必修，才可能为大学古典学的高深研究源源不断地提供人才。

19世纪古典学的发展不仅在德国而且在整个欧洲都带动了新的一轮文明思考。例如，梅因的《古代法》、巴霍芬的《母权论》、古朗士的《古代城邦》等，都是从古典文明研究出发，在哲学、文献、法学、政治学、历史学、社会学、人类学等领域带来了革命性的影响。尼采的思考也正是这一潮流的产物。20世纪以来弗洛伊德、海德格尔、施特劳斯、福柯等人的思想，无不与他们对古典文明的再思考有关。而20世纪末西方的道德思考重新返回亚里士多德与古典美德伦理学，更显示古典文明始终是现代西方人思考其自身处境的源头。可以说，现代西方文明的每一次自我修正，都离不开对古典文明的深入发掘。正是在这个意义上，古典学绝不仅仅只是象牙塔中的诸多学科之一而已。

由此，中国学界发展古典学的目的，也绝非仅仅只是为学科而学科，更不是以顶礼膜拜的幼稚心态去简单复制一个英美式的古典学科。晚近十余年来"古典学热"的深刻意义在于，中国学者正在克服以往仅从单线发展的现代性来理解西方文明的偏颇，而能日益走向考察西方文明的源头来重新思考古今中西的复杂问题，更重要的是，中国学界现在已经超越了"五四"以来全面反传统的心态惯习,正在以最大的敬意重新认识中国文明的古典源头。对中外古典的重视意味着现代中国思想界的逐渐成熟和从容,意味着中国学者已经能够从更纵深的视野思考世界文明。正因为如此,我们在高度重视西方古典学丰厚成果的同时,也要看到西方古典学的局限性和多元性。所谓局限性是指,英美大学的古典学系传统上大多只研究古希腊罗马,而其他古典文明研究如亚述学、埃及学、波斯学、印度学、汉学以及犹太学等,则都被排除在古典学系以外而被看作所谓东方学等等。这样的学科划分绝非天经地义,因为法国和意大利等的现代古典学就与英美有所不同。例如,著名的西方古典学重镇,韦尔南创立的法国"古代社会比较研究中心",不仅是古希腊研究的重镇,而且广泛包括埃及学、亚述学、汉学乃至非洲学等各方面专家,在空间上大大突破了古希腊罗马的范围。而意大利的古典学研究,则由于意大利历史的特殊性,往往在时间上不完全限于古希腊罗马的时段,而与中世纪及文艺复兴研究多有关联(即使在英美,由于晚近以来所谓"接受研究"成为古典学的显学,也使得古典学的研究边界越来越超出传统的古希腊罗马时期)。

从长远看,中国古典学的未来发展在空间意识上更应参考法国古典学,不仅要研究古希腊罗马,同样也应包括其他的古典文明传统,如此方能参详比较,对全人类的古典文明有更深刻的认识。而在时间意识上,由于中国自身古典学传统的源远流长,更不宜局限于某个历史时期,而应从中国古典学的固有传统出发确定其内在核心。我们应该看到,古典中国的命运与古典西方的命运截然不同。与古希腊文字和典籍在欧洲被遗忘上千年的文明中断相比较,秦火对古代典籍的摧残并未造成中国古典文明的长期中断。汉代对古代典籍的挖掘与整理,对古代文字与制度的考证和辨识,为新兴的政治社会制度灌注了古典的文明精神,堪称"中国古典学的奠基时代"。以今古文经书以及贾逵、马融、卢植、郑玄、服虔、何休、王肃等人的经注为主干,包括司马迁对古史的整理、刘向父子编辑整理的大量子学和其他文献,奠定了一个有着丰富内涵的中国古典学体系。而今古文之间的争论,不同诠释传统之间的较量,乃至学术与政治之间错综复杂的关系,都是古典学术传统的丰富性和内在张力的体现。没有这样一个古典学传统,我们就无法理解自秦汉至隋唐的辉煌文明。

从晚唐到两宋,无论政治图景、社会结构,还是文化格局,都发生了重大变化,旧有的文化和社会模式已然式微,中国社会面临新的文明危机,于是开启了新的一轮古典学重建。首先以古文运动开端,然后是大量新的经解,随后又有士大夫群体仿照古典的模式建立义田、乡约、祠堂,出现了以《周礼》为蓝本的轰轰烈烈的变法;更有众多大师努力诠释新的义理体系和修身模式,理学一脉逐渐展现出其强大的生命力,最终胜出,成为其后数百年新的文明模式。称之为"中国的第二次古典学时代",或不为过。这次古典重建与汉代那次虽有诸多不同,但同样离不开对三代经典的重新诠释和整理，其结果是一方面确定了十三经体系，另一方面将"四书"立为新的经典。朱子除了为"四书"做章句之外，还对《周易》《诗经》《仪礼》《楚辞》等先秦文献都做出了新的诠释，开创了一个新的解释传统，并按照这种诠释编辑《家礼》，使这种新的文明理解落实到了社会生活当中。可以看到，宋明之间的文明架构，仍然是建立在对古典思想的重新诠释上。

在明末清初的大变局之后，清代开始了新的古典学重建，或可称为"中国的第三次古典学时代"：无论清初诸遗老，还是乾嘉盛时的各位大师，虽然学问做法未必相同，但都以重新理解三代为目标，以汉宋两大古典学传统的异同为入手点。在辨别真伪、考索音训、追溯典章等各方面，清代都取得了巨大的成就，不仅成为几千年传统学术的一大总结，而且可以说确立了中国古典学研究的基本规范。前代习以为常的望文生义之说，经过清人的梳理之后，已经很难再成为严肃的学术话题；对于清人判为伪书的典籍，诚然有争论的空间，但若提不出强有力的理由，就很难再被随意使用。在这些方面，清代古典学与西方19世纪德国古典学的工作性质有惊人的相似之处。清人对《尚书》《周易》《诗经》《三礼》《春秋》等经籍的研究，对《庄子》《墨子》《荀子》《韩非子》《春秋繁露》等书的整理，在文字学、音韵学、版本目录学等方面的成就，都是后人无法绕开的必读著作，更何况《四库全书总目提要》成为古代学术的总纲。而民国以后的古典研究，基本是清人工作的延续和发展。

我们不妨说，汉、宋两大古典学传统为中国的古典学研究提供了范例,清人的古典学成就则确立了中国古典学的基本规范。中国今日及今后的古典学研究,自当首先以自觉继承中国"三次古典学时代"的传统和成就为己任,同时汲取现代学术的成果,并与西方古典学等参照比较,以期推陈出新。这里有必要强调,任何把古典学封闭化甚至神秘化的倾向都无助于古典学的发展。古典学固然以"语文学"(philology)的训练为基础,但古典学研究的问题意识、研究路径以及研究方法等,往往并非来自古典学内部而是来自外部,晚近数十年来西方古典学早已被女性主义等各种外部来的学术思想和方法所渗透占领,仅仅是最新的例证而已。历史地看,无论中国还是西方,所谓考据与义理的张力其实是古典学的常态甚至是其内在动力。古典学研究一方面必须以扎实的语文学训练为基础,但另一方面,古典学的发展和新问题的提出总是与时代的大问题相关,总是指向更大的义理问题,指向对古典文明提出新的解释和开展。

中国今日正在走向重建古典学的第四个历史新阶段,中国的文明复兴需要对中国和世界的古典文明做出新的理解和解释。客观地说,这一轮古典学的兴起首先是由引进西方古典学带动的,刘小枫和甘阳教授主编的"经典与解释"丛书在短短十五年间(2000—2015年)出版了三百五十余种重要译著,为中国学界了解西方古典学奠定了基础,同时也为发掘中国自身的古典学传统提供了参照。但我们必须看到,自清末民初以来虽然古典学的研究仍有延续,但古典教育则因为全盘反传统的笼罩而几乎全面中断,以致今日中国的古典学基础以及整体人文学术基础都仍然相当薄弱。在西方古典学和其他古典文明研究方面，国内的积累更是薄弱，一切都只是刚刚起步而已。因此，今日推动古典学发展的当务之急，首在大力推动古典教育的发展，只有当整个社会特别是中国大学都自觉地把古典教育作为人格培养和文明复兴的基础，中国的古典学高深研究方能植根于中国文明的土壤之中生生不息茁壮成长。这套"古典与文明"丛书愿与中国的古典教育和古典研究同步成长！

2017年6月1日于北京

献给
心意相通的南希
和可爱的小科拉

ὁμοφρονεούσῃ νοήμασιν
τυτθῇ ἐούσῃ

目 录

序　格雷戈里·纳吉　i
前言　v

第一部分　英雄与神话般的旅程　1

第1章　导论：天界幻境　3
第2章　费埃克斯人与奥德修斯的归返（Ⅰ）：
悬空与重整　17
第3章　费埃克斯人与奥德修斯的归返（Ⅱ）：
死亡与新生　59
第4章　奥德修斯归途中的转变与仪式　104
第5章　荣誉及其反讽　135

第二部分　诗学：歌手、说谎者与乞丐　179

第6章　荷马史诗中的吟游诗人与听众　181
第7章　吟游诗人、英雄与乞丐：诗学与交换　231
第8章　国王与牧猪奴：破衣、谎言和诗歌　268

第三部分　诸神与预言者　301

第9章　特瑞西阿斯在育空：关于民间传说与史诗　303
第10章　神义：波塞冬、库克洛普斯与赫利奥斯　317

参考文献　371

索引　384

译后记　397

序

格雷戈里·纳吉

有很多书讨论荷马史诗《奥德赛》(*Odyssey*)中的神话,也有很多书讨论其中的诗学,但很少有书成功地同时处理这两个主题。查尔斯·西格尔(Charles Segal)的《〈奥德赛〉中的歌手、英雄与诸神》(*Singers, Heroes, and Gods in the "Odyssey"*)一书却能二者兼顾,在"神话与诗学"(Myth and Poetics)系列丛书中独树一帜。西格尔向我们展示出,在这部史诗的结构中,神话与诗学是如何交织在一起的,而这些相互交错的经纬,又是如何帮助我们把与《伊利亚特》十分不同而又自成一体的《奥德赛》作为当之无愧的史诗来欣赏。

谁若想得到"史诗"的普遍性定义,就会发现很容易全然忘记《奥德赛》,而只想到《伊利亚特》。巴赫金(Mikhail Bakhtin)在其著名文章《史诗与小说》("Epic and Novel")中为"史诗"所下的定义也许真能绝佳地适合《伊利亚特》,但也"仅仅"适合《伊利亚特》而已。《奥德赛》则更接近于巴赫金关于"小说"的定义。然而《奥德赛》也是史诗,而它作为史诗的关键,正是在于它与《伊利亚特》的对立。

这与巴赫金的小说模式依据的是与其史诗模式的对立几乎如出一辙。

如果阿喀琉斯（Achilles）的诗学命运是要成为"特洛亚故事"（the tale of Troy）中的主人公（这毕竟是《伊利亚特》的表面意义），那么在自己的史诗中作为主人公的奥德修斯的命运就必定要超越《伊利亚特》，要超越特洛亚传说。这里就出现了反讽，因为神话中反复强调，特洛亚不是被阿喀琉斯的武力所毁，而是为奥德修斯这位"特洛亚木马"发明者的狡计所灭。然而，同史诗《伊利亚特》一样，特洛亚故事不是属于奥德修斯，而是属于阿喀琉斯。这既是一个神话的问题，也是一个诗学的问题。因此，奥德修斯在他自己的史诗中所必须取得的 *kleos*，也就是英雄的荣誉，就不能是《伊利亚特》中为阿喀琉斯所保留的 *kleos* 的重弹之老调。奥德修斯必定要路过赛壬（Sirens）的驻地，据史诗所述，她们明确地讲（或唱道），她们的"节目单"中包括所有有关特洛亚的故事。如果奥德修斯屈服于诱惑而老想着自己在以往的特洛亚故事里的光辉岁月，那么他就无法完成正在形成中的他自己的新故事：属于他自己的《奥德赛》。这同样既是一个神话的问题，也是一个诗学的问题。

要成为《奥德赛》中的主人公，就要**变成**一种不同的史诗中的英雄，就是进行一种神话意义上的视野探求之旅，灵魂之旅，自我求索之旅。西格尔此书第一部分的主要关注点，就是变化的过程。这样一种长期漂泊与历险的诗学，也与预言家（seer）、萨满教徒（shaman）和骗子的神话交织在一起。这种与众不同的史诗吸引着我们去发现《伊利亚特》中没有表述清楚的复杂性。英雄的本质不再宿命地系于他的武士地位。我们也不再可能如《伊利亚特》似乎宣扬的那样,假定诸神的意愿实际上与史诗的情节是同一回事。我们也不能再把诗人看作史诗真相的唯一代言人。随着《奥德赛》开始以其独有的叙述方式,向我们展现出各种各样属于不同社会范畴的不同诗人,我们的视觉陡然发生了折射。我们在其他文化中也能找到惊人的相似的现象:例如,中世纪爱尔兰就有一种高度复杂的等级系统,以地位、作用、教育和艺术形式对诗人——这些法定艺术家进行分类。同样,在《奥德赛》中,诗人也来自三教九流:他们可能是艺术大师的对手,可能是乞丐的劲敌,甚至可能是君王的对头。而他们——包括讲述自己神奇际遇的准诗人奥德修斯本人,说话也是因人因时因地而异。

荷马史诗《奥德赛》的含糊性,尤其是道德上的含糊性,必须在其文学的、文化的甚至经济的语境中来理解。只有用这种办法,我们才能学会以史诗的方式来欣赏这部史诗的构思。正如西格尔所言,这种构思不是妙手偶得,也绝非远古天才一时的心血来潮。《奥德赛》中的诗学不是后起时代那种回顾性的描述,尽管这种描述在某种程度上最终成功地把诗人的创造直觉系统化了,但是我们可以推测,尽管那些诗人当时堪称典范,但那时他们对诗学还浑然不觉。相反地,这种诗学是在史诗本身中所实现的艺术形式的一种生动活泼而且行之有效的诗学。

故事接近尾声的时候,《奥德赛》以一种开放的方式结尾,但是,即使这样一种开放式的结尾也有其目的。我们在《伊利亚特》中所强烈感觉到的人与神之间的差距,在《奥德赛》中甚至将会变得更为巨大,但是这种巨大的差距也同样有其自身的目的。以这样的方式,《奥德赛》为西格尔所称的"天界幻境"留下了绵延无尽的视域空间。它也为那些将挑战史诗极限的神话世界留下了空间。

前　言

　　本书是我近三十年讲授和解读《奥德赛》的结晶。在本书的十个章节中，有七章是以前发表过的，但收入本书时都做了修订。尽管我没有更换原来出版时的材料，但对一些章节做了改写、缩略，或是扩展，并增加了一些细节。我把对费埃克斯人（Phaeacians）的研究（原先发表时是一篇整文），分成了两个部分（第2章和第3章），是为了使之在篇幅上与其他几章保持一致。我以前所写的第4章是我对费埃克斯人研究的延伸，很高兴能在这里让主题密切相关的这一章归于原位。第7章本是我在1992年12月提交给美国语文学协会（American Philological Association）年会的文章，在此是首次发表。第8章也是以前没发表过的，尽管其最后一部分的旧稿将刊于一本纪念乔瓦尼·塔蒂提（Giovanni Tarditi）的文集中。

　　我在努力让这些研究更能为一般读者所理解的同时，并没打算掩饰在长达三十年间的某些状态下所写的这些论文在方法上的差异。读者们无疑会为从第2—4章更多地以个人为中心的心理学倾向，到第6—8章社会学和人类学方法的转换，感到有些吃惊，也可能会饶有兴趣地注意到，同一个阐释者的著作经过从"新批评"到结构主义再到后结构主义这样一段时间的学术活动的转移,居然会发生方法和侧重点的转变。然而,这期间也有着连续性,正如第10章和第2—4章之间的关系所表明的那样。

有关《奥德赛》的二手文献以非凡的速度持续增长,对《奥德赛》的普及性和重要性来说,是一个有力的证据。在旧文(第2—5章)中,我增加了一些引用,主要是一些较新近的探讨,也给后面数章增加了一些交叉文献,但无论在此还是稍后的文章中,我都没有企望可以使我的参考书目尽善尽美。为了让本书能被《奥德赛》业已拥有并且也当之无愧的广泛读者群所理解,我把所有的希腊文都翻译过来了[有两处分别采用了罗伯特·菲茨杰拉德(Robert Fitzgerald)和瑞奇蒙德·拉提摩尔(Richmond Lattimore)优美的诗体散文译文],并音译了个别词汇。除已注明的之外,其他语种的翻译也系本人所为。我在翻译中力图更为合理地接近原文,而无意于突出文采。

如果没有在以下单位不同时段的学习和研究机会,这些文章就不可能写出来,它们是:罗马的"美国学院"(the American Academy in Rome),"国际人文捐助会"(the National Endowment for the Humanities),"行为科学高级研究中心"(the Center for Advanced Study in Behavioral Sciences)和"国际人文中心"(the National Humanities Center),我于1993—1994年在该中心访问研究期间完成了本书的定

稿。我向所有这些研究机构表示衷心的感谢。我愿再次回想第5章最初的题献，那是纪念加布里埃尔·热尔曼（Gabriel Germain）的，在他去世前几年我有幸与他谋面。我还牢记着布鲁诺·根提利（Bruno Gentili，本书第9章就是为他的纪念文集而撰）颇有影响力的、有关口传诗学、表演以及史诗与后起民间传说之间的连贯性的著作。我要向许多学生和同事表示谢意，这些年来我从他们那里学到了不少有关《奥德赛》的东西。我也要感谢那些给我建议、对我评论，以及提供他们所出版的书刊的朋友和同事们。我特别要感谢哈弗福德学院的约瑟夫·鲁索（Joseph Russo），波士顿大学的斯蒂芬·斯库利（Stephen Scully），布朗大学的小威廉·F. 怀亚特（William F. Wyatt），我与他们曾就荷马史诗进行过令人难忘的讨论。对格雷戈里·纳吉（Gregory Nagy）就此书的撰成所做的经常性的、内行而热情的指导，我尤为感激。很荣幸能与康乃尔大学出版社的伯恩哈德·肯德勒（Bernhard Kendler）再次合作，我感谢他及时而有益的建议。感谢该出版社不知名的读者所做的大有帮助的评论，感谢南希·马龙（Nancy Malone）一丝不苟的编辑工作。我还要感谢P. 洛厄尔·鲍迪奇（P. Lowell Bowditch）和杰西卡·恩切尔博格（Jessica Eichelburg）在文稿准备阶段所给予的帮助。

我感谢下列编辑和杂志允许我以修改后的形式使用最初发表在他们的出版物上的资料：

第1章中的导论取材于拙文"古典学与比较文学"（Classics and Comparative Literature）的第12–14页，刊于

Materiali e Discussioni per l'Analisi dei Testi Classici, 13（1985）：9–21。

第 2、3 章："费埃克斯人与奥德修斯归返的象征意义"（Phaeacians and the Symbolism of Odysseus' Return），刊于 *Arion I*, 4（1962）：17–64。

第 4 章："奥德修斯归途中的转变与仪式"（Transition and Ritual in Odysseus' Return），刊于 *La Parola del Passato*，116（1967）：321–42。

第 5 章："《奥德赛》中的荣誉及其反讽"（*Kleos* and Its Ironies in the *Odyssey*），刊于 *Antiquité Classique*，52（1983）：22–47。

第 6 章："荷马史诗中的吟游诗人与听众"（Bard and Audience in Homer），刊于 Robert Lamberton 和 John J. Keaney 编：《荷马史诗的古代读者》（*Homer's Ancient Readers*，Princeton：Princeton University Press，1992），第 3–29 页。

第 9 章："特瑞西阿斯在育空：关于民间传说与史诗"（《奥德赛》第 11 卷，第 100–144 行和第 23 卷，第 248–287 行，Teiresias in the Yukon：A note on Folktale and Epic〔*Odyssey*，11.100–144 and 23.248–87〕），载于 Roberto Pretagostini 编：《从荷马时期到希腊化时期的希腊文化传统及革新》（*Tradizione e innovazione nella cultura greca da Omero all' età ellenistica：Scritti in onore di Bruno Gentili*，Rome：Gruppo Editoriale Internazionale，1993），第 1 卷，第 61–68 页。

第 10 章："《奥德赛》中的神义：库克洛普斯、赫利奥斯与波塞冬"（Divine Justice in the Odyssey: Cyclops, Helios, and Poseidon），刊于《美国语文学》（*American Journal of Philology*），113（1992）：489—518。

本书有关《奥德赛》的希腊文引自 Peter von der Mühll 的《荷马史诗〈奥德赛〉》（*Homeri Odyssea*）托伊布纳（Teubner）第三版（1945年，斯图加特1984年重印），尽管我并不总是认同他的删节。《伊利亚特》文字引自大卫·B.门罗（David B. Monro）和 T. W. 艾伦（T. W. Allen）的"牛津古典文本"（Oxford Classical Text）中的《荷马史诗》（*Homeri Opera*）第1卷和第2卷，《伊利亚特》第三版（Oxford，1920）。其他作家的作品引自牛津标准本或托伊布纳标准本。* 希腊文的音译是为了让英语世界的读者更清楚，而不是为了任何特殊的文字系统。我在似乎有益的和必要的地方给长元音加了长音符号。为了避免韵律上的混乱，我把希腊文的第20个字母"υ"音译为"u"。我用等号来表示诗歌中不同部分重复出现的诗句。鉴于《奥德赛》在欧洲主流文化中的地位，我更愿意就人们颇为熟悉的专名采用其拉丁拼法（例如，用

---

*　《奥德赛》主要有三个中译本：《奥德修纪》，杨宪益译，上海译文出版社，1979年版；《奥德赛》，王焕生译，人民文学出版社，1997年版；《奥德赛》，陈中梅译，译林出版社，2003年修订版。本书有关《奥德赛》的文字，以王焕生的译本为主，参考了杨宪益的译本和陈中梅的译本。由于史诗的英文系著者自译，与现在几个汉译本有少许出入，本书译者则根据语境相机综合处理，不再一一注明。——本书凡以星号标示的均为译者注，下同。

Circe 和 Alcinous，而不是写成 Kirkē 和 Alkinoos）。

我的题献［ὀλίγον τε φίλον τε（礼物虽小见心意）］表达了我对妻子南希·琼斯（Nancy Jones）始终如一的感激之情，感谢她那睿智的许多建议，以及她常在的一往情深的支持。

查尔斯·西格尔

麻省剑桥

第一部分

英雄与神话般的旅程

第1章

导论：天界幻境

大约在沃尔夫（Friedrich August Wolf）为他1795年出版的《荷马史诗导论》（*Prolegomena ad Homerum*）煞费苦心的时候，年轻的歌德正坐在巴勒莫（Palermo）的植物园里，若有所思地想着瑙西卡娅（Nausicaa）和das Land wo die Zitronen blühen［柠檬花盛开的国度］。歌德没有受到集体创作、笨拙的转变、同源异形词、修订者或*Bearbeiter*［编辑者］等等问题的困扰，而是对《奥德赛》中想象的世界产生了共鸣。这首史诗的特殊魅力，正是这样一种把我们带入迷人之境的方式。在这首史诗首次吟唱的许多个世纪之后，这些境地依然萦绕在我们的想象之中。这多半是因为《奥德赛》创造了一种想象中的境地，一种天界幻境。当然，就像开篇数行所告诉我们的那样，在它的世界居住着的是传说中的怪物，但它的城市、港口、海洋和岛屿也还是凡尘男女都熟悉的环境。从古至今，学者们都试图在他们所能探访并以图绘之的真实地方确定这些环境的位置，这或许就是对荷马艺术最佳的称颂。尽管《奥德赛》绝非是儿童文学，但它总是孩子们所接触的第一部古代作品，而且它也依然对成年人心里的童性——我们想了解这个世界的热望和好奇心，充满了吸引力。

与《奥德赛》中各种各样不断变化着的世界相对的是，《伊利亚特》基本上只创造了一道风景：特洛亚严酷的战争世界。奥林波斯山上的诸神，希腊家园的再现，当然还有众多的提供调剂和变化的比喻，但最终它们都只是强化了对一个地方的关注，关注着城墙周围引人入胜的战斗，关注着城邦与战船之间狭窄的平原，关注着塔楼和大海。而《奥德赛》所运用的技巧几乎与此完全相反。《奥德赛》使用的是扩展法和探索法，而不是集中法和排斥法。《奥德赛》并不像《伊利亚特》那样以活动的主要场景为开端，而是以遥远的奥林波斯圣地为始。然后，在对卡吕普索（Calypso）神秘的驻岛——大海的中心一瞥而过之后，就移向了伊塔卡（Ithaca），特勒马科斯（Telemachus，奥德修斯之子）从那里开始了去往皮洛斯（Pylos）和斯巴达（Sparta）的寻父之旅。史诗在涅斯托尔（Nestor）和墨涅拉奥斯（Menelaus）身上又一次偏离了主题，回溯到了战争年代的特洛亚，回到了归途中的凶险之地。只是在此时，史诗才写到奥德修斯，跟着他反反复复地经历奇异的历险，从卡吕普索到费埃克斯人，再到库克洛普斯（Cycolps）和基尔克（Circe）、斯库垃（Scylla）和卡律布狄斯（Charybdis）所居住的方外之地，以及每次历险所带来的损失。

在《伊利亚特》中，周边世界对于可怕的战争来说似乎无足轻重。英雄们的目光盯着的是同敌人的生死搏斗，而不是天空、山丘、树木及其果实。奥林波斯山上的众神是从浩浩天宇或者连绵群山之上来看这个世界的，而我们凡夫俗子在瞥视自然世界或日常生活熟悉的场景时，正如通常所比喻的那样，似乎是透过充满了战争与死亡的悲惨世界的监狱铁窗来看的。这种命定的景观极大地增加了生活环境的高贵性或甜蜜性，而这种高贵性或甜蜜性每时每刻都在整个或部分受着毁灭的威胁。但是，在《奥德赛》里，每一个人都注意到了他或她周围的环境，并且对其令人着迷的洋洋奇观和使人爱慕的微微细节都进行了详尽的描写。即便是赫尔墨斯（Hermes），这位频频飞来飞去的天神，在卡吕普索遥远海岛上的美境中，也不禁满怀钦慕地流连徜徉（5.73–77）。史诗还让我们从多个角度来看同一个场景。对于卡吕普索的洞府、基尔克的居所和奥德修斯的王宫，我们既能远远而观，也能入内探胜。我们像一个初来乍到的开拓者，或者像一个遭遇了海难而无望求生的水手一样踏上费埃克斯人的土地，但是我们也带着当地居民引以为豪的对这里的熟悉感来打量这片土地。

《奥德赛》缩小了我们对奥林波斯诸神的视角，他们的口角常常为《伊利亚特》悲惨的人间世界提供喜剧性的安慰。我们在本书第10章会看到，《奥德赛》中的诸神，比起《伊利亚特》中的诸神来说，更加遥远也更为严肃（尽管并不总是更可理解）。而且《奥德赛》还在那里创造一种或多种让人信服的世界，这是真正的诗歌所具有的才能，这样的诗歌能开启我们的头脑，去面对多种世界，而不仅仅是我们平平常常生活于其间的那个世界。没有什么事情能比到新地方览胜更能拓宽我们的想象力，或者使我们的想象力更为生动活泼了。我们似乎也从不倦于想象之旅，无论是格列佛（Gulliver）的游历，还是卡尔维诺（Italo Calvino）在其《看不见的城市》(*Invisible Cities*)中所描绘的让人愉悦的奇幻现代历险。《奥德赛》中的世界并不仅仅是吃人妖魔的世界，也不仅仅是迷人花园里待字闺中的公主的世界，以及性感女巫的世界，而是还包括公元前8世纪希腊乡村平实的日常生活，比如我们在牧猪奴欧迈奥斯（Eumaeus）的养猪场和拉埃尔特斯（Laertes，奥德修斯之父）精心培植的果园那里就能见到这一切。

《奥德赛》第一部分中不断变换的海域及海上的磨难，与第二部分宫廷中的平实生活及其烦恼之间出现了尖锐的对立，这使得某些学者断定这部史诗依次有着各自的来源，因此我们现在看到的这部史诗是后来把某个水手的冒险故事和一个复仇的阴谋编缀在一起的结果。但这两部分的联系是如此的紧密，因而不可能是机械编纂起来的。这部史诗的核心实际上正是要把远方和近处连接起来。它探索一种方法，这种方法让旅人漂泊远方的体验能够回归于自身，重新定义和重新创造完整的生活史。[1]

可以肯定的是，这个过程所暗指的自我与现代的自我有所区别。荷马式的自我（或者更准确地说，荷马史诗中"自我"的文学再现）比现代的自我更缺乏人身自由或个性，而更多地与诸如国王、武士或商人之类的社会范畴相联系，更

---

[1] 参后面第2—4章。

强烈地受制于个人在城邦、家庭、宗族或同龄人中的地位，并且是在面对面的交流中，而不是在独处或内省中表达出来的。[2] 就像后现代批评家不厌其烦地提醒我们的一样，"自我性"这一概念，其实是一种社会的解释，而就荷马史诗而言，也许是社会特权阶级的解释，那些武士—贵族们以这样或者那样的形式，为《伊利亚特》和《奥德赛》的创作"付了报酬"（参阅本书第6章和第7章）。然而，正如当代的电影和小说不断表明的那样，叙事（storytelling），凭借其神话般的暗流，在理解我们自己和他人的自我方面，仍然是人类最有价值的才智之一。千百年来，诗人们一直用想象中的地点坐标，来唤起并探究心灵与情感的状态，而我们现代人仍然使用着这种技巧，并对这种技巧产生了共鸣。

古典文学的阐释易于在假定的相同性和差异性之间摇摆不定。在有些阐释者看来，荷马、索福克勒斯（Sophocles）、卡图卢斯（Catullus）*、维吉尔（Virgil）、贺拉斯（Horace）和奥维德（Ovid）是富有启发性的，因为他们表现了一个久远的，能够表明我们自己的忧虑、弱点、长处以及缺陷的民族。而在其他阐释者看来，古人在他们的"他者性"（otherness）以及与后工业社会的反差上才说得上富有启发性。这两种观点都有道理，而且我也无意于在此商兑这两种截然不同的观点。然而，远古的质朴和率直的观念，有时的

---

[2] 参 Russo 和 Simon（1968）各处。

* 罗马抒情诗人（公元前84？—前54？），以擅写爱情诗闻名，对文艺复兴及其以后的欧洲抒情诗产生了极大的影响。

确妨碍了我们去欣赏这些非同凡响的史诗实际上所展示出来的文学复杂性。荷马史诗的"质朴",是把史诗浪漫地观念化为"天真的"民间传统之代言人这一做法的遗产,或者是(如阿诺德〔Matthew Arnold〕《论荷马史诗的翻译》〔*On Translating Homer*〕和罗斯金〔John Ruskin〕"可悲的谬见"〔"Of the Pathetic Fallacy"〕中所说的)观念化为现代的复杂性和感伤情绪的解毒剂这一做法的遗产。

专注于荷马史诗表面清晰性的这种倾向,也在或许是当代阐释《奥德赛》最有影响的单篇论文——奥尔巴赫(Erich Auerbach)《奥德修斯的伤痕》("Odysseus's Scar"),即《摹仿论》(*Mimesis*)的开篇第一章中占有绝对优势。[3] 我不想抹杀奥尔巴赫对如下一些问题所做的评论的价值:例如,被他称为圣经叙事上的"垂直"维度,或者对神定历史命运的普遍性,或者圣经中人的整个一生的个性发展,或者对国内局势的强烈情感,或者他对荷马史诗明确强调细节与《圣经》对以撒(Isaac)献祭则更为简略叙述之间的基本对比等等问题。但每一个细心阅读荷马史诗的人都知道《伊利亚特》和《奥德赛》中有多少省略之处,有多少朦胧的细节、突然的跳跃或有名的"闭口不谈"。最后提到的这些东西之中最可做参考的场景之一,实际上正是出现在奥尔巴赫刚好研究的那一段,也就是佩涅洛佩(Penelope,奥德修斯之妻)对落到地上的盆子所发出的响亮的铛铛之声,居然不可思议地疏

---

[3] Auerbach(1957)1–20。

忽过去了:"(欧律克勒娅〔Eurycleia,奥德修斯的奶妈〕)转眼注视佩涅洛佩,意欲告诉女主人,她丈夫就在眼前。但女主人并未理会,不明白她的意思,雅典娜转移了她的心思。"(19.476-79)佩涅洛佩的疏忽对于叙述中的悬念来说是必要的,但并不是自足的表面明晰性的特征。

从与奥尔巴赫不同的角度来看,这一节有关伤痕的插曲,对那种把公式化的惯用套语和神话模式组合在一起而给奥德修斯的归返赋予重要意义的方式来说,是富有启示性的,而这一重要意义可作为一种我们可称之为"身份"的东西的含蓄定义。正如一大批学者已经指出的那样,伤痕插曲利用了希腊神话中狩猎是少年向成年过渡的这种启蒙的功能。从这个角度来看待对伤痕的描述,我们看到,它是多么清楚明白地起到了作为奥德修斯生命过程之缩影的作用,而在这里则再现并凝结为一个独特的象征性时刻。

这节插曲带我们从奥德修斯的母亲最初"生下他"(19.355),到欧律克勒娅"抚育"他,外祖父给他起名,以及后来他风华正茂的青年时期,即 *hēbē*。当然,也带我们到目前的情形之下:他以一种伪装成老头子的形象出现。于是这个插曲就纵览了一个人整个的生命过程。因而欧律克勒娅简短而令人伤感的概叹,"人们身陷患难,很快会衰朽"(19.360),就不仅仅只是偏狭的哀叹了。快速的叙述方式强调了这些范式的联系。从 19.392 行以下欧律克勒娅认出伤痕开始,荷马从 393 行开始马上就转而提到在帕尔涅索斯(Parnassus)猎杀野猪的事情。然后荷马又陡然转向了时间更为遥远的过去，即再次由这位奶妈把这刚出世的婴儿（奥德修斯）放到他外祖父的膝盖上*，请外祖父起名的这个场景。外祖父从帕尔涅索斯来到伊塔卡，就是为了这件事（399–402）。[4] 紧接着起名插曲的就是狩猎（τῶν ἕνεκ' ἦλθ' Ὀδυσεύς，"奥德修斯因此前去"，413）。狩猎起着磨炼或是考验的作用，标志着主人公成功走向成熟的过程，而且也证实了外祖父在取名的行动中所赋予的英雄传统。在早期希腊神话中，狩猎通常伴随着男人从青年时代向成熟时期的过渡。[5]

神话模式的这种比拟功能在叙事的更深层次上起着作用，因为在有关伤痕的故事中，奥德修斯带着光辉的礼物回到家中（19.413f.=459f.），就如同在第13卷中他刚刚带着丰厚的赠礼从费埃克斯人那里返回时一样。实际上，在第19卷较前的部分，奥德修斯在向佩涅洛佩讲他自己的虚假身世时，就已经把那些神秘的礼物，变成他虚构的奥德修斯存留在克里特（Crete）安尼索斯（Amnisus）的埃勒提亚（Eileithyia，

---

[4] 亦请注意从伊塔卡到帕尔涅索斯的地点转移是如何加强了故事在时间上的倒退，并把我们从过去带到现在的：19.394, 399, 411, 413, 461f., 466。尤请注意394＝466，Παρνησόνδ' ἐλθόντα（到帕尔涅索斯去），奥德修斯在410f. 的帕尔涅索斯之旅与成长为青年男子，即ἥβη的联系，奥托吕科斯（Autolycus，奥德修斯的外祖父）在帕尔涅索斯为奥德修斯起名时，吩咐说："待他长大后去拜访他母亲家的高大宅邸，前往帕尔涅索斯。"（ἡβήσας…ἔλθῃ Παρνησόνδ'）。时空上的变化紧密相关。
[5] 见 Rubin and Sale（1983）144ff., 及该书 165–66 注释[6]的参考书目。
* 此处英文为 into his grandfather's arms（"放到他外祖父的怀中"），据三个中译本改。

"生殖"女神）山洞中的赠礼了（19.185-89）。这位生殖女神在重生这一点上有着重大意义。

由于后面的复杂情况颇为含混模糊，因此奥尔巴赫清楚而阐释充分的前景就成了重要的纽带，连接着奥德修斯的伤痕和奥德修斯真正的以及比喻性的穿越其往昔的先前旅程。刺进少年奥德修斯的身体并在他大腿上造成伤痕的那头野猪潜伏在树林中，而这个树林与第5卷末尾，因遭受海难而灰头土脸的奥德修斯出来与瑙西卡娅的费埃克斯女仆相见的那个树林，几乎完全一样。[6]那就是奥德修斯刚从波塞冬暴怒的海洋中逃出来，并刚穿越了其冒险历程中危险的方外之地，来到费埃克斯的文明社会中的时候。这一重复有助于把这位堪为模范的主人公生命历程中的三次磨难连接起来。第一次考验（依年代顺序）是使他成人的狩猎。第二次考验是他在特洛亚辉煌成就的顶峰之后，通过费埃克斯人，从不可知的世界返回的归程。第三次并且也是最后一次考验，就是眼下的情形，在他看似有性命之虞时，他要在这复杂的情况和紧迫的形势下夺回他的宅第。奥德修斯早年在特洛亚和希腊之间充满危险的海域上出生入死的航行，足以和他在希腊的名山上对付野猪，以及当前，在自家土地上，其实也就是在他伊塔卡家园里这个危险的困难时期相提并论。当对这位英雄的挑战从神秘的海洋转移到帕尔涅索斯荒野（假如很

---

[6] 史诗所描述的这两处树林实际上是同一处：另参《奥德赛》19.440-43 和 5.478-81。

有名的话）的岩石和森林，然后再转移到伊塔卡的宫殿时，这些挑战也就变得更为人熟悉和内在了。

如果更为深入地研究荷马史诗的语言，那么这些过渡环节之间的相似性就变得更为明显。对遭遇野猪的描写，引起了英勇武士之间的一场竞争（例如 19.347f. 和 447–49）。从而这就预示了奥德修斯在特洛亚，以及在即将来临的与他的凡间敌人的争斗中，善舞长矛的高强本领。再进一步深入挖掘，就会发现 κραδάων δολιχόσκοιν ἔγχος（"挥舞长矛"，19.438；另参 448）这个说法，尽管在《伊利亚特》的战斗场面中屡见不鲜，但在《奥德赛》中却实为少见。它只在诗中其他两个场合下出现过。它出现在特勒马科斯第一次英勇的战斗行动中，那时他与他父亲并肩作战对付求婚人（22.95 和 97）。它还用在了最后一战中，那时拉埃尔特斯向欧佩特斯（Eupeithes，求婚人中最坏的安提诺奥斯之父）投掷长矛（24.519 和 522）。于是对奥德修斯长大成年的第一场考验，就通过叙述这种方式，涟漪般不断延伸开去，来证明了父权政统在危急时刻有着顽强的生存能力，也证明了从父亲拉埃尔特斯到儿子再到孙子代代相传的尚武英勇的坚强性。如是，有关伤疤的故事就成了拉埃尔特斯重新恢复青春活力的补充，这位老人在"儿子孙子竞赛谁勇敢"时，"喜上心头"（24.514f.）。此外，它一方面重申了前一代人父权的世袭；另一方面，还再一次确证了奥德修斯英雄品质中狡诈的一面，这具体地体现在他外祖父奥托吕科斯身上。

奥尔巴赫的文章仍然是对荷马史诗叙事模式极好的介

绍。不过，它也阐明了如此远离整个语境所要付出的代价，尤其是文化深度和文化特性的丧失。尽管《奥德赛》富有魅力、明白晓畅，也喜欢纯粹的叙事，但它并不是一首简单的诗歌。甚至它颇为令人赞赏的明晰畅达的叙事，也有着只有把风格、叙事构思和神话模式等方面综合研究之后才会完全可见的深度。

那种综合性的研究就是本书的目标。本书的三个部分和本书标题中的三个词语：歌手、英雄与诸神，与我所采取的三个主要视角相符合（尽管不是按照那样的顺序）。第一部分集中讨论该史诗对神话模式的运用和转化，也集中讨论了英雄的旅程，以反思凡人的状况。第二部分的笔墨集中在《奥德赛》对我们可以概括为"诗学"的那种东西持久的自我意识之上。在第三部分中，我对该史诗从人类的行为和诸神的行为方式来对道德行为所做的陈述，进行了研究。

第一部分通过神话般的旅程，以及对神话模式的使用和转化来讨论该史诗。第2章和第3章以整个史诗中奥德修斯在费埃克斯人那里的漫长叙述为开端，把诗歌的情节发展看作渐趋成熟并历尽艰辛的英雄在人类生活的失去和重获之中所体验到的一种穿越人世的旅程。第4章所思考的是：一些经常出现的仪式活动和主旨是怎样清楚地阐述了"变迁"这一主题。第5章的重点从神话主题转移到诗学和史诗传统的问题上，由此架起了通向本书第二部分的桥梁。其间，我讨论了《奥德赛》对英雄声名的特别的看法，这样就把该史诗处理成一次远离《伊利亚特》的世界的旅程，以及对英雄史诗的反思。

第6章和第7章更具体地着墨于诗学以及吟游诗人在英雄时代社会中的地位，但两章的视角在某种程度上稍有不同。第6章广泛地审视了荷马史诗对歌手和歌曲的看法，主要着眼于《奥德赛》中听众与吟游诗人之间的情势。第7章研究了《奥德赛》中吟游诗人模棱两可的地位：《奥德赛》一方面把吟游诗人与英雄般的客人联系起来，另一方面又把吟游诗人与贫困潦倒且谎话连篇的乞丐联系起来。我利用摩西·芬利（Moses Finley）、路易·热尔内（Louis Gernet）、詹姆斯·莱德菲尔德（James Redfield）以及让－皮埃尔·韦尔南（Jean-Pierre Vernant）等学者的人类学方法，探讨了诗人（译按：指荷马）如何通过英雄的款待和交流的情形，以及通过比较吟游诗人和武士的作用（但是也巧妙地设法把吟游诗人置于更低地位）这样的方式来抬高自己的地位。通过对荷马笔下以宫廷为中心的英雄的交流，与所谓的希罗多德笔下的荷马时代生活中以市民为中心的环境相比较，吟游诗人作为交流形式的表演，得到了有趣的阐述。

第8章集中讨论奥德修斯在他忠心耿耿的牧猪奴欧迈奥斯屋子里伪装的情景，我在这一章里探讨了围绕着伪装、乞丐以及虚假故事的讲述（吟唱）这些问题的模糊性。我继续讨论了史诗中暗含的经济因素，讨论了社会作用和社会地位的区别，但对第14卷和第15卷做了特别的关注。这两卷相当为人们忽视，但是这两卷强调了在不可预测的世界中生活的兴衰变迁，在这样的世界里，《伊利亚特》中地位的界限和确定不移的价值,都已变得易于改变且岌岌可危了。此章第二部分在对乞丐故事悖论性的"谎言中的真理"(truth-in-lies)的讨论中,又回到了诗学这一主题。这位化装成乞丐而又像吟游诗人那样谈吐的国王,笼罩在有死者的偶然性和朝生暮死的碎片中,迫使他紧紧抓住眼前的现实机遇,这正体现了诗歌模拟表达的能力,也体现了诗歌在《奥德赛》所描述的那种变化多端的不安世界中揭穿现实中复杂的外表和伪装的能力。

本书第三部分,也就是最后一部分,又回到了神话和诸神。第9章开头处讨论了一种新近的、与特瑞西阿斯对奥德修斯平静的死亡的预言颇为相似的民间传说,并且也表明,当奥德修斯在与佩涅洛佩延迟已久的阔别重逢的夜晚和她分享关于他的预言时,诗歌是如何把这种主题转变成个人交互作用的特有基调。最后一章再次以宽阔的视野讨论这一史诗。该章讨论了一个中心问题:诸神在《奥德赛》道德视野中的地位。我从讨论一个长期以来被认为是解释中的主要问题开始,即宙斯有所发展的道义,与诸如波塞冬和赫利奥斯之类的神明身上所体现的上古神人同形论之间的差异,提出要对史诗的神话年代学和神学进行彻底整全的阅读。我再次审视了有关波吕斐摩斯(Polyphemus)和"太阳神的牛"(the Cattle of the Sun)的情节,我以不同的、补充性的视角,再次回到了第2章和第3章对费埃克斯人的讨论中所提出的某些问题。《奥德赛》的情节发展,同《伊利亚特》一样,可以说成是"宙斯的意志",但这是一个已经大大不同于前的宙斯了。对诸神在人类生活中的地位的理解,结果却成了英雄所追求的主要目标之一,但是英雄在多大程度上能够成功,这在史诗结尾时留给了读者去思考。最后的一幕提醒我们奥德修斯已经做到了些什么,但它也揭示了人的冲动和诸神的远见之间的鸿沟。荷马的叙事性表达,与那种更为开阔的远见(译按:即诸神的远见)是一致的。因此,荷马与他之后的悲剧作家一样,是用神话来描述而不是来理想化一种人类现实。在这样的情形下,这种人类现实包括了甚至在因其狡猾、克制和审慎而声名远播的主人公身上也有的那种暴力和残忍的复仇心理。

第 2 章

费埃克斯人与奥德修斯的归返（Ⅰ）：悬空与重整

费埃克斯人的作用

据尤斯塔修斯（Eustathius）所说，《奥德赛》比《伊利亚特》"更辛辣"或"更尖锐"，这是因为其简单的外表之下有着深刻的思想。[1] 该史诗以其结构的复杂性和论述的严肃性，立刻就会给人深刻的印象。尽管里面也有喜剧性的情节，但从整体上说，果敢、苦难，以及对某种必然性的感觉支撑着叙述中想象上的详尽性。这一切都持续地贯穿在这个缺席已久的武士、即将归返的游子不可遏制的渴望中，对抗着来自"现实"两头的障碍：一方面是奥德修斯在阿尔基诺奥斯（Alcinous，费埃克斯国王）宫殿的回忆叙述中所提到的在卡吕普索和费埃克斯人之间那陌生世界中的怪物；另一方面是伊塔卡的那些更熟悉、实际上也几乎是更实在的危险。处在这两种世界之间的是斯克里埃（Scheria），这是受到神明眷爱但不能长生不老的费埃克斯人的国土。

---

[1] 尤斯塔修斯：《奥德赛评注》（*Commentarius in Odysseam*），序言：ἤδη δὲ καὶ ὀξυτέρα [ἡ Ὀδύσσεια τῆς Ἰλιάδος] διὰ τὰ ἐν φαντασίᾳ ἐπιπολαίου ἀφελείας βάθη τῶν νοημάτων.

奥德修斯有几次都差点实现他的目标，只是一次又一次地被延误了，似乎是被什么东西迫使着去经历一系列冒险和磨难，而这些冒险和磨难已经被比喻成入会的模式或仪式性的表演。[2]但是，与奥德修斯回到伊塔卡的急切心理相对照的，是他在此时又一次的克制，即便他的保护女神也认为这种克制非同凡响（13.330-36）。还有一种必要性阻止他立即同其家人和侍从团聚：这种必要性一部分是外在的，即要打败像求婚人那样庞大而有力的群体是困难的；一部分是内在的，即他自己需要进行调查和考验。

史诗的构思控制着这些必要性的表达顺序和框架。[3]奥德修斯本人只是在第5卷时，才第一次正式出现在他到达伊塔卡以前的倒数第二个滞留地点。奥德修斯海外历险的主要部分，只出现在了主人公的回忆叙述中，并不像他从卡吕普索到费埃克斯人的航程，或后来在伊塔卡所发生

---

[2] Germain（1954，78-86，126-29，131-32）认为入会模式就是库克洛普斯（Cyclops，独眼巨人）和基尔克故事的原型。Elderkin（1940，52-54）也认为伊塔卡的洞穴"简直就是举行神圣的秘密入会仪式的地方"。也见于Carpenter（1946）第6章各处。Levy（1948）在奥德修斯的历险中发现了一系列"不断重复的对岛屿的体验，包含着宗族仪式的痕迹，斯克里埃的故事就是最完整的例子"（268n.2）。

[3] 关于《奥德赛》结构的复杂性，以及第9—12卷历险中的"封锁"，参阅Abrahamson（1960）2-3；Woodhouse（1930）11ff.，尤其第15页；Whitman（1958）287ff.，以及354n.4，他把《奥德赛》看成一种自我发现和自我启示（参阅296ff.）。我的阐释受此观点启发。我的研究明显地假定了《奥德赛》在艺术风格上的统一性（包括从23.297到结尾这一段文字的真实性）。Calhoun（1933，1-25）和Woolsey（1941，167-81）坚持认为这些重复性的诗句具有主题和美学上的功能。

的事情那样，是一种现时存在的体验。于是奥德修斯回归伊塔卡一路上所经历的最大危险，就在平和而热爱舒适的费埃克斯人那里，在宴会的轻松愉快中，娓娓道出。本章将以费埃克斯人的意义以及奥德修斯所讲的故事在他们当中的位置为开端。从这里开始，我们将逐渐扩展到尤斯塔修斯所说的史诗的"深度"中去，同时特别注意不断重复的叙述模式，这些模式标志着各个阶段意味深长的损失、康复或海上航行。

《奥德赛》以多种不同的形式，反复讨论了死亡和新生、社会地位的变化，以及身份的失去和重获等问题。某些这样的关注也许源自史诗的古老起源，这样的史诗存在于宗教仪式和巫术咒语中，也存在于人类尤其是通过《奥德赛》主要的组织性主题——旅程，来理解生命、变化以及死亡等等过程的早期努力中。[4]一般在古代的诗歌中，从史诗《吉尔伽美什》（*Gilgamesh Epic*）以来，一个人的精神生活和肉体生活的联系非常紧密，而且这两种生活都被感受到了并诗性地表达为与自然的旋律和周期直接相关。口传诗歌大概保持着原始史诗（proto-epic）圣事的和宗教仪式的特征。毕竟，荷马笔下世俗化了的吟游诗人，都依然还从缪斯（Muse）或者阿波罗（Apollo）那里汲取灵感（参《奥德赛》8.488）。

---

[4] 关于史诗一般都关注"英雄进入远方世界、精神世界之旅"，还关注"人与远方世界不可见力量的联系"，参见 Lord（1962）205，210。

奥德修斯与费埃克斯人:"悬空与重整"

奥德修斯在第9—12卷中所讲的故事,创造了一个独特的世界,这位英雄穿越了这个领域,并且像梅尔维尔(Melville)笔下的以实玛利(Ishmael)一样*,他还作为这当中唯一的幸存者出现。从公元前七世纪的斯泰西科拉斯(Stesichorus)**到今天,史诗的这个部分一直都是诗人灵感的永恒源泉,而且它继续吸引着那些想象的火花依然活跃无比的读者。人们已经把这部分从寓言的角度(正如从赫拉克利特〔Heraclitus〕到波菲利〔Porphyry〕***那些古典时代的读者已做的那样)、人类学的角度、神学的角度和心理学的角度进行了阐释。[5]而我在这里所探讨的就是最后这一角度,即心理学的角度。我这样做也并没有否认其他的可能性,或者并没有坚称该史诗的每一个方面,对二十世纪晚期个性化的心理学来说,都是可以理解的。相反地,我关注着史诗中那些包含了广泛人类体验的方面,也就是对流变、世代变迁、失落和重获的体验。在这种对人的身份的定义的关注中,我

---

[5] 关于古代对荷马史诗的"寓言性的"阐释,参阅 Buffière 详细的研究(1956)33–78及各处。关于人类学的方法,参见 M. Finley(1965),Vidal-Naquet(1986),Austin(1975)和 Redfield(1983)。关于神学的方法,参见本书第10章。Stanford(1954, 36–39, 42)在拒绝接受古代或后来评论者所做的"寓言式的"或严格道德主义阐释的同时,承认"创造性的象征主义"的可能性,"艺术家通过它,就能达到凭思想和直观来更深刻地理解他的主题(在荷马笔下,就是人性)"(42)。

* 梅尔维尔,美国小说家;以实玛利,《白鲸》中的叙述者。
** 生活在公元前七世纪到公元前六世纪的希腊抒情诗人。
*** 公元三世纪的希腊哲学家。

既用了心理学的方法，也用了人类学的方法。

费埃克斯人的故事是两种不同体验领域转变的关键点，这两种不同领域分别是特洛亚的战争和伊塔卡王国，后者对奥德修斯来说有着家庭、经济和政治的责任，并且还有着密切的个人关系。如果我们用当代的术语来解释荷马的叙事，英雄进入海上航行的虚幻世界，就会在心理学的角度上，被解读成他对自我的无意识潜在性的触及，自我这个领域先前是隐藏着的或者不易接近的，绝非轻易可以进入的，对"现实"是陌生的，也是不适应的，这个"现实"就是伊塔卡，就是日常生活，在逻辑上可以预料，在理性上也可以解释。在斯克里埃，费埃克斯人的岛上，奥德修斯体会到了想象力的衰减和现实的回归，也就是对在人世环境中的城市和家庭生活的需求。奥德修斯在进行这种转变的过程中，回顾了过去，从而，把他在两个领域中的生命体验（从心理学上说，就是其存在的意识性维度和潜意识的维度）结合了起来。更宽泛一点说，对在这个突然变化而又有着多重身份的世界里，作为一个凡人，这意味着什么，奥德修斯也形成了模糊的定义。

在回到伊塔卡熟悉的、凡人的现实生活这一过程中，以及在更新和重获他与父母、妻子、儿子、朋友和家臣的基本关系的过程中，奥德修斯经历了一系列不同的体验，这些体验对他来说是一种考验，就像他对在伊塔卡碰到的那些人所进行的考验一样。奥德修斯到死亡之地的游历，充满了对有死性的阴冷描述，这就和卡吕普索要给予奥德修斯的不朽永生形成了一种对照，而且这种描述也是返回伊塔卡的必要准备。卡吕普索的驻岛，奥古吉埃（Ogygia），是荷马开始叙述奥德修斯漂泊故事的起点，也是英雄本人在斯克里埃所讲故事的终了之点（参见12.450-53）。从而这一系列漫长而难受的兴衰成败，被卡吕普索海岛上的沉寂从两边给框定了。在这个岛上，这位英雄拒绝了永生，但却依然远离着凡俗的生活。

如果可以把归返看成收回失去的东西，或者看成经历严重危机之后获得某种不确定的身份，那么卡吕普索就变得有意义起来，成为一个悬空之处，一个被迫迁移的地方，而这位英雄的凡人本质在那个地方完全处于休眠状态。荷马绝口不提奥德修斯与卡吕普索一起生活的那些年月的细节，这也许可以解读成是在反思这种悬空状态中无法恢复的凡人本质，而奥德修斯在这种状态下一直试图归返。卡吕普索的驻岛甚至对神明来说，也是很遥远的（参见5.100-102）。"大海的中央"（1.50）一语，就使大海本身的神秘性、模糊性和遥远性具体化了：卡吕普索正是"诡诈的阿特拉斯（Atlas），知道整个大海的深渊、亲自支撑着分开大地和苍穹的巨柱的阿特拉斯"（1.52-54）的女儿。她的名字也暗含着"隐藏"（*kaluptein*）之意。那么，奥德修斯的"藏身"之处，本身就具有大海的本质。奥德修斯被这位女神滞留，而在她身上，反映着宇宙物质——大地、天空、海洋——的交叉与结合。

对卡吕普索的第一次描写，就把这位要回到凡间的人，在一个辽阔无边又充满威胁与险恶的范围里展现了出来。这样一种范围使奥德修斯的英雄气概也黯然失色。用来描述卡吕普索*的父亲阿特拉斯的形容词：*oloophrōn*，"毁灭成性的"（destructive-minded，1.52）**，就已暗示了这个世界的威胁性。然而，当奥德修斯已经完全准备好要归返，并且他所有的想法都被归返所支配的时候，荷马却把他放到了奥古吉埃岛上。这位善于"藏匿"（Kalypso-*kaluptei*）的女神再也不能把这位英雄藏得远离人间，而奥德修斯身上无法去除的凡人特性则驱使他想要回到人间（参 5.215ff.）。哈得斯（Hades，冥府）之旅标志着奥德修斯接受了一般意义上的有死性以及特瑞西阿斯预言中所说的有死性，这是奥德修斯对他自己再也无法逃避的死亡的明确接受。

从卡吕普索的海岛到费埃克斯人那里的航程，是奥德修斯航程中最长也最危险的一段。为时长达二十天，是从太阳神的驻岛到卡吕普索的奥古吉埃岛这段航程的两倍。这两段旅程很相似。在这两段旅程中，奥德修斯都遭遇了一位神明制造的海难，而且都是历尽艰辛独自前行。第一段旅程有负面的后果：损失了全部同伴，并无所事事达七年，与人类社会彻底隔绝。第二段旅程带来了一个正面的结果：有一次差一点点就直接回到了人间。旅程长度翻了一番，这也许象征着奥德修斯在彻底悬离人类社会之后，无论是要寻找其返回人类社会（或者返回人类社会的转运站——斯克里埃）的

---

*　　原文为"Circe"，根据史诗，应为"Calypso"，故改。
**　　王焕生译为"诡诈的"，杨宪益译为"凶暴的"，陈中梅译为"歹毒的"。

道路，还是要在失败或迁居之后重新创造或重建人类生活，都有巨大的困难。在心理学上，在卡吕普索的岛上销声匿迹了七年，可以被理解成一种惊骇和萎弱的状态，一种在他聚集好足够的情感力量和洞见之前，虽意欲回返现实但无能为之的状态。但是，在受雅典娜劝激而出面的神明干预此事之前，奥德修斯的归返还是那么的无力无助。除此之外，雅典娜还将奥德修斯的理性与耐心，以及他对自己作为凡人的清楚而完整的看法具体化了，因此，也就把他与伊塔卡和凡人生活的联系具体化了。雅典娜是奥德修斯之人的精神的激活之力与恢复之力。尽管奥德修斯自己并不知道，他的这种人的精神，一直就没有停止过在他身上发生作用。[6]

要到达费埃克斯人那里，需要巨大的努力，以克服难以抵挡的怪人怪事。但是，回到前面所提出的问题：这样的航程为什么会如此艰难？而且为什么要选择费埃克斯人的王国作为回顾奥德修斯冒险历程的地方？要回答这些问题，需要把《奥德赛》中有关费埃克斯人的全部情节当作一个整体来仔细研究。

首先值得注意的是卡吕普索和费埃克斯人的并置。费埃克斯人活跃、机敏，而且还懂航海术，这与奥古吉埃岛上的静寂不动，以及卡吕普索向赫尔墨斯所说的——岛上缺乏交通工具（5.141–42），形成了一种对照。的确，当卡吕普

---

[6] 参阅《奥德赛》13.221–355，尤其330–40，以及后面第3章连同注释[7]中的进一步讨论。

索宣布要送奥德修斯回家时，要跨越"广阔的大海深渊"——即便乘船也困难——这一想法让奥德修斯瑟瑟发抖（5.173-79）。奥德修斯必须就卡吕普索所提供的一些基本材料，制造出交通工具来，然而费埃克斯人一答应送奥德修斯回家，他们就能毫不费力地让他在伊塔卡登陆。这是奥德修斯唯一一次完全不用自己付出努力的航行，与他从奥古吉埃出发的航程形成鲜明的对比。而宙斯的命令是：奥德修斯必须在没有神明和凡人的帮助下，从奥古吉埃归返（5.31-32），这就另外暗示了从卡吕普索到费埃克斯人的航程，乃是迁徙过程中危机重重的主要地段。

奥古吉埃岛的冷清和隔绝，也与费埃克斯人对社会和集体的喜爱形成对照。在费埃克斯人的"国土和城市"（*dēmon te polin te*，6.3）一语中就开始了对他们的描述，我们得知前国王修筑了围墙，盖起了房屋，还划分了田地（6.9-10）。[7] 尽管他们的社会方式与伊塔卡有别，但显而易见的是，他们也还都是凡人。因此，从奥古吉埃彻底的悬空到伊塔卡彻底的融入，斯克里埃也就成了不可或缺的歇脚之地。奥德修斯建造木筏的行动，不仅对他航行所需的体力来说是必要的，而且对他重新运用其理性的能力和活跃的气质来说，也是必要的，而后者对他的归返来说还是心理上的前提条件。它重新证明了奥德修斯能有创造性地影响自己所处

---

[7] 就像伊塔卡人一样，费埃克斯人常常被说成是一个 *dēmos*，比如可见于13.186。学者们常常把费埃克斯人与刚刚建立起来的爱奥尼亚（Ionian）殖民地相对比。

的环境，并能把握环境为己所用。奥德修斯在这里开始重建人类所特有的 technē（本领、技艺）能力，这种能力曾使他对独眼巨人的胜利成为可能，而且他以前也曾用这种能力来建造自己的婚床（23.192-201）。[8] 也同样正是这种本领，在他过去的英勇岁月里为他赢得了名声：制造了特洛亚木马。

离开卡吕普索，在一定程度上表明了这位英雄的凡人身份与其凡俗的肉身性是不可分割的。与柏拉图和基督教关于永恒而无形灵魂（psuchē）的观点相比，自我的本质在这里取决于靠饮食、呼吸和睡眠来维持的生命的能量。如同奥德修斯在其漂泊过程中不断抱怨的那样，永远与他形影不离的是要求颇高的肚皮（gastēr），实际上就是他既爱又恨的变动不拘的自我（ego）。一旦神使赫尔墨斯向卡吕普索宣谕奥德修斯必得归返，这位英雄就又开始有了他凡人的特征。在让女神发誓时，奥德修斯使用了他典型的审慎，在女神享用神液（nectar）和神食（ambrosia）的桌上，奥德修斯吃的也是凡人的食物，奥德修斯也第一次在这史诗中被人用他自己的名字和其父的名字来称呼（5.203）。奥德修斯还宣称他对凡间妻子和家庭的渴望，胜过对长生不老的渴望（5.173-224）。

一旦人所特有的这些能力得到激活，尽管有灾难重重相随，但是穿越"广阔的大海深渊"（μέγα λαῖτμα θαλάσσης, 5.174）的航程，也不可能被彻底阻碍住了，这

---

[8] 请注意造船和奥德修斯在弄瞎波吕斐摩斯过程中的冶炼术的比喻（9.384-86, 391-93）。

一点波塞冬是知道的（5.288-89）。所以，安全抵达费埃克斯人那里，也就消除了奥古吉埃岛那令人活力丧失的魔力，并标志着奥德修斯完成了其返回人类社会之旅中最困难的部分。在这里，奥德修斯理性自我的陪伴者——雅典娜，第一次在其海外历险中直接帮助他（7.14ff., 13.316-23）。然而，在奥德修斯真正到达伊塔卡以前（13.322-23），诗中一直都没有提到过奥德修斯有意识地认出过雅典娜，而在伊塔卡，雅典娜再一次成为奥德修斯行动和决断的主宰。

费埃克斯人消弭了奥德修斯在基科涅斯人（Ciconian）和斯克里埃之间野蛮古怪的世界所碰到的好些危险。他们以善良的方式接待了他，向他展示了一种生气勃勃的活力和强烈的好奇心，并慷慨地施赠礼物，还保证送他回伊塔卡。尽管费埃克斯人对奥德修斯的故事的强烈兴趣又延误了一点他的归期，但他们并不"强行"挽留他，也不像卡吕普索和基尔克那样用魔力来诱惑他，而是爽快地答应在他归返的海上满帆前进。就费埃克斯人全部特殊的技能而言，他们显然是人类，而且最终被证明他们也像奥德修斯一样，遭遇了来自波塞冬的同样的愤怒报复。在第8卷的比赛中，奥德修斯可以再一次展示其往昔的英勇能力，而在长达九年的时间里他一直都无法显露（186ff.）。然而费埃克斯人也脱离了一般凡人常见的痛苦和艰辛。正是这种既卷入又脱离的平衡（如下文所见）才使得奥德修斯对过去的回顾成为可能。奥德修斯正在返回人间的路上，但还没有完全进入人间，因此在他重返伊塔卡的现实生活之前，他还能回顾他在非凡尘俗世的、

"非现实"世界中的经历。费埃克斯人提供了一个有恢复作用的框架，在这个框架中，奥德修斯能够把现实的和非现实的、想象的与熟悉的世界结合起来。在盲歌手得摩多科斯（Demodocus）吟诵的歌曲和他们之间的比赛中（参8.215-22），费埃克斯人唤醒了奥德修斯好战的英勇本领，而在不久后打败求婚人的战斗中，他将得诉诸这种本领。

费埃克斯人既面对着未来，又面向着过去：回溯过去，是特洛亚之后的历险，以及特洛亚战争本身；展望前景，是与求婚人即将开始的战斗。尽管他们自己过着和平的日子，却引发了战斗的精神和奥德修斯自己身上将要复活的英雄的自信形象。费埃克斯人站在奥德修斯对现实的两面同时的努力之间，为奥德修斯不屈不挠的努力提供了一个平和安静的有利位置。奥德修斯登陆地点附近能遮风、避日和躲雨的藏身之处（5.478-81），就预示了在费埃克斯人那里有安全的避风港（5.478-81）。而且在紧接着对与雅典娜相连的奥林波斯的描述中（6.42-46），以及在阿尔基诺奥斯让人喜爱的花园里（7.117-19），都再次出现了遮风避雨的情形。瑙西卡娅，这位几乎是"新生的精灵"，立即向奥德修斯保证："现在你既然来到我们的城市和国土，便不会缺少衣服和其他需要的物品，一个不幸的求助者前来需要的一切。"（6.191-93）[9]

奥德修斯是这样到达的——被海浪抛了上来，安稳地睡

---

[9] 关于瑙西卡娅和新生，参Whitman（1958）295。

了一觉后，在瑙西卡娅面前醒来——经过奥古吉埃岛上近乎死亡的状态之后，又恢复了他生命的活力。奥德修斯从水里出来的时候完全光着身子，一切不需要的和随身穿来的东西都脱掉了，这不过是准备要重新穿戴，以重新开始在伊塔卡的凡人生活。特洛亚战争现在已成遥远的往事，成了诗歌的主题，而且即便特洛亚之后的历险，也已有七年之遥。所有的历险故事都已成了传说，而这个事实强调了这一变迁，但奥德修斯在讲这些故事时也被比作吟游诗人（11.368）。奥德修斯往事的这两个方面，现在都关注着将来，而且奥德修斯对非现实世界经历的总体回顾，恰恰是在他返回现实的预兆中进行的：唯有一个焦急地等待的黎明分开了这两个世界（参 13.35）。

奥德修斯讲述其历险的这一幕，正是他的归返已经准备就绪的标志。奥德修斯经历过一整套过场，从英雄式的体验到荒诞的体验，从可理解的体验到非人的体验，从战争到无为，从麾下云集着同伴的头领地位到特里那基亚岛*和斯克里埃岛之外的海洋中彻底的与世隔绝。现在，奥德修斯不再直接卷入这些过场，而是到了一个修整之地，在这里他可以重新回到他的人性之中。奥德修斯在向费埃克斯人讲自己的故事时，其实是在把这种结合弄得更彻底、更牢固，也是在把往昔安排成对未来的准备。

费埃克斯人所听到的故事，是由故事的亲历者讲述的，

---

* Thrinacia，太阳神赫利奥斯放牧牛群的地方，西西里岛的别称。

这个故事在奥德修斯的头脑中有着非凡的意义和亲身体验到的生动性。他不仅过去亲历过这段故事,并在内心又再次地体味,也为了未来而高瞻远瞩地消化和理解了一遍。因此,奥德修斯所讲的,是在内心形成但又有所改变的记忆中的经历。所以,他的故事必须要用第一人称讲述,那么第13卷转回第三人称的叙述,就颇为引人注目了。[10]

与其他各卷比较起来,奥德修斯讲故事的这几卷(9—12)在它们自己的世界里有一种独立性,这种独立性使得这几卷看起来的确像是对从生到死再到生的灵魂之旅的解释。无论这些个人的历险究竟意味着什么,用第一人称进行的把它们视为一种总体回忆的陈述,都可以看成局中人在经历许许多多丰富事情后的收获,就如他从方外之地的人那里得到的礼物一样。这种丰富的经验不可能如实地或客观地传达出来,而只能用它自己奇妙的方式来表达。在这里,人类的生命状态和生命经验就转变到不同的平面上了,变成了超越日常现实,异于日常现实的基调或调子了。第9—12卷与其他各卷的不同,不在于实际的措辞和风格,而在于这几卷第一人称的形式和内容,以及它作为整体在叙事中的地位,这一切使得这几卷非常特别,就如同它们远离已知的熟悉世界中

---

[10] Stella(1955,143-44)提到了《吉尔伽美什史诗》中第一人称嵌套叙事(narrative-within-a-narrative)的平行结构;而荷马对这一手法的运用则更为微妙和深远。Reinhardt(1948,66ff.)指出了这种 *Ich-Erzählung*(第一人称叙事)在诗歌中的强烈效果,尤其是对风景(77-78)的描述,和对英雄世界以及虚幻世界反讽性的比较,这在奥德修斯的口中,几乎变成了一种 *Selbstironie*(自嘲)。

的普通行为模式和关系，而使得它们非常特别一样。这几卷在诗歌向前移动的时间规划中所造成的中断，以及这几卷的倒叙（flashback）功能，进一步助长了它们的"非现实性"。奥德修斯所面临的问题就是要为这两个世界之间的鸿沟架起桥梁，为过去积累的个人经验（或者所有经验中属于个人的方面）和他现在以及将来在伊塔卡的公共的、外在的和可直接交流的现实之间的鸿沟，架起桥梁。如果奥古吉埃代表着奥德修斯从与外在现实关联的退隐或悬空，那么他的费埃克斯故事就是其内心世界的重新过滤和重建，以让他的内心世界与伊塔卡的现实以及人类的客观需要联系起来。

只有在斯克里埃这个迁移和过渡的基地中——这个基地仍然部分地处在幻想和想象的领域里，奥德修斯才能充分地解释他的历险。从其经历的主观性或亲历性方面来说，这些历险是"真实的"。奥德修斯不像在伊塔卡那样纯粹是在撒谎，因为他和诸神在其他地方都完整地或部分地提到过这些历险。[11] 然而奥德修斯在伊塔卡只向佩涅洛佩一个人和盘托出，看在夫妻破镜重圆的分上，奥德修斯与佩涅洛佩的交流是最充分也是最亲密的。而对其他人，奥德修斯则只讲述可

---

[11] Stanford（1958-61, 1: 63-64）提出过如下的问题：奥德修斯在向费埃克斯人所讲的故事中，是否强调了某些要素，以给他们留下一个更好的印象——比如他对母亲以及第11卷中"妇女名录"（the Catalogue of Women）的热爱，这样的印象会吸引并感动阿瑞塔。Stanford 注意到了，奥德修斯讲完后，阿瑞塔第一个开口说话。尽管这样的提议是可能的，但没有理由相信奥德修斯对母亲的感情是不真挚的，而且 23.310-42 中的概述也证实了奥德修斯的费埃克斯叙事的一般"真实性"。

以部分地被认可的故事,就如同费埃克斯的历险转变为更平实的话语,走出想象的领域而到达日常的和可交流的现实这一程度。

21 也与奥德修斯在伊塔卡的言而不尽形成对比的是,即便在他冗长的叙事之前,他已乐意向费埃克斯人讲述自己的故事。当阿瑞塔(Arete,费埃克斯王后)问起他的衣装时,奥德修斯开始冗长而详细地说起了奥古吉埃、卡吕普索、失去同伴以及他受到的拘押,而在大约二十行不着边际的叙事之后,才讲到故事中与阿瑞塔的问题直接相关的部分(7.244–66)。甚至基本上生活在虚幻世界的"海中老人"(the Old Man of the Sea,指普罗透斯)也只告诉了墨涅拉奥斯(Menelaus),卡吕普索强行滞留着奥德修斯不让他归返(4.556–60),而且这也是特勒马科斯带回伊塔卡的唯一关于奥德修斯历险的消息(17.143–46)。早些时候,特勒马科斯即便通过墨涅拉奥斯,都还远远不能进入奥德修斯的归返之旅以前,雅典娜也只用最直白和最平实的语言对特勒马科斯说,那些凶暴和野蛮的人羁绊着他的父亲(1.198–99)。奥德修斯本人在向特勒马科斯讲他归返的"真相"(alētheia)时,只不过对他在费埃克斯人船上的归程做了简短的、似乎可信的说明:"以航海著称的费埃克斯人送我前来,他们也伴送其他去到那里的人们",接着他附加了他从费埃克斯人那里得来的礼物的清单(16.226–32)。但奥德修斯丝毫没有提及他在虚幻世界中的历险。

欧迈奥斯与奥德修斯的关系不及特勒马科斯与奥德修斯

的关系那么亲密，但是这位牧猪奴听的却完全是用凡人的语言所讲的故事（14.193ff.），尽管诸如在埃及的七年或到特斯普落托伊人（Thesprotia）的航行之类的细节，模糊地与奥古吉埃岛上的七年和特瑞西阿斯的咨议相一致，而且描述奥德修斯虚构的海难的某几行诗，也与描述费埃克斯人故事的诗行完全相同。[12] 只是对佩涅洛佩，奥德修斯在乔装状态下与之见面时，才真实地讲述了费埃克斯故事的细节：他在特里那基亚岛上损失了同伴，以及他达到斯克里埃岛（19.272–82）。但奥德修斯在第23卷以前一直都意味深长地略而不提卡吕普索（310–42）。奥德修斯在这里向佩涅洛佩和盘托出，像他对费埃克斯人讲述那样，是以基科涅斯人（9.39）开始，以到达

---

[12] 另参 14.305-9＝12.415-19；14.314＝12.447。在奥德修斯与欧迈奥斯谈话的整个过程中，存在着一种有意识的反讽性的真假相互作用。欧迈奥斯对骗人的乞丐抱有戒心（14.125, 127），然后伪装了的奥德修斯，在重复欧迈奥斯在第127行中的话时，坚称他不是在胡诌自己归返的故事（这也是对欧迈奥斯在奥德修斯"不在身边"时仍不含糊地称颂奥德修斯之名的反讽，145）。于是在奥德修斯的叙述之后，欧迈奥斯和奥德修斯对故事的真相又开始争辩起来（14.361ff., 尤其 379, 387, 391–92, 400）。参见 Eustathius 对 14.199 的评注，以及总体上可参见 Trahman（1952）31–43，尤其 37–39。亦请参见后面第 8 章。Woodhouse（1930, 132ff.）认为这些谎言表示奥德修斯"真正的"归返，并由此证明奥德修斯见识过"不少种族的城邦"（1.3）。Carpenter（1946, 94–95）发现奥德修斯向欧迈奥斯撒的谎是普萨墨提库斯（Psamettichus）执政时期希腊海盗行径的历史性回响。这样的往事，如果是真的话，只会强化向费埃克斯人描述的经历与伊塔卡的"现实性"的对比。所以 Reinhardt（1948, 57）把这些谎言描述成 Erfindungen, die, je erlogener sie sind, umso mehr umwelthaft historische Blaubwürdigkeit, für uns 'Realität' gewinnen（更为间接地获得了历史可信性的杜撰——对我们而言，"现实"——它们则更纯粹的是虚构的）。

斯克里埃岛结束。这段叙述出现在通过婚床考验的相认之后，而且是在奥德修斯恢复了他在婚床上在佩涅洛佩身边的合法地位之时讲出来的，这段叙述标志着过去奇特的历险和现在以及将来在伊塔卡现实的完全结合。

佩涅洛佩通过她对丈夫特殊的了解和他们密切的关系——具体表现为婚床，获知了奥德修斯所走过的遥远世界。尽管更为有限，特勒马科斯还是通过他在自己的大陆之旅中的勇敢和努力，以及墨涅拉奥斯所讲的"海中老人"的故事，开始对此有所知晓。但至少在这部史诗的范围内，特勒马科斯所知道的也莫过于此，因为他与奥德修斯的关系只是共同行动，并通过狡计和努力，重建对王宫的管辖权，而不像佩涅洛佩的那种亲密交流。特勒马科斯和拉埃尔特斯也分享着奥德修斯的世界的外在方面，即他的英勇行动和祖传基业这些现实的东西。在伊塔卡，只有佩涅洛佩共享了奥德修斯远方漂泊的"真相"。

费埃克斯人脱离了奥德修斯所熟知的那种苦难，这种苦难与奥德修斯将要在伊塔卡更为充分承受的那种有死性比较起来，又好了不知多少。尽管奥德修斯在费埃克斯人手中时，他的痛苦和艰辛悬置起来了（参 7.195–96），但如今苦难已全然是他生命的一部分，他在苦难中的煎熬与费埃克斯人对苦难的远离，形成了永恒的冲突。奥德修斯向费埃克斯人声明了自己的凡人身份，这个声明是对他要返回伊塔卡的决心的最终肯定，而且在某种意义上，也是对他重返人类现实世界的能力的最后一次考验。

费埃克斯人与卡吕普索不同,他们并非不死的神明,而只不过是神明的近族(ἀγχίθεοι,5.35)。阿尔基诺奥斯的花园,是他们受到天眷的一个象征,被描述成"神明的惠赐"(7.132),而且瑙西卡娅也常常被比喻成神明(6.16,6.102ff.,6.150ff.,7.291)。然而,奥德修斯却不可能具有这种半神的特质。在奥德修斯离别的前一晚,他最后一次与"神样的"瑙西卡娅(8.457)见面,答允回到伊塔卡后会"像敬奉神明那样"(467)敬奉她。如此一来,当奥德修斯日益以伊塔卡的凡人的生活方式来思考问题时,就把瑙西卡娅和(推此而及的)他整个的费埃克斯经历,都从自己凡人的境况中疏离开了。

同瑙西卡娅的道别,还恢复了界定凡间生活的暂时性平台。瑙西卡娅是"帕尔特诺斯"(*parthenos*)*,即处在青春期到适婚成熟状态这一过渡期的年轻姑娘。瑙西卡娅还被比作阿尔特弥斯(Artemis),这样的女孩经常被如此比附。[13] 由于雅典娜半催眠式的建议,瑙西卡娅开始积极准备着婚事,这场婚事完全放在了凡间环境的房屋和家庭之中(6.15-40,49-70)。如果奥德修斯娶了她,奥德修斯就会把伊塔卡和佩涅洛佩抛在身后,但他仍然会过着一种能认可为凡俗的

---

[13] Calame(1977)1:90-92;165-66。新娘的意象弥漫在第6卷与瑙西卡娅相关的场景中,参见 Hague(1983)136-38 以及 Austin(1991)235-43。第8卷中的运动竞技也许同样暗示着婚姻,参见 Lattimore(1969)94ff.。

* *parthenos*,意指处女,少女。当作 *Parthenos* 时,指处女神,附于几位希腊女神尤其是雅典娜名后,如 Athena Parthenos(雅典娜处女神)。希腊神话中处女神共三位,除雅典娜以外,另外两位分别是赫斯提亚(Hestia)和阿尔特弥斯(Artemis)。

生活（不同于卡吕普索所提供的将长生不老的结合）。实际上，奥德修斯将可以更新他前一个阶段的生活，与一个待字闺中的姑娘重结一场良缘。奥德修斯向她告别所说的话"姑娘，是你救了我"（8.468），就承认了这样的结合也许会带来崭新的面貌。但奥德修斯把她称作 kourē（"姑娘"），也认识到她太年轻，以此提醒横亘在他们之间的鸿沟。

在奥德修斯与阿尔基诺奥斯的第一次交流中，奥德修斯对自己凡人特性的宣扬表现得更为清楚（7.208ff.）。阿尔基诺奥斯提出奥德修斯也许是乔装的神明这样一种可能性，也在不经意间就提到了诸神过去惯常显出原形对费埃克斯人进行拜访（199–206）的事情。奥德修斯回答说，他不仅仅是一个凡人，而且是那种尝遍了凡人苦难的凡人（211–14）。他对自己凡俗性的说法包含三个方面：他的苦难（211–14）；尽管愁苦但依然难忍的辘辘饥肠（215–21）；以及送他回到魂牵梦萦的家园的恳求（222–25）。第一个方面和第三个方面是史诗前半部分的主题；第二个方面在史诗的后半部分变得具有特别的重要性，它反映了奥德修斯再次面临着人类基本而普通的需求。整个这一段让人回想起奥德修斯在第 5 卷中对卡吕普索提出让他不朽的建议的拒绝（合参 5.210–13 与 7.208–10）。通过拒绝卡吕普索，奥德修斯对自己的凡俗性进行了一种充分而肯定的重申，而通过真正地送奥德修斯回到伊塔卡这样的方式，费埃克斯人让这种凡俗性得以实现。

因此，费埃克斯人是奥德修斯返回现实世界的工具，但他们也是奥德修斯正离开的虚幻之域的最后一抹晚霞。他们既具有虚幻之域的奇迹，也带着虚幻之域的危险，即作为瑙西卡娅的新郎这一重新焕发青春的令人心动的暗示，以及渐行渐远的卡吕普索的滞留所具有的不吉利兆头。费埃克斯人的岛屿，与卡吕普索和基尔克的岛屿一样，同时暗示着历经生活磨难后到达的"极乐世界"般的（Elysium-like）天堂和在遥远的海洋中地狱般的湮没。[14]这种模棱两可性不仅是费埃克斯人的过渡作用的源泉，也是发生在他们与奥德修斯之间的冲突的源泉。费埃克斯人没有遭受过奥德修斯所知道的大部分苦难。他们的船只不需要费心就能航行起来，也没有危险（8.556-63*），他们把自己航海的能力看成波塞冬（7.35）恩赐的礼物，而波塞冬正是奥德修斯的克星。费埃克斯人被称作"喜爱航海的人"（*philēretmos*, 5.386）[15]，（这个称号在《奥德赛》中为他们所专有），就是正当奥德修斯遭遇海浪最严酷折磨的时刻。海洋是奥德修斯危险和死亡的冤头债主，甚至连诸神也都深恶痛绝，但对费埃克斯人来说，却是一把保护伞（比较6.201-5与5.100ff.和5.52）。费埃克斯人也远离战争。对他们来说，奥德修斯和希腊联军在特洛亚所遭受的苦难，正是在得摩多科斯歌曲中审美愉悦的源泉

---

[14] 关于费埃克斯人的模棱两可，参见G. Rose（1969）各处和Most（1989）27-29。关于费埃克斯人与死后的天堂和地狱的联系，参见Cook（1992）各处，尤其241ff.，248ff.，266。

[15] 除费埃克斯人之外，*philēretmos*（喜爱航海的人）这个称号，仅用在了塔福斯人（Taphians）身上，那还是在第1卷中，雅典娜幻化成塔福斯人的首领门特斯（Mentes）的时候。

* 原文为7.556-63，据史诗改。下面如有类似的印刷错误，径改而不注明。

（见 8.83ff.，521ff.）。奥德修斯在特洛亚战争之后历险中的痛苦和损失，他的 kēdea（悲伤，灾难），对阿尔基诺奥斯来说，是一个让人着迷和令人高兴的故事，能让他愿意一直听到天亮（11.375-76）。然而奥德修斯却更愿意睡觉并在黎明时起程（11.379ff.，另参 7.222），而不是被又一天的笙歌盛宴拖到随后的黄昏时分方能离去（见 13.28ff.）。费埃克斯人对游戏的喜爱，也同样反映了他们脱离了人类真正的痛苦：他们避开了奥德修斯挑战他们的拳击和摔跤（8.206），而更喜欢赛跑、跳舞、弹竖琴，以及温暖的沐浴和软床这些更为安稳的舒适享受（8.246-49，253）。奥德修斯对待欧律阿洛斯（Euryalus，费埃克斯青年）挑战的严肃态度，让费埃克斯人感到讶异和震惊（8.158ff.），他们在奥德修斯夸口必胜后，都静坐无语（8.234）。他们被奥德修斯的强烈反应、耐性和愤怒吓到了，直到欧律阿洛斯提议舞蹈表演，并让得摩多科斯吟唱有关阿瑞斯（Ares，战神）和阿佛罗狄忒（Aphrodite，爱与美之神）轻松的故事，才缓和了所有这些情绪（8.256ff.）。他们认为最高的荣誉（kleos）在于体育竞赛中的胜利（8.147-48），然而奥德修斯所知的和已有的荣誉，来自在特洛亚的战争，诗人把它当作 κλέα ἀνδρῶν（英雄们的光荣之歌*）来吟诵。

通过得摩多科斯的歌曲，奥德修斯再次陷入了特洛亚

---

* 英文为 famed songs of heroes，王焕生译为"演唱英雄们的业绩"，杨宪益译为"歌唱英雄们的光荣事迹"，陈中梅译为"唱响英雄们的业绩"。此处根据文意和句法改译如是。

战争的痛苦之中,而费埃克斯人只是从中获取快乐。描述奥德修斯哭泣的那个比喻,属于《伊利亚特》的世界:被俘的寡妇开始被残酷地弄去做奴隶,为丈夫的死和自己的命运而悲泣(8.522-30)。[16]费埃克斯人与奥德修斯的苦难在美学上的脱离,促使他回到过去的现实中。除其他的一些事情外,奥德修斯长达两天的奇怪的隐姓埋名之举,形成了一种对费埃克斯人同化的无声的拒绝。在他们的歌曲和体育运动结束以前,奥德修斯一直隐瞒着自己的名字。而且他宣布自己的名字,就像他所有的证明一样,是用他自己的语言进行的。在这种情况下,这语言就是为特洛亚战争而洒的眼泪,以及对他以前所经历的磨难的回忆(9.2ff.)。在他给费埃克斯人所讲的故事中,在他将要重新进入他刚刚由之而来的新近过去的虚幻世界时,奥德修斯回忆起了自己英勇的往昔。当奥德修斯在伊塔卡再次穿上他英雄的铠甲去打败求婚人,以及当他躺在佩涅洛佩身边向她复述这个他就要给费埃克斯人讲的故事时,他的往事的两条主线就合而为一了。

快乐、喜悦与悲伤

我已论述过,奥德修斯在费埃克斯的短暂逗留,代表了一种在凡人苦难中的挣扎和与这种苦难远离之间的冲突,并且这个冲突是在他跨越虚幻世界里的无限可能性和其间所

---

[16] 另参《伊利亚特》19.290-94,以及本书第6章。

做的探索,以便能回到伊塔卡的现实这一决定性时刻到来的。这个冲突对整个诗歌都有影响,而且,就如我们将在本书第 7 章和第 8 章中所看到的那样,这个冲突还深入到了它的诗学当中。它在一定程度上是通过两个关键词意味深长的再现而发展的:"喜悦"(terpsis 以及相关的复合词)和"痛苦"(pēma, pēmainesthai)。

费埃克斯人在盛宴和歌曲(尤其是后者)中的"喜悦",时常出现在整个第 8 卷中(比如 45,91,368,429,542),但他们的吟游诗人的突出地位——他们闲散、舒适和未受打扰生活的标志,给奥德修斯带来的却只是悲伤,在费埃克斯人"享受欢欣"的时候,奥德修斯却在哭泣(90ff.),直到阿尔基诺奥斯终于对大家说:"未能引起众人心欢悦"(πάντεσσι χαριζόμενος,538),还说从歌唱一开始,奥德修斯就没有停止过哭泣(540-41)。这样的话,最好还是大家都能一起在歌中"共享欢欣"(542-43)。"悲伤"(goos,540)和"喜悦"(joy,542)的对立,引出了奥德修斯诉说他的身份和他往昔的故事。奥德修斯所谈及的历险,包含着许多的"不快"(aterpes):莱斯特律戈涅斯人(Laestrygonian,野蛮的巨人部落)"骇人的餐肴"(10.124),提供渊博见闻的喜悦的塞壬(12.188),特瑞西阿斯对奥德修斯是否去看"死人和悲惨的地域"(11.94)的询问,以及如他对阿瑞塔所讲的,在斯克里埃着陆时,他被抛向"危险的绝境"(7.279)。

奥德修斯在斯克里埃度过的最后一个晚上,费埃克斯人在饮宴中"享乐"（13.26-27），而他却在盼望着伊塔卡的凡人的劳作和苦难；表现奥德修斯归心似箭的"饥饿农夫"的这个比喻，加强了他们之间的对比（31-34）。这个比喻也暗含着艰辛与闲适的对比，以及在陆地上的安居乐业与在海上的颠沛流离的对比（意味深长的是，费埃克斯人在这里又被称作了"喜好划桨的人"，36）。在某种意义上，奥德修斯在费埃克斯人当中依然是孤独的，就如同他与卡吕普索一起生活的七年一样。只有他一个人知道悲伤，而且吟游诗人对喜悦和苦难的再创造能力，也只有对他来说才有意义。得摩多科斯的失明，只有对奥德修斯来说才有着深刻的意义："缪斯宠爱他，给他幸福，也给他不幸，夺去了他的视力，却让他甜美地歌唱。"（8.63-64）自己本人也被比作了吟游诗人的奥德修斯（11.368），只有同得摩多科斯——也许还有阿瑞塔——费埃克斯人中唯一的一个——在认知和苦难上心有戚戚。

欢乐（场景）中的悲伤这一主题在整个史诗中反复出现，并把三个主要人物联系了起来。佩涅洛佩的第一次出场（而且也首次提及她的名字，1.329），是在哭泣并叱责吟游诗人费弥奥斯（Phemius），因为他吟唱"阿开奥斯人的归返"是"愉悦求婚人"的（1.347）。在墨涅拉奥斯的宴会中，当听到提起他父亲奥德修斯时，特勒马科斯偷偷地哭泣（4.113-14），如同奥德修斯在费埃克斯人的饮宴中哭泣一样（8.84f., 521-22）。不过，在人间苦难的这个范畴里，其他所有人都与特勒马科斯一同哭泣，直到佩西斯特拉托斯（Peisistratus,

皮洛斯国王涅斯托尔之子）宣布他"不喜欢宴饮后的哭哭啼啼"（193-94；也见于19.513佩涅洛佩所说的话）。与此形成对照的是，乔装了的奥德修斯在伊塔卡起初还不愿意向佩涅洛佩讲他的故事，免得自己"在别人家里"哭泣（19.119）。而且，这里对哭泣的压抑，反映出求婚者毫无人性，与阿尔基诺奥斯充满同情的兴趣或墨涅拉奥斯宫殿里的群情悲伤大不相同。

求婚人通常被描写成在饮宴、歌曲或游戏中"取乐"（如他们第一次出现时，1.107；也见于1.369，422等处）。求婚人抛掷铁饼的娱乐，与特勒马科斯寻父路上的焦急和忧伤，形成强烈的对比。第17卷中的同一行诗——在特奥克吕墨诺斯（Theoclymenus，阿尔戈斯的预言者）向佩涅洛佩做了预言后，就已预告了他们所有的欢愉注定就要完结的命运（17.168）。这里的"铁饼"也让人想起奥德修斯对费埃克斯人的胜利（8.186ff.），而且他很快就要在伊塔卡的另一场竞赛中，证明自己的臂力。因此，求婚人的"欢乐"，不是费埃克斯人那种由于受到神明的眷爱和远离人类以及人类苦难而拥有的合理欢乐，求婚人的欢乐是靠残暴和施害来获得的。他们让两个乞丐相斗所获得的"乐趣"（terpōlē），亦当如是观（18.36ff.）。与费埃克斯人容易的、神赐的慷慨形成对比的是，求婚人的饮宴总是揭露出其所耗费的艰辛和努力：牧人为宴会供应家禽肉食的努力（14.40-42，85-108，415-17），仆人的劳作（20.149ff.，162ff.），增加给咒骂求婚人的推磨女仆的额外苦工（20.105-19），以及不断强调的对奥德修斯家产的浪费。求婚人的快乐也与笼罩在他们头上的无情的命运形成对照,荷马不断地使用这种对比,比如说求婚人在观赏那两个乞丐打斗时,"笑得死去活来"(18.100)。[17]

另一方面,欧迈奥斯的粗茶淡饭,总有一种真正的"快乐"相伴(14.443,15.391),而且牧猪奴和乞丐还可以"回忆过去,欣赏对方的不幸故事。一个人也可用回忆苦难娱悦心灵,在他经历了许多艰辛和漫游之后"(15.399–401)。[18] 欧迈奥斯的"快乐"给予了苦难在人类生活中的位置,而且他的快乐不像求婚人的快乐那样建立在对受苦人的侮辱和嘲笑之上。最后,佩涅洛佩对奥德修斯的相认,也伴随着一种对人类生活中悲伤和喜悦的平衡的意识。佩涅洛佩请求奥德修斯不要为她对他的考验而生气,因为神明嫉妒他们"一起欢乐(*tarpēnai*)度过青春时光,直到白发的老年来临"(23.212)。重新相认的喜悦,在这里掺杂着对不可挽回的损失的悲伤。与此大不相同的,是奥德修斯在斯克里埃向阿瑞塔道别的语调,奥德修斯祝愿阿瑞塔快乐,"直至凡人必经历的老年和死亡来临。但愿你在这宫邸和孩子们、全体人民、

---

[17] 亦请注意在特奥克吕墨诺斯做出无情的预言后,雅典娜激发求婚人"大笑不止"(20.345ff.)。在18.304-6,当求婚人开始跳舞唱歌,"冥冥夜色终于降临这群娱乐人",正如他们的厄运日益临近,"冥冥"一词此时与1.421-23行的第一次出现相比,远非只具有不吉利的含义。亦请注意火光的作用,18.343,18.354-55,19.24-25和19.33-35,总体上可参见Clarke(1962)358-60和Whitman(1958)121-23。

[18] 对这一幕的论述,见本书第8章。

阿尔基诺奥斯王欢乐共享"(13.59-62)。对阿瑞塔来说,死亡和年老是不可避免的,但它们只是一种幸福生活的自然局限;它们让费埃克斯人不受威胁,也不受烦扰。然而,当奥德修斯祝佩涅洛佩"享受"睡眠时,心里知道他们前面有"无穷无尽的艰难困苦"(23.248-55)。[19]

正如奥德修斯无法与费埃克斯人分享没有烦扰的"快乐"一样,他也无法继续分享他们没有痛苦的自由。与"痛苦"相关的词,尤其是"无痛"(apēmōn),对前面所说的"快乐"形成了一种反复出现的补充模式。奥德修斯是"多灾多难的人"(1.4),在他苦难的旅程中不能得到庇护。[20]卡吕普索在他身后送来的顺风"温馨而轻柔"(5.268,7.266),基尔克还答应帮助他,使他不会"悲伤地遭受任何痛苦"(12.26-27)。即便这种帮助不能让他的木筏免于海难,或者逃脱给凡人(12.125)和他的同伴(12.231)带来痛苦的斯库拉(Scylla,海中的食人怪物)的蹂躏。同样地,风神艾奥洛斯(Aeolus)的礼物也不能缩短奥德修斯的漂泊历程。即使是费埃克斯人所提供的"顺利的"运送,阿尔基诺奥斯也说明白了:就算奥德修斯"一路上"不会遭受任何痛苦,他也将忍受"母亲生育他时,命运和司命女神们在他的生命线中纺进去的一切命数"(7.192-98)。"母亲生育他"这句

---

[19] 见本书第9章。
[20] 亦请注意24.305行中这个源自父亲的名字Polypēmonides(译按,史诗中此处只有"波吕佩蒙"一词),即"灾难深重者的儿子",如果文本是正确的话。关于其他的语源,参见Stanford(1958-61)对此行诗的论述。

话，尤其清楚地说明了奥德修斯要陷入由出生和死亡而定的苦难。奥德修斯对这种苦难的预知和接受，反映在后面第18卷佩涅洛佩对求婚人讲的一席话中，在那席话里佩涅洛佩转述了奥德修斯对她的临别赠言："夫人，我看胫甲精美的阿开奥斯人不可能全都安然无恙地〔apēmonas〕从特洛亚归返。"（18.259-60）自相矛盾的是，奥德修斯回来时，带回的东西却比他如果"安然无恙地"从特洛亚归返所能带回的东西更多（5.39-40，13.137-38）。奥德修斯的苦难使得他能够从他如果不是经历这些苦难就不会到达的地方带回礼物。

奥德修斯如此深沉地陷入了必死（境地）和痛苦，以致他的苦难都影响到了迄今为止还是"所有人的安全护送者"的费埃克斯人（8.566，13.174）。波塞冬把运送奥德修斯回家的船变成了石头，让它在靠近城市的地方固定"生根"（13.163），"把那条迅速归返的船只固定在海面"（168-69）。[21] 费埃克斯人，这个移动迅速和捷足善跑的民族，也体会到了奥德修斯在伊塔卡熟知的那种固着性（fixity），而且这个海上民族（这里有针对性地被称之为"好用长桨"和"以航海闻名"的人，166）不再渡送凡人。第13卷一开头就重述了阿尔基诺奥斯在第8卷中要送奥德修斯回国的诺言（13.128-87及8.565-70）。在第13卷中，情况颠倒过来了：奥德修斯在归船上睡大觉的时候，以前自信且自夸（8.556-63，13.5-6），并对预言轻轻松松一笑置之（8.570-71）的阿

---

[21] 关于波塞冬和费埃克斯人的船只，见本书第10章，注释〔27〕。

尔基诺奥斯，现在面对实实在在的警告，却赶紧设法平息诸神的愤怒了（13.179-83）。

费埃克斯人把奥德修斯的灾祸，即波塞冬的愤怒，揽在了自己头上，暂时平息了奥德修斯的悲伤。从而奥德修斯就把他的标志，即苦难的必然性，留给了费埃克斯人。费埃克斯人受到了影响，因为他们和其他款待奥德修斯的主人不一样，他们也是有死的，而且依然处在凡人苦难的界限以内。他们不可能像艾奥洛斯那样，把奥德修斯当作一个讨厌的、"受到神明憎恶"的人撵走（10.74-75），而是为帮助他摆脱灾难付出了代价。于是，他们的灾难打破了同无忧无虑的虚幻王国的最后联系。他们的损失，一方面是预言（8.564-71），一方面是预言的现报（13.125-87），营建了奥德修斯在那里的解释和回忆的框架。不管是否愿意，他们都被弄得去分担奥德修斯将要回归其中的、要受苦受难的有死性。在同一诗节里，当奥德修斯在伊塔卡醒来的时候，费埃克斯人最后的形象，是烦恼不安地围住祭坛向波塞冬祈求。然后，奥德修斯醒来了，他们却消失了，几乎就像一场梦，一场回到从前的梦。

这一从前，连同从前的虚幻世界，就这样永远地结束了。只剩下把奥德修斯带到这种宁静之地的巨大努力，在这样的宁静之中，他能够在脑海里纵观并重新体验其旅程中的奇迹与艰难。他把费埃克斯人的岛屿神秘地抛在身后，就像他神秘地发现它一样。这些岛屿曾经出现在奥德修斯的眼前，就如死里逃生一样令人欣悦（5.394-98），也像出没于波涛之间的神秘的琉科特埃（Leucothea，译按：伊诺〔Ino〕变成海神之后的名字）那样令人难以捉摸（5.333）；但现在费埃克斯人的岛屿却在迷雾与睡眠中消失远去。这个遥远而安宁的世界一旦接触到了人类的苦难，就不再能为凡人所接近了。与通常的神话故事主题形成反差的是，在这关键的过渡时刻遭受苦难的，不是这个行将归返的凡夫俗子，而是这个仙境乐园本身。

伴随着奥德修斯从特洛亚带回来的人类现实性的另一种回声，这个虚幻的世界关闭了。在费埃克斯人的岛屿被大山"围困"的短短一系列过程中，动词 *amphikaluptein* 就用了四次（13.152，158，177；以及 8.569）。但让人有点奇怪的是，这个词也用在了得摩多科斯（在奥德修斯请求下）咏唱特洛亚陷落的歌曲中，说特洛亚如何"命运注定城池遭毁灭，当它接纳（*amphikalupsēi*）高大的木马之时"（8.511-12）。带着甚至是在他最伟大的胜利中也涉及的痛苦，奥德修斯来到了费埃克斯人的王国。相反的是，一旦奥德修斯穿越了这个虚幻的世界回到伊塔卡的现实之中，他就再也回不去了。在波塞冬的报复行动之后，费埃克斯人为了平息神明的愤怒（13.180-83），主动打消了以后还会护送任何凡人的念头，这样一来，阿尔基诺奥斯颇为自夸的允诺，即奥德修斯不会再回到费埃克斯人那里（13.5-6），就具有了一种反讽的意味。

不过，奥德修斯却是心甘情愿地放弃虚幻世界的；而且他还重新接受了凡人的现实状况，也以更为精明的狡计和更强的决心适应了这些新发展。而对另外一种恢复来说，费埃克斯人也非常重要：他们向奥德修斯表现出美、快乐和青春的愉悦仍然存在，他们展现出与奥德修斯备受磨难的精神互为补充的一种对世界的看法。尽管奥德修斯再也不能重返他们的世界，但他带回了从那里获得的礼品和宝物，作为一种象征，这些东西融合着愉快的回忆和复苏的体验，这是阿尔基诺奥斯（8.430-32）和瑙西卡娅（8.461-62）都希望奥德修斯能够记住的。这些礼物目前必须藏起来，它们无法安全地被带到与伊塔卡残酷现实的直接接触中，而是必须静静地、暗暗地躺在幽暗多雾的山洞里（13.366ff.），好让它们能在被带出去以前，"安全免丢失"（13.363-64；另参304-5）。

在费埃克斯人那里的经历一方面只不过是另外的一次历险，有着危险的着陆和安然的离开，同基尔克或卡吕普索的邂逅很相似。另一方面，这也是奥德修斯重新审视和再次体验整个过去九年的地方。它具体表现了海洋所有的神秘性和所有的漂泊。它以睡眠和雅典娜的帮助开始，又以睡眠和雅典娜的帮助结束，雅典娜再次直接帮助了奥德修斯。它是一个神秘归返的地方，也是一个休息和复原的地方：在特洛亚之歌中，在获胜的掷铁饼比赛里，在把欧律阿洛斯赠送的剑背上肩头时（8.416），奥德修斯恢复了他的英雄活力。在与基尔克和卡吕普索危险的关系结束之后，在与瑙西卡娅的邂逅中，在她关于婚姻的满是少女心思的言谈里，以及在阿尔基诺奥斯想把瑙西卡娅许配给他的实际的提议中，奥德修斯也恢复了与凡人的关系。这段故事同样也是对一种复杂而有序，并且非常高雅的社会的回归（见7.336ff.），这个社会充满了舒适，而且也庇护乞援人。于是这段故事也提供了一种家庭和政治的统一与秩序的意象，奥德修斯在伊塔卡需要重建这种统一与秩序。当奥德修斯准备最后一次漂洋过海回伊塔卡时，他对阿瑞塔道别的话，说的是凡人要跨进年老和死亡，而这就平衡了最先让他苏醒过来并"救了他"的瑙西卡娅的年轻与活力（8.468）。[22]

库克洛普斯人与费埃克斯人

与费埃克斯人完全相反的是库克洛普斯人。费埃克斯人高度的文明——他们的社会发展、造船业和航海业，以及对客人的款待，都与库克洛普斯人尚不成熟的社会组织，船只的缺乏，原始的维持生计的手段，以及对神明和天赋权利的蔑视，形成了最鲜明的对比。对两个民族开头描写的几段，使这种对比变得更为强烈。费埃克斯的创立者，瑙西托奥斯（Nausithous）建立了库克洛普斯人所缺乏的文明生活的诸种面貌：筑围墙、造房屋、修神庙、分田地（6.9-10；比较9.107-15）。而库克洛普斯人周围的岛屿无人放牧，也无人耕种，因为他们没有船只可到达那里（9.125-

---

[22] 奥德修斯的两场道别的话，似乎有着精心设计的效果——一场是同瑙西卡娅（8.461-68），一场是同阿瑞塔（13.59-62）。这两个费埃克斯女人分别是女儿和母亲，主要是她俩救了奥德修斯。而且这两场道别的话都以"χαῖρε"（"再见"）开头。

29).[23] 肥沃的土地和野生生物显示出自然界（9.120-24，130ff.）更为丰饶、慈惠的一面——宁静、遥远而美丽，然而库克洛普斯人和他们的岛屿，却显示出荒芜的自然界更严酷、更野蛮和更让人难以忍受的一面。即便库克洛普斯的土地在黄金时代的富饶，也和阿尔基诺奥斯花园精心排列、鲜美养人的果树（7.114-32）这些"神明的惠赐"形成反差。同样地，波吕斐摩斯用大石堵门的粗陋洞穴，也与阿尔基诺奥斯有着黄金大门的华美宫殿形成对比（7.88）。[24]

比物质差异更重要的，是道德上的差异。奥德修斯来到费埃克斯人那里时，他们正虔诚地向赫尔墨斯神奠酒（7.136-38），而且在阿尔基诺奥斯请奥德修斯入座后，他们又向"关照所有应受人们怜悯的求助人"（ὅς θ' ἱκέτῃσιν ἅμ' αἰδοίοισιν ὀπηδεῖ，7.181）的宙斯奠酒。然而，库克洛普斯人不仅蔑视所有的神明（9.274-76），而且尤其藐视宙斯（277）；而在徒劳的求助中，奥德修斯说"宙斯是所有求援者和外乡旅客的保护神，他关照所有应受人们怜悯的求助人"（269-71），这与阿尔基诺奥斯7.181行的虔诚祈祷相呼应。

---

[23] 这一段（9.125-29）也许是奥德修斯有意对作为文明标志的航海业的赞词，以此来使费埃克斯人感兴趣并取悦他们。
[24] 对于库克洛普斯人和费埃克斯人进一步的对照，以及模棱两可地属于黄金时代的库克洛普斯人的论述，见本书第10章，第202-209页。（均指原书页码参照中文本的边码，下同。——译者注）

但使这两个民族的对比变得更为突出的，是第6卷一开头所说的费埃克斯人不寻常的历史：费埃克斯人"原先居住在辽阔的许佩里亚（Hypereia），与狂妄傲慢的库克洛普斯族相距不远，库克洛普斯比他们强大，常劫掠他们。仪容如神明的瑙西托奥斯迁离那里，来到斯克里埃，远离以劳作为生的人们"（6.4—8）。为什么热爱和平的费埃克斯人会有这样一段历史？[25]后面的叙述不需要这段历史，而且对于一个想象中的民族，诗人也许可以随意编造或隐去起源上的细节。费埃克斯人和库克洛普斯人在这里的关联，以及后来阿尔基诺奥斯说起"野蛮的众巨灵"时对他们的提及，都让我们想起了那个虚幻的世界，就像费埃克斯人自身一样，既包含着慷慨，也包含着危险。奥德修斯刚刚逃过了这个世界的暴力、野蛮和古怪，并将把这个世界看成往事；他现在正去往一个更可理解并更令人喜爱的世界，一个与伊塔卡的真实世界更为接近但又的确比伊塔卡更好的世界。

然而，关键的区别正在于这一点：奥德修斯对库克洛普斯人的残忍有亲身的体验，而费埃克斯人却通过他们的海上生活，通过他们加固了的巍峨城墙——"令人诧叹的奇观"

---

[25] Eustathius（论6.4—8）承认这个故事是"不必要的"，但他把它解释成奥德修斯脱离巨险的过渡和一种避免单调的手段。但史诗接下来对瑙西卡娅的描写（6.15ff.）无疑起到了这样的作用，除此之外，这样的解释并没有说明这段历史的内容。Eitrem（1938，1527—28）考察过许佩里亚的传说和猜想，以及费埃克斯人的"前史"。

（7.44-45）——而让他们自己与这种野蛮绝缘。他们现在似乎只是把库克洛普斯人想成一个遥远的、像巨人部落一样的半神话的民族（7.205-6）。[26] 费埃克斯人避开了他们的世界中奥德修斯遭遇并征服了的一个方面。

奥德修斯在费埃克斯人那里看到了一种高度发达的文明，不仅仅是从他们的礼节和礼遇上，而且还从他们对他名字的关心，在他哭泣的时候，他们同情而好奇地询问（8.550ff.）中看出来。然而费埃克斯人却是以得摩多科斯吟唱特洛亚的歌曲，这一远远的、美学的中介以及奥德修斯本人为之骄傲的 *kleos*（"荣誉"，9.20），才对他有了更充分的了解。他们对待世界的方式，与奥德修斯的方式有着深刻的区别。他们避开了世界中的野蛮因素，并在城市和围墙的安全庇护下，建立自己的生活。奥德修斯直接遭遇到了这些要素，并靠自己的耐性、勇气和狡计战胜了它们。因此，费埃克斯人对奥德修斯来说，也还只是一种不彻底的代表：尽管他们活跃而好交际，这不同于卡吕普索或基尔克，也不像库克洛普斯人那样行凶吃人和冷酷无情，但他们还是远离了奥德修斯已经知晓并将再次遭遇的野蛮现实。

奥德修斯打败了独眼巨人，这是人类智慧对原始暴力的胜利，也是对未驯化天性中兽性力量，纯粹的 *bia*［力量］

---

[26] 这里的费埃克斯人与巨人部落关系的另一个方面，请参见本书第10章，第203-204页。

的胜利（6.6）。奥德修斯戳瞎独眼巨人的眼睛一事，是用文明社会的技术——冶金与造船（9.384-86）这样的比喻描绘出来的，而库克洛普斯人缺乏造船的技术，在这里就变得尤为突出（9.126）。即便在外表上，波吕斐摩斯也"看起来不像是食谷物的凡人，倒像是林木繁茂的高峰，在峻峭的群山间，独自突兀于群峰之上"（9.190-92），这是野蛮本性的另一种比喻（亦见9.292）；而奥德修斯在逃离后，高声喊出了自己的名字和出生地。

奥德修斯运用智慧，打败了波吕斐摩斯，并重新获得了英雄身份。他的英雄身份曾被独眼巨人凶残地剥夺，并且在山洞历险中陷入最低潮。波吕斐摩斯不允许奥德修斯有一丁点权利，几乎视奥德修斯为他自己所喂养的一只牲畜，而且询问奥德修斯的名字，也只是要确定地告诉奥德修斯，他也将要像其他人那样被吃掉，只不过是晚一点被吃而已。奥德修斯必须暂时变成"无人"（No-Man），一个没有身份的人，直到他赢得了自由和生命之后，他才再次挑衅性地宣布自己是"攻掠城市的奥德修斯，拉埃尔特斯的儿子，他的家在伊塔卡"（9.504-505）。然而，奥德修斯再次用上了自己的身份，不仅让他暴露在独眼巨人投掷物的危险面前，而且暴露在所有随之而来的由波吕斐摩斯祈求波塞冬降下的苦难面前。波吕斐摩斯只有在知道了奥德修斯的名字后，才能诅咒他，但奥德修斯的名字同时就带着"痛苦"（*odunai*，另参17.567，19.117）和"憎恨"（*odussesthai*，另参19.275-276，407）的意思，他在伊塔卡的生活与此也有联系。[27] 奥德修斯对波吕斐摩斯宣布自己的名字说"要是有哪个'世人'问你"(9.502);这一夸口显得更接近于人类世界了,但却几乎是致命的,差点就毁了他返回"世人"中间的归旅。

特洛亚之失

奥德修斯向真实世界的归返,也要从他与同伴的关系这方面来衡量。因为日益增长的情感上的疏远,奥德修斯逐渐失去了他的同伴,就如同失去了他的船只、衣服和他在特洛亚所有的装备一样。虚幻世界的非现实性反映在这些关系的不稳固性之中,这种关系只是建立在暂时的环境和一种自卫的共同渴望之上。当同伴们自我保护的渴望减弱的时候,这种纽带就开始松散。虚幻世界既考验了同伴们对生命的把握,也考验了他们与奥德修斯的关系。但是,他们没有经得住这两种考验,于是,即使是奥德修斯想要挽救他们的愿望,也连同他以前的权威地位一起,渐渐地变得毫无意义。

---

[27] 关于奥德修斯的名字在伊塔卡所带来的憎恶,见欧佩特斯列举的奥德修斯所引起的灾难,24.427-29。Stanford(1952, 209-13)讨论了19.407-9行,得出结论认为"*odussesthai*"的消极意思起到了主要作用,奥德修斯因此是"神明不喜欢的人"(见1.62),"注定受憎恶的人"。注释者在19.407中把"*odussamenos*"训释为"*misētheis*"("憎恨")。Dimock(1956, 52-70)强调了与"*odunē*"("痛苦")的联系,奥德修斯必须接受他的名字所暗含之意。另一个可参考的语源,见于Carpenter(1946)131。关于从后结构主义者的视角来论述奥德修斯的名字和一般的命名,见Peradotto(1990)101-19, 123-31, 153-55。

《奥德赛》以这位英雄对他手下强烈的责任感开始:"他在广阔的大海上身受无数的苦难,为保全自己的性命,使同伴们返家园。但他费尽了辛劳,终未能救得同伴。"(1.4-6)奥德修斯很想让他们一个都不要被留在食洛托斯花的人(Lotos-eater,译按:即洛托法戈伊人)那里(9.102),而且为了避免损失同伴,奥德修斯在经过斯库拉时采用了无望的办法(12.111-14)。的确,奥德修斯对同伴的关心,似乎是随着危险的加剧而益增;但与此同时,随着他越来越深地进入虚幻的世界,越来越接近他在奥古吉埃岛上七年的"悬空",他与特洛亚往事的联系就越来越弱,而由此,他与同伴的关系也越来越淡。奥德修斯对同伴们的这种关心,部分是因为这是其英雄本色的一个方面,部分也因为他在特洛亚战争中的首领遗风。但从最初在基科涅斯的溃败开始,奥德修斯就再也不能履行他作为国王和将军的保护职责了,而且要在这个危险世界的灾难中挽救他的同伴,奥德修斯也变得越来越无能为力。在特里那基亚岛上彻底违抗奥德修斯而使他们和他的关系彻底破裂之前,同伴们日益增长的反抗行为,就揭示出了这种不健全的关系。从前的军规破裂了,随之而来的后果是战争幸存者命丧黄泉,最后,当奥德修斯孤身一人到达费埃克斯人那里时,那场战争已不过是歌谣的主题罢了。

意志上的冲突和紧张,从最开始时就出现了。同伴们拒绝遵从(*ouk epithonto*,9.44)奥德修斯让大家立即离开基科涅斯人的建议。后来,奥德修斯无视同伴的请求,"他们未能说服我勇敢的心灵"（οὔ πεῖθον ἐμὸν μεγαλήτορα θυμόν，9.500），让他们又濒临库克洛普斯人投掷物所带来的灾难（9.499ff.）。这种对比在两个情节中重复出现的诗句"每人都不缺相等的一份"（9.42，9.549）中，得到了进一步的强调。有关艾奥洛斯（译按：Aeolus，风神）的那段情节，是奥德修斯和同伴之间的信任中最让人痛心的失败，它让奥德修斯陷入了最绝望的时刻（10.49–52）。奥德修斯在基尔克的岛上，两次同爱捣乱的同伴欧律洛科斯（Eurylochus）争辩（10.266ff.，424ff.）。在后一次的争辩中，奥德修斯一反常态地勃然大怒，失控之下，甚至暴怒得想抽出剑来杀人（10.438–42），与平时的奥德修斯相比，这时的他看起来更像《伊利亚特》第 1 卷中的阿喀琉斯。而就是这位欧律洛科斯强迫奥德修斯在特里那基亚岛登陆（12.278ff.），还煽动大家犯下了屠宰太阳神的牛这一招致灾难的错误（12.339–65）。[28]

这一事件导致了关系的彻底破裂。奥德修斯，这位真正的头领，没人理睬，还"被逼迫"（*biazete*，12.297，这个词也用于他在 13.310 落在求婚人手中时会有的体验）违背自己更好的判断力去行动，确切地说，这更好的判断力，就是他确定那样的行动必然会带来可怕后果。但是，因为缺乏奥德修斯那种"铁铸的"决断能力（12.280），所以这些同伴就因求生意志的消弱、极度的疲倦以及对死亡的默许而送了

---

[28] 特里那基亚岛故事另外的维度，见本书第 10 章。

命（12.341ff.）。当身处那种非常情形之中，他们需要一定程度的协作，但是这种协作正日益消失。奥德修斯从塞壬旁边经过时，尚能依靠他的同伴把他绑起来，肯定地对他们说，他们要对即将到来的危险有清楚的认识（12.156–57），从而表面上避免了有关艾奥洛斯那段故事中的错误。然而奥德修斯却明智地隐瞒了有关斯库拉的事情，以免同伴们的惊骇会使得他们全军覆没（12.224–25）。但是，提醒奥德修斯该从基尔克的温柔乡返回伊塔卡的却也正是他的同伴（10.466–75）。

彼此之间的相互依赖，随着彼此之间招灾致祸的不信任感而发生了改变，但这种变化动摇只是暴露了他们关系的不稳定性。在提醒奥德修斯离开基尔克时，大家的谈话之间依然带着对家园和人间生活的强烈依恋之情，但他们失去的，是逐渐消失的战争残余，以及战争所建立起来的那种短暂而有限的人际关系。在这个方面，《奥德赛》颠倒了《伊利亚特》对因战争而产生的关系的看法。在《伊利亚特》中，这些希腊人与故园和家庭的关系，居于赳赳武夫间的关系之下，而且家庭关系是特洛亚悲剧的一部分。《奥德赛》把那些与妻儿、父母的关系看作真正永恒的关系，而战友之间的联系尽管重要，但对主人公身份的确定来说，却不是那么必不可少。那些战友之间的关系都因其不稳定性和战友自己之间的互相猜忌而崩溃，直至最后荡然无存。奥德修斯不仅是因为同伴们的惨死，也因为自己历险的日益私人化而变得孤立。与基尔克和塞壬的遭遇，以及在哈得斯与众人的相见，都以某种方式把同伴排斥在外。

在从特洛亚到斯克里埃再到伊塔卡的航行中,奥德修斯失去了他与同伴一起在战争中所获得的战利品,而带回了他独自一人在喜爱和平的费埃克斯人那里得到的礼物。载他去到特洛亚的船,不足以载他回来,但他归返的时候却乘上了一条神秘的、不是他自己的船,通过一条陌生的路线,到了一个他开始没有认出的地方。奥德修斯不仅失去了船只、衣装以及战争年代和漂泊时期的同伴,还失去了往更远处漫游的工具,而且就连那条送他回来的船也被"固定生根"为一块巨岩了。他的旅程是一种与偶然和意外不断的分离,而漂泊者通过偶然与意外,找到了回到本质和永恒的道路。然而奥德修斯仅以最后的一次暴力行动,就完成了从漂泊不定到和平安宁的转变。而且他也仅以最后一次赤膊上阵,即当他开始杀戮求婚人时扔掉了破外套(*gumnōthē*, 22.1),就重新夺回了他在伊塔卡本来的地位。

第3章

费埃克斯人与奥德修斯的归返（Ⅱ）：死亡与新生

有死性与哈得斯

在最宽泛的意义上，奥德修斯的归返是向人类的归返。然而，对早期希腊人来说，人类却包含着必死的命运，并与必死的命运有着本质的联系；生命由对死亡的意识所定义。"要始终展望着末日"，一代一代的人就像一秋一秋的树叶，人就像"影子的梦"。[1] 于是，《奥德赛》也被一种死亡的暗流所渗透：阿伽门农既不光荣也不英勇的死亡；阿喀琉斯所表达的对死亡的恐惧；哈得斯（Hades，冥府）本身骇人听闻的恐怖；以其冷酷和必要的残忍而表现出来并让人感受到的、在求婚人的死亡中达到的史诗的高潮，还有求婚人在地府中沮丧的阴影。[2]

---

[1] 例如，可见于《伊利亚特》6.145-49，品达（Pindar）的《皮提亚》（*Pythian*）8.95f.，索福克勒斯（Sophocles）的《特拉基斯少女》（*Trachiniae*）1-3 和《俄狄浦斯在科罗诺斯》（*Oedipus at Colonus*）1224-28；总体上可参考 Wankel（1983）各处。

[2] 对于杀戮的残忍性，尤其见于 Stella（1955）291-93，他把杀戮看作 l'ultimo atto, in certo senso l'epilogo, della 'luttuosa gerra'（"'痛苦战争'的最后行动——在某种意义上是为收场白"，291），他还在整个《奥德赛》中发现了对死亡恐惧的人道性的同情，这与日尔曼的史诗和近东的史诗很不一样（293ff.；亦见于 228-29）。Whitman（1958，305-6）也把对求婚人的杀戮，看作这个故事棘手的原材料的一种原始残留。

奥德修斯自己的死，特瑞西阿斯在哈得斯告诉他，[3] 则是"轻柔的"，"从海洋而来"（或者用另一种解释，"远离海洋"），这个死亡说甚至破坏了奥德修斯归返的喜悦（23.248-55），也威胁着他以后的日子。这是典型荷马式的，对所有人类幸福混杂而有限的本质，对即使人类最努力地期求和获得成功之后，却依然无法摆脱时间、流变和死亡的牵累的一种深沉而忧伤的表达。

奥德修斯在离开奥古吉埃之前接受了自己必死的命运（5.203-24），这就渲染了他余下的历险。他作为一个知道自己将要受苦受难也将死亡并且接受死亡的凡人而继续向前航行（见221-24）。在奥德修斯与卡吕普索的交谈中，荷马让他的凡人地位变得甚至更加明显：奥德修斯"紧紧跟随神女的足迹"（193），"神女和凡人"（θεὸς ἠδὲ καὶ ἀνήρ，194）一起走进了洞穴，奥德修斯坐在刚才神使赫尔墨斯坐过的地方，没有吃卡吕普索给赫尔墨斯的神食也没有喝神液（5.93），而是吃的"凡人享用的各种食物"（οἷα βροτοὶ ἄνδρες ἔδουσιν，197），而卡吕普索享用的却是女侍们摆上的神食和琼浆（199）。"神女和凡人"的不同已被区别得再清楚不过了，而奥德修斯对长生不老的生命的拒绝将又加强这种区别。甚至198行中公式化的称号"神样的奥德修斯"（*theios*），也传递出一丝强化这种区别的嘲

---

[3] 后来的神话创作者甚至通过一个伊特鲁里亚的女巫来实现特瑞西阿斯的预言，她是基尔克的逃奴，名叫Hals，即"海洋"，见Westermann（1843）191。

讽意味。[4]当依然在波涛中颠簸的奥德修斯看见费埃克斯人的土地在他眼前升起,那比喻就预示了他正在靠近的凡人生活:"有如儿子们如愿地看见父亲康复,父亲疾病缠身,忍受剧烈的痛苦,长久难愈,可怕的神灵〔daimōn〕降临于他,但后来神明赐恩惠,让他摆脱苦难;奥德修斯看见大陆和森林也这样欢欣。"(394-98)人类这种基本的、动人的情形标志着奥德修斯回到了凡人的世界旅行:一种新生,一种渡过海洋——渡过甜蜜又苦涩的海洋、渡过生生死死的海洋之后对新生活的重新进入,但这也是带着痛苦与挣扎的凡人生活的新生。[5]

渡海回到伊塔卡的航程平静而温和,不像奥德修斯不得不搏风斗浪到斯克里埃所经过的海洋那样暴虐而愤怒。在很多神话故事中,恰恰就是这次渡海,即主人公长期滞留于远方的世界之后对凡人世界的重新回归,是最危险的。在某些神话故事中,主人公甚至会在他的脚重新踏上凡人的土地

---

[4] 亦请注意卡吕普索故事的开头处,宙斯告诉赫尔墨斯,费埃克斯人会敬奥德修斯"如神明"(5.36),一个用于阿瑞塔(7.71,另见7.69),后来也用于对佩涅洛佩说话时(乔装了的)奥德修斯本人的一个词组(19.280)。然后在23.339行中,在杀戮之后,恢复了本来面目的奥德修斯再次把这个词组用在了自己身上,回忆了5.36(以及19.280),因此也就标志着他完成了向伊塔卡的归返,重新恢复了他作为优秀国君的本来地位,也重新恢复了费埃克斯人业已树立为榜样的政治上的和谐。

[5] 水的意象,就如后来游过河道来到费埃克斯人岸边的主题一样,也许暗示着生理上的分娩过程,参阅 Newton(1984)12-14。

时就倒地而亡。[6]但奥德修斯在费埃克斯人那里就已经从肉体和精神上完成了自己的过渡,而费埃克斯人承担了他渡海的危险。

是雅典娜迎接了奥德修斯,并慢慢给他恢复了伊塔卡的本来面目,驱散了她本人布下用来隐藏它的迷雾(13.189-96,352)。对奥德修斯精神世界的完整无损,即他根据对人类世界的理性理解来行动的能力以及他对人类世界的完全认识而言,雅典娜担任了客观联系人。因此她就是看穿了奥德修斯伪装的女神。作为奥德修斯的个人保护神,只有他一个人看得见雅典娜(16.160–63)。在奥德修斯向儿子和佩涅洛佩显示真面目时,雅典娜还恢复了他以前的英雄形象,让他复原的身躯健壮而俊美(16.172ff.,23.156ff.)。但雅典娜也通过一场考验奥德修斯的机智的竞赛,得出他狡猾、善骗和克制的典型性格特征。在那场竞赛中,她那牧羊少年的伪装(13.222)使得他撒了在伊塔卡的第一个谎。直到揭穿了奥德修斯的伪装,她自己也显了真身:一个美丽的女子(288-89),奥德修斯的护佑神(299–302),她才驱散了笼罩伊塔卡的雾障。[7]奥德修斯先认出雅典娜,后认出故土。这样的

---

[6] 关于从未知世界归返的危险,见 Germain(1954)299,他在此引述了尼奇坦(Nechtān)布兰(Bran)之旅的故事,视之为与此同类的神话。Germain 提出:费埃克斯人也许本是某种摆渡死者的人,在这里反其道而行之,送奥德修斯回阳世(298–99)。他提出这个观点的时间至少不会晚于 Friedrich Welcker。

[7] 关于雅典娜与奥德修斯的会面(尤其 13.236-351)及其复杂的幽默和讽刺,见 Hart(1943)273–77 和 Clay(1983)188–208。

话，某种内在的自我认识就先于对伊塔卡的外在认识（在第354行以前，他实际上一直都没有以亲吻土地来表示他对这片土地的真正接受）。与卡吕普索不同的是，雅典娜的"隐藏"只是为了更充分地显露。与雅典娜重新出现相伴的，是奥德修斯在人间的重新定位，是其目标的确定性，其理性能力和忍耐力的复苏，以及对自己之为自己充满信心的把握（303-10）。雅典娜自己那比得上她的被保护人（protégé）的狡诈，为她欣赏并唤醒的奥德修斯式的"mētis"（狡猾）的表演搭起了舞台。奥德修斯认出了雅典娜，而这次相认拉开了随之而来的长长的一系列相认的序幕。

人要想对生命有最完整的体验，必须要获得对死亡的痛苦认识。相反地，奥德修斯在认识死亡以前，大大扩展了对生命的认识。他是在完成了许多危险的历险，并远远地航行到未知的世界之后，才去到哈得斯的。奥德修斯在基尔克那里重获了性爱体验及一年时间的感官享受，之后不久，他便进行了他的哈得斯之旅。从基尔克那可以满足身体需要的岛上出发（见10.460-68），奥德修斯进入了没有生命的阴暗领域，那里到处是脱离了肉体的幽灵。后来，在卡吕普索提供的快乐中，他只能哭泣（5.151-58）。从基尔克那里得到的肉体满足和哈得斯那里没有肉体的灵魂所形成的鲜明对比，为这位要返回人类世界的英雄强调了与一位女巫私通的短暂和易逝。在基尔克那里一年之久的快乐，也只能延迟，而不能阻止奥德修斯的哈得斯之旅，基尔克大概一直都知道这一点。当奥德修斯已经体验过从基尔克的海岛到哈得斯的旅程之后，在他后来的航行中，在卡吕普索的奥古吉埃岛上，要离开一个漂亮的女巫，并同她区别开来，是这位英雄本人长期梦寐以求的事情。在基尔克那里，是奥德修斯的人类同伴的介入使得他想要离开（10.471-74）。然而，要离开卡吕普索，本身却需要来自奥林波斯山上最高权威的帮助（1.48-87）。

像整个费埃克斯故事一样，对哈得斯的造访既是面向未来，也是面向过去。这是唯一一次作为一种任务或预备性需要而摆在奥德修斯面前的历险（ἀλλ' ἄλλην χρὴ πρῶτον ὁδὸν τελέσαι，"但你们**必须**首先完成另一次旅行"，10.490）。这次旅行是自愿接受下来的，尽管也有悲伤哭泣（10.496ff.），但这并不是地理上的需要，也不是由偶然引起。实际上，它需要在直接回伊塔卡的路线之外绕道而行。然而，具有吊诡色彩的是，绕道而行穿过黑暗的海洋到哈得斯，却比奥德修斯迄今为止的任何历险都让他更近地感触到伊塔卡以及他的人类生活。当奥德修斯和同伴回到基尔克那里时，在凡人中间，唯有他们才被一同称为"将两度经历死亡"（12.22）。而在这些人中，只有奥德修斯回到了有生之地，他带着死亡的沉重负担，回到生命的世界。

奥德修斯在哈得斯的经历从许多无名死者的灵魂开始，他们生前身份各异："有新婚的女子，未婚的少年，年长的老人，无忧虑的少女怀着记忆犹新的悲怨，许多人被锐利的铜尖长矛刺中丧命，在战斗中被击中，穿着血污的铠甲。"（11.38-41）紧接着对死者笼统概述的，是奥德修斯与埃尔佩诺尔（Elpenor）的相会，他在刚刚还活得好好的这个同伴身上对死亡有了确切的感受。奥德修斯在这里亲身受到了死亡的触动，埃尔佩诺尔还以奥德修斯活着的亲属的名义乞求他，这些人是奥德修斯的妻子，把他养大成人的父亲，和"你那独自留在家中的特勒马科斯"（66-68）。奥德修斯对那群无名死者的第一反应，就是"苍白的恐惧"（43），但埃尔佩诺尔的出现却让奥德修斯充满了深深的同情："我见他前来不禁泪下，心中怜悯。"（55）奥德修斯在见到他的母亲（87）和阿伽门农（395）时，两次重复了这行诗。这种公式化的重复，不仅为不断积聚的悲伤营造了一种向前移动的节奏，而且还标志着当他看到死亡对与他关系更为亲近的人的蹂躏时，他的同情和悲伤不断加深。通过唤醒奥德修斯直接的个人同情心，埃尔佩诺尔开始激起了整个"*Nekyia*"（"鬼魂篇"）中持续不断的同情和悲伤。

埃尔佩诺尔也是一种普通人（Everyman），他的故事屡见不鲜，即在最意料不到的时候，没有任何危险的时候，在悠闲而不经意的时刻，可能偶然地死亡。与奥德修斯将碰到的男男女女或者那些穿着"血污的铠甲"在战争中被杀死的人相比，埃尔佩诺尔的死亡特别不英勇，近乎愚蠢。的确，埃尔佩诺尔自己很难谈得上什么英勇：他是同伴中最年轻的一位，"作战不是很勇敢，也不很富有智慧"（10.552-53）。他的无足轻重让他成了奥德修斯地府之行的仪式性替罪羊，但同时也唤起了奥德修斯真诚的悲伤，以及他对这个甚至是最软弱和最没有价值的同伴的特殊关心。

奥德修斯与埃尔佩诺尔的关系不深，但这个关系还是有特殊的意义，所以奥德修斯回应了他。这种关系通过埃尔佩诺尔请求奥德修斯插上他坟头的船桨，得到了一定程度的具体化，"那是我生前和同伴们一起使用的船桨"（11.77–78）。这把桨具体表现了在艰辛和危险面前的同舟共济，以及漂泊岁月的生死与共。黎明时分，一回到基尔克那里，他们就为埃尔佩诺尔举行了体面的葬礼，此举使得这种关系变得完整起来，并把在哈得斯的体验带回了阳间世界以后的历险之中。紧接着，基尔克用他们凡人所需的"面食、丰盛的菜肴和闪光的红酒"欢迎他们（19）。但基尔克在称他们为 disthanees（"将两度经历死亡的人"）时提醒他们，作为终有一死的人，他们全部都还要第二次造访哈得斯——那就将是一次不归之旅了。

当奥德修斯更进一步地回到他的往昔岁月，他的个人情感与他对死亡普遍性的认识也不断延伸，从他母亲的新逝到远古的女英雄，再到他在特洛亚时的伙伴。然而，特瑞西阿斯所预言的奥德修斯自己的死亡，也渲染了他在死亡之地的探险中的所有记忆（11.100–137）。在特瑞西阿斯这位灾难和悲惨命运的预言者的形象中，奥德修斯认识了自己终有一死的命运。[8] 当奥德修斯问特瑞西阿斯他该如何对母亲的

---

[8] 关于特瑞西阿斯的预言，参见 Reinhardt（1948）126-27："特瑞西阿斯进入了奥德修斯的生活，就像一个从《俄狄浦斯之歌》（*Oedipodeia*）或《特拜之歌》（*Thebais*）中走出来的人物：他是一个悲惨命运的预言者，是一个警告别人要当心神明的愤怒的人。……他知道罪孽与赎罪、诅咒与赐福。"（[译按]原文为德文。）Reinhardt 还提到了这样的悖论："这位传说中最伟大的厄运预言者，在他所预言的一切艰难困苦的（转下页）

灵魂说话时，他平静地面对自己的死亡，开口说道："定是神明们安排这一切。"（138）他母亲在哈得斯的出现紧紧地逼近了他对自己命运的发现。奥德修斯的母亲就在特瑞西阿斯出现之前，短暂出现过，紧接着特瑞西阿斯之后又出现了（84-89；152ff.）。这位生育了他的妇女，出现在死人中，又把他的生命放进了即将出生和已经逝去的一代代人的生命轮回之中。但通过母亲，奥德修斯也重新恢复了同伊塔卡和人间最密切关系的直接联系。在回答了母亲的问题后，奥德修斯很快就问起了她的死因（170-73），以及他父亲、儿子和妻子的情况（174-79）。于是奥德修斯在最令人痛苦的条件下，重新体验到了人类世界：透过死亡和苦难，以及他自己未来的命运，他看到了外面那个人类世界。在这种会面以及特瑞西阿斯预言的周围情况中，奥德修斯按照他对自己死亡的接受，也重新接受了他在伊塔卡与人间的联系。

这里也有普遍混杂着的个人性，因为在这次见面的最后，奥德修斯两次徒劳地想拥抱母亲的灵魂，她痛苦地对他说起他们个人的状况，说"我的儿子，人间最最不幸的人啊"（11.216）。然后她继续解释普遍的"任何世人亡故后必然的

（接上页）最后，宣布了这样一种安详的死亡。"（132，[译按]原文为德文。)Woodhouse(1930)尽管把奥德修斯对预言的置之不理看成几近"轻率"，但他还是把它看作荷马式心理学的一个洞见，即奥德修斯对伊塔卡局势中"更琐碎的事情"的关心，胜于关心自己仍还遥远的死亡(148)。然而，那些事情对奥德修斯来说，也许并非是琐碎的，而且他对自己死亡的接受，也并不亚于对母亲、妻子、儿子和父亲的关心。对预言的其他方面，见本书第9章。

第3章 费埃克斯人与奥德修斯的归返（Ⅱ）：死亡与新生

结果[*dikē brotōn*]"（218），如何只留下"像梦幻一样"的"幽灵"（*psuchē*，222）。于是，奥德修斯就得到了关于死亡的全面指导。但他也经历了试图紧紧拥抱母亲的灵魂这样的情感体验。在这种徒劳的拥抱中，奥德修斯体验到了他在伊塔卡失去的东西，这是一种完全意义上的失去，一种对死者的彻底的无法达到，不管那些死者对这些热爱他们的幸存者来说，是多么的实实在在又真真切切。安提克勒娅（Anticleia，奥德修斯之母）之死也明确的是由于奥德修斯的漂泊造成的：她死于对儿子的过度思念，奥德修斯不在她身边导致了她的死亡（202-3）。主人公当年离开的世界受到衰老和死亡的支配。纵然奥德修斯最后回来了，他无法指望还能找到所有那些当年他离家时活着的人。这种徒劳的拥抱，也就是漂泊岁月中他的缺席所带来的空落感，失落的就是那本该一起度过的岁月。接下来的那个女性名录，在那些与神明结合的美女依然存在的名声中，暗示出一种对死亡的选择，但它也显示出死亡甚至要延伸至更遥远而辉煌的历史中。

荷马在这时打断了奥德修斯的陈述而回到了整个叙事框架上来，回到了在费埃克斯人那里的这位英雄身上（11.333ff.）。费埃克斯人听得心醉神迷，给了他更多的礼物，还试图劝他再留一天。奥德修斯很有礼貌地回答了，也接受了礼物，说他愿意愉快地再待上一年，[9]但他也说得很清楚，

---

[9] 奥德修斯说他愿意愉快地再待上一年（11.356），只是一种出于礼貌的恭维；特勒马科斯也用相似的回答回应过墨涅拉奥斯的挽留，而那时特勒马科斯也决心要离开。

他接受礼物也是以回家为目的的,他是要"带着更多的财宝"重返伊塔卡,于是他的人民对他会"更加敬重,更加热爱"(11.359–61)。当这位英雄如此深沉地浸没在有死性中时,他也不惮于在那里多待一天。他心里对自己的目标很有数,也对拒绝更大的诱惑很有数。他仍然乐意尽其可能,从他将要离开的虚幻世界里,积聚更多的"财富",但他对自己能够限制这个虚幻世界对他的吸引还是很有把握的。因此,这种滞留与基尔克或卡吕普索那里的滞留不可同日而语,奥德修斯在仅仅以归返本身为目的的情况下,才同意滞留。

当奥德修斯遇到在特洛亚参过战的希腊英雄后,他对死亡的看法有了更深广的拓展:过去那些关系密切的朋友的死亡。与所有人的见面都是阴森森的,尤其是喋喋不休的阿伽门农所说的他惨遭背叛和谋害的故事,以及埃阿斯(Ajax)愤怒的沉默。阿喀琉斯宁愿过最艰辛贫困的生活,也不愿死亡,这既是他个人的看法,也是普遍的观点。然而奥德修斯经年的迁徙,以及后来对生死的体验,已经没有他们那些特征了。奥德修斯温柔地对待他以前的同伴,对每个人都温言同情和调解。[10] 最后一个幽灵,赫拉克勒斯(Heracles),提醒奥德修斯前路多舛。*赫拉克勒斯系着的绶带上,有野兽的图案和"搏斗、战争、杀戮和暴死"的种种情景,这让奥德修斯想到这样的事实:他回阳世后,必须用暴力和死亡来

---

[10] 见 11.391–96, 478, 482–86, 506–37, 553–62。
* 似与史诗不合,赫拉克勒斯只是谈到了自己悲惨的命运。

牢牢控制局势。赫拉克勒斯虽然获得了不朽，也是最伟大的英雄，但在哈得斯却仍然留下了自己有死的部分，他似乎盖棺论定了死亡的不可避免性。

海洋与陆地

总地说来，奥德修斯接受了自己的死亡和凡俗性，也就接受了一种稳定生活，同时也就放弃了海洋。而这两个方面在特瑞西阿斯的预言中有着紧密的联系（11.119-37）。奥德修斯要去寻找"从未见过大海，不知道食用掺盐食物"的人（123），他的船桨在那里会被当成扬谷的大铲（128），那是陆地定居生活的用具。奥德修斯在那里，要把那支带着他漂洋过海的船桨，当作自己依附陆地的象征（γαίῃ πήξας εὐῆρες ἐρετμόν，"把合用的船桨插进地里"，129），也当作是接受了自己某一部分的死亡，插进地里，一如他在埃尔佩诺尔的坟头插上了船桨。船桨有时被当成跨越"死亡的河海"的必备工具，[11]因此它也就标志着最后的航行，即人间生活的最后旅程。

当奥德修斯终于重新夺回了自己的王宫，航海的工具再次建立起他在伊塔卡的稳定生活：菲洛提奥斯（Philoetius，奥德修斯的牧牛奴）用"翘尾船的缆绳"拴紧大厅的门（21.390-91）；在屠杀（求婚人）之后，不忠的女仆们被（特

---

[11] 关于船桨是渡海到死亡之地的必备物，参见 Knight（1936）41，他还比较了吉尔伽美什撑船的竹篙和帕利努洛斯（Palinurus，埃涅阿斯船队的舵手）的舵柄（25）。

勒马科斯）用"黑首船的缆绳"吊死了（22.465）。当佩涅洛佩最后承认这位获胜的陌生人是自己的丈夫后，她的感情被比喻成遭遇海难的人看见陆地时的那种欢欣（23.233-38）。于是他们的重逢，看起来就像一幅海上安返图。这个比喻让人想起第5卷奥德修斯在斯克里埃登陆，完成了他回归现实之旅最困难的一段。现在，当归返已经实现，奥德修斯离开大海但不是去往虚幻世界和有死世界之间的那个遥远国度，而是去到他重要的人际关系圈和即将来临的艰难困苦之中（23.248-50）。

一个关于大海的更无情和更如实的比喻，表达了归返更残酷的一面。奥德修斯在同求婚人战斗之后，环顾这个大屠杀的场景，那些尸体被比作拖上岸的网中鱼儿，"它们全都热切渴望大海波涛奔腾而来，灼热的太阳却夺走了它们的性命"（22.384-88）。后来，当伊塔卡死者的亲属来认领尸体时，奥德修斯却把不是伊塔卡的求婚人的尸体，"装在快船上，派渔夫把他们送回［家］"（24.418-19）——这次渡海大大地不同于奥德修斯在费埃克斯人护送下的航行。

然而奥德修斯的航行也是生命对死亡的胜利，尤其是对轻易向死亡投降的胜利。曾经几度，奥德修斯陷入深深的绝望中，还考虑过自杀：当他的同伴打开了艾奥洛斯的礼物（10.499ff.，译按：指装有风的口袋），导致了灾难，他说，"但我忍耐了，挺住了"（53），他说，他的"*tlēmosunē*"（忍耐精神）战胜了他的沮丧。还有别的地方也是如此，当他在斯克里埃岛外遭遇海难时，他希望以前战死在特洛亚，这样至少还可获得英雄的荣誉（5.306-12），而在他向欧迈奥斯讲的故事中，说他希望在埃及就死去（14.274-75）。奥德修斯还在回家的路上备受艰辛时，伊塔卡的那些人对他的归返已不抱希望了，并更愿意他死于特洛亚，而非湮没无闻地死于海上（例如，1.236ff., 14.365-71）。只有佩涅洛佩忍耐下来了，尽管她也有绝望的时候，并希望有种像深沉的睡眠那样温柔的死亡（18.201-5）。

奥德修斯对自己生命牢牢的把握也与特洛亚战争其他头领的命运形成清楚的对比。阿伽门农嫉妒阿喀琉斯光荣的死亡（24.36-97），而阿喀琉斯自己现在却很乐意用他在阴间的声名，来换取阳世最卑微的一种生活（11.488-91）。与阿伽门农不同的是，奥德修斯适应并驾驭着家中的局势，重新恢复了家庭的秩序，而不是使它瓦解。又与阿喀琉斯不同的是，奥德修斯回来是为了重建和平。阿喀琉斯在接受来自大海和他不朽的母亲——海洋女神的恩惠时，就几乎跨过了那凡俗生命的界限。但对奥德修斯来说，大海是漂泊的源泉，他正是从大海那里逃回了人类的定限之中。墨涅拉奥斯在回来以前，也曾忍受过漫长而艰难的航行，但他没有进入过虚幻的世界，也没有去哈得斯走一遭，所以他在被送往"埃琉西昂平原（Elysian plain，极乐世界），大地的边缘"（4.561-69）时，最终逃脱了凡俗状态的终极必然性。奥德修斯的归返是最艰难、最漫长的，因为那不仅需要最完全地战胜死亡，还需要最充分地展示生命。他对伊塔卡的人际关系的执着依恋、他的和解精神以及他的适应性，把他同《伊利亚特》中那些注定失败的英雄们的更苦涩的理想区别开来，并形成了另一种英雄主义。

死亡的意象

奥德修斯在这种非伊利亚特式的英雄主义中，经历了一种不同于哈得斯的死亡体验。在哈得斯的死亡是肉体的死亡，空虚而恐怖，尽管在基尔克的忠告下，他能够妥善应付这种死亡。和这一样危险的，是他在卡吕普索岛上所经历的精神的死亡。奥德修斯的理性能力在那里瘫痪了。在雅典娜鼓动神明插手以前，他完全无力无助。就像雅典娜（7.41）或基尔克（10.136）一样，卡吕普索是一位"可畏的女神"（*deinē theos*，7.246等），她"强行留下了他"（*anankē*，4.557，5.14等）。"他的甜美生活已经枯萎"（5.162），他所能做的就只有哭泣（5.81–84）。尽管奥德修斯拒绝了卡吕普索的提议，但他身上的凡人精力已经衰竭，而且他的智谋才略也消失无踪了。

奥德修斯在登陆卡吕普索的驻岛以前，就已丧失了他残存的最后一丝在伊利亚特的身份，还损失了他的同伴和船只，而且在经过卡律布狄斯（Charybdis，吞海水、吐烈火的巨怪）的漩涡的航程中，迷失了方向（12.430–44）。奥德修斯"如同蝙蝠一样"悬挂在一个孔穴之上，紧紧抱住救命的无花果树，这眼前唯一的生命标志和保护物。奥德修斯就吊在那棵树上，高悬在空中，"既无法用双脚站稳，也无法爬上树干，因为那树干距离很远，树枝倒悬"（433–35）。奥德修斯的悬挂是一种迷失方向的象征：没有什么东西还是稳固坚实的了，几乎所有与自然世界和人类世界的联系都消失了，除了那棵"枝繁叶茂的大树"（12.103）。[12]像蝙蝠那样吊着，也是死亡的象征，因为求婚人在第24卷里被引到哈得斯时，他们发出的啾啾声，被比作蝙蝠在脱离串链时发出的吱吱叫声（24.6-9）。[13]然而，这个死亡意象对奥德修斯来说，是不完全的；这棵富有生命力的无花果树救了他，就像斯克里埃和伊塔卡的橄榄树保护了他一样。[14]奥德修斯悬

---

[12] 奥德修斯处在深渊之上的位置，眼前只有斯库拉陡峭的悬崖（见12.73-79），这也许与埃及的古典文本《书吏的信》（"The Letter of the Scribe"）中所描述的心理状况很相似。Stella（1955，在另外的场合）引述道："你独自一人，没有同伴，也没有朋友。你即使不认得路，也决意要前行。恐惧紧紧地抓住你，你头发直立，你的心已跳到嗓子里。一边是深渊，一边是高山。天国的门已经打开，你相信你自己就是自己的敌人。你开始颤抖，尝到了苦难的滋味。"（135，着重号为本书作者所加）试比较布莱克（Blake）的《天堂与地狱的婚姻》（*Marriage of Heaven and Hell*，1914），里面也同样有孔穴和悬吊："我们穿过磨坊，来到一个山洞前。沿着弯弯曲曲的洞穴，我们大家无精打采地往下走着，一直走到了一个无边的孔穴，就好像有一片地下的天空出现在我们下面，我们抓住了树根，吊了这个浩瀚的孔穴上面。但我说道：'请听我说，我们就把自己交给这个洞穴，看看这里是不是也有天意。如果你们不干，我干。'……于是我就跟他们一起，坐在一棵橡树的错节盘根上。他却悬在了一棵蘑菇里，那棵蘑菇的头向下悬进了深处。"（256）

[13] 关于蝙蝠和死亡的联系，见Stanford（1958-61）："古代有一种普遍的信仰：蝙蝠是邪恶的人死后的灵魂，比如在吸血鬼的传说中，就是如此。"（2：411）Carpenter（1946，109）也认为卡律布狄斯也许是通向地府的入口，一个与死亡联系更近的地方，他还引了史诗《贝奥武甫》（*Beowulf*）中相似的情况（见147）。漩涡也许连接着迷宫或者是连接着神秘而危险的入口的迷宫般的模型，尤其是从生到死的入口。见Knight（1936）各处。

[14] 见5.477和13.122，346，372。对于橄榄树是奥德修斯的救命树之说，亦请注意卡吕普索给他的大斧上装有橄榄木手柄（5.236），库克洛普斯人洞穴中的橄榄木（9.382），以及橄榄木做的床（23.190ff.）。也请注意诗中把救命恩人瑙西卡娅比作得洛斯的（Delian，爱琴海中的岛屿）棕榈树（6.162ff.）。亦见于下面注释[31]。

离人间生活达七年，但他从未中断与人类社会的联结。他能有意识做的所有就是保持一种消极的态度，拒绝卡吕普索提出的长生不老的建议，但奥林波斯山上的雅典娜正在谋划他的归返。

在经历了从奥古吉埃到斯克里埃的危险航行后，奥德修斯随后在费埃克斯人那里重述了他在虚幻世界中的历险，这就为他的过去时光提供了一种概要性的回顾，并且激活了他要回到伊塔卡的有意识的努力。然而，实际的迁徙却是发生在睡眠之中，"安稳而甜蜜地睡去，如同死人一般"（13.79-80，以及119）。虚幻与现实之间的过渡是神秘的，它需要前面所有的努力，但那个确切的跨越点，却隐藏在了无意识之中。这次迁徙也是模棱两可的：那是长期寻求的东西的复原，但也是虚幻世界的丧失，是一直漂泊着要回家再造凡人的完全自我的那个奥德修斯的"死亡"，也是他在伊塔卡凡俗生活的新生。那场睡眠是恢复性的——在睡眠中，以前所有的苦难都得到了总结和清除："[费埃克斯人的]快船就这样冲破海浪快速航行，载着神明一般足智多谋的英雄，他曾忍受过无数令人心碎的艰辛，经历过各种战斗和凶恶的狂涛骇浪，现在安稳地睡去，忘却了往日的苦难。"（13.88-92）同时，睡眠还有着改造的作用，好让他醒来时认不出伊塔卡来（13.194-96）。[15]过去的痛苦被抚平了，但

---

[15] 奥德修斯再次醒来，就是回到了意识中，这是在下列词根意义和联想意义中所表达出来的：*nostos*（归返），*noos*（心灵）和*neomai*（归来）。关于这一点，见Frame（1978）第3章，尤其第137-65页。

某种新的而且一开始还很陌生的东西，出现在原先痛苦的位置上。

睡眠的这种转变功能，在但丁（Dante）的《炼狱篇》（*Purgatorio*）一个著名的诗节中，有着相映成趣的一段。在那里，睡眠也出现在有意识地通过了"炼狱"的考验之后。那时但丁可以凭靠有意识的或理性的努力继续前行（就像维吉尔所描述的那样）。在经过了涤罪之火后、尚未进入尘世伊甸园以前，他睡着了，并且梦见了拉结（Rachel）和利亚（Leah）*。然而，睡眠本身却预言了在攀登的艰辛之后即将来临的幸福。

> 我一方面沉思着，一方面注视着，就这样睡着了，
> 在睡中往往可以知道将要发生的事实。（27.91-93）**

之后，在第30章中，在比阿特丽斯（Beatrice）严厉的责备之下，他在忘川（River of Lethe）中昏倒复又苏醒，被马蒂尔达（Matilda）扶着，然后她带着他到了忘川彼岸的神界（88-93；另参 32.64-72）。就像在《奥德赛》里一样，有这样一次在失去意识状态下的神秘的渡海之旅，去实现一个苦苦追寻的目标。对但丁来说，这是他在晚年生活中所失去的

---

* 在《圣经·创世记》中，拉结和利亚是两姐妹，是雅各（Jacob）的两个妻子。

** 中译文见：但丁，《神曲》，王维克译，人民文学出版社，1997年版，第291页。该译本把"炼狱"译作"净界"。

清白、纯洁和救赎的希望；对奥德修斯来说，这就是过去的往昔，就是因为他出发去特洛亚和他后来的旅程而留在了身后的完整的人类生活。而且对于这两者来说，旅程都很困难，并且事实上的渡海也是由他们无法控制的力量所实施的：渡海到达陌生的地方，后来弄清楚了，也熟悉了，并渗入了重新整合的自我之中。[16]

相认

《奥德赛》的整个后半部分，由奥德修斯在生疏中对熟悉的东西的重新发现和在非自我之中对自我的重新发现组成。这种重新发现，绝不亚于他对凡俗生活——他全方位人际关系的重建。奥德修斯在跨越了遥远的、非人的并且无法交流的领域之后，他现在需要的是个人的和社会的纽带，以变得完整，以再次成为"奥德修斯"，伊塔卡的君主。他需要把人类精神交流的内在世界带进外部世界，他通过与佩涅洛佩特殊的关系，以及与她分享自己奇异历险的可能性，就已部分地办到了这一点。奥德修斯逐渐在自己周围重新建立了他以前丢下的密切的关系圈，现在他考验他们，就像他自己在漂泊中被考验一样。他们必定会遇见奥德修斯，并且了解他，就如他找到他们并赢得他们一样。最终，正是在他们的帮助下，奥德修斯完成了自己完全地拥有自己的宫室、妻子和祖传家业的任务。奥德修斯逐渐重新构造了自己在人间

---

[16] 关于睡眠的过渡功能，参阅本书第4章。

的整个往日的辉煌，重新审视和体验了他在伊塔卡的整个生活历程，就好像他在费埃克斯人那里重新审视了他在伊塔卡之外的经历一样。

欧律克勒娅与奥德修斯的相认以及对伤疤的叙述（19.392-475），使得回忆起来的不仅是奥德修斯的弱冠时代，还有他的出生和婴儿时期，这些回忆是奥德修斯与那位把他放到外祖父膝盖上起名字的奶妈（399-412）所共有的。实际上，叙述伤疤来历的视角，在这里似乎是从奥德修斯移到了奶妈。[17] 在前一卷里，佩涅洛佩回忆了奥德修斯在奔赴特洛亚之前对她所说的话（18.259ff.），这就把他带回了直到战争中断了他们的关系之前他的早期婚姻生活中。它还预示了久别之后的重新开始。同时，佩涅洛佩的形象，也让人想起他们那成熟的年轻时候的快乐。那快乐曾被特洛亚和大海所终止，已然无可挽回。她的苦难和思念一直不断，与他的苦难和思念相似，从佩涅洛佩的第一次出现开始，她孤独地哭泣，雅典娜为她降下了甜蜜的睡眠（1.328-36，363f.），一直到她懦懦地和奥德修斯相认——那时她抱怨说"神明派给我们苦难，他们妒忌我们俩一起欢乐度过青春时光，直到白发的老年来临"（23.210-12）。佩涅洛佩是美好往事的一部分，这位战士—航海人曾经远离了这些美好往事，但历经苦难之后，又重新获得了。

最后，奥德修斯去见他的父亲，最终完成了他生命的

---

[17] 见 Peradotto（1990）125-26。

轮回（cycle of life）。[18]看见拉埃尔特斯衣衫肮脏，"蒙受老年折磨，心藏巨大的悲伤"（24.233），看见他眼泪如注（280），当"乌黑的愁云罩住他"，他把泥土撒向自己灰白的头顶时（315-17），奥德修斯体验到了耄耋之年的痛苦。然而这种痛苦却是奥德修斯自找的，他自己站在梨树下哭泣和犹豫（234-40），最后他再也忍不住时，才上前拥抱父亲（318-26）。在这里，和先前的相认不同，奥德修斯已经因为以前的计划和决定而刻意地确定了一个相认的模式；他是这次相认的发起人和考验者，但在和佩涅洛佩的那次相见中，他却不是（另参216-18，235-42）。但这也是史诗中，奥德修斯为数不多的高估自己自控能力的时候。这个意志坚定并且满腹智计的人，在其人性最后一丝联系已牢牢套紧的时候，也就放松下来，任由无法控制的感情倾泻而出（315-26）。

就如奥德修斯在与欧律克勒娅相认的一幕中重新体验了他的幼年时期一样，那么他在这里则把人类痛苦的体验延

---

[18] 欧迈奥斯在乔装了的奥德修斯面前，向特勒马科斯描述拉埃尔特斯的愁苦和悲伤（16.139-45），这也许为奥德修斯同父亲的这次会面做好了准备，为奥德修斯勾勒了过去关系的范围，以及这些关系现在的状况，而奥德修斯肯定是要重建这些关系。如果（根据4.754）事实上没有人把特勒马科斯的出走给拉埃尔特斯讲过，欧迈奥斯在刚才的话中对拉埃尔特斯的关心，实际上是不必要的。对奥德修斯在考验和显出真面目后与父亲的相认，Whitman（1958）很恰当地指出了它的深刻意义："让拉埃尔特斯直到最后才出现，绝非诗人不讲策略，顺便说一句，在某种意义上，得到父亲的承认，是一个男人在他的世界得到认可的最终合法依据。"（296）

伸到了垂垂老矣的时候。在与他一个是在哈得斯,一个是痛苦地活在伊塔卡的父母的相会中,奥德修斯在死亡和痛苦里扎下了他的生命之根。他还重新建立起了自己生命的自然轮回,从出生到死亡,往上到了[外]祖父那一代,向下到了儿子那里。他与拉埃尔特斯的相会,也发生在自然的轮回之中:一排排的葡萄树"相继挂果"(24.342),而且与遥远的费埃克斯花园中终年结果的果树不同的是,那些葡萄"在宙斯掌管的时光从上天感应它们时"才结果实(344)。凡俗的生命生死轮回,系附于田野和土地的生生息息,因为这是拉埃尔特斯传给奥德修斯的果园,而奥德修斯也会把它传给特勒马科斯。

当奥德修斯充实了他的人间生活的框架时,这位英雄现在就不是受大海的限定,而是受生生死死荣枯不断的土地的限定了。在对流变、年老和死亡的接受中,每一种关系都赢了回来。由于佩涅洛佩提醒他,他们一起度过的青春岁月一去不复返了,于是奥德修斯也就给她讲起,他们前面还有"无穷无尽的艰难困苦"(23.248-55)。[19] 拥有了这种深刻感受并深深沉陷其中的往事,也就标志着拥有了完整的人性。那些求婚人,由于缺乏对过去的认识和对奥德修斯的统治以及他性格的了解(4.687-95),他们也就缺少了人类知性这个维度。这些很少离家远行的年轻人,对奥德修斯所经历过的那种盛衰沉浮,没有丝毫体验。史诗特别提到了安提诺奥斯的忘恩负义(16.421-

---

[19] 见本书第9章。

32），而忘恩负义也是独眼巨人毫无人性的一种伴生物。[20]

另外一系列简单的相认，一部分先于、一部分伴随着那些更复杂的主要的相认。这些简单相认中的第一次是对土地的亲吻和向山林女神（Nymph）或涅伊阿德斯女神（Naiad）祈祷（13.354-60）。后者同土地（这里"生长五谷"，zeidōron，354）关系密切，因而与伊塔卡充满生机的那些方面，以及奥德修斯在那里的往昔也就有着密切的关系。奥德修斯许愿要向山林女神敬献礼物，"就像往日一样"（358），从而就重新恢复了他与富足丰产的往昔的联系。在奥德修斯向她们祈祷的最后，他希望雅典娜"让我延年，让我的儿子成长且健康"（360）。在这些简单的祈祷中，奥德修斯对丰饶大自然的慈惠胸怀，以及大自然对他本人并延伸到他儿子身上的赋生力量，重新建立起了他以往的认同感。相认本身发生在"幽暗多雾的山洞"旁边，这个环境对于要重新建立一系列曾经疏远了的，并且现在还不容乐观的联系来说，是一个恰当的地方。

因为奥德修斯在13.360对特勒马科斯所讲的话展望了他要重建自己在伊塔卡的本来地位，那么这第一相认的整个场景——山洞和山林女神，就是对以前历险的回顾（13.96-112）。对福尔库斯（Phorcys，一名老海神或"海中老人"）港*和山林女神的洞穴的描述，让人想起奥德修斯曾航行于其间的那

---

[20] 这里提到的安提诺奥斯缺乏对受宙斯保护的乞援人的敬重（16.422-23），也许强化了同独眼巨人身上的残忍本性的联系，独眼巨人也同样地丝毫不尊重乞援人的权利（9.266-78）。

* 福尔库斯港在伊塔卡境内，下文各个地方的比较，都是围绕这里展开的。

个虚幻世界，尽管不是很清楚，而且也有些变化。福尔库斯本身就是独眼巨人波吕斐摩斯的外祖父（1.72）。两座陡峭的悬崖（13.97-98）使人联想起斯库拉和卡律布狄斯（见12.73ff.）。那个避风港（13.99-101）让人想起通向库克洛普斯人的那个港湾（9.136），或者任何一个可以轻松登陆的地方，比如莱斯特律戈涅斯（Laestrygonia，10.87-94）。那棵"枝繁叶茂的橄榄树"（13.102），也与前面提到的那棵橄榄树（5.236，5.477，9.382），以及卡律布狄斯上面那棵救命的"枝繁叶茂的无花果树"（12.103）的富有深意的形状有着联系。那处洞穴本身，"美好而幽暗"（13.103），不过是奥德修斯所知的许多洞穴中的一处：卡吕普索和库克洛普斯人的洞穴，以及斯库拉的洞穴，也与这里一样"幽暗"（见12.80）；奥德修斯在特里那基亚睡着了的那个"空旷的洞穴"，有"山林女神漂亮的舞场，聚会的地点"（12.317-18）。尽管前面这些洞穴，同样也像严酷而危险旅程中的其他地方一样，给奥德修斯带来了灾难，但伊塔卡的这处洞穴，对奥德修斯和他的礼物来说，却是一个安全的所在，并且，因为它有两个入口，一个供凡人进出，一个供神明出入，所以这里也是他重新进入人间生活的地方。[21] 石头机杼和纺织物，

---

[21] 另参 Elderkin（1940）52-54 中的看法，即那处洞穴是开始进入神圣的地方，因此也是重获新生的地方。关于洞穴与开始和新生一般性的关联，以及"一种状态的改变"见 Knight（1936）30，38，46ff，169 以及其他各处。

让人想起卡吕普索、阿瑞塔和基尔克纺织的情形来。[22]然而，在这些相似性中，女人的纺织有趣地前后呼应，因为虚幻世界那些诱人而危险的女神的机杼，彼此都很相似（5.61-62＝10.221-22，分别是卡吕普索和基尔克）。然而那半行描写阿瑞塔纺织的诗，却让人想起赋予生命的山林女神在伊塔卡那个洞穴中的机杼（6.306b＝13.108b）。因此，山林女神比仙境中那些缠人的妖精来说，在救人性命方面，更近于尽管有点神秘但是乐善好施的费埃克斯人。

费埃克斯人运送奥德修斯回家的那段航程，仍然是一种神秘的迁徙，掩蔽在了沉沉如死的睡眠中（见13.80，187-96）。但是，从费埃克斯人那里和虚幻世界的迷雾中走出来，清楚的人间现实，开始在"明媚的伊塔卡"可触及的清晰中明朗起来（*Ithakēn eudeielon*，13.212；比较13.103，150和176中的"幽暗"，以及雅典娜在［奥德修斯］尚未认出的景观中最初撒下的"迷雾"，13.189-91）。提到海上世界中那些危险的洞穴，亦即卡吕普索、波吕斐摩斯和斯库拉的洞穴，山林女神的洞穴就是虚幻世界神秘之旅的浓缩，也是与伊塔卡地理现实的一种联系。它能让奥德修斯进入真实的世界，又不丧失他在虚幻世界的经历。然而后来，这些经历在他的睡梦中已被转化了，就好像是被他的头脑在一次关键的转变中的无意识活动转化了。那些经历留存在了那里，

---

[22] 关于机杼和纺织，见5.62对卡吕普索，6.306对阿瑞塔和10.222对基尔克的描写。

就像那些礼物留在了幽暗的山洞里，直到归返完成，直到他的整个生活得到了重整，他才能在向佩涅洛佩的叙述中，再次提起他梦幻般的经历。

奥德修斯与家园联系的重建中更为简单的一面，在他与欧迈奥斯的相会中得以继续，这是他第一次真正地与人间伊塔卡的接触。奥德修斯在这里见识到了欧迈奥斯全身心的信任和忠诚。这名仆人第一次开口就说到了自己"神样的主人"（14.40ff.）。欧迈奥斯，这位与奥德修斯有着最直接关系之一的牧猪奴，也与奥德修斯将要重新收回的财产和物质地位有关联。欧迈奥斯细细地列举了他主人的财富（14.99ff.），并且与猪睡在一起，对此，"奥德修斯一见欣然，牧猪奴关心他的财产，尽管他远在外乡"（14.526-27）。欧迈奥斯向众女神（还有赫尔墨斯）的献祭（14.435），也让奥德修斯置身于朴实而有利的关系之中，而这种关系正是奥德修斯一认出伊塔卡就恢复了的那种关系。奥德修斯直到即将开始杀戮求婚人之前，才向欧迈奥斯表明了真实身份，但先就通过询问他的身世而建立起了他们的关系（15.381ff.）。这不仅仅是为了打发时间，奥德修斯通过他们都熟知的那种更为深厚的患难真情，与一个单纯的人交流。[23]

当奥德修斯在欧迈奥斯的陪伴下要到达自己的宫殿时，他又碰到了山林女神："他们来到一处美丽的、建造精美的水泉边，市民们从那里汲水，由伊塔科斯（Ithacus）、涅里

---

[23] 见本书第8章。

托斯（Neritus）和波吕克托尔（Polyctor）*修建。水泉旁边生长着靠水泉灌溉的白杨，从四面把水泉密密环绕，清凉的泉水从崖壁直泻而下，崖顶建有一座山林女神的祭坛，路人总要去那里献祭。"（17.205-11）伊塔卡的丰饶在这里显示出比海滨洞穴更文明和更具有社会性的一面：这是"市民们"（politai, 206）所汲的水；[24] 而且以齐名的创建者伊塔科斯和涅里托斯来命名，让人想起那些长期居住的地方，久已为人所认可，也让人想起这片土地的悠久传统。

奥德修斯在第13卷的"幽暗山洞"与山林女神的接触，是私人交往的重建：因为他仍然处在现实与虚幻之间神秘的过渡阶段。奥德修斯现在碰到了她们更为公众的一面，她们身上的社会意义，即与那些以自己的名字命名这片国土和山脉的开国元勋，建立起了强有力的联系。[25] 作为掌握社会秩序和生杀大权的国王，又刚刚认出并承认自己终将传位于之的儿子，那么，在这种公开的方面碰到这些神祇，是很合适的。在与这片丰饶土地上的神灵的个人关系中，这位贤明的君主考虑的是他的整个社会；并且他集公私于一身（见

---

[24] 这里的水泉也许让人想起了斯克里埃的文明秩序和阿尔基诺奥斯的花园（17.206的后半句与7.131相同）。

[25] 伊塔科斯和涅里托斯，至少是齐名的英雄。见Stanford（1958-61）对17.207的讨论。在这方面同样有趣的是，当奥德修斯向费埃克斯人表明身份时，他在说起自己和父亲名讳的同时都提到了伊塔科斯和涅里托斯山（9.19-22）。

* 伊塔科斯据传是伊塔卡的创建者（故名）、涅里托斯是伊塔卡涅里同山的名主，波吕克托尔（意为"富有"）则是伊塔卡一英雄。见陈中梅和王焕生译本相关注释。

19.109-14）。在奥德修斯快到达必定会赢回的宫殿时，他所看到的这些喜人景象，绝好地预示了他的成功。在遭到牧羊奴墨兰提奥斯（Melanthius）的侮辱之后，欧迈奥斯向山林女神祈求，并提到了奥德修斯以前的献祭（17.240ff.；见13.358）。这样一来，欧迈奥斯就把山林女神的丰饶、纯朴的生机以及对国家（即这片土地和历史传统）的虔敬，放在了奥德修斯一边。而且能使人恢复生气的水，本地山泉的水，这种安全和欢迎的象征（见 5.441ff.，6.8ff.，7.129-31），标志着另外一种转变，也标志着离完全的归返越来越近了。

弓箭与胜利

在使用弓箭的比赛中，奥德修斯离重建他与伊塔卡社会方面的联系又更近了。在一个稳定的社会中，弓箭象征着君主的成熟和权力，具有贯彻其命令的力量和能力。弓箭把奥德修斯带回到特洛亚战争和在伊塔卡动乱之前雄姿英发的往昔。奥德修斯在出公差*时获得了那张弓。[26] 赠送那张弓

---

[26] 没有理由把那支弓过去的来历看成一种篡补。Gabriel Germain（1954，第12页，注释〔3〕）仿效 August Fich, Jan Van Leeuwen, Victor Bérard 以及其他人，删掉了 21.13-41，理由就是那处地理不是"荷马时代的"。如果荷马在其他地方没有提到过墨塞涅（Messenia，[译按] 众多研究表明，荷马时代伯罗奔尼撒半岛尚无 Messenia 的地名，该地系后来所见，故有大量学者怀疑这一段诗的真伪。另见陈中梅对此的注释），那么除了这短短的一段伊塔卡地方传说以外，荷马很可能简直就没有机会提到墨塞涅。亚力山大时期的编纂者没有怀疑过这几十行诗。前面在 8.224 也提到过可与奥德修斯相匹敌的伟大射手欧律托斯（Eurytus, 21.14, 32, 37），那么Germain 似乎就也不得不予以删除，而他也准备要删除（38n.3）。

* 指奥德修斯去收讨债务（dēmos）一事，21.17。

的人，后来在别人违背客人权利、亵渎共享餐桌的神圣性时被杀死了（21.27ff.）。*现在奥德修斯要用这张弓来报复求婚人对这些权利的亵渎，也就是讨还他不在家时的债（dēmos）。

这张弓也与奥德修斯以前安定的生活有联系，因为他"乘坐乌黑的船出征时未携带那张弓，把它作为对自己挚朋好友的纪念，留在家宅，在故乡时他经常携带那弓矢"（21.38-41）。这张弓属于一位强大的国王所拥有的和平与秩序。当乔装了的奥德修斯请求用那张弓的时候，是为了试试他的"臂膀和气力"，看"他是否仍然有力量，它往昔存在于我灵活的躯体，或者长期的漫游和饥饿已把它耗尽"（21.282-84）。安提诺奥斯嘲笑了这个请求，一如他先前嘲笑欧迈奥斯和菲洛提奥斯一看到那张弓就哭泣（21.82f.）。他们之所以哭泣，是因为那张弓体现了他们敬爱的主人的力量和权力，所以它被其他人拥有，就意味着他们失去了奥德修斯。那张弓把他们卷进了深深的情感和个人纽带中，而那些对过去麻木不仁地缺乏敬重的求婚人，对此是无法理解的。安提诺奥斯虽也确实承认过对奥德修斯有些模糊的记忆

---

* 指欧律托斯在赫拉克勒斯家里做客的时候，被后者杀死了："此人把寄居的客人杀死在自己的宅邸，狂妄地不怕神明惩罚，也不怕亵渎面前摆放的餐桌。"（21.26-28）在荷马史诗里，客人是受神明保护的，因此存在着"客人权利"（或"客谊"，如陈中梅的译法），主人应殷切待客，并在客人离去时，赠以厚礼。奥德修斯不顾同伴的劝阻，执意留下来要见波吕斐摩斯，依仗的就是这种风俗，只不过波吕斐摩斯和赫拉克勒斯一样，都不买账。见 Seth Benardete：《弓弦与竖琴》，程志敏译，华夏出版社，2003年版，第89页。此外，赠送奥德修斯那张弓的人，不是欧律托斯本人，而是他的儿子，他把那张弓遗留给了儿子伊菲托斯。

（21.91-95），但没有深交过；他对奥德修斯的力量也不曾有过充分的理解，因为他那时"还是一个傻孩子"（95）。

在所有那些试图开弓的人当中，只有奥德修斯与那张弓才有着直接的私人关系。当那张弓最终置于奥德修斯手里，他钟爱地抚摸着那张弓，"不断把弓翻转，试验它的各部位，看主人［anax］离开期间牛角是否被虫蛀"（21.393-95）。其他人一拿到弓就涂抹油脂、跃跃欲试，奥德修斯却以细心、钟爱和行家里手的熟练来对待那张弓（见21.396-400）。对奥德修斯来说，那张弓不仅仅是一件工具，一件要赢得让人垂涎的奖赏的必备工具，而是他人间往昔的一部分，也是他将要重新得到的那种生活的一部分。它也不仅仅是奥德修斯外在力量和权力的附属品；他与那张弓的紧密联系，就像他要重新获得所有的亲属关系和佩涅洛佩一样，与生俱来又天经地义。这是他作为明君和"慈父"的本性和天赋的权力的一部分。

把为弓安弦的奥德修斯比作"擅长竖琴和歌唱"的吟游诗人（21.406-9），这就强化了这种直接的私人关系。吟游诗人让人产生一种和平的联想，这种联想让人想到和睦安宁，以及一个安静而秩序井然的家园（人们会想起得摩多科斯在阿尔基诺奥斯的要求下歌唱），并且减轻了——或者几乎可以说是开脱了——奥德修斯随后在使用这张弓时所显露出来的无情与残忍。然而，这一比喻还有别的一些派生影响。它让我们回想起在第1卷里费弥奥斯（Phemius）的歌唱，他的歌曲让佩涅洛佩泪流不止（1.325-44）；由于种种不同的原因，得摩多科斯关于特洛亚英雄的歌曲，对奥德修斯也产生了类似效果；当奥德修斯在遥远的、和平美好的费埃克斯王宫里，讲述他到哈得斯的旅程——他与自己已逝的英雄往昔相遭遇——的时候，阿尔基诺奥斯也把奥德修斯比作了吟游诗人。

诗人的竖琴是把过去与现在联系到一起的工具。因此作用，在奥德修斯向费埃克斯人表明自己身份的时刻，竖琴使奥德修斯回想起他的英雄往昔（8.521-56）。现在，奥德修斯再次肯定了那段过去的时光，不是通过歌曲这个中介，而是通过弓箭作为致命的战争武器这种实际作用。荷马小心翼翼地提醒我们与之相伴的"给人带来悲哀的利箭"（21.12）以及它那暴虐而凶残的过去（21.26-33）。在第1卷中，幻化成门特斯（Mentes）的雅典娜告诉特勒马科斯关于奥德修斯寻找毒箭的故事（1.260-266），从而就在回归的第一个行动中，激活了这把弓箭伤人致命的往昔。然而第21卷中关于竖琴的比喻，却融合了在伊塔卡和平与暴力的矛盾，也融合了明显的无助（吟游诗人费弥奥斯和得摩多科斯的身体都孱弱无力）和奥德修斯身上真正的力量之间的矛盾。竖琴帮助费埃克斯的吟游诗人把赫赫战绩当作一种遥远的事情来歌唱；而与竖琴相比，弓箭则助这个曾经的伊利亚特战士一臂之力，使他可以采取能够重建和平的残酷行动。乔装打扮之中的奥德修斯，拿起这把作为毁灭的武器的弓箭，但是他将像吟游诗人使用竖琴一样来使用这把弓箭，来建立起伊塔卡的"和谐"与秩序，也将用它来揭示事实真相，表明过去的活力。[27]

这把弓箭同样预示了特勒马科斯应得的继承权，因而也预示了奥德修斯家族持续的生命力。特勒马科斯几乎就要成功地安上弓弦，但是奥德修斯示意他停止，于是他就停止了（21.113-290），就此他讽刺性地宣称自己无力自卫（21.131-33）。当特勒马科斯第一次进入欧迈奥斯的小屋，在见到伪装的乞丐感觉到痛心与无助时，他说过同样的两行话（16.71-72）。现在，他的位置相反了，因为他的行动将很快揭露出：他所说的无助其实是假的。因此，这把弓箭对特勒马科斯来说，也起到了证明他作为奥德修斯之子这一英雄身份的作用。当初他驾船出海，就是为了寻找这个身份（见 1.214-20，2.270-80）。后来，特勒马科斯宣布他有权力把这张弓箭给他想要给的任何一个人时，他就摆脱了母亲的权威："这弓箭是所有男人们的事情，尤其是我，因为这个家的权力属于我。"（21.350-53＝1.361-64）在这里，特勒马科斯重复了在第 1 卷中他说男性权威胜于歌曲时所用过的诗句；但是现在他面临着比战争更严肃的男性权威（21.352-53）。特勒马科斯也证明了在奥德修斯重建家庭和王国的秩序之后，他自己未来的继承权的正当性。

这把弓箭融合了奥德修斯重建他在伊塔卡生活的公开的一面和私人的一面。以弓箭来测试的主意源于佩涅洛佩（19.572）。这是她对奥德修斯的第二次"考验"。第一次考验

---

[27] 关于竖琴与弓箭，见本书第 5 章，98-100 页，以及注释〔32〕。

是她问乔装成乞丐的奥德修斯关于他衣服的问题（19.215）。用这把弓箭，她考验了奥德修斯更本质的特性——他的力量，他男子气概以及他的聪明——奥德修斯作为伊塔卡国王的地位，正是建立在他的这些特质都比其他人更优秀的基础之上。要想赢回佩涅洛佩，奥德修斯必须再次证明这些男子气的、英雄的特质；然后，他才可以尝试最后的也是最具有决定意义的婚床考验。为了完成他们的相认，他再次从公众那里回到了私人空间；在屠杀之后，他又一次由年迈的奶妈服侍沐浴（23.153-63），然后，最终从战士变成了丈夫。

由于奥德修斯远离故土，在最亲密的个人关系上，他经受了无法挽回的损失。在某种程度上，这种损失通过奥德修斯在哈得斯里拥抱他母亲时所感受到的空落表现出来。在更为简单的关系中，他也经历了相当的损失，在他看到自己垂垂老矣的猎狗阿尔戈斯（Argus）的痛苦状态时，这一损失得到了最深刻的体现：阿尔戈斯认出了奥德修斯，但他已经无力走到自己的主人身边，而且，正是在这未被承认的相认一幕中死去（17.291-327）："阿尔戈斯立即被黑色的死亡带走，在时隔二十年，重见奥德修斯之后。"（326）而对它最初的描写是："狗名阿尔戈斯，归饱受苦难的奥德修斯所有，他当年饲养它尚未役使，便出发前往神圣的伊利昂。"（292-94）阿尔戈斯是一国之君简单的快乐之所系，国君养了奔跑迅捷的狗在桌边"为了作点缀"（*aglaïēs heneken*，309-10），也在打猎和森林中得到欢乐（295，316-17）。但是人与狗之间有一种更深的苦难的联系：都处于痛苦悲惨之中，都被篡夺者赶出了他们的合理位置。阿尔戈斯的年龄、死亡以及他想迎候奥德修斯时那徒劳无益的努力和痛苦（302-4），标志着在战争和漂泊的二十年中，年轻的活力和往日的迅捷已经耗尽，也标志着将无法重新收回在伊塔卡二十年中可能有的欢乐和活力。

尽管奥德修斯失去了这期间美好的岁月，但他归来时带回的东西，却比他"若能从特洛亚安全归返"（5.38，13.137-38）所能带回的更多。在某种意义上，这些损失形成了史诗的主题：首先，在到达斯克里埃之前，他失去了同伴、船只和衣服——这些东西虽然重要，但是对他来说还不是最根本的；然后，他失去了母亲，失去了二十年的时间里可能拥有的快乐岁月，以及他在伊塔卡的青年时期。奥德修斯杀死求婚者后，雅典娜洒向他身上的俊美和健壮（23.156-63），补偿了在第13卷最后她把他装扮成的衰老样子（429-38）。但是，在这两种转换过程中，奥德修斯渐渐知道了什么是饥饿、赤贫和侮辱。然而，他凭借自己的适应能力和对生活的依恋，还能重新获得已经失去的一些东西。当雅典娜开始补偿伪装所造成的损失时，奥德修斯在杀死求婚者之后，也开始补救求婚者给他的财产所带来的损失。那些浪费掉的财产，包含了那些可以弥补的损失；奥德修斯希望重新开始他在伊塔卡的生活，这个愿望出现在他要维护他剩余财产的命令中，也出现在他要弥补求婚者浪费掉的东西这一计划中（23.354-58）。死亡已经走远，奥德修斯又彻底回到了生活之中。

收获与礼物:关于往昔的视角

那么,在整个史诗中,奥德修斯的性格有没有一种真正的发展呢?这是个很难的问题,而且也不是一个要在这里充分回答的问题。他固有的特质——适应能力、恒心,以及足智多谋——似乎从一开始就是他本性的固定部分;[28]然而,凭借这些特质他能够得到惊人的丰富经历,航行到现实之外复又回归,并且在这一过程中,从外在的自我身上,奥德修斯拓宽了他关于人类苦难的范围的认识。奥德修斯没有获得一种新的生命状态,但是他在更深的基础之上重建了以往的生命状态。奥德修斯的远航没有但丁那种完全超越了以前生活的向上运动,也不像埃涅阿斯(Aeneas)的远航那样,是依照一种历史使命,在一片新的土地上带来永久的安居。和失去了特洛亚也失去了自己妻子的埃涅阿斯不同,奥德修斯回到了他丢在身后的人性之中。他的命运不仅是一种远航,而且也是一种回归;它具有循环的螺旋特征,在一个宽广的新地方环绕之后,在一种更深层次上,回归到自身。

的确,在他远航的过程中,奥德修斯从他的过往岁月

---

[28] Woodhouse(1930)注意到特勒马科斯性格的发展并评论道,"在这现存最早的希腊文学创作中,能发现人物性格发展的构想,那非常有趣"(212ff.);但是他认为特勒马科斯是这史诗中"唯一有动态性格的人物"(213)。当然,他性格的发展最引人注目,因为这一发展最为明显。而奥德修斯需要学的要少些,并且一开始就基本上很定型也很稳定,因此,他的"成长"与特勒马科斯的成长相比,似乎就是"静止"的了。

里学到了许多东西。作为回归的最后一个英雄，他能从比他先回家的人，特别是从阿伽门农那里，受益良多。尽管奥德修斯后来按阿伽门农的建议秘密地返回（11.455），但他没怎么在意阿伽门农"对女人不要过分温存"（11.441）的嘱咐。奥德修斯没有阿伽门农那种对残忍的了解。审慎和聪明没有消除奥德修斯慈善爱人和信任别人的能力。漫长的漂泊流浪似乎也改变了他看待过去的某些视角。当得摩多科斯唱到他和阿喀琉斯争吵那一段时，奥德修斯流泪了（8.74ff.）。当他俩在冥府里相遇，奥德修斯设法安慰阿喀琉斯。奥德修斯对埃阿斯采取了一种和解的态度，他用"友好的话语"（11.552）跟他说话。在给费埃克斯人讲起这一事件的时候，奥德修斯说他希望自己从来也没有赢得那副铠甲（11.548）。尽管埃阿斯的魂灵没有和解，而是"同其他故去的死者的魂灵一起走向昏暗"（11.563f.），但一种对男性之间的纽带更深的理解，已经取代了在特洛亚的那种争强好胜的锐气。

奥德修斯也从磨难中赢得了对自己忍耐力的认识，而且他在新的危机中，能用自己过去的苦难经历帮助自己。在离开卡吕普索之际，奥德修斯声明自己愿意在他以前忍耐战争和海上的苦难这一基础上，再增加一次对海难的"忍耐"（*tlēsomai*，5.221–24）。当被求婚者嘲笑时，他叮嘱自己要忍耐，就如当初忍耐库克洛普斯一样："你忍耐过种种恶行，肆无忌惮的库克洛普斯曾经吞噬了你的勇敢的伴侣，你当时竭力忍耐。"（20.18–20）奥德修斯过去所受的苦难，远远不只是让他变得精疲力竭，反而成了他未来坚忍的源泉。苦难加强了让他得以回归的那种才能。实际上，正是对苦难的忍耐力把奥德修斯和人类世界联系起来，并让他回归到人类世界。

奥德修斯从他的漂泊中所得到的一个切切实实的收获，就是他从费埃克斯人那里得到的礼物。然而，矛盾的是，这些礼物却是最不切实的。奥德修斯一旦控制了局面，就必须考虑怎样补充他被浪费掉的财产，而没去想先前他那么在意的礼物。[29]奥德修斯的归返与墨涅拉奥斯的归返非常不一样，墨涅拉奥斯意识到他所带回的礼物是一笔巨大的财富，于是，他和他美丽而知悔的妻子（海伦），在一个豪华的环境里，过起了一种非常舒适的生活。

但是，奥德修斯的礼物如何呢？他从费埃克斯人那里得到的那些财宝，他那么热切地藏在山林女神的洞穴的财宝，又如何呢？注释者们对这些财宝在第13卷后的消失很是犯难。[30]难道这是荷马的智者之失？（*An hoc loco bonus dormitat Homerus*？）然而，如果费埃克斯人和虚幻世界，共同指向经历中的一种内在而个人的维度，那么，要理解这些

---

[29] 奥德修斯对礼物的关注从他在波吕斐摩斯那里的历险（9.229）和当阿瑞塔与阿尔基诺奥斯提供给他更多的礼物时温文尔雅的回答中明显地表现出来（11.354）。Podlecki（1961）125-33 对前一事件中礼物的重要性予以了很好的说明，在整本书中，他都强调这些礼物和无人（*outis*）这个主题之间密切的关联。

[30] 比如，见 Scott（1939）："这些礼物是荷马唯一没有使用的主要诗学技巧……他们是荷马史诗中唯一没有完成的重要细节。是荷马忘记了吗？或者是他要把所有这些留给听者的想象力去思考？"（103）

礼物的消失，也许就是可能的。它们是日渐积累起来的，但终究是无形的"财富"，也就是从遥远的世界带回来的对那个世界的了解，以及在那个世界里的经历，因此很难变得跟"现实"世界中的财富一样。墨涅拉奥斯并没有真正地进入过虚幻世界，因此，他所获得的礼物完全可以转换成有形的财产——它们可以被带回来，并且可以在斯巴达公之于众。

在给佩涅洛佩讲述他在虚幻世界的历险的时候，奥德修斯最接近于提及这些礼物，因为在此他最终把他在两个世界里的经历联系起来了。他确实在这里提到了这些礼物，所以荷马不仅仅只是忘记了它们。实际上，这些礼物在奥德修斯沉睡之前形成了他的故事的"最后世界"（23.341–42）。然而，这些实际的礼物继续躺在雅典娜放置它们的"幽暗的洞穴"里（12.366–71）。它们依然处于一种在虚幻与现实之间的模棱两可的位置。这些礼物确实在伊塔卡的土地上，但是有一块石头堵住了洞门，让它们与"现实"世界隔绝了（370）。波吕斐摩斯也曾用石头堵住洞门的方法来封住他们食人部落从被俘虏的水手那里劫掠所得的财宝，而在这里，是那种方法的一种文明形式。不像墨涅拉奥斯和海伦送给特勒马科斯的赠礼，或者别的以英雄形式交换的礼物，这些礼物没有被作为实实在在的、引人注目的 *keimēlia*（赠礼，guest-gifts）存放在王宫里。也许，这体现了奥德修斯从他的漂泊中带回来的无法表达的经历的最深层次，它们刚好不在现实可以触及之处，刚好在意识的界限之下，它们的位置只为奥德修斯一个人知晓。

由于被放置在山林女神的洞穴里，而且首先是被堆放在"橄榄树根旁"（13.122，后来奥德修斯和雅典娜坐这树根旁谋划怎样完成他的归返，13.372），所以这些礼物就被带进了与他在伊塔卡的生存中赋生的、丰饶的方面的联系之中，也被带进了他与这片土地的生机之间那种私人的、快乐的关系和他在此的早期生活之中。[31] 在这样有利的环境中它们是安全的，也可以受到保护，躲避伊塔卡现实中更为残酷或者更为乏味的方面。实际上，没有伊塔卡人碰过它们。费埃克斯人把这些礼物从他们的船上抬下来，放到橄榄树旁"远离道路，免得有哪位路过的行人趁奥德修斯沉睡未醒，把它们窃去"（123-24）。后来，雅典娜把它们藏在洞穴里。这些礼物受到来自奥德修斯（他热切地对它们进行了清点，217-19）和雅典娜的关注，这标志着它们既非常宝贵，但也很容易受到攻击和侵害。

然而，这些礼物不仅受到雅典娜的保护，也受到它们自己的特性的保护，它们不受侵扰的自由和它们的珍奇，由于基尔克的巧结而显得与众不同。这个巧结不仅保护这些礼物，也使它们与它们所来自的那个虚幻世界保持着联系。阿

---

[31] Wilamowitz（1884）认为这棵树是一棵神圣的橄榄树（einen heiligen Ölbaum，106，以及注释〔17〕）。有可能雅典娜和橄榄树是奥德修斯的安全与保障可互相替换、互为补充的象征。关于整个史诗中橄榄树有利的重要性，见上，注释〔14〕，以及大体上，见 Germain（1954）211-15，308ff.。关于橄榄树的宗教意义，见 Pease（1937）2020-22，关于橄榄树与雅典娜的联系，也见于 2015ff.。关于树木一般认为是乐于助人的女神象征的讨论，见 Levy（1948）120。

瑞塔在赠予奥德修斯礼物的时候，叫他把它们捆好，"免得航行中有人从中窃取物品，在你乘坐黑壳船时沉入深深的梦境"（8.444-45）；于是奥德修斯用一个"尊贵的基尔克当年教习的巧结"（447-48）把它们捆好。奥德修斯把这些礼物从虚幻的世界带回来，而那个虚幻世界本身就提供了保护它们的方法，并且使它们独一无二地为他本人所保存。奥德修斯正好可以用他在虚幻世界里的经历把他在那里获得的一些"财富"带回伊塔卡。当被保证能够安全归返并且阿瑞塔要奥德修斯而非任何别的人来捆好礼物后，奥德修斯在他的历险结束时使用了这个巧结。这个巧结将不像艾奥洛斯的银线那样可以被解开（10.23-24），因为奥德修斯的周围已不再有不和的力量要延迟他的归返：他已经在他的旅程中把它们全部摆脱了。这些礼物是送给他一个人的，回去的也只有他一个人，并且是他一个人捆好了这些将在伊塔卡与世隔绝的收获物。

当宙斯使奥德修斯的归返开始时，这些礼物才在史诗的第5卷中第一次露面。宙斯在那里说到的礼物是许多的黄金、青铜和衣服；但是他补充说，这些东西算起来要多过奥德修斯从特洛亚所曾得到的，"要是他能带着他应得的那部分回故土"（38-40）。因此，这些礼物看起来似乎是对他在海上所失去的东西的一种补偿，也似乎是对在特洛亚对战利品的分配与在伊塔卡着陆之间的毫无建树的那段时间的一种补偿。但是，这些礼物又与现实世界里具体有形的礼物截然不同。似乎只有众神和费埃克斯人知道这些礼物的存在；而且宙斯在说起它们的时候，几乎是把它们和"神灵的荣誉"相提并论，也就是在费埃克斯人中它们头上所笼罩的神的光环（36）。

雅典娜在照管这些礼物中的作用也很有意思。荷马特别反复强调，费埃克斯人赠予奥德修斯礼物，是因为"受伟大的雅典娜感召"（13.121）。由于联系着奥德修斯统一的理性的意识和完整的凡人身份，雅典娜保护着他远航所得的珍贵收获物。她对这些礼物的保护作用与基尔克的保护作用相得益彰：基尔克的魔法保证了这些礼物在斯克里埃以及在神秘的航程中的安全，而雅典娜的力量则使它们在伊塔卡受到保护。作为指引奥德修斯回到现实的力量，雅典娜确保那些在远离现实的虚幻世界中所获得的东西在"现实"世界里的安全和保存。但是，这些礼物却留在了洞穴里，只有奥德修斯知道它们的存在，或者佩涅洛佩略知一二，它们从来没有被从迷雾中带到伊塔卡明媚的阳光下。因此，尽管是在伊塔卡，这些礼物也从未失去与运送它们的雾霭笼罩的船只的神秘联系（8.562）[32]，也没有失去与它们曾神秘地航行其间的"雾霭弥漫的大海"的联系。就像过去一样，它们保持着一

---

[32] "为雾霭和云霓所笼罩"一语只又出现了一次，用在同样神秘的基墨里奥伊人（Cimmerians）身上，奥德修斯在去冥府的路上要从他们那里经过（11.15）。Autrain（1938），在 2：194 中，从词源的角度把费埃克斯人的名字与迷雾（*phaios* 的意思是"黑暗""模糊"）联系起来了，也和"从那以后，笼罩这片土地和他的居民的传奇的迷雾"联系起来了；同样也见于 Whitman（1958）299。但是请参看 Germain（1954）316-17 处的 *contra*。

种界于虚幻与现实之间，界于斯克里埃与伊塔卡之间的悬而未决的状态。也许，这种悬空状态是一旦回到伊塔卡，奥德修斯能够保留它们的唯一形式。

结论：诗歌与现实

在整个《奥德赛》中，荷马把虚幻和现实两个世界分开，只是为了让它们再度交织在一起，就如同它们在奥德修斯脑海里交织，也普遍地在人类的脑海里交织一样，因此，也在所有的诗歌里交织。在天界幻境里，凡人期许的逻辑被暂停了，而奥德修斯一从那个世界走出来，就面临局势紧迫的伊塔卡的种种要求。伊塔卡的局势要求奥德修斯要有意识、有决心地隐瞒自己的身份。由于受其航行环境中的奇异和遥远的影响而发生的事情，在奥德修斯回归时，必须受意志和努力的影响。并且，因为在伊塔卡隐瞒身份是意志和内在力量的行动，所以，要揭穿这样的隐瞒，就需要勇气和想象力，需要尚武的力量与人道的洞察力。

在背井离乡的特性中，暗含着一种虚幻的世界里或许更深层次的非现实的东西，它通常被古希腊人认为是可怕的命运。对于一个与家庭和国家失去联系的人来说，自己的亲朋故友音讯渺绝，没有人能够告诉他他是谁，再没有什么是"真实的"了；无论是胜利还是失败，都没有可靠而清楚的参考之处。从这个意义上来说，奥德修斯的归返，就如对任何一个航海者一样，是重新找回自我。

然而，意义不止于此。远航把奥德修斯带到了通常不对凡人开放的地方，而这远航的创作，是诗意满怀的神话诗人瑰丽虚幻的想象力的杰作。在这个意义上，就如我曾提出的一样，这种航行可以理解为人对自己内心世界的一种深入。在寻常的推理过程中或清醒的生活状态下，这种深入是达不到的，在奥德修斯的陆地（伊塔卡）生存的日常活动中也是达不到的。这些领域中的每一个都有一组自己的人物，但是奥德修斯的归返把这两者连起来了；实际上，他是唯一经过一个世界到另一个世界的人（而且，这也只是一次单程航行）。奥德修斯的航行和他这个人连起了这两个世界。

在回归伊塔卡的人类现实的过程中，奥德修斯经过了费埃克斯人这个至关重要的中间领域。而且，值得注意的是，正是在这里奥德修斯再度体验了他虚幻的过去。在他渡海回到"现实"世界之前的这种回顾，与在《天堂篇》（*Paradiso*）22.124-54 中当但丁要"接近最高的幸福"时对他过去的航行的回顾很不一样：笃信基督教的诗人但丁把自己的航行看成一种向上的过程，也看成一种对他的俗世生活——"使我们变得那么凶恶的打谷场"*的逐渐放弃——现在他已经从那里摆脱了出来（见《天堂篇》22.154："于是我又回眼望那美丽的眼睛。"）奥德修斯不是在他航行的最后，而是在他航行的中点时，审度了他自己的过去，那时候，他归返人间的艰辛任务还有待完成，而且他对这两个世

---

* 但丁把地球比作打谷场，一块平而圆形的场地，可是人们却为之争夺不已。见朱维基所译的《神曲·天堂篇》181页注释〔3〕。

界的完全重新整合也还任重道远。

我不能宣称在这篇文章里提到的所有这些意义和解读是荷马有意识的、"故意的"所为。荷马对无意识并没有什么概念,实际上,也对此不曾着一词,更别提"自我"之说了。[33] 但是,荷马不能说出无意识和自我这样的名词,在某种程度上,并不意味着它们对他来说不存在。荷马通过他诗性的语言和神话般的叙事表达了它们的存在和意义;并且也正是通过这些,通过它们的美丽和联想意义,它们对具体而精确的东西与无形而无限的东西的融合,读者(和解释者)进入了《奥德赛》的世界。就如歌德所言:

> 任何想要理解诗人的人,
> 都必须进入诗人的国度。

诗和诗性神话的本质,就是不仅认识并揭示物质生活,更要穿透世界的表象。这个世界,从物质上说,是可以理解的,事实上从逻辑而言,也是生活其中的。弗洛伊德把人的神话创作才能看作"个人从群体心理中走出的一步"并且达

---

[33] 关于荷马缺乏中心"自我"这一概念,见 Snell(1953)8ff. 以及 213,他在那里提到,"这个问题与灵魂的那个问题是可比的,在某种意义上,灵魂的这个问题甚至对荷马来说也确实存在,但荷马并没有认识到这个问题,由此它也就没有真正地存在"。然而,Snell 的确也承认,神话可能包含着心理学上的真相,因此可以起到"使人的本性被更好地理解"的作用:"神话的起因控制着一片领土,而在灵魂发现以后,这片领土让与了心理动机。"(223;另参 224)

到精神的独立。弗洛伊德自己也创作了一个神话来理解和解释个人自我的成长和特征。[34]

神话也是远离关于一件事情如果不是这样就是那样的这个逻辑标准的；它更符合心理学上的真相而不是"非逻辑"的真相，也就是，一件事情，或者一个人，可能会同时有很多的对立面，就如荷马笔下的"海中老人"（Old Man of the Sea），海中老人的外形包含着成为"出生在地球上的所有的生物"的可能性，包括四大要素（译按：土、水、气、火）的对立面"水和神样炽燃的火"（4.417–18）。同样地，奥德修斯在虚幻世界对自己名字的保密和他在伊塔卡的伪装就渲染了他同时既是"他自己"，也"不是他自己"这样的对立。神话和它在诗歌中的正式表达通过它对人的身份和动机的多样性以及矛盾因素的普罗透斯似的（Protean）*认识——我们凡人本身和意识之间的悖论——而起作用。它吸收人类千百年来经验的深沉储备，昭示人类自己的真理。而这些都是朴素理性（prosaic reason）、文学分析（literary analysis）和心理分析（psychoanalysis）的语言所不能够完全表达的。如果它能完全表达，人们就会停止写诗和读诗了。

---

[34] 见弗洛伊德（1922）第 12 章。关于弗洛伊德自己的"神话"，见其所著之《图腾与禁忌》（*Totem and Taboo*），第四部分。

* 普罗透斯（Proteus）是希腊神话中的海神，善预言，能随心所欲地改变自己的面貌。所以"普罗透斯似的"即有"千变万化"的意思。

第 4 章

奥德修斯归途中的转变与仪式

航行,变迁,改变:这是人类生活最熟悉的现象,也是最难理解的现象。难怪这个主题,以这种或那种形式,从赫拉克利特和帕默尼德斯(Parmenides,旧译"巴门尼德")到柏拉图和亚里士多德,都是希腊哲学关注的中心之一。荷马把主人公从费埃克斯的奇人奇事到伊塔卡的现实和可能性的航行置于《奥德赛》的正中,于是在欧洲文学中,他第一次非常鲜明地提出了有关状态变化的无尽之谜的观念。那些身份的或者生命的变化,内在的和外在的变化,构成了人类生活。[1]

就如在整个欧洲文学中一样,人类生活中变化的普遍事实在《奥德赛》中用旅程本身予以象征。[2] 然而,不像但丁或者丁尼生(Tennyson)笔下的尤利西斯,荷马笔下的主人公远航不仅仅是去寻求新的经历。他的远航是一种归返。因此在史诗的前四卷中,在我们被允许跟随着奥德修斯去远

---

[1] 关于费埃克斯人这一段情节的意义和主人公对他人类身份的恢复,见本书第 2 章和第 3 章。
[2] 关于在"寻求类史诗"(epic of quest)中旅程的象征意义,见 Levy(1953)第 5 章及其他各处。

航之前，我们停留在主人公在人间往昔生活的世界里，伊塔卡和希腊本土。最先展示给我们看的是，将要重新获得的过去的生活，还有正受着威胁的但即将要被恢复的秩序。

在大多数社会里，身份的改变以仪式为标志。这些仪式限定着变化，明显地对抗着它的现实，并且在他或者她已经进入的新世界里，为个人确定方向。那样的仪式（rites de passage），一般按照一种或多或少不变的模式，并显示出三个主要阶段。根据阿诺德·范亨讷普（Arnold Van Gennep）的划分，它们由分离仪式、过渡仪式和融入仪式组成。[3] 这样的划分有利于分析奥德修斯的归返。在特洛亚和奥古吉埃之间的航行，构成与奥德修斯特洛亚战士身份的过去的逐渐"分离"（请比较对那种让归返战士非神圣化的做法的广泛关注，比如最熟悉的罗马惯例洁身礼）。在费埃克斯人那里的逗留主要是一种"过渡"的情形，紧接着在奥古吉埃那远离"现实"的彻底悬空而又先于重新进入伊塔卡。在伊塔卡的历险主要关注奥德修斯"重新融入"他留在身后的社会，并且恰如其分地在重新开始的婚姻中达到高潮。这样的类比不应是强加的；而且不可避免地，在这些仪式的功能和奥德修斯的旅程的不同阶段之间也有着某些重叠。然而，仪式的模式和史诗的结构都有着一种对人类生活中重要经历的共同体会。

---

[3] Van Gennep（1960）21 及其他各处。也见于 Solon T. Kimball 所写的绪论 vii 以下。

横渡大海，改变服装，分享食物，这些主题加强了史诗过渡的场景。它们反复再现，在几乎每个神话里的远航中都非常有名。那些主题在整个故事中以各种各样的形式不断重复，而这样的重复赢得了一种不断加深的意义，达到一种和口传史诗的特征完全一致的效果，口传史诗按照重复主题或者主题群的方式继续进行——并按诗人的要求进行缩略、扩展或者详细阐述。[4]口头重复那些主题所涉的特殊套语常常能够突出主题的重复。[5]实际上，通过把那样的活动作为一种固定化并风格化了的固定模式展现出来，荷马的这种口头套语风格本身就几乎把那些活动仪式化了。这样的套语为奥德修斯在他历险的异域他邦所遇到的那些新奇事物提供了

---

[4] 关于口传史诗中主题的再现，见 Lord（1960）："每个主题，无论大小——或者可以说，每个套语——都有一种意义的光环围绕，这种意义的光环在其曾经在过去出现过的所有语境放置于此。它是在其创造性中由传统所给予的意义。对任何一个特定时期的特定诗人而言，这个意义涉及他使用这个主题的所有场合，特别是他经常使用这个主题的环境；它也涉及他曾听过的别人使用过这个主题所有场合，尤其是被他在青年时代最初听到的那些歌手使用，或者是被那些后来留给他深刻印象的伟大的歌手使用。对听众而言，主题的意义也涉及它自己的经历。因为诗人和听众的经历的一致，所以上述意义的交流是可能的。"（148）大体见第4章，"主题"，特别是89-91页和109页关于在再现的史诗主题中仪式的要素；在套语而不是主题这个标准上，见 Whitman（1958），第1章和第6章。

[5] 荷马史诗中对套语（formula）最简单的定义就是：有固定韵律价值的表达的再现，比如，"有玫瑰色手指的黎明"，或者"他这样说完就离开"。我用了"套语的"这个词，然而，在这里有些更广范的范围，也用在那些有一行或者更多行描述某种平常动作的重复的段落，比如沐浴、吃饭和登船。关于套语的一般情况，见 Lord（1960），第3章。

一个熟悉而稳定的背景。

在《奥德赛》公式化的套语与主人公丰富的经历和史诗辽阔而奇异的地理范围之间，有一种潜在的张力。有些力量使《伊利亚特》严密的结构和风格变得松散，而恰好可能正是这样的力量，促成史诗去探究神话传说的原初层面。这些层面隐于诸如奥古吉埃、基尔克、库克洛普斯人和费埃克斯人这些要素之后。《奥德赛》的风格比《伊利亚特》更为开放——对这一风格，除别的一些学者外，塞德里克·惠特曼（Cedric Whitman）建议把它和古代雅典的制陶风格加以类比——这样的风格使它善于接纳前英雄时代的往事中奇怪而虚幻的人物，也善于接纳神话和仪式的那些原始层面，而这些层面都曾那么强烈地激起过汤姆森（J. A. K. Thomson）、格特鲁德·利维（Gertrude Levy），以及加布里埃尔·杰曼（Gabriel Germain）这些学者的巨大兴趣。我们应该把这些仪式的因素和民间故事与普通的地中海（和铜器时代）寓言和传奇故事的宝库紧密地联系起来考虑。这些普通的爱琴海因素与正式的、要求很高的希腊英雄六步格诗的混合，使《奥德赛》像它的主人公一样，成为横跨两个世界的史诗，而《伊利亚特》把自己主要地、固定不变地置于一个世界当中。

在过渡这一主题之下，是对寻求类史诗来说非常重要的神话模式，即生死轮回，经过一段时间的思想贫乏、黑暗和拘押之后对生命的重新发现，以及生命对死亡、有序对无序的最终胜利。这种类型的史诗，《吉尔伽美什》可为其原型，它包含了一种体验，引利维的话来说，"失败和隔离的（体验），爱与恐惧的诱惑，死亡的幻象以及英雄回到起点的归返，都被对失败的了解和接受而改变了"。[6]尽管毋庸置疑地基于那样一种神话模式，但是，通过让它的意义远离宇宙神灵最初仪式般规定的死亡和新生，而去到人的活动和人的本性的现实和可能性之中，《奥德赛》就超越了那样一种神话模式。然而，在以人为中心的活动之下，根本的神话结构依然可以让人感觉到，并且给予了史诗被诺思罗普·弗莱（Northrop Frye）称之为高尚史诗（high epic）的"百科全书式的范围"，它包含了人类体验的全部。[7]

在这样的语境中，我把"仪式"定义为：一种用程式化的方式来进行的、用以表明我们与一种可以感受到的、包含了我们存在的本质和神秘特征的超自然力之间的重要联系的、定期举行的活动。这首史诗中一些过渡的环境可能模糊地回应了遥远的往昔里那些真正的过渡仪式。我并不关注那些实际仪式的留存，而是关注作为艺术品的史诗中那些过渡环境的文学功能。甚至在这个有限的意义上，这些仪式的要素也通向神圣而神秘的国度，因此为史诗的意义增加了一个重要的维度。对荷马所在的那样的社会而言，神圣的和世俗的东西依然紧密地联合着，人的物质生活和精神生活之间的划分不及在现代的欧洲或者美国那么清楚。

---

[6]　Levy（1953）21–22.
[7]　Frye（1957）218ff.

我们可以通过一种对涉及或者伴随着过渡而反复出现的主题的研究分析来理解归返的展开。我要考虑的是睡眠、沐浴、洁身礼以及门槛等问题。就如将要呈现的那样，所有的这些，都与两个世界之间的神秘航程有着联系，而且，都属于体验的范畴，在那里，已知的和未知的互相交叉。只有两样，洁身礼和沐浴，可以被恰当地认为具有仪式的特征。另外两样，睡眠和门槛，仅仅可以被描述为过渡意义的主题。然而所有的这四样，都反映了归返的重要阶段，也反映了主人公对原本属于他自己的东西的重新收回。

睡眠

或许，睡眠是真实世界和非真实世界之间最明显的过渡方式。奥德修斯从费埃克斯人那里的归返是一种从"如同死人一般"（13.80）的睡眠中的苏醒。就如任何一次航程或者身份的改变，睡眠都是模棱两可的。它可以如死亡一样，或者，也可以恢复新生。在虚幻世界里的漂泊中，奥德修斯对睡眠非常警惕。当他航行离开卡吕普索的岛屿奥古吉埃时（5.271），他是非常警醒的，他知道不能相信睡眠。当他屈服于睡眠时，睡眠就带来了灾难，就像从艾奥洛斯的岛屿（10.31–55）出发的航行或者在特里那基亚的航行一样（12.38）。只有当他到达斯克里埃，费埃克斯人的家园时，睡眠才变得积极并且有助于恢复体力。一开始奥德修斯拒绝睡眠，就如同早些时候他在漂泊中因为害怕野兽（5.470–73）而拒绝睡眠一样；但是橄榄树丛救了他，并且雅典娜"把梦境撒向他的双眸，使他的眼睑紧闭，消释难忍的困倦"（5.491–93）。第二天晚上，他在阿尔基诺奥斯的王宫里，"在回声萦绕的廊屋雕花精美的床铺上"（7.345）安然入睡。当奥德修斯从虚幻世界里摆脱出来，或者，至少是从更危险的情况中摆脱出来后，他就可以安全地沉沉入睡了。和大海的搏斗结束以后，在他最后的航行中，奥德修斯在费埃克斯人的船上安睡，虽然他的这次航行省力而安全，但是费埃克斯人却为此付出了高昂的代价（见13.134–87）。然而，他的苏醒，是一种对意识和生命的回归。[8]

睡眠构筑了奥德修斯的整个归返。斯克里埃是虚幻世界和现实世界之间的桥梁，奥德修斯在沉睡中来到这里，也在沉睡中离开这里。后来，在对佩涅洛佩重讲他的费埃克斯经历时，睡眠这个主题也构筑了他的故事。奥德修斯对佩涅洛佩的叙述是这样开头的："她愉快地聆听，睡梦未能降临他们的眼睑，直至他述说完一切。"（23.308–9）他的故事这样结尾："他的叙述到此完结，令人松弛的甜蜜睡眠降临，解除了一切忧患。"（23.342–43）

赫尔墨斯，这位带来让奥德修斯开始归返的消息的神使，提着"一根手杖，那手杖可以随意使人双眼入睡，也可把沉睡的人立即唤醒"（5.47–48）。然后，他提着同样的这根手杖（而且几乎是同样的这两行诗句），在第24卷一开始奥德修斯和佩涅洛佩重新团聚之后，立刻以死者护送者的身

---

[8] 见本书第3章，注释[15]。

份再次出现。对奥德修斯已重新得到的生活来说，赫尔墨斯和死去的求婚者标志着一种危险的补充。作为掌管睡眠和苏醒的神灵，赫尔墨斯在自己身上混合了成功与失败，梦想与现实的极端。我们可以比较在《伊利亚特》第24卷中他引领普里阿摩斯（Priam）通过两军营帐之间的过渡地带的作用。一方面，赫尔墨斯与睡眠，隐匿和死亡（奥德修斯在卡吕普索的岛上"隐藏"期间的状态）有关。另一方面，他也是使奥德修斯能够征服一个强大的女巫的神灵：他告诉奥德修斯怎样战胜基尔克。赫尔墨斯和他的手杖出现在航行的开始和结尾，这是非常合适的。通过他，睡眠魔法般的力量标志着主人公归返的开始阶段和最后完成。

这些航程和赫尔墨斯以及他的手杖在回家之旅的开始和结束时再现，这就使得整个归返似乎是一个沉睡和苏醒的绝妙比喻。在雅典娜开始积极筹划他在真实世界里的苏醒之前，奥德修斯的一部分一直在沉睡和休息。从神明的层面来看，雅典娜是在归返之后的真正动力；她不像赫尔墨斯，赫尔墨斯只是一个中介（agent），一个机械装置（mechanism），用来完成已经被诸神的意志启动了的活动。在《奥德赛》中，雅典娜也经常是睡眠的施与者，而且，她在史诗中别的作用和她对睡眠的司管之间或许有一种更深的关联。也许可能正是"因为"她是在这归返的背后来自神明的最明显的力量，所以她控制着睡眠和苏醒这种机能（mechanism），知道什么时候需要退隐什么时候需要安静，知道什么时候复原与整合的过程会完成，什么时候头脑可以再次苏醒，回到现实的状态之中。睡眠也标志着一种精神上的苏醒，因为在史诗的结尾，传令官墨冬恰到时候地醒来，去给那些被杀死了的求婚人的愤怒的父母和亲戚解释，说奥德修斯的行动是有神灵相助的（24.439-49，特别是439f.："墨冬和神妙的歌人从奥德修斯家里向他们走来，两人刚从睡梦中苏醒"）。

睡眠对佩涅洛佩来说有着特别的重要性。实际上，她比《奥德赛》中别的任何人与睡眠的联系都更频繁。她的睡眠经常都是随着悲伤和哭泣到来。睡眠常常暗示着佩涅洛佩的独守空房，因此也暗示着直到奥德修斯回来之前，她都深居简出，自我索居。作为她睡眠的协助者，雅典娜可能联系着佩涅洛佩对她丈夫归返的信心以及她作为奥德修斯妻子的完整身份。因此，通过正在谋划她丈夫归返的女神雅典娜，作为与那种信心的一种交流，佩涅洛佩的睡眠常常具有恢复和抚慰作用（见4.839-40，18.187）。

相反地，睡眠也是佩涅洛佩与日削减的生命和奥德修斯不在家时她静止的生活状态的标记。在睡眠中，佩涅洛佩是按雅典娜的授意行动的，如同在刚刚所引的两段中一样。然而睡眠于她而言，并非像睡眠之于奥德修斯那样，是一种改变和航行的方式（像在第6卷和第13卷中那样）。在她睡着的时候，都有重大事件发生：比如在第4卷的最后特勒马科斯离开家去大陆，还有，特别是对求婚者的杀戮。实际上，在后一件事情中，佩涅洛佩说自从奥德修斯出征去特洛亚以后，她从来没睡得这么香甜（23.18-19）。在奥德修斯与求婚者搏斗期间，佩涅洛佩睡着了。这次沉睡和奥德修斯在伊塔卡的着陆有些相似之处：她醒来（或者说，是很不愉快地被吵醒，23.15-17）时发现现实已经改变了，也被告知，她期待归来的人已经回来；而且，就像第13卷中的奥德修斯，她直到后来才承认了这个事实。然而对她而言，更准确地说，睡眠是她在默默的忍耐和希望中等待时她生活悬空状态的一个标记，而不是为她自己的积极行动直接恢复力量。她的任务就是要在希望中坚持和忍耐，而睡眠使她在归返完成时保持了她的活力。

作为与她过去的一种交流，佩涅洛佩的睡眠同样也保持了她那在战争以前为奥德修斯所熟知的美丽。在第18卷里诱惑求婚人之前，雅典娜使佩涅洛佩陷入深沉的睡眠并对她精心打扮，让她变得更美（187-96）。随着年轻时候美丽的恢复，佩涅洛佩对丈夫的思念也开始复苏。在这里她对奥德修斯离别时刻的回忆是最深切的，她详细地叙述了二十年前他的临别之语（257-70）。佩涅洛佩不仅非常详细地讲述了（她从来没在别处这样讲过）与她阔别已久的丈夫的一个亲密时刻，而且在她从求爱者那里哄骗礼物的时候，她也如是详述。更有意思的是，那时乔装打扮中的奥德修斯觉得很高兴（281-83）。似乎在睡眠和雅典娜的帮助下，一种对过去的更栩栩如生的感觉苏醒了，通过这些，奥德修斯真切地认出了他留在家里的妻子。他知道"她心里另有打算"（283），而求婚人却浑然不知。

佩涅洛佩对过去的回忆有些出人意料。这次倒叙颇具讽刺意味，因为它预示着就在不远的将来，过去的生活即将得到恢复。史诗用了这样的比喻来描述佩涅洛佩在求婚人心里激起的欲望:"求婚人立时双膝发软,心灵被爱欲深深诱惑。"(τῶν δ' αὐτοῦ λύτο γούνατ', ἔρῳ δ' ἄρα θυμῷ ἔθελχθεν, 18.212)"双膝发软"不仅用来指情欲,而且也指面对死亡的恐惧时那种深深的绝望。很快,特勒马科斯也回应了这个短语不祥的意义,祈祷那被击败的伊罗斯(Irus)的命运也延伸到求婚人身上(λελῦτο δὲ γυῖα ἑκάστου,"四肢变瘫软",18.238)。当奥德修斯准备把致命的弓箭转向求婚人的时候,史诗用了同样的比喻来描述求婚人的反应(τῶν δ' αὐτοῦ λύτο γούνατα καὶ φίλον ἦτορ,"他们的膝盖和心灵瘫软",22.68)。[9]在第 18 卷中也有别的讽刺性预兆,比如,求婚人"笑得死去活来"(100)。有人曾经提出,从这里开始,佩涅洛佩心里对她乔装的丈夫有种直觉的或者潜意识的相认,这使她为第 23 卷里"真正的"相认做好了准备。[10]

---

[9] 也请注意在第 18 卷的别处,比如 238、242 和 341 等处相似的"他们膝盖发软"的不祥之感的用法。在后来奥德修斯嘲弄成了求婚人情人的侍女的一卷中,"双膝发软"的不祥和色情的混合意义也再次出现。奥德修斯向她们保证他能给所有的火钵添加柴薪好照明,即使求婚人一直待到黎明:οὔ τί με νικήσουσι,"他们也难胜过我",或者如菲茨杰拉德(1963)翻译的那样"他们不能使我疲倦不堪"(18.319)。听到这些,侍女们彼此相视而笑(18.320)。这个可能的在"双膝发软"中的双重倾听(entendre),在与之紧密相连的形容词四肢瘫软(lusimelēs)中得到了反映。"四肢瘫软",这用语一方面用于睡眠和死亡,一方面用于情爱:参见《奥德赛》20.57,赫西俄德的《神谱》121 和 911,萨福的残篇 130 Lobel-Page(1955)以及 Carmina Popularia 873.3,Page(1962);也见于 Alcman 3.61,Page(1962)。
[10] 关于佩涅洛佩在第 18 卷中对奥德修斯的相认的讨论,见 Amory(1963)100ff.;也见于 Harsh(1950)特别是 10ff.。关于不同的理解,见 Else(1965)47-50 以及 Russo(1982)各处,特别是 11ff.。

如果是这样的话，也正是睡眠为这预先的相认创造了环境，在过去和将来之间起到了一个重要的中介作用，并用目前渴望的荒凉灯光，照亮了过去的欢乐。

就如奥德修斯在第13卷中的睡眠一样，佩涅洛佩在第18卷中的睡眠，被拿来和死亡相比："但愿圣洁的阿尔特弥斯快快惠赐我如此温柔的死亡。"（18.201–2）睡眠、死亡和变化在归返中形成了一组相关的主题丛，但是它们对奥德修斯和佩涅洛佩意义却各不相同。在特勒马科斯申明他对弓箭的权力之后以及在屠杀求婚人期间，佩涅洛佩都睡过去了。这两次睡眠实际上确实标志着一种关键的演变，但她却一直到后来才注意到。作为一个在父权制社会里的妇女，佩涅洛佩缺乏奥德修斯的自由和主动；所以，她的过渡就掩藏在睡眠之中。不像奥德修斯，佩涅洛佩甚至根本不知道有一种过渡正在发生。然而对佩涅洛佩来说，就如对第13卷中的奥德修斯一样，在至关重要的苏醒之前，通过某种死亡，睡眠标志着一种与她作为妻子和王后的悬空身份的交融。

沐浴

沐浴是一种确定已久的表示欢迎的标志（见《创世记》18：4），也是一种接受陌生人融入到新环境的标志。它向新来者指出了一个关键的入口，并且，作为一种传统的仪式，以水沐浴很可能保留了某种宗教仪式的意义。沐浴显然也与出生有联系，因此，也就与重生有联系。就如别的过渡的情形一样，沐浴具有一种根本的模糊性。它让人的身体感觉很舒服（参见费埃克斯人在温暖的沐浴中的愉悦，8.249），但是也会涉及一种潜在的危险的暴露。通过后荷马时代关于奥德修斯不那么幸运的同伴阿伽门农归返的故事，沐浴这后一方面的危险很为大家所熟悉。通过沐浴也能导致变化，这些变化既可以是外表的变化（就如在《奥德赛》中所常见的那样），也可以是情绪上的变化。

在这里，常用套语强调了所涉及的仪式的因素，因为就像我们可以看见的那样，类似的套语几乎用于所有的沐浴场景。当然，也有很多的变化，但是实际上同样的两行话在沐浴开始的时候总会出现（"X 为 Y 沐浴，给他抹上橄榄油并给他披上一件华丽的外袍"）。[11]

就如睡眠一样，作为表示欢迎的外在功能的一个标记，沐浴可以强调一种到新环境的过程的危险性。当奥德修斯乔装进入特洛亚城，海伦给他的沐浴就是这样一种（4.242-56）。沐浴也可能只是部分地接受。因此基尔克给奥德修斯沐浴，是作为她接受奥德修斯的一个标志，也标志着奥德修斯成功地通过了她危险的魔法（10.348-53）。基尔克的沐浴具有她可以给予的沐浴所能有的所有感官上的陪伴，包括那四个出生于"山中泉水或丛林，或是出生于淌入大海的光辉河川"（3.50-51）的女仆。但是所有这些并"没有愉悦"奥德修斯的心（173），而且他为同伴的遭遇而产生的悲伤扰乱了

---

[11] 见 3.466–67，4.49–50，6.227–28，8.454–55，10.364–65，17.88–89，23.154–55，24.366–67。

套语主题的流畅。在这里，对一个想要寻找另一种恢复的人而言，沐浴带来的纯粹的身体上的恢复力量并不能起到什么作用。然而，当他的同伴又被变回（人形）之后，所有的人都被沐浴过，并且愉快地和基尔克待了整整一年。

在第 12 卷中，甚至有一个危险的情形也被比喻为沐浴。在那里，卡律布狄斯的狂叫被比喻成大锅（*lebēs*）里沸腾的水（12.237）。然而在下一卷里，尽管是七年以后，在 13.13 中费埃克斯人友好地把巨鼎和大锅作为礼物，这通常是与沐浴有关的器具。费埃克斯也喜好温暖沐浴的舒适（8.249）。[12]

有两次沐浴具有特别的重要性，那是第 6 卷中在斯克里埃的沐浴和第 19 卷中奥德修斯的奶妈给他的沐浴。在第一个过程中的奥德修斯，史诗中唯一一次，在"河边清澈的水流"（6.216）中沐浴，这"美丽的流水"曾把他从大海和岩石之中救出来（5.441-44）。这清澈的流水胜过了"咸涩水流"，[13] 奥德修斯身上的"盐渍"被一洗而尽，这就标志着他已然安全，也标志着他与大海和波塞冬的抗争结束了。然而，奥德修斯拒绝让瑙西卡娅的侍女为他沐浴，是因为不愿意让"美发的少女"（220-22）看见他赤身裸体，特别是

---

[12] 关于沐浴甜蜜温柔的内涵，也见品达《涅墨亚赛会》（*Nemean*）4.4-5。
[13] 注意在卡律布狄斯那里"咸涩水流"这一短语紧密相接的三次使用：12.236，240，431。也请比较在特里那基亚安全的港湾"清澈的流水"这一短语的唯一一次出现（12.306）。实际上，只要太阳神的牛群不受到伤害，特里那基亚就是一个庇护所。

在经受大海的创伤之后（"他浑身被海水污染，令少女们惊恐不迭"，137）。奥德修斯的拒绝非常符合当时的情况：他的得救依赖于这些年轻少女；不冒犯她们，就显示出了他情感上的一种得体的细致。然而，那样一种对身体裸露的态度在史诗中是不寻常的。[14] 那么，奥德修斯的拒绝，就可能不仅仅是尴尬之感了。这个拒绝可能也表示他不愿意过多地卷入新的环境中，因为沐浴是欢迎和接受的标志。毕竟，当他享受过基尔克非常舒适的沐浴之后，他在那里待了整整一年。现在，他已准备好要回归伊塔卡，他不希望有什么新的瓜葛。因此，他独自沐浴，从而远拒了快乐而年轻的美女和费埃克斯少女无忧无虑的活力。后来，他同意让阿瑞塔的仆人给他沐浴，也只是在他被保证可以归返之后（8.449–57）。

就像第一次在费埃克斯人那里的洗浴，第19卷中欧律克勒娅给奥德修斯的沐浴是不完整或者没有很好完成的仪式。奥德修斯再次谢绝沐浴，而只同意由一个年迈的、"像我一样，心灵忍受过那许多苦难"（347）的仆人给他洗脚。就如在瑙西卡娅那段故事里一样，奥德修斯拒绝让更年轻的仆人为他沐浴。苦难与衰老已经成为奥德修斯不可分割的一部分，所以他坚持要在苦难与衰老的印记之下才会重新进入他的世界。因此，奥德修斯挑选出与苦难关系最深的仆人为

---

[14] 有关通常对裸露和沐浴缺乏自我意识的情况，见 Stanford（1958–61）对 3.464 的分析。受近东地区和裸体在东方的神圣意义的影响，这种稳重的保守（modesty）不具有规律性，有关这方面的讨论，可参见 Germain（1954）311ff.。

他洗脚（见360、374以及378）。在这里，沐浴有着双重功能：一是进入的仪式；二是揭示身份的方式。

当欧律克勒娅的手触摸到那个伤疤时，铜盆咣当惊落，她同时也就中断了严格意义上的仪式，并且因此无意中暴露了奥德修斯地位的模糊性——主人在自己家里的沐浴，本应欢迎和安全的举动，实际上，却充满了危险。这样的重新进入是危险的，而且相应地得到了这样的暗示。因此，对他身份的揭示也将是危险的，就如奥德修斯肯定地给他的奶妈指出的那样（479-90）。当奥德修斯战胜了这个危险以后，熟悉的套语又出现了（"老女仆给他洗完脚，认真地擦抹橄榄油"，505），但是增加了这样的细节：奥德修斯把桌椅移近炉灶以暖和身体，并且"用褴褛的衣衫把伤疤盖住"（506f.）。

截至目前，这次沐浴是这首史诗中最长的一次。它让人想起奥德修斯曾成功逃脱的一个相应的危险场景：在特洛亚时海伦给他的沐浴（4.252-56）。这一相似性特别自相矛盾，因为在伊塔卡几乎就和他在特洛亚一样，是在敌人的家中。铜盆的咣当之声也可以是对求婚人的一个不祥的预兆（就如同18.397中酒罐掉地的嘭然声响），因为沐浴的仪式标志着奥德修斯正式"进入"了王宫生活。

在第23卷中，奥德修斯最后的沐浴为他的归返画上了圆满的句号，并且也刚好在佩涅洛佩与他相认之前（152-65）。在此，他至少公开地在自己家里沐浴了，没有什么灾祸，也不像在第19卷中那样，是作为一个陌生人。作为奥德修斯回归自我的女导演，雅典娜让他变得更有魅力，重复用了在他到达斯克里埃时相似场景的诗行（23.157-62＝6.230-35）。因此，奥德修斯归返的开始就和归返的完成圆满地合在了一起。每一次关键的进入都有一个欢迎的仪式和神灵的襄助。然而，被海水冲上斯克里埃之后，并且是在一群陌生人当中，奥德修斯在一条河流中自己为自己沐浴；这里，在伊塔卡，他的管家欧律诺墨给他沐浴，不仅仅是在一个普通的人类居所里，而且也是在他自己的家里。经过隔离、漂泊，以及在一个神秘的世界中的风吹雨打之后，奥德修斯现在被一种重新建立起来的、稳定而安全的社会秩序庇护着。雅典娜作为一个常在的重要角色主持了这两次场景。她在这个头发灰白的战士身上，再现了二十年前离家时的年轻丈夫的模样。因此在这之后，通过婚床考验这决定性的相认能够立刻发生（23.171-208）。在第6卷和第23卷中，沐浴后的奥德修斯超乎自然的俊美带着婚礼的意象，让人联想起新婚夫妇的容光焕发。[15]而在第23卷中，当欧律诺墨手里举着火炬，领着这对夫妇回到房间，就如同在婚礼中一样（289-96）的时候，[16]"婚礼"就完全恰当地、象征性地举行了。

最后，在第24卷中，由奥德修斯开启的新生和返老还童的过程，在拉埃尔特斯的沐浴中再次延续（365-71）。这个过程同样也显示了风格化的套语是如何加强了仪式的重复。这里用在拉埃尔特斯身上的套语，重复了前一卷

---

[15] 请特别注意关于头发像水仙的比喻，6.231＝23.158行和萨福的颂歌，片段105c，Lobel-Page（1955）之中。
[16] 关于这一幕，见本书第5章。

中用于描写沐浴和奇迹般地美化奥德修斯的形象的句子：μείζονά δ' ἠὲ πάρος καὶ πάσσονα θῆκεν ἰδέσθαι（"她使他显得比先前更高大，也更魁伟" 24.369）和 23.157 的 μείζονά τ' ἐσιδέειν καὶ πάσσονα（"使他顿然显得更高大，也更健壮"）。自然地，同样的套语，也用来作为两次沐浴的开头：

> τόφρα δὲ Λαέρτην μεγαλήτορα ᾧ ἐνὶ οἴκῳ
> ἀμφίπολος Σικελὴ λοῦσεν καὶ χρῖσεν ἐλαίῳ
>
> "这时那个西克洛斯（Sikel）女奴已经在他自己的家里给英勇的拉埃尔特斯沐完浴，抹过橄榄油。"（24.365–66）
>
> αὐτὰρ Ὀδυσσῆα μεγαλήτορα ᾧ ἐνὶ οἴκῳ
> Εὐρυνόμη ταμίη λοῦσεν καὶ χρῖσεν ἐλαίῳ
>
> "这时年迈的女管家欧律诺墨在他自己的家里给勇敢的奥德修斯沐完浴，抹完橄榄油。"（23.153–54）

对这两个男人而言，这次沐浴标志着回到"他们自己家里"的合法的权威地位。两个人都恢复了一种作为父亲和国王已经失去的活力。在某种意义上，这种对已逝的或受伤的国王的恢复的原型模式，既对拉埃尔特斯有效，也对奥德修斯有效。当然，奥德修斯现在是国王（例如 24.501，ἄρχε δ' Ὀδυσσεύς, "奥德修斯领着他们"）；然而，作为已退位的老国王，拉埃尔特斯率先杀死了他的敌人，也发挥了国王的作用（24.520ff.）。[17]奥德修斯完全重新进入了他过去的生活和他过去生活中的人际交往圈子，也重新创造了那些焦急地等待他的人的生活。这些人先前的苦难也一洗而去，准备好要重新开始一种曾经失去的完整的生活。

洁身礼

沐浴的情节也可以被看作一种仪式上的净化。但是，在杀戮求婚人和他们的同伙之后，是火代替了水，作为这个至关重要的过渡中的净化元素（22.481-94）。欧律克勒娅让奥德修斯换下他的褴褛衣衫而穿上更体面的外袍，但是奥德修斯拒绝了这个建议，并且坚持先用火和硫黄给屋子去污除秽："你还是首先在堂上给我生上火。"（24.491）也许是觉得只有火的威力，通过某种以毒攻毒、以恶制恶的方法，才足以把在求婚人的死亡中达到高潮的归返中破坏性的一面清除干净。确实，这次彻底的净化——在《奥德赛》里此类净化中唯一的一次——可能是诗人暗示他意识到了在对求婚人的屠杀、对女仆的处罚以及对墨兰提奥斯的肢解中所涉及的残忍，并且希望减轻这样的残忍。

---

[17] 注意早些时候（24.353-55），也是拉埃尔特斯首先估计到来自求婚人家里的报复的危险。

对奥德修斯来说，火也是过去岁月里的暴力最后的驱邪咒语。现在，尽管已把战争和回家之旅中具有破坏性的魔鬼抛在身后，但是他必须像他离开家时那样重新回到家中，以一种战士的身份，而且带着暴力的印记——满身血污的狮子和净化的火。奥德修斯在屠杀之后像满身血污的狮子，在接下来一卷的开头，欧律克勒娅向佩涅洛佩报告的奥德修斯的形象正是如此，"你见此情景也定会欢欣"，欧律克勒娅告诉她刚刚醒来的王后，"他身上溅满鲜血和污秽，如一头猛狮"（23.47f.）。狮子的形象再次让人想起主人公已经离开很久的伊利亚特的世界。同时，对这位年迈的仆人来说，在已经成功实现归返的奥德修斯身上看见可怕的战士形象，也是很自然的。她看见的是外在的、冷酷无情的，或者可以说是奥德修斯作为国王的方面。尽管这个战士也言语和蔼亲切，但是就像在第18卷中再次出现在她脑海中的一样，是佩涅洛佩关于她丈夫记忆中最后的画面。但是在他们之间最后的相认中，佩涅洛佩将在过去的岁月中进一步地寻找另外一种形象，她说："我们会有更可靠的办法彼此相认：有一个标记只我俩知道他人不知情。"（23.109f.）

在第22卷的最后，归返的主人命令忠心耿耿的仆人去生火，这火使得皇宫重新成为奥德修斯自己的皇宫，并且也清除掉了过去那些外来侵入的影响。然而，只有逐渐地，奥德修斯才能够经过这个减缓的过程，再次成为熟悉的丈夫和"温柔的父亲"。他在拒绝欧律克勒娅叫他换衣服时粗暴而专横（485-91），或许也含蓄地拒绝了自然伴随的沐浴。在大功告成和惩处那些有过失的女仆之后,别的参与屠杀的人立刻洗了手脚:"这时他们洗净了手和脚,返回厅里,来到奥德修斯身边,完成了大功业。"(478-79)奥德修斯正是在这个时候要了硫黄和火。直到第23卷的第154行,在婚床附近的相认之前,他都没有沐浴。对他而言,在重要的变化之前,那种具有破坏性的、有净化力量的火要先于恢复性的水。正是只在净化完成"之后",他才准备重新开始生活中的积极因素,换下褴褛的衣衫(23.155),要回他的婚床(23.181-206),然后再次成为佩涅洛佩的丈夫。

对过去的净化与过去另一次由火和硫黄引起的损失——在第12卷的最后奥德修斯的船只被宙斯在特里那基亚抛下的霹雳毁灭——形成一种并列,并使之完善:"硫黄弥漫,同伴们从船上掉进海里。"(417;也参见奥德修斯对欧迈奥斯所讲的故事,14.305-15)船只和同伴,奥德修斯在特洛亚的往昔中不稳定的残余,在主人公开始在奥古吉埃完全的隔离之前就经受了净化。这净化在前面的历险中是必要而含蓄的,在那里奥德修斯离英雄的世界越来越远,而开始进入一种私人性不断增加的经历之中(基尔克、塞壬、冥府景象、卡吕普索)。这充满了硫黄味的火使奥德修斯完全是一个人了,而且切断了他所剩的人间关系,使他"倒悬"(12.432-36)在深渊之上,被死亡包围。这也标志着他向隔离的重要转折点的过渡,他与神女卡吕普索一起度过的七年,卡吕普索将完成奥德修斯从有生有死的世界的隔离,并且使奥德修斯像她一样,变得长生不老。

然而，奥德修斯厅堂里的硫黄和火标志着他隔离的结束，也标志着他回到了他完整的人类身份中。是他本人要把硫黄拿来的：他又处于一个他可以理解和控制的世界里了，而且他还在这个世界里重新建立起了自己正当的权威。随着合法国王的归来，秩序重新得到了恢复，混乱得到了清除。在第 12 卷中，净化之后是损失和死亡，而在第 22 卷中，净化之后是恢复和生命。这两者都是必需的，而且第二个自然地在第一个之后，但是两者也都构成一种阻止完全归返的力量的净化。

奥德修斯在经历血与火之后成功地净化了，而阿伽门农在冥府里所描述的他被害的情景，却充满血腥的死亡。这二者形成了对比。那位被谋杀的国王的血"把地面浸漫"（δάπεδον δ' ἅπαν αἵματι θῦεν, 11.420）。[18] 阿伽门农的归返与奥德修斯的归返之间的对比不只是在死亡与生命，失败与成功之间，也在玷污与净化之间。在对求婚人的杀戮中，描写鲜血漫溢的地板那半行诗句，重复强调了这一对比（11.420＝22.309）；这半行诗句在荷马史诗里只又出现了一次，那是在冥府里，那些求婚人对阿伽门农描述他们的死亡的时候（24.185＝22.309）。在这一重复中有主题的重大倒置，因为是阿伽门农先向奥德修斯描述他自己（和他同伴的）鲜

---

[18] *thuein* 这个动词（可能和 Thyiad 同根）字面的意思是"向前奔涌""流动"，但是这里可能也和"烟"或者"水汽"有关系（参见拉丁词语 *fumus*），可能暗示着一种与火和净化的关系：见 Stanford（1958–61）11.420, Heubeck 和 Hoekstra（1989）11.420, 以及 Caswell（1990）52–63。

血"浸漫"（11.420）；现在描述给他听的，是奥德修斯复仇时整个地面鲜血漫溢的场景（24.185）。

这些比较是在两次归返之间精心发展的对照的一部分。阿伽门农和求婚人是在酒桌和筵席中，在欢宴中被杀戮的。然而，阿伽门农之死是一个不祥而险恶的仪式。他好像一只公牛被"祭献"（"有如杀牛于棚厩"，11.411＝4.535，参见埃吉斯托斯的祭献，3.273-75）。阿伽门农在关键的过渡时刻失败了，而奥德修斯却成功地完成了他的过渡。这两次归返在完成的时候都包含着涉及火和献祭这些仪式性的元素。在阿伽门农的归返中，这一重大的进入以及与此相伴的仪式的主题充分表达了其潜在的破坏性。对他（阿伽门农）来说，这些净化和仪式的关系带来的只是亵渎和玷污。而对奥德修斯来说，在"浸漫的"鲜血和充满硫黄味的火之后，是水，以及具有恢复性的、清洁的沐浴。

门槛

因为标志着已知和未知之间的过渡，所以，像沐浴或者对客人的欢迎一样，跨过门槛是一种重要而充满了危险的行动。甚至是在今天这样工业化和理性化的社会里，门槛依然保持着它作为关键转折点的象征意义，被魔法般的象征物或者好运的符咒所保护。从《吉尔伽美什》开始，它就是在每一次进入未知世界的史诗般的旅程中，将会遇到的许多危险的入口，或是有人守护的大门中的一个例子。那样的神秘入口，就如在第13卷中伊塔卡上那个有双重大门的"幽暗的洞穴"一样,是两个世界之间重要的交界处;在人类社会中,易于被人们理解的这样的神秘入口,是《奥德赛》中的门槛。

当雅典娜开始启动奥德修斯的归返和特勒马科斯的旅行,史诗中人类的活动就开始了。雅典娜出现在特勒马科斯面前,那时特勒马科斯正坐在"厅前的门槛上"(1.104),想着他父亲能够归返家园,驱逐求婚人。特勒马科斯邀请雅典娜进屋,这是他男性气概独立自主的崭新精神的最初标志,这种精神将把他带往大陆上英雄们的宫廷。

在奥德修斯的旅程中,门槛更多的是涉及危险和超自然的因素。库克洛普斯的巨大岩石阻挡了他的门槛(9.242),使得寻找出来的通路是对奥德修斯的机智和勇气最大的考验之一。在奥德修斯进出费埃克斯人王国的途中,史诗对跨越门槛的举动予以了特别的关注。阿尔基诺奥斯的门槛,就像艾奥洛斯的宫殿一样,是铜制的,奥德修斯接近门槛时焦虑地思索(7.82-83),然后好奇地观赏(见7.134),最后他跨过门槛,发现费埃克斯人正在虔诚地奠酒(7.135-38)。

无论是对费埃克斯人还是对奥德修斯来说,这次进入都制造了一种紧张的气氛,因为款待陌生人总是一件棘手而危险的事。因为来自一个未知的,也可能是充满敌意的外部世界,他必定要以某种方式融入这个熟悉的、成功的友谊(*philos*),这是"友好的"东西的一部分,所以也是"他自己"平常现实的一部分(这就是荷马的友谊的双重意义)。对奥德修斯而言,他有着以另外的方法积累的经验,这些经验不全是友好的、可以用来对待陌生人的经验。因此，在这个关键的转折点，费埃克斯人不同寻常的沉默强调了这种紧张气氛，也强调了奥德修斯介于中间的状态（7.154）。这种紧张气氛得到了解决，而且完全的进入受到一连串仪式活动的影响。埃克涅奥斯（Echenaos）打破了沉默，建议给"保护所有应受人们怜悯的求助人"（7.165）的宙斯奠酒。然后，阿尔基诺奥斯抓起奥德修斯的手（这建立起了一种重要的身体上的接触：参见 3.36–39），并且让奥德修斯坐在他儿子拉奥达马斯（Laodamas）位置上的一把"光亮的椅子"上（7.167–70）。然后女仆给奥德修斯洗了手（172–74）；餐桌安好了，人们开始享用食物（175–77）。然后开始进行给"保护所有应受人们怜悯的求助人"（181=165）的宙斯应有的奠酒（179–81）。这里，不仅仪式活动本身，而且还有熟悉的、用来描述那些仪式活动的套语，都奏响了一种令人安心的音符，并且标志着归返中一个重要阶段已经成功完成。

当奥德修斯即将离开费埃克斯并且最后一次渡海回到人类世界时，门槛再次强调了这一重要旅程。他在费埃克斯人中的最后一番话是对阿瑞塔——他们的王后讲的："'尊敬的王后，我祝愿你永远幸福，直至凡人必经历的年老和死亡来临。我这就启程，祝愿你在这宫邸和孩子们、全体人民、阿尔基诺奥斯王欢乐共享。'神样的奥德修斯这样说完，跨出门槛。"（13.59–63）然后他上了快船，前往伊塔卡，在这次谈话中，奥德修斯的思想完全转向了他将要重新进入的人类世界。

后来，在伊塔卡，奥德修斯乔装成一个乞丐接近他的皇宫，并且实际上是坐在"大门里侧梣木制作的门槛上"（17.337-40）。现在，衣衫褴褛穷困潦倒的奥德修斯，占据了进入他长久以来一直寻找的东西的关键入口。而后，在20.258，特勒马科斯让奥德修斯更往里面坐，"石头门槛边"，但也依然仅仅是在他的屋子以内。之后，在拉弓射箭的比赛中，特勒马科斯在门槛边试安弓弦（21.124），然而，奥德修斯在杀戮求婚人时，是在他近门的座位上射箭的（21.420-23）。因此，他不仅表现出对这弓箭的驾轻就熟，而且也建立了他在皇宫"以内"的合法地位。最后，在杀戮开始时，奥德修斯"跃到高大的门槛边"（22.2）；再后来，"他们四人守在门槛，求婚人在厅里人多又凶悍"（22.203-4）。在此，里面和外面的适当位置又相反了，而且合法的拥有者必须最后一次通过危险的过程，来得到他所要之物，并且建立他的地位。这里，扔开衣服这个动作强调了往新环境的过渡：奥德修斯脱掉了破外套，向求婚人展现自己的真面目，并跳到了门槛上。

后来，当佩涅洛佩在被告知这些情况时，她心中反复思忖："是与亲爱的丈夫保持距离询问他，还是上前拥抱，亲吻他的手和头颈。"然后她"跨过石条门槛"，坐在"奥德修斯对面"（23.86-89）。这些诗行也让人想起奥德修斯在第7卷中在费埃克斯人中重要的进入，在那里，他在跨过门槛之前犹豫不决（7.82-83＝23.85-86）。对佩涅洛佩坐在"炉火的亮光里"（23.89）的描写，也让人想起阿瑞塔在第7卷中坐在炉火边的一幕（参见7.153-54；也见于6.305）。[19]在那里，在跨过门槛进入阿尔基诺奥斯的大厅之后，奥德修斯直接向费埃克斯人的王后恳求，然后自己坐在"炉灶旁边的灰土里"（7.153-54）[20]，于是，过渡这个主题引人注目的结合就把这两段情节联系起来了：在这两段情节中，主人公都面对着一位王后，并且在这段情节中，在门槛前的犹豫思忖也和在炉火边的就座联系在一起。这里，从奇境中脱离后归返的开始，也就和归返在伊塔卡的完成也联系起来了。然而现在，是佩涅洛佩，而不是奥德修斯，发起了这次重要的过渡，来重新找回已经失去的东西。当这个男人通过自己的力量和忍耐力，通过不断地运用自己的意志和理智，赢回了自己回家的路，那么接受他的这个最后行动，重新恢复他们之间亲密关系的事情，就留给了女人来做。在别的很多场合，这个男人（奥德修斯）都是考验者，现在，佩涅洛佩将对他进行考验。

以上关于奥德修斯的归返是从再次觉醒这个角度来描述的。归返同样也像是一次重生。就像在早些时候提到的那

---

[19] 坐在炉火边这一主题也在奥德修斯和佩涅洛佩的第一次见面时有所发展。首先，在17.572，奥德修斯通过欧迈奥斯带话给佩涅洛佩，说最好在晚上见他，"让我坐在炉火旁"。然后，在19.55中，当佩涅洛佩从她房间里下来，她被安排了一个"炉火边"的座位。最后，就在她刚刚对他说话之前，在由欧律克勒娅给他沐浴之后，奥德修斯把座椅"移近炉灶"（19.506）。在炉火边见面的这个主题因此就为第23卷中"炉火边"最后的相见做好了准备，而这最后的炉火边的相见也充分地完善了这一主题。

[20] 关于这个场景作为仪式上的新生的情况，见Newton（1984）8-9。

样,沐浴这个主题与出生和重生有明显的联系。因为发生在重要的进入的时刻,所以它自然地伴随着年老与衰弱和年轻与活力的交换。从有一次那样的重要进入我们可以清楚地看见这个联系。在第19卷中为奥德修斯沐浴的奶妈是一个明显的母性形象,她清清楚楚地记得奥德修斯真实的出生以及他外祖父给他取名的事情(19.399-409,特别参见400行"新生婴儿"和482-83行"奶妈啊,你为何要毁掉我,你曾亲自哺育我长大")。[21]

那么,出生和死亡,人类生命中最神秘的过程,就强调了归返的全部节奏,并且以一种对位运动在其中模棱两可地摇摆。为了完成回归人间生活的旅程,奥德修斯必须去拜访死亡之地。他在拜访中对自己的死亡有了了解,而这样的了解甚至是在他重新获得人类生活和他妻子这样的快乐时刻提出来的,"夫人,我们还没有达到苦难的终点,今后还会有无穷无尽的艰难困苦,众多而艰辛",他开始说话(23.248),然后有些犹豫地继续给佩涅洛佩讲述特瑞西阿斯关于他死亡的预言(263-84)。早些时候,奥德修斯把他在费埃克斯人那里的着陆看成是一种新生,并感谢瑙西卡娅"救了他"(8.468)。作为这个精疲力竭的战士生命的恢复者,这位年轻健康的公主是不二人选;然而,奥德修斯在带他回到人类世界的那条船上睡着了,并且这睡眠也像费埃克

---

[21] Baudouin(1957)在45ff.那里强调了欧律克勒娅为奥德修斯的沐浴和出生这个主题之间的联系,他竟把伤疤认为是"天生的印记"(signe de naissance)。

斯人所承诺的那样,"如同死人一般"(13.80)。以同样的对位的方式,那些死去的求婚人被赫尔墨斯这个"魂灵的接引者"(psuchagōgos 或者 psuchopompos)列队赶着,成为与奥德修斯成功回到完全的"生命"中的一种阴森可怕的对比。

对等待奥德修斯归来的儿子、妻子和父亲来说,奥德修斯的新生也是一种生命之源。这对奥德修斯的家系来说也是一种新生。拉埃尔特斯看见"我的儿子和我的孙子要竞赛谁勇敢"(24.515)时发出愉快的感叹,表现出对家系得以延续的喜悦,而他自己在沐浴之后也是恢复了青春与活力(24.365–82)。在此,奥德修斯生命的复活明显地超越了自己;他作为连接上一代和下一代,连接过去与未来的人,站在中间。在《奥德赛》的结尾处,这种新生也被转换到了精神和社会的层面:神灵的干涉结束了周而复始的争斗,并且保证"充分享受财富和安宁",就像宙斯给雅典娜许诺的那样(24.486)。因此,史诗在宙斯的命令中开始,也在宙斯的命令中结束;承诺给这片土地的复苏与兴盛,随着合法的国王和"温柔的父亲"的归来而来临,就像在回归中,奥德修斯乔装成乞丐,在幽暗的大厅里,对佩涅洛佩第一次讲的话中所预示的那样:

> 尊敬的夫人,大地广袤,人们对你
> 无可指责,你的伟名达广阔的天宇,
> 如同一位无瑕的国王,敬畏神明,
> 统治无法胜计的豪强勇敢的人们,

> 执法公允，黝黑的土地为他奉献
> 小麦和大麦，树木垂挂累累硕果
> 健壮的羊群不断繁衍，大海育鱼群，
> 人民在他的治理下兴旺昌盛享安宁。（19.107-14；菲茨杰拉德译文）

尽管佩涅洛佩和奥德修斯还没有明确地相认，但是在这里他们都作为个人，也作为国王和王后的原型——神圣婚姻中的伴侣，相见了。用弗莱有关史诗的"百科全书式的范围"的措辞来说，他们的结合象征着土地常新的丰饶，以及社会与宇宙之间硕果累累的和谐。

这些仪式的因素不仅暗示了意义的更大维度，也指向了组成史诗风格的基本成分之后的一种艺术功能：重复的套语仪式化的特点。通过这些文字套语的重复，这些再现的活动：睡眠、沐浴、进入和离别，带着一种对荷马所在的社会的言外之意，而这样的言外之意是由那种仪式的特征所传递的。我们也可以把内容和风格的合作看作荷马式语言的一种愉快的副产品。然而，在素材和风格之间可能有一种内在的一致，这种一致从文化本身以及文化对世界的理解和安排中成长起来。换言之，口头风格表面上固执的要求似乎适合思想的仪式模式，而这思想毫无疑问地首先帮助创立风格。这些是思想的模式，在这当中，损失与再生，疏远与重新发现，死亡与新生再现的循环被当作生存的基本事实来庆祝，并且形成了人类生活和自然世界之间一种有机的联系。那种循环的模式既是比喻的又是现实的,在这里讨论的仪式模式把这两者联系起来了,因为仪式本身就带有游戏和严肃的性质,是想象的投射,也是现实的对抗。

那么,正是荷马语言的结构,展现了预期的、重现的情况。这些情况通过构成这些套语的、同样可预测的、明确而仪式化的表达构建了归返。这些再现的套语表达本身就暗示了这些稳定的相同性、共同的狭隘性和有限中的丰富性。为了构成这些内容的东西,主人公远航回到伊塔卡。《奥德赛》中这些限定的、套语般的语言,以及它所描述的变化无穷的、五彩斑斓的历险之间的反差,也反映了史诗的运动。这种运动存在于探险与归返之间,在奇异的地方和熟悉的地方之间,在与女神一起生活的自由旅行者的开放的可能性和与凡人女子结合的陆地居民的既定约束和回报之间。

第 5 章

荣誉及其反讽

英雄的荣誉（κλέος），不仅在希腊史诗中占据着重要地位，在整个印欧语系的史诗传统中也是如此。[1]在《伊利亚特》中，战士的荣誉比生命本身更为重要，阿喀琉斯的最终选择就表明了这一点。就如荷马史诗描述的那样，在耻感文化（shame-culture）中，尊敬所依赖的是一个人怎样被人看待以及在他同辈人中的口碑。作为一个人对他人和对自己的价值的判断，荣誉（或名声，*kleos*）至关重要。[2]然而，尽管已然基于这样的价值体系，两部荷马史诗也依然对它进行评论，甚至探索它的限度。在《伊利亚特》第 9 卷中，阿喀琉斯就明确地这样做了；[3]《奥德赛》也是如此，尽管没有那么直接。《奥德赛》中对荣誉的看法的复杂性和反讽构成

---

[1] 见 Schmitt（1967）61-102, Schmitt（1968）337-39, Durante（1960）244-49＝Schmitt（1968）283-90, Pagliaro（1961）11-13, Benveniste（1969）2：58ff., Ritook（1975）137, Nagy（1974）229-61, Nagy（1979）第 1 章和第 6 章。一个与荣誉相当的主题也在《吉尔伽美什》里有重要作用：见 Pritchard（1955）82 中，tablet 4, 6, 29-41（吉尔伽美什在对洪巴巴［Humbaba］发动袭击前对恩奇都［Enkidu］的讲话）。
[2] 见 Dodds（1951）17ff., Russo 和 Simon（1968）483-98, 以及 M. Finley（1965）125ff.。
[3] 见《伊利亚特》9.318ff. 和 Whitman（1958）188ff.。

了这一章的主题。

《奥德赛》因其对英雄史诗的社会功能、史诗所发生的语境，以及在吟游诗人和他的听众之间的和谐的自我意识而卓然不凡。[4] 有三个场合详尽地描述了吟游诗人朗诵的情形：第1卷中费弥奥斯的歌曲，第8卷中得摩多科斯的歌曲，特别是在第11卷中，由奥德修斯自己吟诵的故事（apologoi）。在皇宫里，当欧迈奥斯把乔装打扮了的奥德修斯介绍给佩涅洛佩的时候，他也把奥德修斯讲故事的技巧比作吟游诗人的技巧（17.518-21）。这些段落把英雄荣誉的价值直接和使其得以存活的吟游诗人传统联系起来：它们让传统在吟唱过去丰功伟绩的歌曲里展现在我们眼前（也在我们耳畔），这些歌曲，诗人们一代代传唱，人们一代代"倾听"。

在这三个场合的前面两个里，即在费弥奥斯的歌曲和得摩多科斯的歌曲中，发生了不寻常的颠倒：这些歌曲带来的不是 terpsis——歌曲所能带来的快乐，而是悲伤、痛苦和眼泪。[5] 明确地被国王阿尔基诺奥斯比作吟游诗人的奥德修斯（11.368），使每个人都凝神屏息，就像第1卷中的费弥奥斯一样（11.333=1.339）。奥德修斯的歌曲，也像费弥奥斯的歌曲那样，把大家迷住了（kēlēthmos, 11.334；参见

---

[4] 见 Frankel（1962）8ff., Marg（1971）11ff., Schadewaldt（1965）54-87 和 Germain（1954）583ff.。
[5] 见 1.336-52, 8.62ff. 和 11.333-69。

thelktēria，1.337）。[6] 阿尔基诺奥斯不仅整体地赞美他的技巧（ἐπισταμένως，11.368），而且特别地赞美他的文字表达以及歌曲内容的智慧或者机智（σοὶ δ' ἔπι μὲν μορφὴ ἐπέων, ἔνι δὲ φρένες ἐσθλαί，11.367）。[7] 现在，英雄或吟游诗人可能会歌唱"英雄们的光辉业绩"（κλέα ἀνδρῶν），就如阿喀琉斯在《伊利亚特》第9卷中，或者得摩多科斯在《奥德赛》8.73所做的那样。[8] 但是，这里引起阿尔基诺奥斯称赞（更自然的是在11.336-41中阿瑞塔的称赞）的是一个关于妇女的故事。打断奥德修斯叙述这样的事仅发生过一次，那是紧接在女英雄名录（Catalogue of Heroines）之后。

奥德修斯在他故事的一开始就宣布了自己的英雄身份，根据这一段落，英雄作为歌手来讲述英雄们的光辉业绩（*klea andrōn*），这种英雄与"吟游诗人"身份的倒置便具有了一种更宽泛的意义：

εἴμ' Ὀδυσεὺς Λαερτιάδης, ὅς πᾶσι δόλοισιν

---

[6] 关于荷马史诗中诗歌"魅力"（spell）的重要性，见 Lanata（1963）16-17，及其所引用的参考书目。基尔克的歌曲，魔咒和爱的结合也一起带来诗歌的"魔力"以及爱的力量的诱惑魔力，也带着一种两者中所固有的危险的暗示。

[7] 关于奥德修斯作为吟游诗人这个主题，见 Rüter（1969）237ff。关于奥德修斯对阿尔齐洛科斯（Archilochus）的诗学作为范式的作用也见于 Seidensticker（1978）14ff.。

[8] 关于 *klea andrōn*，"史诗最著名，最值得选用的主题"，见 Schmitt（1967）93-95 和 Schmitt（1968）341-43。也参见赫西俄德的《神谱》100 和 Bradley（1975）285-288 的评论。

ἀνθρώποισι μέλω, καί μευ κλέος οὐρανὸν ἵκει.

我就是那个拉埃尔特斯之子奥德修斯，

平生多智谋为世人称道，声名达天宇。（9.19–20）

这些诗行有几个值得注意的特点。首先，除了一个将在后面讨论的例外之处，这是《奥德赛》中唯一一处人物自己讲述自己荣誉的地方。这也是荷马史诗中唯一一处 μέλω，"关注"，这个说法以第一人称出现（这个意义常以第三人称出现）。[9] 在 μέλει 与持久的名声或者说荣誉的联系中，最接近的对比是基尔克对阿尔戈（Argo）的简短提及，"众所周知的阿尔戈"（πᾶσι μέλουσα, 12.70），这个用法对在传奇故事里很有名的，也可能已在英雄颂歌里被赞美过的海船很合适。在第9卷中，第一次把这个动词用于第一人称，奥德修斯就把人们的注意力引向这样一个事实：在某种意义上，他正在吟唱一种"关于"他的荣誉，而这样的荣誉本来通常是以第三人称的口吻来吟诵的。

荷马式的英雄一般对自己的成就都不会三缄其口。[10] 然而，他的荣誉，人们所"听到"的名声（参见《伊利亚特》

---

[9] 与此最为相似的是《神谱》245。歌曲可以是"关注"（melei）的主题，当然，通常以第三人称出现：见《奥德赛》1.159, 358f., 赫西俄德的《神谱》61 和荷马的《赫尔墨斯颂歌》（Hymn to Hermes）451。也参见阿尔克曼（Alcman）残篇 3.73 中的人名阿斯提梅洛伊萨（Astymeloisa），Page（1962）。

[10] 见 Stanford（1958–61）关于 8.19–20 的解读。

2.486），活在吟游诗人的口中而不是英雄自己的嘴里。如沃尔特·马尔格（Walter Marg）所言，远播而持久的声名是"荷马式的英雄最大的心愿"；而且，首先是歌手——过去知识和传说的储藏者与传播者——才能完成这样的心愿。[11] 如佩涅洛佩所说，这种荣誉是供别人吟唱的，是供"陌生人在所有的世人中广泛传播"（19.333），或者传遍"赫拉斯和整个阿尔戈斯"（1.344＝4.726＝4.816），或者供神明们收录在"世人中的美妙歌曲"中（24.196；参见《伊利亚特》6.357f.）。就如印度史诗传统里的类似情况所提到的"不朽的名声"（κλέος ἄφθιτον）一样，它不仅仅是一个人类的创造物，而是和这个世界永恒的因素类似的东西，在社会和它们的传统里有一种客观的存在。[12]

在《伊利亚特》中，英雄很少用第一人称说到"我的荣誉"（emon kleos）。一个英雄可能会谈起"为我赢得**荣誉**"，比如，就像当安德罗马克（Andromache）力劝赫克托尔（Hector）退出战争的时候赫克托尔夸耀他的武力那样：

"夫人，这一切我也很关心，但是我羞于见特洛亚人和那些穿拖地长袍的妇女，要是我像个胆怯［αἰδέομαι］的人逃避战争。我的心也不容我逃避，我一向习惯于勇敢杀敌，同特洛亚人并肩打头阵，为父

---

[11] Marg（1971）："广泛持久而且超越生死的荣誉，是荷马笔下各位英雄的最大渴求。这种荣誉首先由传递信息的歌手们表达出来。"（20）
[12] 见 Nagy（1974）241ff.。

亲和我赢得莫大的荣誉［ἀρνύμενος πατρός τε μέγα κλέος ἠδ' ἐμὸν αὐτοῦ］。"(《伊利亚特》6.441–46)

即使在这里,荣誉也是需要去赢得东西,并且与英雄个人也和英雄的父亲有着紧密的联系。

在《伊利亚特》里有两个关于英雄冲突的特别时刻,也出现了与奥德修斯的措辞类似的语言。9.412–16中,阿喀琉斯把他如果在特洛亚打仗会赢得的不朽名声(kleos aphthiton)与长命百岁而失去荣誉作对比(ὤλετό μοι κλέος ἐσθλόν,"我就会失去美好名声",9.415)。即使是在这里,实际上也没有使用"my"这个形容词性物主代词,但是英雄的荣誉也不是可以获得的和最终的东西。恰恰相反,它显得遥远,而且超过他的直接控制范围。赫克托尔在《伊利亚特》第7卷中对希腊军队的挑战提供了一个更相似的情况:赫克托尔夸口说,他的对手将会死亡,"我的**名声**将不朽"(τὸ δ' ἐμὸν κλέος οὔ ποτ' ὀλεῖται, 91)。这里,也如上面所引的《伊利亚特》6.446处一样,主人公正在创造那样的名声(kleos)的过程中。类似地,阿喀琉斯在《伊利亚特》9.415中站在一个重要决断的关头,这个关头将决定那个名声是否会在将来存在。

《奥德赛》中9.19–20的情形很不一样。奥德修斯并没有卷入行动或参与决断。实际上,他远离着这个英雄的世界,而安安全全地在温柔的、喜欢舒适的费埃克斯人当中。他不是通过战斗来创造名声,而是通过第一人称叙述(Ich-

Erzählung）来重新创造名声。这种漫长的、吟游诗人一般的叙述将占据接下来的四卷。[13]作为英雄和吟游诗人，奥德修斯的地位独特，因为他将吟唱自己的名声。换句话说，他的名声便同时获得了一种主观的方面和客观的方面。第11卷中的插曲使这个双重功能非常明显。

奥德修斯作为自己名声的讲述者，这一异常的身份把名声通常分离的两个方面放在一起了。第一，就如格雷戈里·纳吉所提出的那样，*kleos* 是"歌人自己（*aoidos*）用来指明他唱来赞美神明和人的歌曲，或者，更广泛地，是指人们从他那里学来的歌曲的正式用语"。[14]第二，*kleos* 也是英雄个人幸存在英雄诗歌中的具体化，是那些留在人们记忆中并且使得英雄的名字长存的"不朽的名声"。因此，诚如纳吉所言，*kleos* 通常的翻译——"名声"——是不恰当的，因为"名声"只是表明"结果而不是完全的语义范围"，然而实际上，英雄真实的名声和保留那个名声的媒介之间的关系更为复杂："神明们和英雄们通过歌人这个媒介来赢得名声，而歌人把他的媒介叫作 *kleos*。"[15]

通过使奥德修斯远离他在特洛亚战争中取得伟大英雄业绩的地方，甚至离开较近的过去的历险，诗人以回顾的方式来看待 *kleos*。*kleos* 已经作为一种史诗的传统固定下来了。这个传统本身可以拿来思考、检验和批评。比如，奥德修斯

---

[13] 见 Reinhardt（1948）58ff.。
[14] Nagy（1974）248，大体见 245–52。
[15] 同上书，250。

第5章 荣誉及其反讽

与库克洛普斯和斯库拉的遭遇就揭示出,与陌生世界里的巨型怪物相遇时,不适合进行传统的英雄式的面对面的战斗(9.299–306,12.226–33)。[16]

《奥德赛》的诗人意识到,整个史诗的英雄世界与他的听众的当代世界之间的差异,所以他让大家的注意力转移到这样的事实上来,即英雄业绩的荣誉只是通过歌曲才得以存在:人们通过传闻所知道的名声,是真实的传说意义上的名声(κλέος οἶον ἀκούομεν,"我们只听见名声",《伊利亚特》2.486)。换句话说,过去的丰功伟绩,现在已被特别指明为英雄颂歌本身的一部分。它们作为听众在诗人的魔法(thelxis, kēlēthmos)的"魔力"之下接受的那些未被置疑的事件的"客观"存在,一时之间让步于使得那样的"魔力"成为可能的对形式的意识。对创造这些业绩并赋予它们生命来说,歌手魔法般的技巧非常必要。暂时地,"内容"(message)看起来像它的"媒介"(medium)的产物。隔着一定的距离来看待史诗的传统,赫西俄德甚至如此极端地提出,诗人的缪斯们(Muses)可以说出类似"真理"的谎言:

ἴδμεν ψεύδεα πολλὰ λέγειν ἐτύμοισιν ὁμοῖα,
ἴδμεν δ', εὖτ' ἐθέλωμεν, ἀληθέα γηρύσασθαι.

---

[16] 见 Reinhardt(1948)59 和 Whitman(1958)30,两处都讨论了用那种英雄式的姿态来对抗斯库拉既不合适,也徒劳无益。

> 如果我们愿意，我们知道怎样把谎言说得
> 像真的一样，我们也知道怎样说出真理。(《神谱》27f.)[17]

奥德修斯在第11卷中能用吟游诗人的技巧讲故事，那么模仿赫西俄德的缪斯们，奥德修斯也能把谎言说得像真的一样（ἴσκε ψεύδεα πολλὰ λέγων ἐτύμοισιν ὁμοῖα，"他说了许多谎言，说得如真事一般"，《奥德赛》19.203）。

一方面，在《伊利亚特》中我们可以看到有关名声的几个场景，它们都是吟游诗人传统的自我有意识的创造。海伦思考她和帕里斯（Paris）在后世的歌曲（ἀοίδιμοι）中将会有的声名（《伊利亚特》6.356-58）；在为了自己名声的一个关键时刻，阿喀琉斯歌唱英雄们的事迹（klea andrōn，《伊利亚特》9.189）。另一方面，诗人所传播的英雄的客观荣誉（kleos）与媒介所给予的"名声"（fame）既互相区别又相互依赖，后来的诗人，比如伊比克斯（Ibycus），对此的态度相当公开。[18]

然而，在9.19-20中，奥德修斯名声的形成有另外一种异常之处。不像在《伊利亚特》6.446的赫克托尔，其名声是源自在战争最前线获得的英雄业绩，奥德修斯的名声来自

---

[17] 关于这些诗行和它们的问题，见Pucci（1977）第1章和这里引用的参考书目；Lanata（1963）24-25。

[18] 伊比克斯的残篇282，第47行，Page（1962）。见Nagy（1974）250对这首史诗的解释。

与英雄业绩相反的东西,"诡计"或"狡计"(*doloi*)。一种句法上的模棱两可伴随着 *kleos* 的模棱两可:

> εἴμ' Ὀδυσεὺς Λαερτιάδης, ὅς πᾶσι δόλοισιν
> ἀνθρώποισι μέλω, καί μευ κλέος οὐρανὸν ἵκει.

> 我就是那个拉埃尔特斯之子奥德修斯,
> 平生多智谋为世人称道,声名达天宇。

如此放置"所有"(*pasi*)这个词,以至于它既能修饰"世人"(*anthrōpoisi*),也能修饰"狡计"(*doloisi*)。[19] 奥德修斯的 *kleos* 能够是一个普遍的名声("所有人"),抑或是一个由他的狡计的彻底性,他对非英雄的狡诈(所有诡计)的热衷所赢得的名声。

我们要把奥德修斯在这里对他自己的描述和他的名字里所包含的不祥意义的那一面联系起来:他的身份是一个"受苦受难的人"(ὀδύναι)或者是"注定遭厌恶"的人(ὀδύσ{σ}ομαι)。[20] 正如乔治·迪莫克(George Dimock)和

---

[19] 见 Stanford(1958–61)中关于 9.19f. 的论说;Rüter(1969)254,在 *pasi doloisi* 这一表达中,看到了对得摩多科斯所唱的关于特洛亚木马和主人公将再次在伊塔卡展示 *doloi* 的指涉,整个构成对《奥德赛》和《奥德赛》诗人的自我意识的赞美。也见 Peradotto(1990)141–42。

[20] 参见《奥德赛》1.62;5.340, 423 和 19.275, 406–9。也见 Stanford(1958–61)关于 1.52 的解释。Stanford(1952)209–13,迪莫克(1956)52–70,奥斯丁(1972)1–19,以及本书第 2 章,注释 [27]。

诺曼·奥斯丁（Norman Austin）指出的那样，如此故意地隐瞒或者揭示出来的奥德修斯这个名字，把他与模棱两可的行骗和他从骗子奥托吕科斯那里得到的传承联系起来了。那种模糊性或许也在 μέλω 中表现出来，我已经指出过，它以独特的荷马式的第一人称出现。Μέλω 可以意味着"我是人们的歌题"，也可以是"我是世人所关心的人"，从一个更消极的意义来看，也就是人们的一种"忧虑""关注"，或者"问题"（参见《奥德赛》5.6）。

鉴于佩涅洛佩在第 4 卷最后对奥德修斯和他的 *kleos* 的非常不同的看法，奥德修斯对他自己作为一个擅长诡计（*dolos*）的模棱两可的英雄的表现就更加引人注目。佩涅洛佩害怕失去她高贵而勇敢的丈夫，她把他描述为：

> 全体达那奥斯人中他各种品德最高尚，
> 高贵的英名传遍赫拉斯和
> 整个阿尔戈斯。

> παντοίης ἀρετῇσι κεκασμένον ἐν Δαναοῖσιν
> ἐσθλόν, τοῦ κλέος εὐρὺ καθ᾽ Ἑλλάδα καὶ
> μέσον Ἄργος. （4.725f.＝4.815f.）[21]

---

[21] 奥斯丁（1972）评论了《奥德赛》4.725f.＝4.815f. 的一些特别之处，但是他没有把它们和 9.19f. 的异常之处联系起来。

从伊塔卡窘困的角度,以一种怀旧的方式来看待奥德修斯,佩涅洛佩赋予了奥德修斯传统的英雄品德(aretai)和传统的流传甚广的名声。而奥德修斯自己,从他海洋之旅奇异的虚幻世界拼出一条道路之后,又在不喜欢战争的费埃克斯人那里旅居,已经开始渐渐地体验并看重他自己非常不同的一面了。比如像与波吕斐摩斯那样的怪物的遭遇(他很快就要讲到),让他知道了被佩涅洛佩所赞美的达那奥斯人的"德性"(aretai)毫无用处,也让他知道了那在赫拉斯和整个阿尔戈斯广为传播的英名的虚空。他那依然更加宽广的世界需要一个更大的、更普遍的、更易于转变的名声的形式。现在他必须运用一种技巧,而在特洛亚的战士看来,这样的技巧价值含混。

奥德修斯这里的套语,κλέος οὐρανὸν ἵκει,"我的声名达天宇"反映了他的名声的另一种特点。因为名声对两部史诗来说都这么重要,所以我们应该料想到这一套语将频繁出现。[22] 实际上,我们只在《伊利亚特》中找到一次,而且值得注意的是,在那里它描述的是涅斯托尔(Nestor)的盾牌

---

[22] 见 Marg(1956)27n.3 所做的有用的简短调查。尽管这句套语在《伊利亚特》中频繁描述了飞入天宇的物理运动,它却只在《伊利亚特》8.92 中用了 kleos。Marg 提出,它在《奥德赛》中的使用反映了诗人自觉地要为他和《伊利亚特》比较的作品争取一席之地的尝试(27–28),Rüter(1969)254 发展了这一思想。纵向地看,被品达在《奥林匹亚颂》(Olympian) 7.53 中所用的印度史诗中的"深远的名声"(=bathu kleos),似乎没有引起荷马时代的诗人的兴趣,它只在《伊利亚特》16.594 中以人名巴提克勒斯(Bathuklēs)出现过:见 Schmitt(1967)75–76。

(《伊利亚特》8.192）——这种虽然坚固耐用，但除此之外不是特别有名的东西。它在《奥德赛》中别的地方出现过两次（8.74和19.108），但在两处都不是用来讲传统的史诗英雄的武力光荣。第一次根本不是用来指战士而是指一首歌：缪斯鼓动得摩多科斯演唱"那光辉的业绩已传扬广阔的天宇"（8.73-74）。

另一次出现还更加引人注目。它描述的是佩涅洛佩。那时乔装成乞丐的奥德修斯第一次在皇宫幽暗的厅堂里与佩涅洛佩讲话：

> ἦ γάρ σευ κλέος οὐρανὸν εὐρὺν ἱκάνει,
> ὥς τέ τευ ἢ βασιλῆος ἀμύμονος.
>
> 你的伟名达广阔的天宇，
> 如同一位无瑕的国王。（19.108-9）

这个用在佩涅洛佩身上的比喻是少数几个改变了性别角色的比喻之一。[23] 它也把英雄的名声放到了一个崭新的、不熟悉的方面：一个对她远离皇宫的丈夫保持忠贞的高贵王后有一种名声，就如同在战争的旷野里，面对敌人的战士会有一种名声一样。虽然没有公开说明，但是已经创造出一种氛围。在这样的情形之下，他俩分别都赞扬对方的名声，并且开始

---

[23] 关于逆转比喻，见 Foley（1978）7-26，特别是 11ff.。

使对方湮没而黯淡的名声大放光彩。在这里，被威胁的王后，被危险重重包围，濒临绝望，家里缺乏一个强有力的保护者，从这个乔装成饥饿的、无家可归的乞丐的国王那里，接受了这个英雄荣誉的套语。在此刻，奥德修斯不仅没有名声，甚至也没有自己的名字。他明确地请佩涅洛佩不要询问他的家系和故乡：

> μηδέ μοι ἐξερέεινε γένος καὶ πατρίδα γαῖαν,
> μή μοι μᾶλλον θυμὸν ἐνιπλήσῃς ὀδυνάων
> μνασαμένῳ μάλα δ᾽ εἰμὶ πολύστονος.

> 切不要询问我的出生和故乡在何处，
> 免得激起我回忆，痛苦充盈我心灵，
> （因为）我是个饱尝患难之人。（19.116–18）

93 在典型的奥德修斯式的方式中，对名字的隐瞒隐约地揭示了他名字的含义之一，奥德修斯 /odunai，"痛苦"。然而，现在的情况完全改变了英雄的惯例。传统的战士捍卫自己的名声，把名声视为自己宝贵的财产，并会骄傲地夸耀自己的名字、种族、出身和故乡，就如在《伊利亚特》6.150-211 中，格劳科斯（Glaucus）遇见狄奥墨得斯（Diomedes）时所做的那样（《伊利亚特》6.150-211）。这里，佩涅洛佩做出了适当的回答：除了 9.19-20 那里，史诗中的人物第一次用第一人称的方式说到名声。她重复了在前一卷（18.254f.）对求婚人欧律马科斯（Eruymachus）说话时所用的句子，说起奥德修斯和自己的荣誉：

> εἰ κεῖνός γ' ἐλθὼν τὸν ἐμὸν βίον ἀμφιπολεύοι,
> μεῖζόν κε κλέος εἴη ἐμὸν καὶ κάλλιον οὕτω.
>
> 要是他现在能归来，照顾我的生活，
> 那时我会有更好的容颜、更高的荣誉。（19.127f.）

佩涅洛佩继续说，现在她没有可以给人快乐的荣誉，她只有 ἄχος，"悲伤"（19.129＝18.256，νῦν δ' ἄχομαι，"如今我心中悲伤"）。在第 18 卷的讲话中，她悲哀地说起奥德修斯归返的困难，并抱怨求婚人的行为，但是在这里她讲起自己织布匹的故事（19.137–56）。佩涅洛佩的故事揭示出，她的荣誉，如奥德修斯在 9.19f. 里的荣誉一样，有其 *doloi*（诡计）的基础：实际上，在讲述她"编织"寿衣的故事之前，她先讲了她"计谋的思虑"（ἐγὼ δὲ δόλους τολυπεύω，19.137）。

诡计（*dolos*）和英雄最高的荣誉的结合再次强调了奥德修斯"英雄主义"中的悖论和矛盾。我们可以期望看到一位妇女用诡计来保护自己的名声，但是一个英雄则应在战场上以公平的搏斗来赢得荣誉。然而，对女性来说，*dolos* 也是模棱两可的：它可以导致名声的对立面，即羞愧（αἰσχύνη）和耻辱（αἶσχος），后者最为臭名昭著的例子是克吕泰墨涅斯特拉（Clytaemnestra）。就如她被谋杀的丈夫在冥府里抱怨的那样,克吕泰墨涅斯特拉狡诈的计划(δολόμητις,11.422)和狡计的设计(δόλον ἤρτυε, 11.439)"既玷辱了她自己,也玷辱了后世的温柔妇女们"(11.433f.)。而佩涅洛佩和奥德修斯的狡计(*dolos*)为他们带来的都是"荣誉"而不是"耻辱"。在这个方面,就如在其他许多方面一样,奥德修斯和佩涅洛佩既相得益彰又旗鼓相当。

在第二个《鬼魂篇》,即史诗关于阴曹地府的第二次描述里(24.1-204),*dolos* 和 *kleos* 相辅相成,对他们两人来说都特别清楚。被杀戮的求婚人安菲墨冬(Amphimedon)对阿伽门农详细地讲述了佩涅洛佩的"狡计"(注意128和141;参见 *polukerdeiai*,"狡猾",167)。阿伽门农立刻把她和克吕泰墨涅斯特拉做了对比(196-202),赞美佩涅洛佩的"高尚德行"(great *arete*)和"聪明"(good sense),并断言"她的德行会由此获得不朽的美名"(τῷ οἱ κλέος οὔ ποτ᾽ ὀλεῖται ἧς ἀρετῆς, 196f.),神明们会谱写一支"美妙的歌曲"(ἀοιδὴν χαρίεσσαν, 197f.)来称颂她,而克吕泰墨涅斯特拉将成为"可恨的歌曲"的主题并且给妇女们带来"不好的名声"(στυγερὴ ἀοιδή, 200, χαλεπὴν φῆμιν, 201)。[24] 佩涅洛佩能使用 *dolos* 但是依然赢得荣誉"*kleos*"和德行"*arete*",

---

[24] 这里请注意 *aoidē*,而不是 *kleos*:见 Nagy(1974)260-61, Nagy(1979)36-39 和 Rüter(1969)233n.9。注意 24.202=11.434 的重复:同样的对比在两段中都很含蓄,但是佩涅洛佩与克吕泰墨涅斯特拉,奥德修斯与阿伽门农之间彻底地对比却只在这里得到了清楚的说明。关于对这个对比和佩涅洛佩的 *kleos* 的一个令人兴奋的再次研究,见 Katz(1991),特别是 3ff. 和 20ff.。

这荣誉和德行与克吕泰墨涅斯特拉的"可恨的歌曲"和"不好的名声"完全相反。另一方面,奥德修斯,这个乔装打扮和诡计的行家里手,打了一场真正的战争(24.178-90),然而高贵的阿伽门农却"悲惨地死去"(11.412),甚至不能伸手拿到自己的武器(11.423-25)。后面这一场景和奥德修斯的儿子在战争的关键时刻的英雄努力形成鲜明的对比:

> αὐτὰρ ἐγὼ ποτὶ γαίῃ χεῖρας ἀείρων
> βάλλον ἀποθνήσκων περὶ φασγάνῳ.

> 我倒在地上,举起双手,想努力地
> 拿起我的剑,尽管我就要死去。(11.423f.)*

> ἀμφὶ δὲ χεῖρα φίλην βάλεν ἔγχει.

> 手中紧握长矛。(21.433)

阿伽门农的英勇对付不了一个女人的狡计;而奥德修斯在佩涅洛佩自己所熟悉的范围里和她相见,可以把他们各自的狡计共同利用起来以恢复他们的家园和他们的荣誉,而不是毁灭它们。奥德修斯在斯克里埃着陆,来到虚幻世界和伊塔卡之间关键的过渡地带的时候,他赞美当丈夫和妻子情趣相投

---

* 此处王译本和陈译本的译文均与本书作者的分析之意有大出入,故按本书所引之英文诗句做如此翻译。

意相合地生活在一起所享有的"最高的荣誉",homophrosunē,（6.180-85）：μάλιστα δέ τ' ἔκλυον αὐτοί（"他们自己有最高的荣誉",185）。那送给瑙西卡娅和她未来的丈夫的遥远的祈祷,现在对佩涅洛佩和奥德修斯来说非常恰当,并在他伊塔卡的妻子那再次被证实的名声里得以实现。[25]

史诗通过一系列的对称和倒置来阐释英雄主义：奥德修斯式的狡计（doloi）对照阿伽门农的名声（kleos）,一个人的成功对照另一个人的失败。克吕泰墨涅斯特拉毁灭家园的狡计（dolos）也和佩涅洛佩保护家园的狡计（dolos）对照,就如耻辱（aischos）对照荣誉（kleos）。同时,奥德修斯自相矛盾地通过狡计所获得的荣誉,和佩涅洛佩的名声对比：佩涅洛佩是一个思虑诡计（weave guile）的女人（19.137）,然而,尽管她是个女流之辈,却还是赢得了通常为英雄男儿所专有的荣誉。奥德修斯,一个特洛亚战争的英雄,拥有一个战士所有的男性荣誉,却通过狡计赢得那样的名声,而且在这部史诗中,是通过在房屋这样的内在空间里——通常和妇女相关的一个地方——所实施的一次行动来得到的。这位伊利亚特的战士立刻对他的敌手宣布了他的名字；奥德修斯通过慎重地（并且常常是不那么英雄地）隐瞒自己的名字赢得了重大胜利。

奥德修斯在9.20中那"达天宇"的"声名"后来在同一

---

[25] 关于《奥德赛》中 homophrosunē 的重要性,见 Austin（1975）181, 188-89, 203-4；也见于 Murnaghan（1987）43。

卷中再次出现，那次功绩包含着他最精明的狡计之一，并且形成了他名声中最重要的部分之一，那就是，他第一次面对面地与凶暴的库克洛普斯的遭遇。他第一次，像这样对波吕斐摩斯讲话：

> ἡμεῖς τοι Τροίηθεν ἀποπλαγχθέντες Ἀχαιοὶ
> παντοίοις ἀνέμοισιν ὑπὲρ μέγα λαῖτμα θαλάσσης,
> οἴκαδε ἱέμενοι, ἄλλην ὁδὸν κέλευθα
> ἤλθομεν· οὕτω που Ζεὺς ἤθελε μητίσασθαι.
> λαοὶ δ' Ἀτρεΐδεω Ἀγαμέμνονος εὐχόμεθ' εἶναι,
> τοῦ δὴ νῦν γε μέγιστον ὑπουράνιον κλέος ἐστίν·
> τόσσην γὰρ διέπερσε πόλιν καὶ ἀπώλεσε λαοὺς
> πολλούς.

> 我们是阿开奥斯人，来自特洛亚地方，
> 被各种风暴在幽深的大海上到处驱赶，
> 本想能返回家园，可是走错了方向，
> 走上了另一条道路，大概是宙斯的意愿。
> 我们是阿特柔斯之子阿伽门农的属下，
> 他如今普天之下最闻名：
> 他征服了如此强大的城邦，杀戮了
> 无数居民。（9.259–66）

奥德修斯在这里介绍了自己两个方面的情况，一是他在茫茫大海上无助的漂泊，一是他在特洛亚建功立业的英雄荣誉，对一个伟大城市的征服和毁灭构成了他头领的"普天之下的威名"。史诗的最初几行也用了这同样的组合——四处的漂泊和特洛亚的征服——来介绍这位英雄：

Ἄνδρα μοι ἔννεπε, μοῦσα, πολύτροπον, ὅς μάλα πολλὰ
πλάγχθη, ἐπεὶ Τροίης ἱερὸν πτολίεθρον ἔπερσε.

请为我叙说，缪斯啊，那位机敏的英雄，
在摧毁特洛亚的神圣城堡后又到处漂泊。（1.1–2）

然而，远离了特洛亚和特洛亚的英勇，这"普天之下的威名"（*megiston hupouranion kleos*）毫无意义。库克洛普斯对这威名概念全无，他"没有怜悯之心"，全不理会奥德修斯对乞援人权利的要求（9.272-80）。奥德修斯用"假话"（δολίοις ἐπέεσιν，9.282）来回答他：他开始明白，在特洛亚，一个人可以骄傲地重提赫赫的战功，但是在这个后特洛亚世界里，英雄只得用新的方法来获得荣誉。[26]

9.264 中 *kleos*（荣誉）的宽度（breadth）的叙事语境包含着另一种反讽。"可能的最远距离"，奥斯丁恰当地评论了

---

[26] 在第一次遇见波吕斐摩斯的时候，奥德修斯对他讲话只用了"词语"，*epessin*（攻击），而没用修饰语（9.258）；到 9.282 的"假话"（guileful words），然后到 474 中的"轻蔑嘲讽"似乎有一个过程。

荷马世界里的空间领域，"荷马恰如其分地表达出：阿伽门农的荣誉在普天之下传得如此之广，就如他所毁灭的那些伟大城市一样"。[27] 奥德修斯从他在特洛亚的首领那里借了一个可昭天地日月的名声。但是奥德修斯谈到大海的深渊（μέγα λαῖτμα θαλάσσης, 260），也在他被困于一个尽管"宽阔"（237）然而却是一个黑暗并且相当拥挤的围场的岩洞里的时候（参 μυχὸν ἄντρου, 236；另参 219-23），谈到普天之下巨大的荣誉。他在独眼巨人面前显得非常矮小。这个巨人高高伫立在他们面前，用巨大的力气拿一块巨石把洞口封住了。这块石头如此巨大，即使用 22 辆四轮大马车也难以拉动（240-43）。这块岩石既使得这次围困实实在在无力逃脱，也使得挥刀舞剑的传统英雄战争徒劳而无益（299-305）。

还有一个更深的反讽。奥德修斯骄傲而自信地提到了一个首领的名声。而就如他在第 11 卷中的《鬼魂篇》中将要讲述的那样，这个首领的死亡并不光荣（11.406-34）。阿伽门农自己的命运说明，在后伊利亚特的世界里，传统荣誉的失败和无能。引用他的故事，奥德修斯会找到另一种方法。

要打败库克洛普斯，奥德修斯不得不采取狡计最极端的形式：他暂时取消了他个人的身份而变成"无人"，（*Outis*/

---

[27] 奥斯丁（1975）89。很有趣的是，以 *kleos* 的宽度（breadth, *euru*）来对它定义只在《奥德赛》里出现，尽管它在印欧语系的史诗传统里有良好的基础。

Mētis,9.366)。[28] 在 *mē tis*（"无人"，是 *Outis* 的反面）和 *mētis*（狡计）这两个词上的双关之意，把奥德修斯对英雄身份的放弃和他在这古怪的世界里日渐依靠的狡诈联系起来了。后来，奥德修斯恢复了传统的英雄姿态，并像一个伊利亚特战士那样，向自己的手下败将夸耀。但是，"带着嘲讽"（*kertomioisi*，9.474）而不是用"狡计"（9.282）对库克洛普斯讲话是一个错误。结果是灾难性的：知道敌人的名字后，库克洛普斯可以祈求波塞冬降灾给奥德修斯（9.530f.；参见504f.）。[29]

在这一段中，奥德修斯采用了英雄的、战士的称号："城市的掠夺者"（*ptoliporthios*）。从而，他把自己和他的首领在伊利亚特的名声联系起来，并在9.265中，用首领的名字来把自己介绍给库克洛普斯："他征服了如此强大的城邦（τόσσην διέπερσε πόλιν）。"我们是不是可以推测，当奥德修斯到达阿尔基诺奥斯的宫廷时，他会更加意识到，在这个海洋的领域里，那个战时的称号会不合时宜？就如在上面所讨论过的那样，奥德修斯现在已经学会了不把自己视为"城市的劫掠者"，而是视为一个狡猾而善骗的人（*doloisi*，9.19–20）。[30] 要最终恢复自己的英雄身份，奥德修斯对狡计的需要，多于对一个"城市的劫掠者"的武力和勇敢的需要。

---

[28] 见 Podlecki（1961）125–33 和奥斯丁（1972）13–14；另参本书第2章。
[29] 见 Brown（1966）193–202，特别是 196；另参奥斯丁（1972）3–4。
[30] 关于奥德修斯的作为回顾性的描述和对他自己以前的行动理解的叙述，见本书第2章；另参 Bradley（1976）137–48，特别是 144。

在下一卷里,与奥德修斯对库克洛普斯不合时宜的英雄式讲话相反的事情出现了。在另一个未知的岛屿着陆,奥德修斯承认他已经晕头转向了(10.189-97):他不知道东方和西方的天的坐标,不知道日出日落,而且发现自己已经失去了他平常的 *mētis*。

> ἀλλὰ φραζώμεθα θᾶσσον,
> εἴ τις ἔτ' ἔσται μῆτις. ἐγὼ δ' οὐκ οἴομαι εἶναι.

> 现在让我们商量,
> 有无解救的手段。我看难有好办法。(10.192-93)

听到这一宣告,想起库克洛普斯和莱斯特律戈涅斯(Laestrygonians)的暴行(*biē*),他的同伴颤心若碎(10.198-200),失声痛哭(201f.)。这里不仅有像在波吕斐摩斯那段情节里付诸行动的 *mētis* 和 *biē* 的对立面,而且,还有因为奥德修斯那与他的狡计非常类似的 *mētis* 的缺失而导致的失语:他的同伴只能"失声痛哭"并且悲叹(κλαῖον δὲ λιγέως θαλερὸν κατὰ δάκρυ χέοντες,"他们不禁失声痛哭,泪水如泉涌",10.201f.)。"假话"(*dolia epea*),是奥德修斯的 *mētis* 对抗残忍暴力的救命武器(9.282)。不久以前,他"令人欣悦的"鼓励之语使他的同伴不再为死亡悲伤(10.172-78)。但是现在,因为缺乏他的 *mētis*,话语让位于无法言喻而无助的悲伤(ἀλλ' οὐ γάρ τις πρῆξις ἐγίγνετο μυρομένοισιν,"他们哭泣不止，却不会有任何帮助",10.202）。很快，这些意气消沉的同伴，因为缺乏奥德修斯式的 *mētis* 的引导，失去了他们人类的声音（*phōnē*, 10.239），他们被基尔克变形成畜生后，被关起来"流泪哭泣"（*klaiontes*, 10.241）。

如我们所见，奥德修斯在第9卷开始正式宣布了自己的英雄身份，这与吟游诗人把名声认为是一种过去的并决定性地形成了的东西有联系：奥德修斯吟唱起歌谣来就像他拥有一种应该从别人的嘴里唱出来的名声。在第11卷中，奥德修斯真的像个熟练地歌唱战士功绩的吟游诗人那样表演。从费埃克斯人美学距离的角度来看，战功武绩和痛苦的磨难仅仅显得是一种艺术。[31] 但是，当奥德修斯面对要恢复伊塔卡的秩序并且要重新获得自己的名字和王国的巨大任务时，他建立了艺术与行动之间相反的关系。他不再是一个做吟游诗人工作的战士，而是乔装打扮成一个乞丐，从他帝王的武器中，弹出了战士的耳朵听起来是音乐的声音。最终，他把这张大弓拿到了手里，把弄起它来就如同诗人弹奏一把竖琴：

---

[31] 见 Marg(1971)16–17 和 Lanata(1963)17。Rüter(1969)243 和 237 强调，不像得摩多科斯，奥德修斯在他歌唱时更深地陷入自己的悲伤之中；他获得了某种以前他未曾经历过的与他的悲伤的距离。而费埃克斯的听众始终仅仅把他的故事当作是吟游诗人的歌曲来欣赏。Burkert（1960）也强调费埃克斯的吟游诗人所描述的轻松愉快的奥林波斯山诸神的世界与《伊利亚特》中所展现的奥林波斯山严肃的一面之间的对比（141-43）。

> ὡς ὅτ' ἀνὴρ φόρμιγγος ἐπιστάμενος καὶ ἀοιδῆς
> ῥηϊδίως ἐτάνυσσε νέῳ περὶ κόλλοπι χορδήν,
> ἅψας ἀμφοτέρωθεν ἐϋστρεφὲς ἔντερον οἰός,   99
> ὣς ἄρ' ἄτερ σπουδῆς τάνυσεν μέγα τόξον Ὀδυσσεύς,
> δεξιτερῇ δ' ἄρα χειρὶ λαβὼν πειρήσατο νευρῆς·
> ἡ δ' ὑπὸ καλὸν ἄεισε, ἄεισε, χελιδόνι εἰκέλη αὐδήν.

> 有如一位擅长弦琴和歌唱的行家,
> 轻易地给一个新制的琴柱安上琴弦,
> 从两头把精心搓揉的羊肠弦拉紧,
> 奥德修斯也这样轻松地给大弓安弦。
> 他这时伸开右手,试了试弯弓弦绳,
> 弓弦发出美好的声音,有如燕鸣。(21.406–11)

奥德修斯试弓箭的时候,弓箭"发出美好的声音,有如燕鸣"——或者,就如这个动词 ἄεισε[唱]暗示的一样,像一位吟游诗人。[32] 歌曲所暗含的美学和社会的秩序又一次近似于因为国王的归返而重新建立起来的道德秩序和政治秩序。我们回想起迈锡尼的混乱,包括阿伽门农留下来保护他的王后的吟游诗人的放逐(3.267-72)。[33]

---

[32] 关于弓箭作为竖琴这个比喻的别的方面,见本书第 3 章;另参 Austin(1975)247-51 和 Stewart(1976)158-59。
[33] 关于第 3 卷中吟游诗人的重要性,见 Rüter(1969)234n.12。

在费埃克斯人当中，奥德修斯只能通过歌曲来重新建立他英雄的过去及其名声。这里，在伊塔卡，他是一个为皇宫带回欢乐，也带回对英雄业绩的恰当庆祝的战士，而这些欢乐和庆祝早些时候只能由吟游诗人来唤起，但是吟游诗人的故事也会使听者哭泣。费弥奥斯和斯克里埃的得摩多科斯的欢乐歌曲引起了佩涅洛佩和奥德修斯的个人悲伤，但是却给其余的听众带来了共同的"快乐"（terpsis）。[34] 弓箭的"声音"给了全部听众共同的"悲伤"（achos, 21.412），但是却给了奥德修斯个人的"欢喜"（γήθησέν τ' ἄρ ἔπειτα πολύτλας δῖος Ὀδυσσεύς，"历经苦难的奥德修斯一听心欢喜"，21.414）。现在，这一快乐与悲伤的逆转不仅仅指奥德修斯独自在陌生人的家园作为吟游诗人歌唱的时候那种安静而内在的情景，而且也指在战场上的英雄情景，在那里，弓箭给一个人带来巨大的荣誉，也给实际行动中的另一个人带来"悲伤"（penthos），而不是他们对歌曲的反应。我们可以比较《伊利亚特》中墨涅拉奥斯受伤一事：

> ὅν τις ὀϊστεύσας ἔβαλεν τόξων εὖ εἰδώς,
> Τρώων ἢ Λυκίων, τῷ μὲν κλέος, ἄμμι δὲ πένθος.

（墨涅拉奥斯）已经被一个精通弓箭术的

---

[34] 见 1.342, 347; 8.91f., 536—43; 9.3—15。

特洛亚人或吕西亚人射中,那人得荣誉,我们得悲伤。(4.196-97=4.206-7)[35]

当奥德修斯在斯克里埃像个吟游诗人那样歌唱时,英雄的荣誉对费埃克斯人的享乐主义来说,只是琥珀里化石般的痕迹(参见8.246-55)。在这种非英雄的场景里,大谈特谈荣誉是不合时宜的,如奥德修斯在9.19-20的自我宣称,或者他对通过体育竞技比赛而非战争来获得的更微不足道的荣誉的奚落的回应,都不太合适(8.152-57;见8.146-47)。现在,当再次濒临战争的边缘,英雄用了吟游诗人的比喻,这不仅仅是要用语言来说明,而且也要用实际行动来说明,在特洛亚赢得荣誉意味着什么。

这一个关于英雄歌曲的视角也为塞壬这段故事带来了新鲜的见解。史诗用了描述吟游诗人的词汇来描述塞壬们:她们的歌声会迷惑人(θέλγουσι,12.40;λιγυρῇ θέλγουσιν ἀοιδῇ,12.44),就像费弥奥斯的歌声一样(θελκτήρια,1.337;参见11.334)。这个词汇把她们和基尔克那模棱两可而充满诱惑的魔法联系起来了(10.291,317)。塞壬们的力量显然是听觉上的。她们的"声音"本身就是一支"歌曲"(*aoidē*,12.44,183,198),是"嘹亮的"(*ligurē*,12.44,183)或者"悦耳的"(honey-voiced,*meligērus*,12.187):

---

[35] 关于在如荷马史诗中所反映出来的吟游诗人传统中"快乐"和"悲伤"的对比,见Nagy(1974)255-61和Nagy(1979)第5章。

因此"蜂蜡"(honey-sweet wax, meliēdēs)就具有了一种"以甜攻甜,以蜜攻蜜"的顺势疗法魔力*,可以用来防止这种声音带来的危险(12.49)。她们的声音也带来与吟游诗人的歌曲相关的"快乐"或者"愉悦"。[36]

塞壬们歌曲的内容是史诗的传统,英雄们在特洛亚的成就,以及"丰饶的大地上的一切事端"(12.189-91)。然而,塞壬们所实行的英雄传统的表现,却和斯克里埃的吟游诗人歌曲类似:它把英雄的历险表现为一种冻结了的、具体化为没有生命的、静止形式的东西,表现为一种死去的、过去的东西,表现为一个诗歌的主题而再无其他。或许,因为这个原因,她们是奥德修斯哈得斯之行后的第一次历险:基尔克告诉他"你首先将会见到塞壬们"(Σειρῆνας μὲν πρῶτον ἀφίξεαι, 12.39);塞壬们很接近那个纯粹回顾性的英雄主义的死亡世界,在那里唯一的存在是在歌曲当中。然而,当奥德修斯讲完他在那些逝去的人中间的历险后——肯定地——是带着塞壬一般的"魔力"用吟游诗人的技巧来讲述的(11.334,368)——那些幽灵依然是他往昔的活生生的一部分,直接和他的归返(nostos,见11.100和196)相

---

[36] 参 terpomenos, 12.52 和 terpsamenos, 12.188;参见1.342,347。关于塞壬们的史诗歌曲的特征,见 Frankel(1962)10 和 Reinhardt(1948)60-62。见 Pucci(1979)121-32,特别是126ff. 和西格尔(1989)332。关于在塞壬这段情节的"听",见12.41,48,49,52,185,187,193和198。

* 请注意英文 honey-voiced 和 honey-sweet。希腊原文 meligērus 和 meliēdēs 相同的前缀"meli"(蜂蜜)。

关。[37]奥德修斯在阴曹地府听见的故事激起了悲伤或者愤怒（11.435-39，465f.），因此加强了对母亲、父亲和妻子的思念，这对他的归返来说非常重要（参见11.152-334）。但塞壬们所唱的歌曲对任何经历来说却都很遥远。她们在无风的大海上用甜美声音歌唱的是在某个世界里的英雄的荣誉，这个世界抽象而迷人，但是有点失掉了人性；因此，她们的荣誉的形式就具有了含糊性和概括性（ὅσσα γένηται ἐπὶ χθονὶ πουλυβοτείρῃ，"丰饶大地上的一切事端"，12.191）。

由于塞壬们所唱的往事有那种死去已久和没有肉体的东西所带有的死一般的虚空（参见12.45f.），所以她们自己就具有了静止不动的特点。随着奥德修斯和他同伴的临近，一种无风的平静使他们求助于船桨（12.167-72）。不像她们后来在希腊艺术中的后代，这些塞壬不会飞翔[38]，而是"坐在草茵间"（ἥμεναι ἐν λειμῶνι，12.45），叫奥德修斯"把船停住"（νῆα καταστησον，12.185）来倾听她们的歌声。她们声称任何人"把乌黑的船只从这里驶过（παρήλασε），都要听一听我们唱出的美妙歌声"（12.186f.）。因此，要逃

---

[37] 见J. Finley（1978）："他的（奥德修斯的）好奇心很可能被认为在这阴曹地府得到了满足。但是那启示围绕着或者说关系到他自己的过去和未来；塞壬的歌曲与他没有关系……奥德修斯将通过他在阴曹地府所学到的东西回到家园；这一从前的、完全的、非个人的歌曲结束了一个男人对妻子和孩子的希望……这有名的歌曲表达了一个神话的一面，而回家表达了另一面；这两方面并不很谐调一致。"（130-31）
[38] 见Pollard（1965）137-45。关于从荷马开满鲜花的草地到后来的画家和作家笔下的悬崖峭壁，另参Reinhardt（1948）61。

离她们，就在于保持积极，迅速移动，快速驶过（παρὲξ ἐλάαν, 12.47；παρήλασαν, 12.197）。

塞壬们不仅知道奥德修斯在特洛亚的战功，而且她们用英雄的称号"阿开奥斯人的殊荣"（μέγα κῦδος Ἀχαιῶν, 12.184）来称呼他，这是史诗中唯一一次这样称呼奥德修斯。而这一称号在《伊利亚特》中出现了七次。在《奥德赛》中，这一称号仅出现过两次，那是在第三卷中（79=202），特勒马科斯两次用这样的套语诗句来称呼年迈的涅斯托尔。这个涉世不深的年轻人在他第一次与特洛亚的荣誉直接接触时，用这样的话语来称呼最老的一位阿开奥斯战士是很合适的。对涅斯托尔而不是任何一位荷马史诗中的人物来说，他活在过去的记忆之中，他关于伊利亚特的世界的记忆几乎限定着他整个生活。

然而，奥德修斯将继续他的航行，完成他的回归，回归在伊塔卡而不是特洛亚等待着他的活生生的往昔以及活生生的荣誉。因此，他必须拒绝一种英雄传统的哄诱。因为这种传统被僵冻成了迷人而了无生气的歌曲。塞壬们所知道的故事，对帮助他恢复伊塔卡的追求来说太过笼统也太过遥远。留下来倾听她们的歌曲就得屈服于一种英雄传统的诱惑，这种传统以其最优雅迷人但也最致命的形式演绎出来，缺乏能为亟待他这个睿智善谋的英雄（hero of *dolos*）去完成任务所需的真实。从不同的角度来看，《鬼魂篇》与涅斯托尔和墨涅拉奥斯的生活已经用活生生的例子说明了这种危险。塞壬们特别通过诗歌的形式和它所运用的迷惑力来洒下诱捕的危险。如果奥德修斯要理会它,他也将被冻结为一种毫无生气的过去,成为这个岛屿上那些腐烂的尸骨之一。因此他的任务不是倾听,而是"驶过"。

不是由真正的史诗歌曲的记忆缪斯来保存名声〔别忘了,"缪斯"(Muse)可能在词源上和"记忆"(memory)有关系〕[39],塞壬们给人们带来的是对家园和所爱的人的遗忘(12.42f.)。品达告诉我们,和这些塞壬们类似的黄金般的"迷人歌女"(Kēlēdones),栖息在德尔斐(Delphi)的阿波罗神殿之上,它们歌唱得是如此美妙,以至于那些参观者"在这里死去,远离妻子和孩子,他们的灵魂被这悦耳的声音悬在空中"〔见 Snell 和 Maehler,《阿波罗颂》(Paean)8.75-79〕。[40] 因此,对奥德修斯来说,湮没无闻地死在塞壬们歌声的魔力吸引他所到的这块岩石上,就意味着忘记归返,而实际上他的名声正是依赖于他的归返。

在"忘记归返"这个诱惑上,塞壬们不可思议的魔力不仅和基尔克类似,也和食洛托斯花者(Lotos-eaters)类似。在那里,人们也会"完全忘却回家乡"(νόστοιο λάθηται, 9.97 和 102;参见 οἴκαδε νοστήσαντι, 12.43)。洛托斯的受害者,就像第 12 卷中的奥德修斯,不得不被牢牢地绑在船

---

[39] 关于缪斯和"记忆",见 Lanata(1963)3,连同这里所引用的参考书目;Pucci(1977)22-24 和 Detienne(1973)13ff.。
[40] Snell 和 Maehler(1975)引用的残篇 52i 中,阿忒纳乌斯(Athenaeus)8.36(p. 290E)指出,这些"迷人歌女"和塞壬们之间的相似就在于她们都让人"遗忘"家园和所爱的人。[译按]原文为 Paean,又称派翁,指阿波罗当医神时的名字,原意为"医治者"。

第5章 荣誉及其反讽

上（9.99 和 12.196）。塞壬们居住在一片"繁花争艳的草地"上（λειμῶν ἀνθεμόεντα, 12.159）；而洛托斯是一种"像花一样的食物"（ἄνθινον εἶδαρ, 9.84）。然而，塞壬们繁花争艳的草地上的死亡和腐朽是实实在在的，而这些死亡和腐朽在食洛托斯花的人让人忘记归返的诱惑里却只是含蓄不明的。基尔克描述了她们草地近旁那些"腐烂的尸体"的骨骸（ἀνδρῶν πυθομένων, 12.46），奥德修斯用死亡或者免于死亡这样的话来提醒他的同伴们（ἀλλ' ἐρέω μὲν ἐγών, ἵνα εἰδότες ἤ κε θάνωμεν / ἤ κεν ἀλευάμενοι θάνατον καὶ κῆρα φύγοιμεν），"但是我要告诉你们（基尔克的预言的事情），让你们也清楚，我们是遭毁灭，或是免于死亡得逃脱"，12.156f.）。像道格拉斯·弗雷姆（Douglas Frame）提出的那样，如果 nostos（归返）的词根暗示着从冥府"归来"（neomai）之中的一种意识的复苏（noos），那么，对归返的遗忘就可能与塞壬们繁花争艳的草地上的腐朽甚至有更密切的联系。遗忘，Lēthē，也同样与死亡的黑暗和黯淡联系在一起。[41]

然而，史诗歌曲和它所留存的记忆，赋予了一种对死亡的胜利。它的"不朽的名声"（kleos aphthiton）是塞壬们的枯萎和腐烂的对立面。正如纳吉所言，aphthiton 的词根——phthi-，常常描述植物的"凋谢"或者"腐烂"（参见 9.133 离库克洛普斯不远也不近的山羊岛上黄金时代的丰饶土地上"永远常青不萎谢的葡萄藤"，ἄφθιτοι ἄμπελοι），与可以

---

[41] 关于 nostos（归返）和意识的复苏，见 Frame（1978）第 3 章。关于 lēthē 的语意范围，见赫西俄德的《神谱》211–32 和 Detienne（1973）22–24。

战胜死亡的生命液体或物质有着联系:"从目前关于所有被 *aphthito-* 所描述的希腊史诗的名词(除了荣誉)的研究中,我们可以在上下文中断定至少一个共同特性:**源源不断**(*an unfailing stream*)的水、火、种子和植物汁液(酒)。广义地讲,代表这些实物的神明也可能有这个词 *aphthito-*,也有他们自己拥有或做出的东西。"[42] 真正的史诗歌曲用一种似乎与生命的本质非常接近的荣誉来反对人类所要遭受的腐朽,这样的荣誉类似于那些用来维持人类生命和自然世界的生命之液。

在塞壬这段情节里,歌曲不仅仅是史诗的一种苍白的模仿,而且甚至成了它自己的否定。这歌曲带来的是死亡,而不是生命。它没有超越凡人所在的广阔土地。那些被歌声诱惑的人将继续远离人类,被静止在不可名状的大海上,他们的身体将在一片繁花争艳的草地上腐烂。塞壬们知道过去的秘密,但是这个过去在后来世代的"记忆"里没有未来的生命。在这里,英雄忘记他所爱的人,而正是在这些人当中,英雄的荣誉可能在他死后继续存在(参见 12.42f.)。史诗的吟游诗人,在记忆女神的襄助下,使过去存活在现在,并且在死者阴暗的地域和生者明亮的世界之间的虚空里,架起了一座桥梁,[43] 就如奥德

---

[42] 见 Nagy(1974)244 和 Nagy(1979)第 10 章。
[43] 见 Vernant(1959)=(1974)1:82–87,特别是"对使现在和过去(记忆)分离的障碍的消除,为阳界和阴间架起了桥梁,通过这个桥梁,一切远离了太阳光辉的东西都必定归返……摩涅莫辛涅(Mnemosune,[译按]希腊神话中的记忆女神)赋予歌人的特权是与另一个世界联络的特权,以及可以自由进出那个世界的可能性。过去似乎是阴间世界的一个维度"(原文为法语)。也见 Detienne(1973)第 2 章,特别是 20ff.。

第5章 荣誉及其反讽

修斯自己在第11卷的《鬼魂篇》中所做的一样;塞壬们的歌曲把活着的人们诱陷到他们自己无望的人类遗骸的腐烂之中。

尽管在很多方面有根本的不同,塞壬们与哈比(Harpies,[译按]希腊罗马神话中一种脸及身躯似女人,而翅膀、尾巴及爪似鸟的怪物,性残忍贪婪),心灵之鸟(Seelenvogel),这个把人的灵魂从生弄到死的"抢夺者"(snatchers),有些相似之处。[44]在荷马笔下的塞壬们的例子里,非常具有讽刺性的是,将会不朽的歌曲带来的是遗忘。只要在《奥德赛》中提到这些和奥德修斯有关的"抢夺者"的地方,就与塞壬们有着有趣的一致之处,因为抢食的鸟(harpuiai)否定他的名声:

> ἠδέ κε καὶ ᾧ παιδὶ μέγα κλέος ἤρατ' ὀπίσσω.
> νῦν δέ μιν ἀκλειῶς Ἅρπυιαι ἀνηρέψαντο.

> 他也可为自己博得伟大的英名传儿孙,
> 现在他却被抢夺者[哈比]不光彩地夺走了。*

---

[44] 关于塞壬们和哈比之间的相似处,见 Wilamowitz-Moellendorff(1959)1:263-64 和 264n.1;Sittig(1912)2422 和 Zwicker(1927)293-94。

* 本书此句所引的英文是:And he would have won great fame for his son after him; but now the Snatcher [Harpies] carried him off without fame. 王译本在 1.240f. 和 14.370f. 这两处的译文都是:"他也可为自己博得伟大的英名传儿孙,现在他却被狂烈的风暴不光彩地刮走了。"译者根据本书作者该段的分析,把此句做了如上改译。

（1.240f.=14.370f.）

与这对奥德修斯的名声的否定相关的，是佩涅洛佩想象着不仅是丈夫的死亡而且还有儿子（他也被"夺走了"）死亡时的悲叹：

ἢ πρὶν μὲν πόσιν ἐσθλὸν ἀπώλεσα θυμολέοντα
παντοίης ἀρετῇσι κεκασμένον ἐν Δαναοῖσιν
ἐσθλόν, τοῦ κλέος εὐρὺ καθ' Ἑλλάδα καὶ μέσον Ἄργος.
νῦν αὖ παῖδ' ἀγαπητὸν ἀνηρέψαντο θύελλαι
ἀκλέα ἐκ μεγάρων, οὐδ' ὁρμηθέντος ἄκουσα.

我首先失去了雄狮般勇敢的高贵丈夫，
全体达那奥斯人中他各种品德最高尚，
高贵的英名传遍赫拉斯和整个阿尔戈斯。
现在风暴又从我家夺走了我亲爱的儿子，
无声无音讯，我都未曾听说他离去。（4.724–28）

那样的一种死亡类似于第 12 卷中在塞壬们的岛上的厄运。哈比把人在风暴中"不光彩地"夺走，带到世界遥远的角落里去，并剥夺他的荣誉。这种荣誉原本将被人们在文明社区里传诵，他的光辉业绩将被人们"得知"，被他的同伴目睹，被墓碑铭记（τῷ κέν οἱ τύμβον μὲν ἐποίησαν Παναχαιοί,

"那时，全体阿开奥斯人会为他造坟茔"，1239＝14.369）。迷失在这黑暗的荒野之地，他将必定不光彩地（*akleōs*）消失，没有他死亡的消息，也没有在人们的"可听见范围"（hearing）里的歌曲或者故事来使人们对他的记忆保持鲜活。他将在自然的暴力中默默地死去，就如第12卷中塞壬们的受害者那样，腐烂在一个遥远而神秘的海洋中不知名的土堆里，完全被腐烂与风化的自然过程收回。

塞壬们有史诗吟游诗人的快乐（*terpsis*），但是却和荣誉没有联系，而吟游诗人正是通过荣誉征服死亡。反复地用来描述对她们歌曲的"倾听"的词是 *akouein*（纯粹是和听觉有关的"倾听"，用了八次），从未用 *kluein* 一词，这个词具有倾听的社会属性。[45] 由于塞壬们的声音不能超过她们所在的那个不知名的"海岛"（12.201），所以对她们歌曲的"倾听"（*akouein*）就完全是实质性而非精神性的，不是那种超越宇宙，超越人世生死而存在的"不朽的名声"。由于她们的受害者的肉体都难免腐朽，终归会尸骸腐烂，荡然无存，所以，仅仅是从身体上来堵住作为听觉的有形器官的耳朵就足够打败她们。的确，荷马详细具体地讲述了把蜂蜡（一种也用来保存东西的物质）放置在耳朵里这个身体上的细节（12.47f., 177）。

就如赫西俄德笔下的缪斯，塞壬们讲着"知晓"

---

[45] *Akouein* 也是奥德修斯在23.326给佩涅洛佩讲述塞壬一段故事时关于"聆听"所用的动词：Σειρήνων ἀδινάων φθόγγον ἄκουσεν，"他聆听塞壬们动人的歌声"。

（ἴδμεν...ἴδμεν，12.189，191；参见《神谱》27f.，《伊利亚特》2.485f.）的语言，但是没有"记忆"或者"铭记"这样的词来表现她们歌曲的特点。这首歌曲的所有基本要素——它的知识、愉悦和"倾听"——是对真正的英雄歌曲的一种滥用。任何一个理会这首歌曲的人，都会被一种致命的"魔力"迷住，这种魔力是由纯粹的身体上的"聆听"所带来的空虚的"快乐"而产生的，会把他和未来人们鲜活的记忆隔离开来。在这里他会湮没无闻地慢慢腐烂，他的遗骸会在这一堆腐烂了的皮肤和骨骸之中无法辨认。当史诗的吟游诗人唤醒 klea andrōn（声名显赫的人）时，那些曾在他们的战功里生龙活虎的英雄的活跃身躯将不再有完整的形状。由此观之，塞壬们的这一段情节不仅仅只是奥德修斯漂泊中的另一次奇异历险。通过奥德修斯神话形象的典型模式，传统的歌手在这里为史诗的歌曲和荣誉的含蓄的价值观以及诗学找到了诗性的表达。

奥德修斯在第 21 卷中最后的话，是宴会和歌曲这些在史诗中一直出现的非英雄场面的讽刺性的祷文。带着冷酷的幽默，奥德修斯建议现在是作乐的时间了，"歌舞和琴韵，因为它们是饮宴的补充"：

> νῦν δ' ὥρη καὶ δόρπον Ἀχαιοῖσιν τετυκέσθαι
> ἐν φάει, αὐτὰρ ἔπειτα καὶ ἄλλως ἐψιάασθαι
> μολπῇ καὶ φόρμιγγι· τὰ γάρ τ' ἀναθήματα δαιτός.

> 现在该是给阿开奥斯人备晚宴的时候，
> 趁天色未昏暗，然后还将其他娱乐，
> 歌舞和琴韵，因为它们是饮宴的补充。（428-30）

我们回想起在第1卷中的第一次宴饮和第一支歌曲，那时奥德修斯似乎是无助地远在异地他邦，而求婚人控制着皇宫，强迫吟游诗人歌唱（1.145-55，特别是152；参见21.430，22.351f.）。[46]但是现在，由于在1.405和1.411两处比喻中竖琴和弓箭的等同从比喻变成了行动，所以21.428-30中讽刺性的宴会的邀请和歌曲就变成了结束本卷的军事程式的英雄战斗：

> ἀμφὶ χεῖρα φίλην βάλεν ἔγχεϊ, ἄρχι δ' ἄρ' αὐτοῦ
> πὰρ θρόνον ἑστήκει κεκορυθμένος αἴθοπι χαλκῷ.

> 特勒马科斯手中紧握长矛，站到奥德修斯身边，
> 在他的座椅侧旁，闪耀着青铜的光辉。（21.433f.）

现在，当奥德修斯开始一个"决定性的竞赛"（22.5，οὗτος μὲν δὴ ἄεθλος ἀάατος；参见21.91）[47]并瞄准"一个无人射

---

[46] Stanford（1958-61）关于21.428-30的论说指出，21.430和1.52 anathēmata daitos（宴饮伴奏）的类似；也见于Said（1977）25及本书第6章，注释[26]。

[47] 如果ἀάατος的意思是"无可责备的"，就像某些人想的那样（见Stanford[1958-61]，关于21.91和22.5），那么这个短语将是讽刺性的。关于这次竞赛和它可能的仪式的联想的特殊性质，见Germain（1954）第1章。

过的目标"（22.6）时，作为费埃克斯人多变（levity）之部分的那些伴随着宴饮的"竞赛"（参见 8.145-48 的 *aethloi* 和 *kleos*），也就有着更高的风险了。欧迈奥斯最初把奥德修斯介绍给佩涅洛佩时，赞美过奥德修斯讲故事具有一种吟游诗人的"魔力"（17.518-21），但是现在奥德修斯不再需要用他撒谎时那种吟游诗人的"魔力"（*thelxis*）来赢得他回到皇宫的道路了。奥德修斯通过一种非常不同的"歌曲"来实现他在皇宫中的合法位置，他进行了最后一次像吟游诗人那样的行动，而这个行动结束并取代了他先前对语言的灵活使用。

当这件大事真正完成，奥德修斯已经把敌人赶出了他的厅堂之后，第 21 卷（[译按]应为第 23 卷）最后吟游诗人的形象就在一个不同的语域里产生了回响。奥德修斯一边思考着眼下实际的紧急情况，一边安排大家去沐浴并换上干净衣裳，并指示"让神妙的歌人弹奏弦琴，为我们伴奏，带领跳起欢乐的歌舞，让人们从外面听见，以为在举行婚礼"（133-35）。他的命令立刻得以执行：很快，"神妙的歌人弹奏起空肚的弦琴，在人们心里激起甜美地歌唱、优美地舞蹈的浓烈情致"（143-45）；之后，奥德修斯和佩涅洛佩像新婚夫妇一样被领进卧房（293-96）。现在，是奥德修斯，而不是求婚人，来命令歌人演唱歌曲了。他的确是在庆祝一个婚礼，因为他和佩涅洛佩，在障碍清除之后，就要破镜重圆了。这是史诗中下一个重要的事件（152-288）。然而，婚礼庆祝这一主题的出现，带着一种强烈的讽刺：这位新"新娘"的"求婚人"躺在地上死了,而这庆祝是对求婚人进行杀戮这一行动的延展,也是奥德修斯式行动的狡猾特征的一部分。这一情形刚好和在宴会上被自己的妻子背叛了的阿伽门农相反;而且它也是这两次归返之间那种相同的对比的一部分,阿伽门农给奥德修斯描述在他失败的"归返之旅"(*nostos*)中他的同伴被屠杀的情景时,把他们比作是在无比显贵的富有之家准备婚宴时被屠杀的肥猪(*gamos*, 11.415)。

在 23.133-35 这里的歌唱场合,与费弥奥斯在第 1 卷中的歌唱,和更近些的 2.330-39(22.332b=23.133b)处他带着对死亡的担心、焦虑地拿着他的竖琴的场景都形成了对比。费弥奥斯这里的歌曲也和第 8 卷中得摩多科斯的歌曲形成对比。尽管费弥奥斯的父姓是特尔佩斯(Terpiades),"快乐儿子(joy-son)",但是在第 23 卷中歌曲的确定的目的不是"快乐本身"(*terpsis* per se),而是争斗的危险形式以及将会面临胜败更为难卜的前景(23.118-22)。不是欢宴庆祝的场景,而是一次关于英勇和忠诚的武力功德的讲话,而这次讲话引出让了"神妙的"歌人演奏他的竖琴的命令(23.124-28)。最终,这歌曲的目的,不是颂扬荣誉并使名声不朽,恰恰相反,是为了**阻止**这一了不起行动的"广名"传遍天下:

μὴ πρόσθε κλέος εὐρὺ φόνου κατὰ ἄστυ γένηται
ἀνδρῶν μνηστήρων....

不能让杀死求婚人的消息现在在城里传播开去,

>要直到我们离开这里（前往林木繁茂的田庄）。
>（23.137f.）

这样，甚至是当奥德修斯完成了他的伟大功绩的时候，英雄的名声的通常用语也颠倒了。

刚巧在战斗前把弓箭比作吟游诗人的竖琴这一比喻（21.404-9）不仅引出了预料已久的英雄战争和英雄的名声的一幕，而且也把奥德修斯在史诗中两方面的作用联系到了一起。通过使歌曲从属于行动（因为在第21卷中竖琴的联想还只是比喻意义上的），这个比喻再次含蓄地强调了奥德修斯对英雄世界以及荣誉的完全回归。这名声原本天经地义地属于奥德修斯，但在史诗中却充满疑问。他或许应该把荣誉归功于狡计，就如同他对费埃克斯人宣布他的身份时所暗示的那样（9.19f.）；但是这个擅长谋略、巧于诡诈的英雄（*mētis*，*mēchanē*，*polukerdeiai*）也能在极端不利的条件下打一场英雄之战。

有种重要的含混性依然存在，这一含混性与奥德修斯的名声类似。当然，对求婚人的杀戮有些英雄战争的附属东西在里面：幻化成门托尔的雅典娜（雅典娜－门托尔）用奥德修斯在特洛亚的英勇来激励他（22.226-30）。然而，以伊利亚特的标准来看，这一行为很难说是英雄功绩。在第二个《鬼魂篇》中，当有机会申诉时，求婚人认为这是狡计和谋杀。当后来被杀死的求婚人安菲墨冬描述这件事情的时候，他从一个女人的骗人诡计开始讲起（24.125-49），强调了奥

第5章 荣誉及其反讽

德修斯的诡计多端（24.167），并且暗示他和他的同伴从来没得到一个公平的机会。"精美的武器"（περικαλλέα τεύχεα，24.165）的英雄细节所描绘的，仅仅是他和他的同伴不得不抗争的渺茫的获胜希望的一部分。就如在第11卷中的阿伽门农一样，他不把自己的死亡看作战场上值得骄傲的英雄的死亡，而是看作"悲惨的结果"（κακὸν τέλος，24.124），与一个国王在自己的皇宫里"悲惨地死去"（οἰκτίστῳ θανάτῳ，11.412）相似。然而，就如我们已经指出的那样，在第二个《鬼魂篇》中的这一幕，完成了奥德修斯和阿伽门农，佩涅洛佩和克吕泰墨涅斯特拉之间的对比和对称。就奥德修斯的个案来看，谋杀的狡计属于男性，并且保证了他的荣誉。它也与佩涅洛佩多年的诡计相辅相成，因此也就再次肯定了佩涅洛佩那与克吕泰墨涅斯特拉的"耻辱"和"残酷的名声"相对的盛名佳誉。

我们在这里研究的名声一语的特点，表明了创作《奥德赛》的诗人意识到了与他的"有很多磨难的"主人公所紧密相连的模糊性。他故意让关于英雄传统的不同观点互相争斗。很可能，他是在当英雄的理想本身正在经历变化和重新定义的时候，或者也可能是在史诗语言正在变得更加流畅的时候进行创作的，他以全新的方法来使用传统的要素，并且在非英雄的价值观和新鲜的、社会的、道德的和美学的潮流所能彰显他们自己的地方重塑了一个英雄，改变了一种风格。

通过对名声远离的、自觉的以及讽刺性的思考，在史诗最后的三卷里，荷马让我们回到对 kleos 的发展上，并完全参与其中。奥德修斯重申自己的英雄身份，重新拥有妻子，恢复王宫秩序，重获王位，这些都与他从歌手到行动者的变化恰好一致。当他在阿尔基诺奥斯的皇宫里像个专业的吟游诗人那样熟练地吟唱故事（*apologoi*）时，他在歌曲中（重新）创造了名声，但是当他使得战士的弓箭像诗人的竖琴那样歌唱时，他最终在行动中赢得了名声。无论在歌曲中还是在行动中，奥德修斯的任务都是要恢复家庭的、城市的以及宇宙的秩序。当那位被武士—国王赦免不死的吟游诗人（22.330-57）能够在国王和王后将要重新团聚的时候再次为快乐的舞蹈和庆祝伴奏的时候（23.143-45；22.332b＝23.133b），他恢复了歌曲和欢宴作为那样一种秩序的标志。

通过其对生活中那些新的、变化的和危险的事物，以及生活中那些坚实不变的传统事物的具有特色的开放态度，史诗最后的一幕不是像某些人预想的那样，在一次神圣婚礼（*hieros gamos*）的庆典中举家团圆的家园里轻歌曼舞的欢宴，而是一幕战斗的场面。奥德修斯对他儿子最后的一席话是一个警告（24.506-9）："特勒马科斯，你如今身临重要的时刻，人们奋勇作战，争取超群的荣誉，你切不可辱没祖辈的荣耀，他们以往一向以英勇威武扬名于整个大地。"这是不是在诗人明显的快乐结局之下的最终的现实主义呢？这位狡猾多计且历经沧桑的英雄为长远之计而传给他儿子的，不仅仅是他自己的荣誉的明证〔这里被它的对立面——"非耻辱"（non-*aischos*）所定义〕，而且是必要的战争体验。

第二部分

诗学：歌手、说谎者与乞丐

第 6 章

荷马史诗中的吟游诗人与听众

想让荷马从耕田种地到带兵打仗无所不知,就如试图让神圣的橄榄枝(*eiresionē*)承受苹果、梨子和其他一些对于它来说太过沉重的东西一样。这就是喜帕恰斯(Hipparchus)*的比拟。这一比拟被斯特拉波(Strabo)**引用来反驳埃拉托色尼(Eratosthenes)***,因为埃拉托色尼抨击荷马,认为他的诗歌仅仅是琐碎轻薄、稀奇古怪的娱乐消遣(*psuchagōgia*,斯特拉波 1.2.3)。然而,古代的读者几乎一致承认荷马拥有一种学问:关于文字和歌曲的学问,演说和劝告的艺术,或者被斯特拉波称为"修辞技巧"(*rhētorikē phronēsis*)的东西。《伊利亚特》中的奥德修斯就极好地表现出了这种修辞技巧。[1] 荷马向我们展现出创作歌

---

[1] 关于奥德修斯在《伊利亚特》中的修辞技巧,特别见于第 2 卷和第 3 卷以及第 9 卷;另参斯特拉波 1.2.5,开始处。

* 古希腊天文学家,天体测量学奠基人,编制约 850 颗恒星的星表,发现岁差,制定日月运动表,推算日月食,用球面三角原理确定地球的经纬度。

** 古希腊地理学家和历史学家,著有《地理学》[17 卷],《历史概览》[47 卷,已散失],对区域地理和希腊文化传统的研究有突出贡献。

*** 古希腊天文学家、数学家和诗人,首次测量出地球周长和黄赤交角,并编制了一本星表。

曲和发表演说具有两方面的学问——不仅仅是创造，还有接受。因此，这一章是对荷马所想到的或者他也许会想到的东西的研究，以及对他实际的和可能的听众的研究。

荷马史诗反复地描写听众对歌手的倾听。在奥林波斯山上举行盛宴的诸神享受由阿波罗和缪斯们带来的娱乐（《伊利亚特》，1.602f.）；采摘葡萄的人们加入在葡萄园里唱"利诺斯歌"（Linus song）*的男孩的歌唱来减轻他们的辛劳（《伊利亚特》，18.561-72）。在前一段里，"宴饮"，阿波罗的"漂亮的七弦琴"，以及有"美妙歌声"的"缪斯们（文艺女神们）"协调地结合在一起，作为与神的快乐同步的特性：

> ὣς τότε μὲν πρόπαν ἦμαρ ἐς ἠέλιον καταδύντα
> δαίνυντ', οὐδέ τι θυμὸς ἐδεύετο δαιτὸς ἐΐσης
> οὐ μὲν φόρμιγγος περικαλλέος, ἣν ἔχ᾽ Ἀπόλλων,
> Μουσάων θ', αἳ ἄειδον ἀμειβόμεναι ὀπὶ καλῇ.

> 他们整天宴饮，直到日落时分，
> 他们心里不觉得缺少相等的一份，
> 宴会上还有阿波罗持有的漂亮的七弦琴
> 和用美妙歌声相和的文艺女神们。（1.601-4）

---

* 据王焕生所译《伊利亚特》第441页注释：利诺斯是一个早夭的美少年，是受热而死的生命力的化身，利诺斯歌具有挽歌性质。

就如给予了他灵感的缪斯们一样，希腊早期的诗人是一位歌手。他的目的是要创作出歌曲来，在或多或少具有公开性质的场合表演。这些场合的范围很广，从大型的泛希腊节日（比如在得洛斯［Delos］*或者密卡尔［Mycale］的节日），到城邦的事务（比如品达的第一首《皮提亚赛会颂》[*Pythian Ode*] 歌颂希伦［Hieron］在其新城埃特纳［Aetnaea］举行的就职典礼），到地方家庭的聚会、宴饮，以及在富人家里举行的聚谈会。当希腊化时期的（Hellenistic）卡利马科斯（Callimachus）**把他的写字板置于膝上并且毫无疑问地手握一支笔（或者铁笔）的时候（卡利马科斯《起源》[*Aetia*] 1.21f.），荷马时代的诗人却是手持竖琴。

荷马史诗中——因此也是在西方文学中——关于歌曲的第一次具体说明，描写的是户外的群聚欢宴场景。阿喀琉斯的盾牌上描绘的是男孩和女孩们一起跳舞，一个小伙儿在他们中间演奏悦耳的竖琴，舞者随着曲调且舞且歌，"踩踏整齐的脚步"（《伊利亚特》18.567–72）。还有婚宴上由长笛和竖琴伴奏的舞蹈，毫无疑问也是在户外的，因为女人们正从前院观看。后来，大批人群观看舞蹈，"人们层层叠叠围观"（18.603），两个旋转的杂耍艺人"合着歌的节奏"（18.604f.）。

就如这些段落所表明的，诗歌被设想为表演的一部

---

*　位于爱琴海中，据传为阿尔特弥斯和阿波罗的诞生地。
**　古希腊学者，亚历山大派代表诗人，创作大量散文和诗歌作品，以阐释风俗、节庆、名称的创说起源的长诗《起源》最为著名，但作品大多失传。

分，被设想为歌曲鲜活的声音（the living voice of song），约翰·赫林顿（John Herington）称其为"歌曲文化"（the song culture）。[2] 无论是世俗性的还是仪式性的，公众的还是私人的，诗歌都属于一种社交场合。阿喀琉斯的盾牌上那些"站在四周"赞美或欣赏的观众，是这样的场景里虽然不引人注目但却必不可少的要素（18.496，603）。

因此，当阿喀琉斯在他的帐篷里歌唱"英雄们的光辉业绩"（κλέα ἀνδρῶν，《伊利亚特》9.185-91）时，歌曲演唱时的这种私密环境就显得尤为重要。阿喀琉斯正弹奏着一把弦桥用银子做成的竖琴，这把琴是他毁灭埃埃提昂（Eetion）城时的战利品——一个他自己作为战士的荣耀（klea）和英勇的纪念品。更重要的是，他只为自己歌唱，"娱悦心灵"（φρένα τερπόμενον，9.186；τῇ ὅγε θυμὸν ἔτερπεν，9.189）。请注意荷马所没有说出的话：帕特罗克洛斯（Patroclus）并没有聆听或者没有注意正在唱的歌曲；他只是"等着阿喀琉斯停止唱歌"（δέγμενος Αἰακίδην, ὁπότε λήξειεν ἀείδων，9.191）。我们不会把这位伟大战士的歌唱和一位吟游诗人的歌唱混淆起来；他只是自娱自乐而非愉悦他人（请注意 φρένα τερπόμενον 一语中使用的中动态，9.186）。但是，就如我们将看见的那样，《奥德赛》中的英雄却大为不同。

盾牌上还有两个牧人，在他们身上个人歌曲也成为社

---

[2] Herington（1985）第一部分各处。关于荷马史诗中歌曲的重要性，见 Schadewaldt（1965）54-86，特别是62-65，67-68。

会规范的对立面——尽管更为悲怆。这两个牧人单纯地"吹着笛子消遣"（τερπόμενοι σύριγξι, 18.525f.），他们成为忒奥克里托斯（Theocritus）*笔下的达佛涅斯（Daphnis）和弥尔顿（Milton）的利西达斯（Lycidas）的先人，在这个暴力的世界里保留了快乐，他们"没有预见到有埋伏"，埋伏的人夺去他们的牛群而且"把两个牧人一起杀死"（18.529）。

《奥德赛》第8卷中阿尔基诺奥斯的宫殿，是荷马对吟游诗人的表演描述最完整的场景。这个场景具有人们可以想见的在费埃克斯人这样一个快乐的、喜爱舒适的国度所具有的那种富足、安逸和华丽。宫殿和院廊里渐渐挤满了国王的部下和随从，有年老的也有年轻的（57f.）。阿尔基诺奥斯为即将开始的宴席做了精心的准备，宰杀了十二头羊，八头白牙肥猪和两头壮牛。肉食准备好了，"他们备办起丰盛的宴席"（τετύκοντο τε δαῖτ' ἐρατεινήν, 61）。为了锦上添花，传令官把歌人——失明的得摩多科斯——领了进来。在宴饮人的中间为他安放了一把镶银的宽椅，他的弦琴也小心翼翼地挂在头上方伸手可及处，面包、肉食和美酒都放在他的面前（65-70）。就如在伊塔卡的费弥奥斯，这位歌人不是漂泊不定的吟游诗人，所以不应被列为那些进进出出皇宫的"工匠艺人"（*dēmioergoi*，"为人工作的人"）（17.383-85）。[3]他

---

[3] 关于这一段，见 Schadewaldt（1965）69，70；Walsh（1984）15-16；以及 Bertolini（1988）145-64 及更多的参考书目。也见本书第7章。

* 古希腊诗人，创始田园诗。其牧歌共30篇，计约2701行，大部留存于世，对西方诗歌影响甚大。

是皇室机构里的固定成员,享有受人尊敬的地位并承担常规的职责。

随后,在第13卷中,奥德修斯在阿尔基诺奥斯的宫殿里讲完了他漫长的故事,整个大厅笼罩在一种令人陶醉的静谧之中。这位已经称赞奥德修斯的风度举止有如歌人(11.367f.)的国王,强烈要求他的客人再多增加些赠礼:"现在我要向你们每个人提出建议,你们经常在我的宫邸尽情地呷饮积年的闪光酒酿,聆听美妙的歌咏（αἴθοπα οἶνον / αἰεὶ πίνετ' ἐμοῖσιν, ἀκουάζεσθε δ' ἀοιδοῦ, 13.7-9）。"这含义是,歌人是富足和慷慨之家所重视的一种配备。听他歌咏就如同畅饮恩主的美酒,这是一种施恩惠给客人的特权。

有关得摩多科斯的这一幕也许反映的是理想化的东西而非实际的东西,并且这个愿望的实现可能对诗人及其听众来说都是一样的。然而,基本的情况也许不会超出一个公元前八世纪贵族的种种可能性。就如意大利文艺复兴时期的君主们一样,他们收集雕像或绘画作品来显示自己的文化、富足和权势,并用过去时代的伟人们的纪念物,如半身胸像、壁画和雕塑等来装饰自己的宫殿。所以希腊文艺复兴时期的贵族们,在早于他们220年前的时候,可能会用诗人来装饰自己的门面,这些诗人能在歌曲中使往昔的丰功伟绩流芳千古,从而提供英雄之杰出与伟大的范本。在这个时期,物质文化在希腊依然相对简朴,所以一个常驻或者短居的歌人也许就代表着一笔便宜的投资。

那时候的奢华是社会的,对后代来说尤为幸运的是那时候的奢华也是艺术的。一个优秀的歌手可为一次盛宴增色添彩。当然，想象荷马实际上会在席间或者宴后歌唱（尽管用理查德·本特利［Richard Bentley］那句众人皆知的话来说，也许不是"为了赚点小钱，得点美酒佳肴"）是很吸引人的；像他那样的吟游诗人也很可能曾在贵族和皇族的宫廷里演唱。就如安东尼·斯诺德格拉斯（Anthony Snodgrass）所评：在物质极度贫乏、穷困潦倒并不算久远的过去，只有在总有额外的壮牛和祭杀的肥猪以及美酒源源不断呈上的时候，他的听众才会欣赏那些英雄形象。[4]就像在得摩多科斯的歌曲中，通过对王室场景的描写，荷马可以让他公元前八世纪的听众穿越到富裕与充足的英雄时代。

《奥德赛》中最引人注目的信息之一，即温文尔雅地吃东西和彬彬有礼地听演唱总是紧密相随。[5]只有残暴的、食人的库克洛普斯在给客人吃东西之前要求客人讲故事。好客的欧迈奥斯，对他乔装打扮的客人讲故事的能力满心倾慕，把他与职业吟游诗人相提并论（17.518-21），并请他吃了两次晚餐（14.80-120 和 414-45）。这首史诗中最好的听众是费埃克斯人，因为奥德修斯讲故事的技艺娴熟巧妙，有如歌人（参见 11.363-69），所以他们让晚饭后的故事延续

---

［4］ 关于公元前十世纪和前九世纪在希腊的经济束缚，见 Snodgrass（1980）15；也见 Snodgrass（1971）413-14。
［5］ 比如，见 Stewart（1976）68-69；Saïd（1977）9-49，特别是 13；以及 Thalmann（1984）158ff.。

了整整四卷（9-12）。[6] 欧迈奥斯向佩涅洛佩描述这位乔装的乞丐的"魅力"时用了一个愿望来开始，他希望那些求婚人能安静下来，以便佩涅洛佩也可以感受到他的客人所讲故事的魅力。这些故事欧迈奥斯在他的农舍里听了三天三夜（17.513-21）。然而，那些吵闹的求婚人是我们所见到的最不尊敬别人的听众了，就如幻化成门特斯的雅典娜曾暗示的那样，也如特勒马科斯在史诗的第一次宴席中警告的那样（1.225-29，253-59），那些求婚人最终得到的是从弓弦上飞出的利箭而非源自竖琴的音乐。

歌曲和宴饮之间的密切关系被具体化为惯用的套语 ἀναθήματα δαιτός，歌曲被当作"宴饮伴奏"。带着有意的讽刺，这一套语在《奥德赛》中的第一次出现是用来描写被强迫的"伴奏"：费弥奥斯"被迫"为特勒马科斯那些不受欢迎的客人——那些傲慢无礼地挥霍皇宫里的好东西并且使唤吟游诗人的求婚人——唱歌（见1.154）。这一短语在荷马文本中唯一的另一次出现是奥德修斯已经完成了弓箭的考验并且要让弓弦的鸣唱成为"宴饮的伴奏"的时候，而这次宴饮对求婚人来说是最后一次了（21.430）。[7]

---

[6] 人们经常注意到11.363-69的场景与荷马对吟游诗人表演方面的概念的相关性：见Schadewaldt（1965）81，Walsh（1984）7ff.，以及Stewart（1976）157。

[7] 关于 anathēmata daitos（宴饮伴奏）见本书第5章，注释[46]以及本书的第7章，注释[37]。在8.99中，荷马用了类似的表达（ἣ δαιτὶ συνήορός ἐστι θαλείῃ，为丰盛的宴席伴奏的）竖琴（phorminx），这一表达没有在别处重复。

但是，要从弓箭回到竖琴，即使是那些"优秀"的听众，也不能像围坐在奥德修斯身边的费埃克斯贵族那样安安静静地专心倾听。比如墨涅拉奥斯，他的品位略略倾向于粗野的一面，就有杂耍艺人（和"神样的歌人"还有他的竖琴一起）来愉悦他的客人（4.17-19）。这个细节既可以是对墨涅拉奥斯的一个评论，也可以是荷马史诗里听众品位的一种反映。意味深长的是，杂耍艺人在《奥德赛》中只出现在墨涅拉奥斯的宫殿里，而没有出现在别的地方，比如说就没有出现在阿尔基诺奥斯的娱乐活动当中，尽管费埃克斯人擅长舞蹈，而且奥德修斯自己也"惊异（他们）闪烁的舞步"（8.265）。然而，为了对墨涅拉奥斯公平一些，我们得承认这些杂耍艺人也是歌唱娱乐活动的一部分，因为他们"随歌而舞"（4.19）。在荷马史诗中，舞蹈通常与歌相伴；[8]毫无疑问，荷马的听众喜欢这些杂耍艺人，因为那些饰有几何图案的花瓶上也描绘着舞者或者杂耍艺人随着竖琴的歌声表演。[9]

很明显，荷马史诗中的歌手既能起到伴奏者的作用，又能起到独唱者的作用。但是，歌手的叙事歌曲（我们可称之为史诗）、独唱表演和他给合唱团舞蹈的伴奏是有区别的，这样的伴奏出现在《奥德赛》第4卷中墨涅拉奥斯的宫

---

[8] 注意在《奥德赛》中 1.421, 8.253, 17.605 与 18.304 等处"舞蹈"和"歌曲"，orchēstus 和 aoidē，这一套语式的结合。也参见 23.133-35。总体见 Wegner（1968）41-44。

[9] 见 Wegner（1968）65-67 和 III a（雅典，国家博物馆目录 No.43），VI a（哥本哈根，国家博物馆目录 No.43）以及 VI d（雅典，国家博物馆目录 No.53）等页的数字。

殿里，还出现在阿喀琉斯的盾牌描绘的婚礼庆典里〔《伊利亚特》18.490-95，然而在那里是"呼喊"（boē），而不一定是歌唱〕。尽管音乐和歌唱很重要，但是我们也有足够的理由认为：当一位歌手（aoidos）进行我们称之为史诗叙事的表演时，听众应该聆听他所说的内容，而不仅仅是欣赏一种动人的曲调。荷马自己对表演情形的描述就清楚地给予了史诗演唱这样的特权。因此，当得摩多科斯在费埃克斯人中表演的时候，他仅为合唱队的舞蹈伴奏过一次，而且歌词或者歌曲没被提及（对比 8.254-62 与 8.266）。然而，在其余三次出场的时候，他所唱的内容明显是人们主要的兴趣所在。

但是，在荷马史诗特别是《奥德赛》中，情况经常要比它们看上去的复杂一些。让我们来看看在这史诗中最轻浮、最伤风败俗的故事——得摩多科斯所唱的阿瑞斯（Ares）和阿芙洛狄忒（Aphrodite）的奸情。这两个美丽的神明被赫菲斯托斯（Hephaestus）的精巧罗网罩在了床上。这首歌曲提供了完美地适合于费埃克斯人虚幻的享乐主义的乐趣（terpsis）。那就是大概两千年前，普鲁塔克在他令人愉悦的文章《年轻人该怎样倾听诗歌》（"How a Young Man Should Listen to Poetry"）中所做的判断。然而，这一明显浅薄的娱乐实际上被证明是奥德修斯自己故事的原型：一个浑身脏兮兮的、满面烟灰、大汗淋漓、工作努力的矮小人儿，打败了高大、华贵的美男子——这是一种对奥德修斯与库克洛普斯交手的预示，或者也可能是对那种似乎悄然而入无所不在的反贵族情绪的一种暗示。[10]但是，这里有类似，也有对比。奥德修斯将要赢回来的女人不是爱神或者如海伦一样的性感诱人的化身，而是象征着家庭美德、耐心和审慎。荷马让我们继续感到惊奇：有关婚床的谋略不是丈夫的而是妻子的（那棵活着的橄榄树的考验）。于是，这次歌唱就是诗人在他的社会里所起的各种作用的示例了：一方面是纯粹的娱乐，另一方面则是对史诗世界的核心价值观和冲突的关心。

有关阿芙洛狄忒奸情的歌曲揭示了听众的不同反应。[11] 奥德修斯和费埃克斯人都"听得心旷神怡"（8.367-69）。然而，从奥德修斯那里赢得荷马史诗中一个吟游诗人所能得到的最为溢美的赞扬的，不是神明们的故事，而是阿卡奥斯人（Achaean）的苦难（8.474-83）。奥德修斯不仅为得摩多科斯切下一块上等的肉，还说是缪斯或者甚至是阿波罗自己亲自教会得摩多科斯歌唱的（8.487）。早些时候，奥德修斯也赞扬过得摩多科斯的技巧，说是从"神明"或者"缪斯"那里得到的（8.44, 8.63）。奥德修斯所看重的，不是能让遥远的奥林波斯山上的诸神无忧无虑的快乐，而是感动人类心灵的苦难，他说，"有如你亲身经历或是听他人叙说"

---

[10] 关于阿瑞斯和阿芙洛狄忒的故事与这首史诗的主题间的关系，见 Slson（1989）135-45，特别是137、141，以及进一步的参考书目；也见 Newton（1987）12-20，特别是14-16。关于史诗中的反贵族情绪，见 Farron（1979-80）59-101。关于一个不那么极端的、更为平和的观点，见 Raaflaub（1988）208-11，也见 Morris（1986）123ff.。

[11] 关于某些这样的不同，见 Walsh（1984）4ff., 6ff., 也见 Thalmann（1984）160ff. 和 Monsacré 151ff.。

(8.491)。[12] 因此，在《伊利亚特》诗人对船队的祈祷中，这些缪斯们自己是"当时在场，知道一切"，然而我们有死的凡人却只是道听途说（《伊利亚特》2.485f.）。

通过对比故事中的神明听众，这位希腊武士和喜欢享乐的费埃克斯人之间的不同反应，已被编进了得摩多科斯的故事之中。女神们都回避了（8.324），而赫尔墨斯跟阿波罗开了一个难登大雅之堂的玩笑（locker-room joke）。这个笑话缓解了紧张的气氛，其他的（男性）天神们"哄笑不止"，就如在《伊利亚特》中，赫菲斯托斯笨手笨脚为大家斟酒的举动打破了奥林波斯山上第一次宴饮的沉默和紧张（《伊利亚特》1.597–600）。但是，即使是男人们的反应，也不尽相同：波塞冬（Poseidon）并没被逗笑，他保持着忧虑、严肃和秉公执法的态度（8.344–58）。讲述奥林波斯诸神轻浮行为的故事本身就成了一次表演，可以让人看到听众对表演的反应。就如阿喀琉斯盾牌上的婚庆歌咏场面一样（参 8.321 和 325 以及《伊利亚特》18.495–97），揭示了观众情绪的主要区别。

奥德修斯请得摩多科斯继续唱第三首歌，关于木马和特洛亚陷落的故事。他再一次流泪了，而阿尔基诺奥斯也再次注意到了。然而这一次阿尔基诺奥斯没有（像他在第一首歌时 8.90–103 那样）闭口不言，而是发表了一次长长的讲话，讲话的最后，他总结了一些凡人的苦难并且问起奥德修

---

[12] 关于在这一事件中吟游诗人作为真实的诗人这个逼真的"在场"的评价，参看 Schadewaldt（1965）82 和 Puelma（1989）68ff.，以及更多的参考书目。

斯的身份。他说,神明们"给无数的人们准备了死亡,成为后世歌唱的题材"(ἵνα ᾖσι καὶ ἐσσομένοισιν ἀοιδή, 8.580)。海伦在她和帕里斯的一幕中有非常相似的反应,但是他们的不同之处非常重要。海伦说话使用的是第一人称,而且她所关注的是人;而阿尔基诺奥斯关注的是歌曲。神明们把不幸的命运降临到**我们**身上,她说,"所以日后我们将成为后世人的歌题"(ὡς καὶ ὀπίσσω / ἀνθρώποισι πελώμεθ᾽ ἀοίδιμοι ἐσσομένοισι,《伊利亚特》6.357f.)。

当阿尔基诺奥斯继续问奥德修斯是否有亲人或者知心伙伴在战争中丧生(8.581-86),他所暗示的听众一方的娱悦感(terpsis)和歌曲痛苦的主题之间的距离就更加清楚了。因此他承认,听众对歌曲的主题会有特别的亲身感受,但是他依然没有想到还有一种更极端的可能性,也就是说,这首歌曲会让奥德修斯对歌曲本身描绘的苦难有更为广泛的认同,而在这里,这种苦难是奥德修斯辉煌的征服行动所造成的那些受害者的苦难。当史诗把奥德修斯听闻得摩多科斯的歌曲时的哭泣比喻成妇女在城市陷落后被拉去当奴隶时的哭泣,就起到了如此的效果。而那个陷落的城市,像极了得摩多科斯歌曲中的特洛亚:

> ταῦτ᾽ ἄρ᾽ ἀοιδὸς ἄειδε περικλυτός· αὐτὰρ Ὀδυσσεὺς
> τήκετο, δάκρυ δ᾽ ἔδευεν ὑπὸ βλεφάροισι παρειάς.
> ὡς δὲ γυνὴ κλαίῃσι φίλον πόσιν ἀμφιπεσοῦσα,
> ὅς τε ἑῆς πρόσθεν πόλιος λαῶν τε πέσῃσιν,

ἄστεϊ καὶ τεκέεσσιν ἀμύνων νηλεὲς ἦμαρ·
ἡ μὲν τὸν θνῄσκοντα καὶ ἀσπαίροντα ἰδοῦσα
ἀμφ' αὐτῷ χυμένη λίγα κωκύει· οἱ δέ τ' ὄπισθε
κόπτοντες δούρεσσι μετάφρενον ἠδὲ καὶ ὤμους
εἴρερον εἰσανάγουσι, πόνον τ' ἐχέμεν καὶ ὤμους
τῆς δ' ἐλεεινοτάτῳ ἄεϊ φθινύθουσι παρειαί·
ὣς Ὀδυσσεὺς ἐλεεινὸν ὑπ' ὀφρύσι δάκρυον εἶβεν.

著名的歌人吟唱这段故事,奥德修斯
听了心里悲怆,泪水夺眶沾湿了面颊。
有如妇人悲恸着扑向自己的丈夫,
他在自己的城池和人民面前倒下,
保卫城市和孩子们免遭残忍的苦难;
妇人看见他正在死去作最后的挣扎,
不由得抱住他放声哭诉;在她身后,
敌人用长枪拍打她的后背和肩头,
要把她带去受奴役,忍受劳苦和忧愁,
强烈的悲痛顿然使她面颊变憔悴;
奥德修斯也这样睫毛下流出忧伤的泪水。(8.521–31)[13]

---

[13] 在《赫卡柏》(*Hecuba*) 936–42 中,欧里庇得斯(Euripides)在重新创作特洛亚被俘妇女的苦难故事时,也使用了这个比喻,不过,他把这个比喻转变成了第一人称的抒情诗以达到更强烈的效果。参 Segal (1993) 174。

当然，奥德修斯可能只是为自己哭泣，为往日的荣光与英勇而哭泣，那些荣光曾经辉煌，而今俱已往矣。这个比喻不是把他的悲伤和胜利者联系起来，而是和受害者联系起来。它所唤起的情形确确实实是《伊利亚特》的悲惨世界里战争受害者的现实，就如布里塞伊斯（Briseis）哀悼帕特罗克洛斯时的个人记忆一样：

> ἄνδρα μὲν ᾧ ἔδοσάν με πατὴρ καὶ πότνια μήτηρ
> εἶδον πρὸ πτόλιος δεδαϊγμένον ὀξέϊ χαλκῷ,
> τρεῖς τε κασιγνήτους, τούς μοι μία γείνατο μήτηρ,
> κηδείους, οἵ πάντες ὀλέθριον ἦμαρ ἐπέσπον.
>
> 我曾经看见父母把我许配的丈夫
> 浑身血污，被锐利的铜枪戮杀城下，
> 我还曾看见我那母亲为我生的
> 三个亲爱的兄弟也都惨遭灾难。（《伊利亚特》
> 19.291–94）

实际上，《伊利亚特》通过诗人非凡的评论强调了无助的被俘妇女的前景：

> ὥς ἔφατο κλαίουσ᾽, ἐπὶ δὲ στενάχοντο γυναῖκες
> Πάτροκλον πρόφασιν, σφῶν δ᾽ αὐτῶν κήδε᾽ ἑκάστη.

> （布里塞伊斯）这样哭诉，其他妇女也一起哭泣，
> 既哭帕特罗克洛斯，也哭自己的不幸。（19.301f.）

那么，奥德修斯哭泣的一幕就清楚地说明了两种非常不同的反应的模式：一种是阿尔基诺奥斯的美学距离，能把诗歌（故事）当成纯粹的愉悦（*terpsis*）来源；一种是奥德修斯强烈而痛苦的身临其境，通过记忆参与歌曲主题的种种苦难。把奥德修斯热泪盈眶的反应比作一个哭泣的被俘妇女暗示了这样一种可能，即对这首歌曲的主题的识别不仅仅适用于回忆一次实际的参与，也适用于一种感同身受的、想象中的参与。《伊利亚特》中的奥德修斯从来没有和特洛亚一边的受害者如此相同；而且，除了《伊利亚特》第 24 卷中普里阿摩斯和阿喀琉斯之间那非同寻常的一幕以外，几乎没有什么英雄的道德标准可以鼓励他把自己和被征服的敌人——特别是异性妇女——等同视之。

荷马用这些对比性的反应揭示了模仿的艺术带给听众的愉悦与其内容的痛苦之间的矛盾（赫西俄德也意识到了这一矛盾）。对喜好享乐的费埃克斯人而言，战争本身就被吸收到了"歌曲"（*aoidē*）之中（《奥德赛》8.580）；对奥德修斯而言，战争的苦难，即使在歌曲当中也依然是苦难，也依然会带来眼泪。然而，把他比作一个被俘的妇女故意模糊了这两种位置之间的界限，并且至少增加了一种可能性，即这样的区别和对比不总是那样鲜明。像阿尔基诺奥斯一样，墨涅拉奥斯也认为，宴饮后的歌曲带来的应该是快乐或者让人

更快乐，哭泣这样的反应并不适宜（4.193-95，参看220-26；8.538-43）。不过，墨涅拉奥斯王宫里的人被讲述者的苦难所感动而直接哭成一片，但是阿尔基诺奥斯那里的人却非如此（4.183-88）。

还有个细节使奥德修斯和费埃克斯人之间的对比更加复杂起来。在阿尔基诺奥斯正式地询问奥德修斯的身份以及哭泣原因的那次长长的讲话中，他提到一个预言，那个预言说，波塞冬有一天将会把阿尔基诺奥斯护送了一个外来客之后返回家园的船只击毁在返航的途中（8.564-69）。很典型地，阿尔基诺奥斯没太在意这个预言，他认为神明或许会也或许不会这样做（8.570f.）。但是，正如我们后来所知，阿尔基诺奥斯缺乏远虑是错误的，因为盛怒的震地神确实把这个预言变成了现实（13.170-83）。实际上，我们最后一次看见费埃克斯人是他们心怀恐惧地聚集在波塞冬的祭坛前，试图平息他的愤怒（13.183-87）。这一事件对诗人和听众都颇有影响，因为在得摩多科斯关于阿瑞斯和阿芙洛狄忒的第二首歌中，是波塞冬化解了当时的尴尬。他严肃的担保平息了赫菲斯托斯的怒气，保证了阿瑞斯的获释（8.344-58）。这是一个符合费埃克斯人审美观的波塞冬。他出面干预，使得仙界乐土里对婚姻的破坏没有出现伊塔卡那里的结果。然而，奥德修斯眼中的波塞冬，却不是一个可以平息怨怒或者以和平之名插手解决问题的神明。这个愤怒而危险的波塞冬不在费埃克斯人歌曲的框架之中；但他却是阿尔基诺奥斯现在开始了解的一位神明了——要是他很久以前就能了解这位神明就好了（8.570f.；参13.125–64）。[14]

当然，从"真实"生活的角度来看，奥德修斯在特洛亚的故事和阿瑞斯与阿芙洛狄忒在奥林波斯的故事都同样是"神话的"；两个波塞冬的故事，也是如此。但是，荷马暂时地允许这两种"神话的"叙事模式彼此交叉。波塞冬是来自神明一方的主要阻止力量，于是在主题上来看，费埃克斯人的国王讲述的故事（尽管是在未来而不是在过去）就与奥德修斯的生平甚为相像。而且在第13卷中，这个故事将会变成费埃克斯人自己的现实。因此，荷马就把一个令人愉快的娱乐的故事（得摩多科斯故事中的波塞冬）和卷入了人类苦难情感的典型故事（第13卷中惩罚费埃克斯人的波塞冬）结合在了一起。

这种感同身受的效果也同样适用于我们——容易受到神明们的愤怒和权力攻击的凡俗听众。并且，就如我们已指出的那样，这种可能性已被设想在《奥德赛》第8卷哭泣的被俘妇女这一比喻中。在第8卷里，庆祝英雄胜利的歌曲激起了一种反应，这种反应把奥德修斯视为和那些被征服的、无助的人一样，而不是和胜利者一样。换句话说，歌曲不仅有一种不可预见的情感冲击，而且可以使听者在想象中超越自我身份的局限，身临其境地体验到一种角色、地位和性别的颠倒。当然，通过让人设身处地为别人着想，荷马对这样一种界限的超越最有力的使用是，普里阿摩斯恳求阿喀琉斯

---

[14] 关于波塞冬的不同形象，见本书第10章。

面对敌人的哀求时想想自己的父亲(《伊利亚特》24.486–89, 503–7)。

《奥德赛》中所嵌入的接近或者远离一个"神话的"世界关系不同的叙述,迫使听众开始意识到作品结构的虚构性或者神话性,因此也意识到"现实"的不同标准之间的分离。这个效果类似于第二个《鬼魂篇》里回顾性的叙述中出现的自我意识和情节结构。在这里,被杀戮的求婚人安菲墨冬讲述了奥德修斯获胜的故事,包括奥德修斯和佩涅洛佩在安排弓箭测试这件事情上故意勾结。安菲墨冬说"奥德修斯诡计多端(πολυκερδείῃσιν)地鼓动他的妻子,让她给求婚的人们拿来弯弓和铁斧",他补充说,这一事件被证明是"杀戮的开始"(24.167–69)。当然,奥德修斯没有给出那样的命令;但是荷马因此给他的听众展示了一种可选择的结局,一种他本来可以使用,但是没有选择的版本。在这件事中,"多样的巧计"既是诗人的,也是他的主人公的。[15] 这位诗人的主要人物拥有改造叙述自己生平故事的灵活性,而诗人自己也拥有同样的灵活性来改造他的故事。

在史诗的一个主要过渡之处,荷马用另一种方式表现了他对叙事的控制,那就是在第 5 卷开头把叙述从特勒马科斯转回到奥德修斯身上。在第 1 卷中,雅典娜赢得了宙斯对奥德修斯所受苦难的同情,正式地把奥德修斯介绍出来,

---

[15] 关于这一事件参看 Goldhill(1988)6–7。Goldhill 强调,荷马在这里是怎样戏弄了他的听众的预期。

宙斯回答说，"我的孩儿，从你的齿篱溜出了什么话？我怎么会把那神样的奥德修斯忘记？他在凡人中最聪明"（63–65）。在第5卷相应的一幕中，宙斯重复了他套语式的第一行（5.22＝1.64），但是省略了不会忘记奥德修斯的第二行。就如在第1卷中一样，是雅典娜通过"提起"奥德修斯和他许多的不幸（λέγε κήδεα πόλλ' Ὀδυσσῆος/μνησαμένη，5.5f.），开始说起整整四卷中都没在叙述中露面的奥德修斯。然后她继续抱怨，"在那些他曾经统治的人们当中，没人会记得神样的奥德修斯"（ὡς οὔ τις μέμνηται Ὀδυσσῆς θείοιο/λαῶν οἷσιν ἄνασσε，5.11f.）。雅典娜在这里回忆起第1卷中宙斯"忘记神样的奥德修斯"的诗句（1.65），但是把"记忆"放在了"忘记"的位置（memnētai，5.11；lathoimēn，1.65）。这一变化刚好在许多听众（laoi，5.12）正困惑他们的诗人是否已经"忘记神样的奥德修斯"的时刻到来；而且诗人通过"提醒/叙述"以及"回忆"来打消听众的疑虑：诗人既没有忘记他的主要人物，也没有忘记自己的情节主线。的确，诗人在5.8和11中重复了"无人"（mē tis/ou tis），带回了对他的主人公的"记忆"，预示了他最波澜壮阔也最损失惨重的胜利。而 mē tis/ou tis 这两个词指涉第9卷中奥德修斯说自己的名字是"无人"（outis）以此来欺骗独眼巨人的"狡计"（mētis）。"叙述"和"回忆"都是口头诗人的典型活动，荷马在这里巧妙地向他的听众表明，他预知到了听众对故事的主要人物迟迟没有出场可能会产生的不快，并且也表明自己对故事方向的总体把握会减少那样的担心。

古典文艺批评常常认为，尽管《奥德赛》喜欢谈论诗歌和歌曲，但是《伊利亚特》对这些却甚少谈及。[16]是的，《伊利亚特》几乎没有表现吟游诗人的活动，但是阿喀琉斯在自己的帐篷里独处时也能拿起他的竖琴来唱"英雄的光荣业绩"（klea andrōn）。英雄的光荣业绩，这是一个可以描述《伊利亚特》中各种事件的短语。实际上，正是因为这独处时的闲适才有了这首歌曲。它正塑造着阿喀琉斯的故事，而这个故事，因为《伊利亚特》的吟游诗人而将在英雄的光荣业绩中拥有一个显要的位置。[17]这个矛盾反过来又是一个更深刻的矛盾的一部分，也就是说，在第9卷中，虽然阿喀琉斯拒绝了英雄的道德规范，但这种拒绝恰恰更深刻、更有力、更周密地明确阐述了《伊利亚特》中的那种道德规范。因此，阿喀琉斯的英雄之歌的悖论就反映出，他在拒绝英雄世界的同时也在肯定那个英雄世界。更一般地说，它们预见了在游吟诗人对战争、屠杀和苦难的叙述中所保持的距离和卷入、愉悦和参与之间的矛盾关系——而这些矛盾在《奥德赛》中有更直接、更详细的探究。

海伦也说日后这场战争将成为后世人的歌题（《伊利亚特》6.357f.）。在第3卷中，她把当前的战争场面织进布匹，而与此相对应的，是她口头上明确反思自己日后在歌曲中究竟有什么样的名声。织布是妇女们讲述故事的一种古老而无

---

[16] 参看，比如 Stewart（1976）148ff.。
[17] 见 Frontisi-Ducroux（1986）53。

言的方式:"伊里斯(Iris)发现海伦正在大厅织一件双幅的紫色布料,上面有驯马的特洛亚人和身披铜甲的阿开奥斯人的战斗图形。"(3.125–28)不过,一般而言,尽管阿喀琉斯是把英雄的事迹作为往昔功绩(klea andrōn)的现存声名来歌唱,海伦却完全关注的是目前的,或者作为"后世人的歌题"或者是她正在织的布匹的实际主题的战事。即使在她最终把这场战争想象成完整的英雄传统的一部分的时候,她主要的兴趣还是在她目前所实际经历的事情上面。

史诗还展现了另一个妇女,她的生命也和战争紧紧地联系在一起,而且,她也像海伦一样爬上城墙远望。但是在第3卷中,海伦在屋里织的布匹有"驯马的特洛亚人和身披铜甲的阿开奥斯人的战斗图形",安德罗马克(Andromache)织的却只是"五颜六色的花卉"(《伊利亚特》22.441f.)。[18] 安德罗马克不能织出一幅反映她身边正激烈进行的战争的艺术品。这两种织布方式能让荷马把自己的文学自觉(literary self-consciousness)变得更为客观。因此他能够使自己叙事自反性(narrative reflexivity)具体为清楚的、外在的行动,就如同在《奥德赛》中,他能够在奥德修斯和费埃克斯人不同的反应中提炼出对歌曲的不同反应模式。

海伦和安德罗马克的不同之处也引出了叙述视角或者

---

[18] 关于这两个场景的对比,见西格尔(1971)40–41。正是在这样的不同之中,安德罗马克是在她的屋里,完全专注于她作为妻子这个角色的家庭事务,包括为迎接她筋疲力尽的丈夫的归来做好准备,然而海伦却出门上了城墙,并因其美貌而被长老们赞美。

观点的问题。当女神伊里斯把海伦从她安静的屋子里叫到战争场面中时，海伦远离世事的织布活动就结束了。通过海伦，我们在特洛亚的城墙上看见了希腊军队及其首领（《伊利亚特》3.121-233）。海伦想着的是她"远在可爱的拉克得蒙（Lacedaemon）"（3.234-44）的兄弟，安德罗马克从城墙上看见的却不是遥远的事件，想的也不是远方的人；她只是完全沉浸在眼前的情景之中，赫克托尔之死完成了她的悲剧。尽管《伊利亚特》很少像《奥德赛》那样，在美学框架中充分利用这样一种与事件保持距离的方式，但是它有自己的那种文学自觉。

或者让我们来看看第6卷中格劳科斯和狄奥墨得斯之间的一幕。在战斗激烈进行的时候，行动忽然奇怪地停止了。故事的讲述代替了战斗。荷马暂时让叙述活动步入前台而没有打破幻觉，他似乎是要温和地提醒我们，这是在"听"一个战争的故事，而不是要进行一次战争。[19] 但是叙述的内容依然能够让我们欣赏荷马歌曲的特征。吕西亚（Lycian）的格劳科斯讲述了他的祖先——柏勒罗丰（Bellerophon）的故事，一个关于私通、宫廷阴谋、秘密符号、吐火妖魔和飞马的故事。荷马是想让我们认为这是一个典型的近东故事——至少在过去的一个世纪里，希腊人一直热切地从他们的东方邻国那里吸纳来的许多稀奇古怪的故事之一吗？进一步说，荷马也是想要我们去欣赏他本人在《伊利亚特》这部

---

[19] 关于这一幕，见Frontisi-Ducroux（1986）37。

杰作中所坚持的人类战争那种更庄重、更严肃的故事吗？[20]不管《伊利亚特》是不是以书写为辅助方式创作而成，都可以肯定地说，它并不缺乏艺术的自我意识。十八、十九世纪的评论家们，从维科（Giambattista Vico）、伍尔芙（A. F. Wolf）到罗斯金（John Ruskin）甚至穆雷（Gilbert Murray）所提出的《伊利亚特》不是民众（*Volk*）的天真式原始的表达，也不是某种意义上纯粹的武士精神。

可以肯定地说，《奥德赛》中的美学距离和情感上的卷入之间形成了对照，但这种对照并没有把诗歌替换成纺织，也没有替换成《伊利亚特》中阿喀琉斯和海伦、或者海伦和安德罗马克之间存在的对比，而是随着对诗歌本身越来越强、越来越清楚的关注而发展。换句话说，《奥德赛》具有一种《伊利亚特》所缺乏的明显的诗歌自反性（poetic reflexivity）语言。它甚至在展示自己的独创性中得到一种嬉戏般的快乐。[21]《奥德赛》作为欧洲文学中第一首讲述普罗透斯（Proteus）神话的诗歌或许也不是偶然的。特瑞西阿斯（Teiresias）预言，奥德修斯返回伊塔卡之后必须再次离去；宙斯和雅典娜努力阻止奥德修斯进行进一步的战争，这些情节安排都是诗人的显著特征，通过常新的历险和不断延续的

---

[20] 尽管克迈拉（Chimaera）和吕西亚的场景可能东方化的主题指向近东的联系，荷马去掉了关于飞马（Pegasus）的神话中的细节，并且也使柏勒罗丰杀死克迈拉仅仅是"遵从众神的预兆"（《伊利亚特》6.183）。当然，作为背景的也是同样被转变为史诗叙事中不同的专用语言的民间故事：见 Bertolini（1989）131-52，特别是138-40。

[21] 比如，见 Stewart（1976）146-95 和 Goldhill（1988）1-31 各处。

战争，诗人让历经苦难的主人公和他自己曲折多变的故事无限延续。[22]

与得摩多科斯流利和热切的歌曲形成对照的是，《奥德赛》中第一次提及歌曲或者歌唱的时候，描述的是一个"被迫"（anankē，1.154）歌唱的吟游诗人。在这一场合，我们第一次来到伊塔卡王宫，特勒马科斯对一个陌生人（乔装打扮的雅典娜）吐露说，那些求婚人只关心"竖琴和歌唱，因为他们耗费他人的财产不虑受惩罚"（1.159；参见151f.）。这个想法的连续性暗示那些求婚人可能也很喜欢诗歌，但他们只有在诗歌与丰盛的宴席相伴时才喜欢，也就是说，如特勒马科斯在第152行所言，当诗歌是盛宴伴奏（*anathēmata daitos*）的时候。我们很快就知道了费弥奥斯所唱歌曲的名字："希腊人的悲惨归程"（"The Grim Return of the Greeks"）。这是王宫里唯一一首有确定题目的歌曲（1.325f.）。另外，史诗很少提及吟游诗人在伊塔卡唱的是什么歌，也没有提到过求婚人对他们所听到的歌曲的特点或者内容曾经有任何反应或者关注。

非常典型的是，第一首歌曲带来了一种快乐，而这种快乐正是观众的分水岭。就如在得摩多科斯歌唱"奥德修斯和特洛亚木马"时一样，有一个听众默默哭泣，而其余的人却"乐在其中"。那些对母亲的感情漠不关心的少年，赞同吟游诗人所唱的流行的最新的东西。而佩涅洛佩却追忆起这

---

[22] 见本书第10章。

首歌使她想起的往昔和损失，在抗议无用之后回到自己的房间和女仆在楼上哭泣（1.360-64）。

尽管佩涅洛佩已经离开，但是她的露面却引起了一场混乱，初次展现自己男性权力的特勒马科斯得出来平息（1.368-71）："我母亲的傲慢无礼的求婚者们，让我们享用饮食吧，不要吵嚷不休，我们应认真聆听这位杰出歌人的美好吟唱，他的歌声美妙如神明。"这一奇怪的并置揭示了在这个场景中歌唱是多么异常：无礼与盛宴，暴力与愉悦，喧嚷与神明般的歌声。实际上，这一幕描绘的已经是求婚人最好的样子了；他们再也没有表现得像现在这样好。特勒马科斯叫大家安静地聆听之后，其他的求婚者都咬紧嘴唇，而求婚人中第一个说话的人——最无耻的安提诺奥斯（Antinous）——抱怨特勒马科斯的"傲慢讲话和大胆发言"（ὑψαγόρην τ' ἔμεναι καὶ θαρσαλέως ἀγορεύειν, 1.385）。在求婚人的最后一次宴席上，奥德修斯的箭首先射中了安提诺奥斯的喉咙，他安静地迎来了自己的末日，踢翻了餐桌，让食物散落地面（22.15-22）。

费弥奥斯的"阿卡奥斯人悲惨的归程"是求婚人"安安静静地"倾听的唯一一首歌。除此之外，歌曲对他们来说仅仅是"宴饮的助兴"，是一种用来减弱觥筹交错的当啷之声的迈锡尼助兴音乐。吟游诗人只是他们吃吃喝喝的一种有形背景，就如在第16卷中，特勒马科斯向他的父亲描述求婚人的样子时可能暗示的那样，他还把吟游诗人和传令官与两个为就餐人片割肉肴的人列在一起（16.252f.）。求婚人情愿掷标枪、扔铁饼，或者是扔牛蹄、脚凳。他们所理解的真正的乐趣，就是要看见两个乞丐决出个胜负，分出个高低。他们的最后一次宴饮丝毫没有提到歌曲或者吟游诗人。但是虽没有吟游诗人，他们却有预言者特奥克吕墨诺斯（Theoclymenus），他还讲出了昏冥黑夜和血肉横飞这样不祥的预言（20.345–57）。求婚人的最后一支歌是奥德修斯自己演唱的，此时，奥德修斯最终扔掉他的破衣，把弄大弓就如同歌人把弄竖琴一样，使它发出燕鸣般的声音，然后带着胜利的讽刺高声叫道，是"歌舞和竖琴，宴饮助兴"的时候了——这就是我在前面提到过的套语所含有的讽刺意味。

在介绍完费弥奥斯之后，他的歌曲被推迟了几乎长达200行，在这一推迟所引起的悬念下，《奥德赛》中吟游诗人表演的第一幕获得了特别的重要意义。费弥奥斯在1.153–55中带着他可爱的竖琴和美妙的歌曲进来；但是我们不得不一直等到特勒马科斯和幻化成门特斯的雅典娜见面的最后才听到他的歌曲（"歌人为他们歌唱"，τοῖσι δ' ἀοιδὸς ἄειδε 1.325，"他拨动琴弦，开始美妙地歌唱"，ἤ τοι ὁ φορμίζων ἀνεβάλλετο καλὸν ἀείδειν 1.155）。而且，就如我们已看到的那样，这歌曲后来成了特勒马科斯、佩涅洛佩和求婚者之间三方矛盾的焦点（1.336–61）。

得摩多科斯的出场描写得比费弥奥斯的出场更为完全。荷马不止六次告诉我们，这位歌人的技巧有神灵的渊源，[23] 其最高的赞扬是，他的技巧来自"缪斯或者宙斯的儿子阿波

---

[23]《奥德赛》8.44f., 63f., 73, 480f., 488, 498。

罗"（8.488）。赞誉和尊崇诗人，这里也有一个稳定的发展过程：从最初的称号"神样的歌人"（8.43，最后在8.539中被阿尔基诺奥斯重复），到当奥德修斯请他唱特洛亚木马之歌时的尊敬之语和烤肉之礼（8.474-91）。荷马甚至提出了一种得摩多科斯的名字作为"令人们尊敬的"辞源学的游戏（Δημόδοκον λαοῖσι τετιμένον，8.472）。他也介绍了很多独特的个人细节：缪斯们为补偿他的失明所赐的歌唱天赋（8.63f.，这和她们在《伊利亚特》2.594-600中对塔米里斯[Thamyris]的惩罚*相反）；歌唱诸神与英雄的故事和作为舞蹈的伴奏者的结合（8.256-65）；奥德修斯觉得，吟游诗人之所以从所有人那里获得荣誉和尊敬，是因为缪斯的眷爱和教授（8.479-81）；阿尔基诺奥斯则和海伦在《伊利亚特》中总结的一样，是"神明们为凡人安排了厄运以使后世人有歌唱的题材"（8.579f.）。

　　费埃克斯人完全欣赏他们的歌人，但他们似乎有点殷勤过头了。因为当阿瑞塔和阿尔基诺奥斯赞美奥德修斯吟游诗人般的技巧时，他们强烈要求奥德修斯推迟归返，并给他提出了一个微妙的问题，但奥德修斯巧妙地处理了（11.335-61）。[24] 奥德修斯在那些热切而殷勤的听众反应中找到了

---

[24] 一个从口头表演者的角度对这一紧张状态的有趣分析，见 Wyatt（1989）235-53，特别是240-47。

* 因为塔米里斯夸口说，如果和文艺女神们（缪斯们）比赛唱歌的艺术，他也能得胜。所以愤怒的缪斯们就把他弄瞎了，夺去了他的歌声，使他不会弹琴。

一种较好的平衡，这些听众组成了他在伊塔卡真正的朋友圈，特别是欧迈奥斯和佩涅洛佩。忠实的牧猪奴欧迈奥斯乐意用他客人的故事来消磨漫漫长夜，倾听他曾经历的灾难（14.191-98）。后来，欧迈奥斯对佩涅洛佩赞扬他的客人，告诉她他的客人是怎样用他的故事像个吟游诗人那样"迷住了"他（17.513-22），并不知不觉地重复了费埃克斯人在第11卷中赞扬奥德修斯的措辞：安静、"着迷"和歌人般的技巧。可是，尽管这种令人尊敬的安静在斯克里埃是一种现实，但对伊塔卡吵吵闹闹的求婚人来说，却只能是一种愿望（参见17.513和11.333）。抒情诗人阿尔凯奥斯（Alcaeus）早在古老的时代就曾说："酒乃人之明镜。"在《奥德赛》中，歌曲，或者人们怎么倾听歌曲，也是一面那样的镜子。

这些讲述自己生平故事的场景向我们展现出吟游诗人歌曲的另一种吸引力，这种吸引力一直在古代和古典希腊文化中流淌。对欧迈奥斯来说，故事的讲述——以及通过暗示，歌曲的吟唱——是一种对所有"悲惨的人"（*deiloisi brotoisi*）联合在一起的人生痛苦的分担。因此这两个男人，乔装成乞丐的奥德修斯和牧猪奴欧迈奥斯，带着互相的同情，交流了彼此"不幸之事"（*kēdea*）的经历（参见14.185）。欧迈奥斯的评论非常典型："最为不幸的外乡人，你这件件叙述令我感动，你经历了这么多的苦难和漫游。"（14.361f.）在接下来的一卷中，当奥德修斯听到欧迈奥斯的故事，他也回应了欧迈奥斯的同情："哎呀，牧猪奴欧迈奥斯，你显然早在幼年时便被赶出故乡，离开了父母。"

(15.381f.)这是一个好故事所创造的感同身受的感觉。人们为那样的故事哭泣,就如奥德修斯听到得摩多科斯关于特洛亚的故事而哭泣;眼泪这种情感的反应,尽管出于礼貌而对主人隐瞒,也不会被认为怪异或者是羞耻。当阿尔基诺奥斯看见奥德修斯为得摩多科斯所唱的特洛亚故事而哭泣时,他说:"神明们为人们安排了厄运以成为后世人们歌唱的题材。"(8.579f.)这样的反应就是对这首歌曲所表达的情感观点的补充。但甚为突出的是,费埃克斯人的国王是从外在来看待这首歌曲(ἀοιδή),把它当作一个美学的对象,而不是去审视作为其内容的苦难。

在人们面临苦难需要休戚与共时,歌曲具有赞美功能,它与雅典戏剧的发展有直接的沿革,后者在很多方面应归功于荷马。戏剧创造了戏院的共同体(community),人们可以在这里分担悲伤与同情。我们可以想到欧里庇得斯的《安德罗马克》(*Andromache*)、《乞援人》(*Suppliants*)、《赫卡柏》(*Hecuba*),或者《特洛亚妇女》(*Trojan Women*)。比如,《希波吕托斯》(*Hippolytus*)中歌队的结尾歌曲:

> κοινὸν τόδ' ἄχος πᾶσι πολίταις
> ἦλθεν ἀέλπτως.
> πολλῶν δακρύων ἔσται πίτυλος·
> τῶν γὰρ μεγάλων ἀξιοπενθεῖς
> φῆμαι μᾶλλον κατέχουσιν.

> 这样的伤痛啊，毫无指望，
> 所有公民啊，共此心伤。
> 泪流成河，可以行船；
> 大人先生的故事啊，
> 值得哀痛，广为流布。（1482–58）

通过悲剧表演中这样的"共同灾难"的体验，观众个人参加到受苦受难的凡人的"共同体"之中，从而体验到诗歌传统中所包含的对悲伤的统一安慰。[25] 与史诗相匹配的是作为诗歌背景而永远普遍存在着的悲惨者（deiloi brotoi），这些受苦受难的、生命短暂的人，他们在所有时代、所有地方的"悲惨"在不计其数的受害者中得到反映，他们或者有名字，或者没有名字；或者在战争中，或者在战争结束之后。

如果倒回大概一千年前，我们可以看到，这样一个分享苦难的共同体作为慰藉文学（consolation literature）常见的一种传统主题建立起来。普鲁塔克并不是说说了事，而是写信给他一个失去了儿子的朋友。他的《安慰阿波罗琉斯》（*Consolatio ad Apollonium*）这样开头："阿波罗琉斯啊，自从听说贵公子不幸谢世，我一直以来都分担着你的痛苦和悲伤。"（I.102 E）而后他这样结尾：

---

[25] 关于悲剧的特征，见西格尔（1988a）52–74，特别是62ff. 以及西格尔（1993）24–25，120–29。

> 但是，要重振勇敢心灵和高超心智者的精神，阁下和年轻人的母亲，以及你们的亲友，要摆脱这样的不幸，因为你们要过上更为平静的生活，这对贵公子和我们所有关心你（我们应该关心）的人来说，那是最好不过了［καὶ πᾶσιν ἡμῖν τοῖς κηδομένοις σου κατὰ τὸ προσῆκον］。（36.122 A）

这封信把阿波罗琉斯包括到分担他痛苦的"所有"亲朋好友这个共同体中，似乎本身就起到了安慰的作用。

在听众的反应这方面，我们在荷马史诗中所看见的最有同情心、最专心致志的听众，是奥德修斯思念已久的妻子，在第23卷中奥德修斯对她讲述他的漫游故事（248–341）。在她深深入迷并受影响的倾听中，佩涅洛佩甚至超过费埃克斯人，提供了诗人最理想的听众的线索：这样的听众会安安静静、专心致志、感同身受而且耐耐心心地倾听，并带着"倾听的喜悦"。她没有吃饭和欢爱后的昏昏欲睡，保持着清醒，"直到他述说完一切"（23.306–9）。就如第19卷中（乔装打扮的）丈夫和妻子见面的场景，我们在这里也可以看到这种特殊的环境里，吟游诗人可能会试唱新歌或者改唱旧歌：一个安静的环境，一个唯一的、充满同情的听众，他所需的所有时间，以及歌唱他所喜爱的事情的机会。如果荷马确实在某个时候口述了他最终实现了的"不朽篇章"（monumental composition），会不会是在类似于奥德修斯和欧迈奥斯或者奥德修斯和佩涅洛佩之间那样一种充满了友好的安静气氛中完成的呢？

然而，写歌曲和讲故事常常是诗歌情节所必需的部分；丈夫和妻子间的这一幕也是如此。他们在倾听和讲述中获得的快乐，重新建立并例证了一种彼此的信任和关心；这属于志趣相投（homophrosunē）的理想，当奥德修斯克服了他归返中一个最大的困难时就曾说过，他认为婚姻中的最大乐趣就在于此（23.301-9；参见 6.181-85）。[26] 确实，当佩涅洛佩坚持在他们躺下来完整地听奥德修斯讲述他的漫游之前（23.306-43），她要奥德修斯讲述特瑞西阿斯的预言，尽管这个故事肯定不会"带给心灵愉悦"（23.256-67）。这样，佩涅洛佩就特别地参与到了讲述者的故事当中。这一段讲述让我们暂时看到了一种反《奥德赛》（anti-Odyssey）的瞬间：美学距离使"愉悦"成为可能，而人们也会接受一种不会带来"愉悦"的故事。这是关于到陌生人"城市"去的漫长航程的叙述，它使人想起这首史诗关于其主题的开篇陈述（ἐπεὶ μάλα πολλὰ βροτῶν ἐπὶ ἄστε'/ἄνωγεν ἐλθεῖν，"他要我前往无数的人间城市漫游"，23.267f.；参见 1.1-4）。通过奥德修斯聆听得摩多科斯特洛亚之歌的方式，它也是这样一个故事，即故事的听众（也就是佩涅洛佩）带着一种亲密的个人关心来接受，并因此在将要听到的灾难中没有了"快乐"或者"愉悦"。

αὐτὰρ ἐγὼ μυθήσομαι οὐδ' ἐπικεύσω.

---

[26] 关于 homophrosunē，见本书第 5 章，注释 [25]。

οὔ μέν τοι θυμὸς κεχαρήσεται· οὐδὲ γὰρ αὐτὸς
χαίρω, ἐπεὶ μάλα πολλὰ βροτῶν ἐπὶ ἄστε᾽ ἄνωγεν
ἐλθεῖν.

不过我还是明说不隐瞒。
但说来你不会欢悦，须知我也不
欢欣，他要我前往无数的人间城市
漫游。（23.65–68）

丈夫和妻子之间关于个人命运的不情愿的交流，也在以不同的方式团聚的夫妇（第4卷中的海伦和墨涅拉奥斯）之间创造了一种类似的情景。但是他们关于生平故事的交流包含着含蓄的谴责、不信任感和内疚感；而且他们关于过去的谈话没有带来快乐，也没有带来对灾难的遗忘（4.235–89）。[27] 为了解决他们之间的矛盾，给家庭带来和平，他们需要海伦放进酒里的像基尔克那样的神药（4.220–32），这种东西对故事本身来说是外在的。相比之下，奥德修斯的讲述自身有一种不可思议的"魔力"（*kēlēthmos* 或者 *thelxis*；参见 11.334, 17.514, 17.521）。

很明显，诗人们在暗示他们在宴饮中的出场是对主人良好行为和正直性格的一种赞同时，有一种实际的兴趣。从

---

[27] 见 Thalmann（1984）166；也见 Bergren（1981）200–214，特别是205ff.，以及 Goldhill（1988）21–24。

《奥德赛》到《俄瑞斯忒亚》(Oresteia),和谐的宴饮歌曲有了一种更深的意义,或许在品达的作品中最有计划性。我们只需要想想他的第一部《皮提亚赛会颂》,对表演场景本身最丰富多彩的阐述,就是社会政治秩序的一个缩影:

> 金色的竖琴,为阿波罗和紫色发辫的缪斯所共有:听到了光辉的舞步;在歌曲颤响之时,你随时奏起赞歌的序曲,以引导歌队,歌手都会跟上你的手势。你还熄灭了(宙斯的)永恒火焰的矛尖一样的光亮。
> (1–6)

通过阿波罗和缪斯,品达把节日表演中快乐回响的乐器的力量从凡尘地界带到了神的天堂,在那里它既体现了艺术的秩序,也体现了在人类中间起作用的神明们的道德秩序。

荷马没有使用隐喻的更加抽象的精神功能来区别诗歌和表演的实际情况。不像品达,荷马从未把歌曲当作其本身以外的其他东西的象征。与那种做法齐头并进的,可能是一种日渐兴盛的读写文化(literate culture)运动,而品达的诗歌就开始反映这种文化。[28] 然而,《奥德赛》对诗歌的自觉也在诗人的道德权威中有所暗示。当奥德修斯给他的大弓安弦并使得它声如燕鸣来恢复他在伊塔卡的秩序、王位和婚姻的时候,把奥德修斯比作一个为竖琴安弦的吟游诗人

---

[28] 见西格尔(1986)153ff.。

（21.406f.，411）使这一点表现得最为清楚。而且，就如我已经指出的那样，在这首史诗中，听众如何倾听一位吟游诗人或者像吟游诗人那样的讲述者所讲的故事，是其道德品质的试金石。

如果写作《奥德赛》的诗人把吟游诗人和英雄之间的类比说得非常清楚，那么写作《伊利亚特》的诗人也不会太逊色。尽管《伊利亚特》终究没有使吟游诗人变得和英雄一样，但它也通过阿开奥斯人中最优秀的阿喀琉斯像吟游诗人一样在自己的帐篷里孤独地歌唱英雄的光辉业绩这一幕，使艺术变得高贵。赫西俄德提出，诗歌通过唤起对过去事件的记忆，可以让人愉快地忘记悲伤（《神谱》54f.，98-103）。[29]我们能否看见荷马笔下的阿喀琉斯实现诗歌的这种治疗功能呢？在《奥德赛》中，关于过去的歌曲和叙述都属于快乐而非悲伤，眼泪对宴饮后的故事或者歌曲来说，不是一种合适的反应。

把快乐给予他的听众，这显然是荷马笔下吟游诗人的头等大事，但并非唯一之事。一如我们之所见，恰恰是通过制造一种悲伤的热泪盈眶的反应，《奥德赛》的诗人也把我们的注意力带到它的悲哀故事引起的自相矛盾的愉悦之中。[30]在关于过去的、主要通过口头传播来保存的文化中，

---

[29] 人们常常注意到这种关于缪斯的歌曲的记忆和它所带来的遗忘之间矛盾的联系。关于讨论和参考书目，见 Walsh（1984）22-23，Thalmann（1984）136 以及 Bertolini（1988）155-56。

[30] 见《奥德赛》1.340-55，4.183-95 以及 8.536-43 和 572-78；也见本章注释[11]。

吟游诗人保存着早先世代的记忆，并且保存着那样一些人的名字，否则那些人就会在哈得斯里"无形"（άφαντοι 或 άιστοι）。活着的就是可以从人们的嘴里听到的，也就是吟游诗人在歌曲中所保留的。[31]因此，荷马能够指望他的听众对阿开奥斯人的王子名录以及他们所统治的城市感兴趣（《伊利亚特》2.494-759）。人类世代的飞逝就如同树叶的季节性枯荣，但是通过把吕西亚·格劳科斯的世代加入到他的歌曲中，荷马赋予他们超越时间的生命（《伊利亚特》6.145-211）。

在《奥德赛》中，主人公归返的第一个威胁就是记忆的毁灭：在离开特洛亚和英雄世界熟悉的界限后，奥德修斯他们将遇到的第一批人是食洛托斯花者。他们想用可以让人"忘记归返"（nostou lathesthai,《奥德赛》9.97）、使人记忆缺失的药，使奥德修斯和他的同伴滞留在那地偏人稀的方外之地。在基尔克的床笫上，奥德修斯对故乡记忆的遗失将夺去他的人类特性，就如同基尔克的魔药夺去他同伴的人形一样确定。而失去人类身份的另一面则是，等待他回去的故乡也将遗忘他，他将被带到某个不知名的地方，"不光不彩，无影无踪，无声无息"，在人类的"可听见范围"里毫无痕迹（1.241f.；参见4.727f.）。[32]

---

[31] 见 Havelock（1963）各处，特别是第4章；也见 Havelock（1982）122ff.。在尚未使用文字的社会（preliterate society）中，这种"存在性"（presentness）通过口头交流活在人们的"倾听范围"（hearing）里，而这种"存在性"，引起了被人类学家称之为口头文化的动态平衡（homeostasis）：见 Morris（1986）87 及其所引用的参考书目，以及 Ong（1982）46ff.。

[32] 见本书第5章。

塞壬们的歌声具有这样一种自我湮没的微妙形式。这是一种致命的选择，决定一个人是否被一代代的后世人铭记，因为后世人能限定和继续一个人的人类身份。尽管她们保证关于特洛亚的故事是"知识"和"快乐"（12.188），但是这些结果完完全全脱离人类社会。坐在基尔克的海岛和撞岩（Clashing Rocks）*之间的某个潮湿的废地里，围绕这些歌手的不是宫殿里或者集会上那些活生生的、热切的男男女女，而是腐烂尸体的人皮和骨骸（12.45f.），是在她们的岛上"繁花争艳的草地"后面可怕的事实（12.159）以及她们歌声的甜蜜诱惑（12.44）。[33] 与塞壬所在之处那种衰败和腐烂彻底对立的，是歌曲所赋予的"永不消失的荣誉"（*kleos aphthiton*），就如同她们的声音对任何人类社会来说都很遥远，以及奥德修斯倾听时的孤独，这些都是对公共语境的否定，但富有生命的记忆却在公共语境中拥有一席之地。

通过使高尚的事迹保持生命力，吟游诗人也保存并传播了英雄的行动中所实现的价值。人们熟悉的一个例子是，提尔泰奥斯（Tyrtaeus）** 用荷马史诗中的战争场面来赞美斯

---

[33] 关于塞壬们，见本书第5章；也见 Walsh（1984）14–15, Pucci（1979）121–32, Pucci（1987）209–13, Vernant（1986）61ff., 以及西格尔（1989）332。Schadewaldt（1965）82 恰当地把塞壬们称为"dämonische Gegenbilder der Musen"（恶魔版的缪斯）。

* 即"普兰克泰伊"，会移动的悬崖，因为两片悬崖间有物从中间穿过，便相向移动而夹击。

** 公元前七世纪的希腊哀歌体诗人。

巴达（Spartan）重装步兵那种相当非荷马式的团结。[34]他在歌曲中举例说明，吟游诗人可以用歌唱的方式传递社会价值观。或因如此，阿伽门农遂决定让他的歌人在他远在特洛亚的漫长时期负责照看克吕泰墨涅斯特拉。[35]而事实证明，这一任务超出了这位无名歌人的能力，他显然应该坚持做好自己最熟悉的事情（参见《奥德赛》3.267-71）。这位歌人的无名实际上就是他失败的标志吗？[36]

至少到公元前五世纪末，因为希腊人都把诗歌想象为表演的一部分，并且把它作为歌曲的活生生的声音，所以他们对声音的维度给予了特别的关注。在关于甜美、流畅、丰富和力量等的比喻里，声音的生理特质一再重现。在开场白介绍舰船名录（Catalogue of Ships）里，荷马向缪斯祈祷时不无嫉妒地说起一种"不倦的声音"和"青铜之心"——这些都暗示了口传诗人为了吟诵的要求所做的生理上的努力。

当赫西俄德笔下的缪斯们在奥林波斯山上对宙斯歌唱时，她们充满魔力的声音"从嘴里永不疲倦地甜美地流淌出来"。在短短的五行诗里，赫西俄德用了三个不同的词来描绘诗人的"声音"，每一次都用了不同的修饰词：ἀκάματος αὐδή, ὄπα λειριόεσσαν, ἄμβροτον ὄσσαν（不倦的声音，优

---

[34] 参见，比如Tyrtaeus11.31-33，West（1992）和《伊利亚特》13.130-33或者提尔泰奥斯10.21-30和《伊利亚特》22.71-77。
[35] 见Scully（1981）74ff.；也见Svenbro（1976）31ff.。
[36] 有关这位歌人"无名"的不同见解，见Scully（1981），他认为是"一般的，也就是，那是歌人技艺的特点，也适合他的艺术"。（74）

美清亮的声音，不朽的声音）。每一次，声音也都参加到一种活跃的、充满活力的运动中：声音"流淌"，"向前延伸"或者"向前"。[37]涅斯托尔，这位被写进故事和传奇中的传统智慧的贤明长者，有着一种"比蜜更甜的"声音（《伊利亚特》1.250）。那些特洛亚的长者，虽然已经过了青春盛年时期，但依然是很好的演说家，有着清亮、高亢的声音，就像在树林里歌唱的知了（《伊利亚特》3.150-52）。那么，在思考这首史诗的表演的时候，我们不仅需要记着它的口头表达的特质，还要记着保罗·祖姆托（Paul Zumthor）所称的口头表达的"声音性"（vocality），即吟唱歌曲的声音所具有的美丽、力量以及回响（参见《伊利亚特》2.489f.）。[38]

这种对声音的物质性、确切性、可见性的关注，延伸到了表演另外的特征上面。在描写吟游诗人的时候，荷马用了许多具体的实物来充实场景，就像那些绘制几何图案花瓶的画家，也用装饰物、动物或各种图案来充实画面一样。满盛着美酒佳肴的、舒适美丽的丰富物品装点了歌曲开始的那一刻：

> τῷ δ' ἄρα Ποντόνοος θῆκε θρόνον ἀργυρόηλον
> μέσσῳ δαιτυμόνων, πρὸς κίονα μακρὸν ἐρείσας
> κὰδ δ' ἐκ πασσαλόφι κρέμασεν φόρμιγγα λίγειαν

---

[37] 关于这一段，见 Bertolini（1988）156, 163n.45。
[38] 见 Zumthor（1984）9–36，特别是 11–12。

αὐτοῦ ὑπὲρ κεφαλῆς καὶ ἐπέφραδε χερσὶν ἑλέσθαι
κῆρυξ· πὰρ δ' ἐτίθει κάνεον καλήν τε τράπεζαν,
πὰρ δὲ δέπας οἴνοιο, πιεῖν ὅτε θυμὸς ἀνώγοι.

潘托诺奥斯给他（得摩多科斯）端来镶银的宽椅，
放在饮宴人中间，依靠高大的立柱。
传令官把音色优美的琴弦挂在木橛上，
在他的头上方，告诉他如何伸手摘取。
再给他提来精美的食篮，摆下餐桌，
端来酒一杯，可随时消释欲望饮一口。（《奥德赛》8.65-70）

一曲歌罢，传令官再次"把音色优美的弦琴挂在木橛上，拉着得摩多科斯的手，领他出宫宅"（8.105-7）。在得摩多科斯的第二次歌唱中，竖琴这样的来回交递被重复了三次（8.254f.，257，261f.）。

吟游诗人的第一次出场，即在伊塔卡费弥奥斯出现在求婚人当中时，这样的模式就已经建立起来了，尽管更为简略（1.153）。在得摩多科斯的第三首和最后一首歌中，细节都被省略掉了，或许因为荷马想特别强调奥德修斯的反应。这种反应以一种显著的标志为形式来表达荣誉：传令官把一块肉放到歌人手中（8.471-83）。紧接着也重复了这一章中早些时候介绍得摩多科斯的惯用语句。这一重复不仅有助于表现与先前荣誉的连续性，也表现出一种新的，甚至是尊敬的更突出的象征。[39] 用"对歌人的尊敬"这一主题的公式化结构来说，烤猪的里脊肉（不管它对得摩多科斯的消化力和他清亮的声音来说有什么影响）代替了竖琴。然而，即使是在这里，竖琴也没有被遗忘，因为最后当国王阿尔基诺奥斯注意到奥德修斯在哭泣时，他命令道："让得摩多科斯停住音色优美的弦琴。"（8.537）

如果我们越过大约 250 年的时光来看品达的作品，那么我们能立刻欣赏到在使歌曲成为"宴饮的伴奏"时荷马在感官的愉悦中所得到的快乐。在荷马平实、直白表达的地方，品达使用了比喻。得摩多科斯得到的是真正的美酒；而在品达为罗得岛的迪亚戈拉斯（Diagoras of Rhodes）所做的文采斐然的第七首《奥林匹亚赛会颂》（Olympian）序言中，金色的酒杯里冒着泡沫的美酒变成一种象征，就像是礼敬给胜利者的歌曲。

《奥德赛》中的另一幕可能包含着有关表演的物质细节的真正核心，在这种情况下，表演者把自己的乐器视为一种特别珍贵的财产，非常依恋。在第 22 卷中，奥德修斯杀死求婚人之后，歌人费弥奥斯出现了。费弥奥斯从藏身之处爬出来，到宙斯的祭坛那里去避难，以求得到宽恕（22.330f.）。他在这里进入到叙事之中，与他第一次出现时典型的歌人姿

---

[39] 参见 8.471=8.62：κῆρυξ δ' ἐγγύθεν ἦλθεν ἄγων ἐρίηρον ἀοιδόν，"这时传令官进来，领来敬爱的歌人"，以及 8.473=8.66：μέσσῳ δαιτυμόνων, πρὸς κίονα μακρὸν ἐρείσας，"让他坐在饮宴的人们中间，依靠这高高的立柱"；也见 8.483f.=8.71f. 以及和 68 行非常相似的 482 行。

态一样:"双手捧着音韵嘹亮的弦琴。"[40]当他决定向奥德修斯奔去抱膝请求时,他"先把空腹的弦琴放在地上,在调酒缸和镶有银钉的宽椅之间"(22.340f.)。这些细节并不必要。或许它们是歌手职业道德的一种间接反映?歌手会保护自己的乐器,就如同现代的小提琴家会保护自己的斯特拉迪瓦里(Stradivarius)*一样。我们也可以回想起阿喀琉斯的竖琴,那是从埃埃提昂城得到的宝贵的战利品(《伊利亚特》9.188)。

荷马为最充分的描述诗人灵感选择了这样的场景:血淋淋的尸体和推倒的桌子。费弥奥斯对奥德修斯说:

> αὐτῷ τοι μετόπισθ' ἄχος ἔσσεται, εἴ κεν ἀοιδὸν
> πέφνῃς, ὅς τε θεοῖσι καὶ ἀνθρώποισιν ἀείδω.
> αὐτοδίδακτος δ' εἰμί, θεὸς δέ μοι ἐν φρεσὶν οἴμας
> παντοίας ἐνέφυσεν.

> 如果你杀了像我一样,为神明们
> 和尘世凡人歌唱的歌人,日后你也将感受到悲伤。
> 我自学歌吟技能,神明把各种歌曲灌输进
> 我的心田。(22.345–48)

---

[40]《奥德赛》22.332;参见1.153。也请注意22.331=1.154。也请参见8.67f.和105f. 有关得摩多科斯的描写。

* 特指意大利提琴制作师安东尼奥·斯特拉迪瓦里(Antonio Stradivari)及其子所制的小提琴。

他发现自己所处的所有不幸处境，吟游诗人都能设法表明自己的特权地位。他的歌曲是"为神明和尘世凡人"歌唱的，而且他的灵感来自神灵。当费弥奥斯说自己是自学（autodidaktos）的时候，他的意思可能是他"从自己那里学会这些歌曲"，也就是说，他不只重复他从一个特定的人类的老师或者模式那里所学到的东西，而是能够在传统的材料中增加一些东西，或者对其进行改进。[41]然而这个词也不排斥神明的帮助。实际上，他的下一个句子使得这一点很清楚，那就是歌人把自己灵感的来源看得很神秘因而也就是神圣的。在与神明那样的联系中有着他为自己要求的一种特殊的价值。由一位"神明"赋予灵感，他也"为凡人和神明们"——hominum divumque voluptas 歌唱，我们可以说是和卢克莱修（Lucretius）一起歌唱。[42]通过选择这个不太可能的场合来思考诗人的神赋灵感，荷马把他的特殊价值放到了一个更鲜明突出的位置。

当费弥奥斯把他关于自学（autodidaktos）这一点和来自神明的灵感联合在一起，他就明确表示出自己创作歌曲的能力不仅仅是一种个人的才能或者是一种天才的标志。古代的

---

[41] 关于这一段有许多持续的讨论：见 Schadewaldt（1965）78-79；Walsh（1984）11-13；Thalmann（1984）126-27；Pötscher（1986）12；Puelma（1989）69 和注释第 7。Dougherty（1991）各处，特别是 98-99；以及 Brillante（1993）13-16。有一种日渐增长的共识，即自学（autodidaktos）和享有神样的灵感并非互相地为荷马笔下的歌人所独有。

[42] Schadewaldt（1965）67 提出的看法貌似有理，即这是指对神明们表示敬意的庆祝，也是诸如宴会一类的纯粹世俗的场合。

诗人认为他的技艺不仅来自自己的力量，也来自神明。诗人可以"被迫"anankē（1.154=22.331）歌唱，就如费弥奥斯被迫为求婚人歌唱一样；但是他也会如得摩多科斯那样，在"不管诗情以什么方式激发他"（ὅππῃ θυμὸς ἐποτρύνῃσιν ἀείδειν, 8.45）*的情况下歌唱。这一表述的不同表达还有，例如，他在"当缪斯驱使他演唱英雄们的业绩"时歌唱（Μοῦσ᾽ ἄρ᾽ ἀοιδὸν ἀνῆκεν ἀειδέμεναι κλέα ἀνδρῶν，"缪斯便鼓动歌人演唱英雄们的业绩，"8.73，也关于得摩多科斯）。吟游诗人需要缪斯或者神明来使他保持与遥远事件的记忆之间的联系，需要他们提供灵感，或者使其有限的知识变得完整（就如在舰船名录那里缪斯们的祈祷一样），《伊利亚特》2.485f.）。但与此同时，吟游诗人也感到自己的激情（thumos）——一种他自己的强烈能量的汹涌澎湃。在那样的时刻，他就如同一个在战争最激烈的时候被神明注入了活力（menos）的战士。荷马对二者用了同样的词，ἐνέπνευσε，"注入"。[43]那么，在那些全神贯注的时刻，就如战士一样，吟游诗人能够使出他所有的力量和能力。相反地，就如《伊利亚特》中的神明们一样，缪斯们能够夺去她们所青睐的人的特殊力量。如此，她们夺去了塔米里斯诗人的记忆，而记忆是歌人的所有能力中最必需的（《伊利亚特》2.600：ἐκλέλαθον κιθαριστύν，"她们使他

---

[43] 关于吟游诗人和战士之间的相似性，见 Pötscher（1986）21–22。
* 此句由译者参照英译本、陈译本和王译本译出。

不会弹琴")。

荷马史诗中的吟游诗人不是作者,而是歌手,是 *aoidos*,而不是 *poiētēs*,因为他是一种古老智慧的代言人和表达工具。但是,如果诗人的力量是神赐的,那么他们就是理性的。这里没有神明的疯狂或者狄奥尼索斯式的狂乱(Dionysiac frenzy),在《伊翁》(*Ion*)或者《斐德若》(*Phaedrus*)中,柏拉图把它们与诗歌或者某些人具体的诗歌联系在一起。虽然就其源头来看,诗人的技艺具有神赐的印记,但它依然是一种具有社会属性的技艺:诗人为神明们歌唱,也为"凡人"歌唱(θεοῖσι καὶ ἀνδρώποισιν ἀείδω,《奥德赛》22.346)。

费弥奥斯和得摩多科斯可以把他们的歌曲视为后来的世代称之为神赐灵感的结果,但是竖琴却依然牢牢地扎根在他们的听觉、视觉和触觉的有形世界里,诗人也依然是脆弱易伤的凡人,需要吃饭喝水,还要小心提防以免被刺伤。在《神谱》的著名序言里,赫西俄德迈出了重要的一步,脱离了这种态度。作为他音乐力量的一种可见的物化(objectification),他在赫利孔山*所接受的权杖类似于他的缪斯们"注入"给他的灵感的有形"呼吸":

> καί μοι σκῆπτρον ἔδον δάφνης ἐριθηλέος ὄζον
> δρέψασαι, θηητόν· ἐνέπνευσαν δέ μ' ἀοιδήν
> θέσπιν, ἵνα κλείοιμι τά τ' ἐσσόμενα πρό τ' ἐόντα,

---

* 文艺九女神和阿波罗所居之地。

καί μ' ἐκέλονθ' ὑμνεῖν μακάρων γένος αἰὲν ἐόντων
σφᾶς δ' αὐτὰς πρῶτόν τε καὶ ὕστατον αἰέν ἀείδειν.

> 她们（缪斯）便从一棵粗壮的橄榄树上摘给我一根
> 奇妙的树枝，并把神圣的声音吹进我的心扉，
> 让我歌唱将来和过去的事情。她们吩咐我
> 歌颂永生快乐的诸神的种族，但是总要
> 在开头和收尾时歌唱她们自己。(30-34)

当然，这个权杖在自然世界依然是一种具体的物品。它从树上折下来，在诗人一生中的一个特殊时刻被赠予。然而，它不是品达关于奥林波斯的有象征意义的金色竖琴——神明和美学秩序的缩影（见前引第一首《皮提亚赛会颂》）。但它的确指向那个方向。不像《奥德赛》第22卷中费弥奥斯的竖琴，它是在一次神奇的偶遇中被赠予诗人。诗人用了第一人称的方式来描述这次偶遇。

赫西俄德的缪斯们没有给予他竖琴本身。她们的礼物与诗歌或者歌曲没有什么"必然的"联系。相反地，在更广泛的意义上来说，它是一种权力的象征。显然，它和歌曲是不一样的，但却是一种象征，意味着诗人有特权和缪斯们所属的神圣的诗歌领域相联系。因此，赫西俄德把授权诗歌技艺的标记，从演唱这个行动和随后的述行语境中分离出来了。在这个方面，赫西俄德是在一个有着更大的思维自由的地带进行他的艺术创作，荷马则不是。权杖——而非竖琴，

同样也暗指他诗歌的社会功能,因为在荷马时代的集会上国王都手持权杖来指挥演讲(比如《伊利亚特》2.100-109;参见1.234-46)。因此,在《工作与时日》中,赫西俄德能够对那些贪图礼物的王爷们——"礼物的挥霍者们"(βασιλῆες δωροφάγοι,248,264;参见38f.)*——发表讲话。尽管赫西俄德用自己的声音对抗贪婪的国王,荷马却只能在一个遥远的时代建立起一种虚构的抨击(在《伊利亚特》第1卷中,阿喀琉斯对抗阿伽门农,在《伊利亚特》第2卷中奥德修斯对抗特尔西特斯［Thersites］)。

荷马时代的吟游诗人表现出他更习惯自己的听众而不是写作或者创作的环境。我们可以说,吟游诗人关心的主要是语用学而不是诗学(但这并不是说他缺乏一种诗学)。他的缪斯们是社会记忆的宝库而不是创作原则本身。他把自己和他的听众等同视之而不是声称(比如,像品达将会做的那样)自己与听众不同,或者是比他们优越,并因此而拥有一种从自己出发用一种特殊的道德权威说话的权力。尽管荷马甚至赫西俄德都受到缪斯们的启示,但他们并不像品达那样把自己称为缪斯们的"宣扬者"或者"代言人"。他们也没有叫大家注意所讲故事的说教版本,而品达在第一首《奥林匹亚赛会颂》中讲述众神宴饮吃珀罗普斯(Pelops)**的故

---

*　原意为"贪图礼物的君王"。"王爷"之译参考了张竹明、蒋平的中译本《工作与时日　神谱》(商务印书馆,2016年版,第9页)。本书有关《工作与时日》的文字,均采用此书译文。以下不再一一注明。
**　坦塔罗斯之子,被父宰杀以飨众神,后众神使之复活。

事时却这样做了（48-58）。品达把他的听众——"人群中的大多数"——列为"心灵盲人"，"看不见真相"（品达《涅嵋赛会颂》7.23f.）[44]，通过这样的方式，他把自己和听众分开了，而荷马和赫西俄德没有这样做。

当然，荷马时代的吟游诗人的确也传达道德判断和伦理洞见（我们只需要想想《奥德赛》的开场白就可以了，1.32-43），但是他没有用那样的任务来定义自己。这种更为批判的精神只是随着后期古代抒情诗更个性化、更独立、更我行我素的诗学的发展而发展的（特别是西蒙尼得斯［Simonides］*和品达）；当然，它在神话的对话形式和悲剧里被渲染的冲突场景中到达顶点。无论它要归功多少给史诗和抒情歌谣，悲剧也代表了同对诗人的古老看法的彻底决裂。

最重要的是，荷马史诗中的吟游诗人依然首先是一个"故事的说唱者"（用阿尔伯特·洛德［Albert Lord］的话来说），一个快乐的供应者，一个传统的保存者。他既然扮演那样的角色，对那些渴求记忆、热爱快乐的听众来说，他就显得必不可少了，因此他也得到相应的重视和尊敬。在政治和技术技巧的许多方面，费埃克斯人堪称理想典范，而他们作为听众的技艺也同样如是。他们是最渴望听到歌曲和故事的人，无论是关于神明的还是关于凡人的，他们在倾听吟游

---

［44］荷马史诗中总体的关于表演的环境和听众意识的重要性，见 Martin（1989）4-10，89-95，231-35。

* 希腊抒情诗人，警句作者。

诗人的歌吟时能得到最大的快乐,并且给吟游诗人的荣誉比我们在这首史诗的任何地方所见的都多。在这样的享有特权的环境里讲述他的故事(无论背景是怎样的风险和危险),甚至是习惯撒谎的奥德修斯也发挥了一位神明激发其灵感的歌手不可思议的魔力(11.333f.);而我们知道,他可能正在告诉费埃克斯人真相。

第 7 章

吟游诗人、英雄与乞丐：诗学与交换

希腊文学曾是各种不同的文学批评分类和时代划分的对象，这些分类和分期多少有些道理：口传文学和书面文学，虚构文学和概念文学，前苏格拉底时代和后苏格拉底时代，等等。对连续的希腊文化所做的这些划分，其中争论最少的是前货币经济时代和后货币经济时代之间的一段。就如韦尔南（Jean-Pierre Vernant）提出的那样，前货币经济时代对人的观点和《尼各马可伦理学》（*Nicomachean Ethics*）[1]中亚里士多德根据金钱对慷慨的人所做的定义之间，有一条不可逾越的鸿沟。前货币经济时代根据荣誉定义成就和地位，而不是以现金或实物支付的报酬。在《奥德赛》中，为了得到某种特定的奖赏（*misthos*）而做什么事情是较低身份的标志；即使是在《伊利亚特》中，波塞冬和阿波罗修建了特洛亚城墙而要求报偿（ἐπὶ μισθῷ），这个例子也是反面的，用来说明两位神明被骗之后盛怒难消。[2]

---

[1] Vernant（1989）308，引自《尼各马可伦理学》4.1119b26。
[2] Benveniste（1969）1: 163ff.，特别是165，曾提出被广泛接受的观点，即，荷马史诗中的 misthos 最初并不是 payment régulier（"普通报酬"）的意思，而是"一次比赛的获胜者，或者一次困难的行动中的（转下页）

在一篇重要的文章中，路易·热尔内（Louis Gernet）指出，古希腊认为价值不是由金钱建立的、抽象的数字关系，而是存在于具有魔力或者宗教重要性而被赠予的、具体而珍贵的物品（*agalmata*）之中——比如在《伊利亚特》第2卷中宙斯传给阿伽门农的金节杖。[3] 交换和积聚那样的珍贵物品，可以非常突出地表明英雄的或高贵的身份。特别是在《奥德赛》中，远游去收集那样的赠礼对英雄来说是一种正常的活动。然而，不仅是礼物本身给予荣誉和地位，伴随礼物赠予的仪式也是如此。[4] 这种伴随赠予客人礼物的仪式实际上构成了一种仪式活动的惯例，这样的惯例有助于区分参加者的地位和身份。

（接上页）英雄所得到的奖赏"（165）。关于这一意项，Benveniste 在其他早期的印欧文化中进行的语源学的考据让人印象深刻；但必须指出的是，他对荷马史诗的理解主要停留在某一段，而且是关于那个问题相当难以捉摸的一段。这一段，Benveniste 从荷马史诗中所引用的唯一的例子，是《伊利亚特》10.304，在那里，赫克托尔将奖赏任何一个能到希腊军营去侦察敌情的人。但是，鉴于接受这个任务的人——多隆（Dolon）——贪婪和怯懦的本性，我们不能排除在这个情节中具有讽刺意味的弦外之音。注意在《奥德赛》18.357f. 中对这个短语最谦逊的使用。[译按] 阿波罗与波塞冬参加了众神试图推翻宙斯的活动。活动失败后，宙斯把二人罚到凡间。两位神明在人间漂泊时接受了特洛亚国王拉俄墨冬的委托：波塞冬修建城墙，阿波罗放牧。一年之后，城墙建好，牧群壮大，但拉俄墨冬却拒绝给两位神灵应得的报酬。两位神明为此和国王争论。国王下令把他们赶走，甚至威胁要割下两位神明的耳朵。波塞冬与阿波罗遂发誓与拉俄墨冬不共戴天。）

[3] Gernet（1968）各处，特别是 100-101, 136。

[4] M. Finley（1965）132-33。关于 *aretē*（优秀）和动词 *arnumai*（"赢得"奖赏）的词根之间可能的语义学联系，也见 Snell（1953）158-59 和 Francis（1983）84-86。关于进一步的讨论和参考书目，见 Kurke（1991）92-98。

举一个突出的例子，《伊利亚特》第9卷中营帐里的场景，阿喀琉斯拒绝阿伽门农所提供的丰厚的礼物，因为从公开表态的角度来看，与赠礼相伴的仪式不够完善，不足以补偿他受到侮辱的荣誉。实际上到第19卷，阿喀琉斯和阿伽门农和解时举行了那种仪式。此时的阿喀琉斯对礼物相当漠不关心（19.145-51）；但非常具有代表性的是，奥德修斯坚持要把这些礼物公开而醒目地展示在全军面前，"以便阿尔戈斯人可一睹为快"（19.172-74）。和《伊利亚特》这一幕相似但是规模相反的一幕发生在提尔泰奥斯12.39-42（West 1992）身上，公开的荣誉给予为城市而战的战士。他接受来自年轻人和年老者的可见的、公开的荣誉。这种荣誉在公开的场合表现为一种尊敬的姿态。随着年纪增大，他不仅"在公民中地位突出"，而且无论年老还是年少的人，都会在他经过时特意让道。

我在广泛的意义上使用"仪式"这个词，意指一组全社会公认的词汇以及/或者行动，它们由程式化的、正式的特征区别开来，而它们的传统特质又肯定、加强或者探究了社会的阶层和价值观。在荷马史诗中，公式化的语言和主题的构成更加突出了这些行动的规律性，并且在一个熟悉的程式化的行为体系中强调了它们的位置。荷马史诗中的那些场景可能反映了那个时候真实的仪式，献祭仪式或许就是如此。[5]这里我所关心的不是要重建仪式本身，而是要研究它

---

[5] 比如，见 Burkert（1985）56-57 和 Seaford（1989）。

们富有深意的特质，以及它们在一个前现代社会里起作用的方式，由此来说明价值观，并指出社会相互影响的模式。

从这个视角来看，礼物的赠予和接受属于一套可见的、制定的仪式，一种所谓的微型戏剧，它的终极目标是要维护身份或者荣誉的授予，而不仅仅就为积累财富。《伊利亚特》中有一幕非常有名，狄奥墨得斯把长枪插在地上，这个戏剧性的动作开始了他和格劳科斯之间铠甲的交换。这两位战士在交换铠甲之前先交换了故事，而这些故事成为证实双方身份的仪式场合中重要的一部分。格劳科斯对他家世的叙述证明，他的家系（geneē）远远不是那从春天到秋天无声无息地萌芽和凋零的树叶（6.146–49），实际上为许多人所知晓（6.151），而且将在英雄的传统中继续保持如此。[6]

整个这一幕证实并同时展现了一种过程。借此过程，英雄传统得以创建起来，并纪念自身成为社会惯例的化身。狄奥墨得斯讲述了他的祖先奥纽斯（Oeneus）的故事：如何在自家的宫殿里款待了格劳科斯的祖先柏勒罗丰二十天，以及他们如何互换礼物。这个故事成了狄奥墨得斯与格劳科斯交换铠甲的范例：他用价值九头牛的铜铠甲换到了价值一百头牛的金铠甲。就这样，狄奥墨得斯把叙述转化为交换铠甲的行为条件，从而创造了进一步叙述的可能性，其中之一正是《伊利亚特》的这一记述。这种故事中的故

---

[6] 关于家系（geneē）作为一个人基本的 genos（出生地或者父亲）的扩展的叙述，见 Muellner（1976）68–99，特别是72–78。

事有一种自我反射（self-reflexive）的作用，它含蓄地说明了根植在礼物交换仪式的故事里的史诗歌曲的起源。从实用的观点来看，史诗用这样的交换来使自身重要而权威的光环更加耀眼。[7]

像《伊利亚特》一样，《奥德赛》也非常依赖交换礼物的仪式、授予荣誉以及显示地位差别的典礼。在早期希腊，宴会常常是赠予特殊荣誉和展示不同地位的传统场合；《奥德赛》中款待吟游诗人、乞丐和英雄的时候尤其如此。[8]阿尔基诺奥斯要求费埃克斯人的首领们馈赠礼物给奥德修斯（8.387ff.），这个要求公开维护了奥德修斯被欧律阿洛斯称为只关心收益的商人（8.159-64）时受到质疑的荣誉。欧律阿洛斯在阿尔基诺奥斯赠礼物给奥德修斯之后，立刻赠送给奥德修斯一把剑鞘镶满象牙装饰的青铜剑来与其和解，这一举动有着正式的、仪式化的结构，它保证了对奥德修斯英雄身份的承认（8.398-415）。

这种正式的赠礼也被认为是后来的故事可能的来源。当阿尔基诺奥斯策略性地试着缓和这次侮辱所引起的紧张气氛时，他概括了费埃克斯人更为平和柔美的追求，并且说奥德修斯将"对其他的英雄说起，当你在自己的宫里同自己的妻子和孩子们共同进餐时，忆及我们的卓杰"（aretē, 8.241-

---

[7] 关于那些自我反射标志的重要性及其问题，见 Ford（1992）138ff., 157ff.。
[8] 见 Gernet（1968）101。也请注意 δαίς，"宴会"（banquet）和 δαίω，"区分"（divide），δατέομαι，"分发"（distribute）之间的词源联系，那些战利品是区别荣誉不同程度的标志。

44）。第11卷中，阿瑞塔要求赠给奥德修斯礼物；第13卷中，在奥德修斯离开的前夕，阿尔基诺奥斯正式把礼物赠予他。这样的礼物赠予，就是通过仪式来表现的一种态度，最终确认了奥德修斯业已恢复的荣誉（11.336-41，13.4-15）。在前一段，当奥德修斯礼貌地谢绝费埃克斯人请他多留几天的邀请时，他非常明确地表示在那里留住并接受那些"珍贵的礼物"将会"更有裨益"（kerdion），因为他将可以"带着更多的财宝返回故乡"，并因此有更高的地位，"那时所有的人们会对我更加敬重，更加热爱，当他们看见我回到伊塔卡"（11.355-61）。

一个前货币时代的社会是怎样找到一种合适的交换方法，来邀请有着难以捉摸的、神赐灵感能力的吟游诗人演唱歌曲、讲述故事呢？《奥德赛》非常关心吟游诗人及其社会地位，这些问题也反复出现。而史诗通过描述交换礼物的仪式化的典礼，部分地回答了这些问题。

在吟游诗人生计的问题上，《奥德赛》呈现出的矛盾令人费解。史诗中有一处把吟游诗人和手艺人联系在一起（17.381-86），描述了吟游诗人相对较低的地位。[9] 就如我们将看到的，把吟游诗人和流浪乞丐的依赖性联系在一起，则让他们处于一种更低的地位。然而，借助神性和灵感这些不断重现的语言，通过费埃克斯人的王宫里得摩

---

[9] 然而，从历时的层面来看，吟游诗人与技能之间的联系可能属于诗歌创作的传统印欧术语：见 Nagy（1989）18-24。

多科斯的那一幕，让吟游诗人参加英雄的宴会以及差不多性质的礼物交换活动，史诗又把吟游诗人抬高到远远高于那些平日的必需品之上的地位。当然，史诗从来没有表现吟游诗人像流浪的手艺人那样受雇而工作。实际上，歌手有一个地位极高的原型，即竖琴之神阿波罗。在奥林波斯山宙斯的宴会上，阿波罗演奏乐器来增加节日气氛（《伊利亚特》1602-4；参见荷马的《阿波罗颂》[Hymn to Apollo] 182ff.）。比如，在听到得摩多科斯关于特洛亚木马的歌曲时，激动的奥德修斯说，吟游诗人是由缪斯和阿波罗所教授的（8.488）；而赫西俄德也说，歌手与阿波罗一脉相承（《神谱》94）。

这些矛盾有许多可能的解释。尽管在历时的层面上，伊塔卡和斯克里埃那些依附于王宫的吟游诗人可能反映了迈锡尼或者黑暗时代（Dark Age）的习俗，但作为四处游历的手艺人（dēmiourgos），吟游诗人的境遇可能与公元前八世纪晚期或公元前七世纪早期的诗人更为相似。彼时，我们应该以新生的城邦理解当时的王宫。然而，从共时的层面来看，吟游诗人不同的荣誉等级描述了不同水平的社会秩序和道德秩序，也描述了可接受行为和不可接受行为的不同范例。在费埃克斯人和求婚人之间有着明显的对比：费埃克斯人快乐而安静有序，他们赠予别人食物、礼物，还免费送人返回家园；而不规不矩的求婚人却挥霍别人的食物来办自己的宴席。在最快乐的社会里，吟游诗人会得到最高的荣誉，这不失为一种聪明的自我宣传。[10]

吟游诗人的地位和自由是大众文化水平的重要指标。在第1卷中，吟唱的冲动来自求婚人：酒足饭饱之后，他们的心思就转移到了歌唱和舞蹈——"宴饮助兴"——上面去了。传令官递给费弥奥斯"无比精致的竖琴"，然后他"被迫为求婚人歌咏"（1.148-54）。吟游诗人在这里仅仅是对宴饮有用的附属品，是一个奴仆，他的服务虽然情非自愿，但却可以使地位比他高的人更加欢悦。然而，在费埃克斯人当中，被传令官领进来的吟游诗人被描写为缪斯们的宠儿，她们赋予他甜美的歌声以补偿他的失明（8.63f.）。他被安坐"在饮宴人中间"（μέσσῳ δαιτυμόνων，8.66），并且有人提供一篮子的美食，"精美的餐桌"以及"可随时消释欲望而饮上一口的一杯美酒"（8.69f.）。从而，吟游诗人被置于和其他宴饮者相同的地位，并且后面以公式化的诗句来描写的吃饭场面也把他包括在内（8.71f.=1.149f.）。[11]和费弥奥斯相比，想要吟唱的冲动来自他自己的内心或者是缪斯，而不是其他的宴饮者（"缪斯便鼓动歌人演唱英雄们的业绩"，8.73）。[12]

得摩多科斯的第三首歌曲和最后一首歌曲都沿着同样

---

[10] 第1卷中有关费弥奥斯的一段情节和第8卷中得摩多科斯的吟唱之间许多公式化诗行的重复使得这一对比甚至更强烈（例如，1.149f.=8.71f.，1.325=8.83）。见本书第6章。

[11] 关于这一段，见本书第6章。

[12] 然而在1.347，在为费弥奥斯所唱的归返（nostoi）之歌辩护时，特勒马科斯宣称了这位歌人"按照他内心的激励歌唱来娱悦人们"（τέρπειν ὅπῃ οἱ νόος ὄρνυται）的权力。

的程序，包括吟游诗人"在饮宴人中间"（8.470ff.）；但是荷马着意地在得摩多科斯的名字上玩了个词源游戏：从字面意义来看，Dēmodokos，是"被人们接受"，而这被夸饰成了"被人们尊敬的得摩多科斯"（Δημόδοκον, λαοῖσι τετιμένον, 8.472）。[13] 当奥德修斯不仅让传令官给得摩多科斯一块白牙肥猪的里脊肉，而且发表了一次演说，表明"所有生长于大地的凡人都对歌人无比尊重，深怀敬意，因为缪斯教会他们唱歌，眷爱歌人这一族"时（8.471-81，特别是479-81），这种备受尊敬的待遇达到了顶点。当传令官把肉放到歌人手中，他便在 ἥρῳ Δημοδόκῳ（英雄得摩多科斯）这样的措辞中被抬高到了英雄的级别。史诗以这样的方式给予了得摩多科斯地位。不仅如此，在他名字上玩的另一个表示尊敬的文字游戏也强调了这一地位：他"接过［dexato＝dokos］礼物心欢喜"（8.483）。接下来的宴饮上，也有这位歌人出现（8.484f.＝8.71f.＝1.149f.）。尽管现在得摩多科斯是应奥德修斯的请求而唱，而不是如第一首歌那样，是受他自己心灵的吩咐，但这种情形依然和第1卷中伊塔卡的求婚人叫他唱歌不一样。赋予歌人的重大美好的名声使得他实际上和任何客人的地位都是平等的；而且在请求之前，奥德修斯还用了更高的赞扬来做开场白，即不仅缪斯而且还有宙斯的儿子阿波罗都教授过得摩多科斯（8.488）。[14]

---

［13］关于得摩多科斯的名字的含义，见 Nagy（1979）17 和注释［1］，以及 149 和注释［6］。

［14］关于这个细节，见本书第6章。

对宴会上的歌手的尊敬程度的分级，史诗采用了一种宽松的方式。这符合整个社会大致的道德水平。就这个分级来看，费埃克斯人显然是最高的，而伊塔卡的求婚人则最低。但是，似乎还有一个甚至更低的位置留给阿伽门农的阿尔戈斯，在那里，这位留下来保护克吕泰墨涅斯特拉的无名吟游诗人被带到一座荒岛上——这对一个吟游诗人来说，可能是最糟糕的命运了——他没有被给予食物、享受美食佳肴，而是"成为猛禽的猎物"（3.267-71）。这位吟游诗人的结局因此类似于他的无名无姓：他的个人身份随着他在人类社会和人类听众前的合适位置的毁灭而湮灭无迹。[15]

第22卷中再次出现的费弥奥斯和宴席之间呈现出一种特别的关系。这种关系与第8卷中得摩多科斯受人尊敬的地位形成了强烈的对比。费埃克斯人的传令官"给他（得摩多科斯）端来镶银的宽椅，放在饮宴人中间"，而且把竖琴挂在他头上方的木橛上（8.65-68），而费弥奥斯却在大屠杀中为自己的性命提心吊胆，"把竖琴放在调酒缸和镶有银钉的宽椅之间"（22.340f.）。他没有接受一块专门切下的肉，而是思忖着他是否该跑到外面宙斯的祭坛那里（奥德修斯和拉埃尔特斯曾在这个祭坛焚献过许多肥牛的腿肉，为大型盛宴做准备，22.333-36）去避难；也没有作为一个"英雄"接受来自奥德修斯的神样的荣誉，而是作为一个乞援人去抱

---

[15] 关于埃吉斯托斯对这位歌人的虐待，见 Scully（1981）和 Andersen（1992）；也见本书第6章。

膝请求（22.342ff.）；没有别的人称赞他的技巧如同缪斯所授（8.488f.，参考 8.63），他称赞自己的技艺时模棱两可地说是来自人类和神明的教导，并且只是笼统地说是"神明"（*theos*）而不是具体提到缪斯和阿波罗（22.346-48）；[16]他也没说自己在世人中受尊敬，如奥德修斯所说得摩多科斯那样，而只是说"我为众神明和尘世凡人歌唱"（22.346；参考 8.479，也请参考 9.19f.）。

然而，即使是在这样一种不荣誉的情况下，费弥奥斯依然小心翼翼地把自己在求婚人中受控制的身份和乞丐区别开来。他用了这样的话来结束自己的乞求："我并非自愿前来你家里，我也不想得宠于求婚人（οὐδὲ χατίζων πωλεύμην），在他们饮宴时为他们歌咏，只因他们人多位显贵，强逼我来这里。"（22.351-53；参见 331）因此，即使是处于这样一种耻辱和自卑的地位，费弥奥斯依然否认乞丐那种完全低声下气、不知羞耻、不加选择的"需要"（*khatizōn*）。奥德修斯尊重他的乞求，称他为"著名的（善吟）歌人"（*poluphēmos aoidos*, 22.376），以此来恢复他的名誉；在下一卷的大屠杀之后，当叫他演奏舞曲以暂时掩盖刚才的行为时，奥德修斯又把他称为"神样的歌人"（*theios aoidos*, 23.133）。

---

[16] 关于讨论甚多的这一段的别的方面以及更多的参考书目，见本书第 6 章和注释〔41〕。我们可以加上一点，即吟游诗人似乎比传令官高贵一点。吟游诗人站在侧门旁边，而传令官身上护盖着一张新剥的牛皮，躬身藏在宽椅下面（22.332f. 和 362f.）。

就如得摩多科斯和费弥奥斯之间的这些对比所暗示的那样，通过把歌手的活动放在英雄的礼物交换和贫困交加、四处游荡的乞丐的依附性之间，《奥德赛》探究了吟游诗人异常的社会地位。费弥奥斯自己就如我们已经说过的那样暗示了这种对比，而且它是间接重现的，我们将在描述吟游诗人地位的别的上下文中看到。

更为特殊的是，在吟游诗人的歌曲、英雄的礼物交换和四处漫游去收集财富和食物之间的三方并列形成了一个相似的网络，这个网络有助于界定（而且可能理想化）英雄世界里吟游诗人的地位。吟游诗人趋利的动机一直被压制着，但在其更卑微的变化的自我——讲故事的乞丐——身上，这种趋利的动机会不知羞耻地浮出水面。如我们在第14卷中所见，奥德修斯在欧迈奥斯的棚屋里以乞丐/叙述者的身份出现。另一方面，吟游诗人参加宴席及人们对吟游诗人的尊敬态度，有助于弥合诗人的依附地位和他作为英雄故事的知晓者与讲述者这样的角色之间的鸿沟。或者，如彼得·罗斯（Peter Rose）所指出的，是弥合诗人作为"精英文化的传承者"的地位和他"作为一个游荡的手艺人，以及他类似不满足的农民和边缘化的人的社会身份"[17]之间的鸿沟。宴会上这些象征荣誉的礼物，一方面暗示了吟游诗人和英雄之间的障碍的某种可渗透性，另一方面，它们也坚持并且阐明了那种障碍的现实性。吟游诗人在英雄和乞丐之间处于一种居中

---

[17] P. Rose（1992）139；也参见113。

的但未必一定是中介的位置。在某些场合，他能够分享英雄的高贵地位，但也可能过着乞丐那种贫困交加、居于人下、岌岌可危的生活。

在《奥德赛》中，把奥德修斯比作吟游诗人的两个延伸的比喻展现了乞丐和吟游诗人的两个极端。两个比喻都涉及礼物赠予的仪式和态度。阿瑞塔和阿尔基诺奥斯赞赏奥德修斯歌人般的技巧，提议多赠予他些礼物，后来这些礼物都及时地赠给了奥德修斯（11.333-69，13.13ff.）。但是，如果阿尔基诺奥斯把作为吟游诗人的奥德修斯视为一个英雄的话，他也影射了一种选择，即奥德修斯可能是大地所哺育的无数的"那种骗子、狡猾之徒"（11.364-66，ἠπεροπῆα...καὶ ἐπίκλοπον...ψεύδεα τ' ἀρτύνοντας）中的一个。阿尔基诺奥斯在这里描述乞丐不讨好人的一面时使用的词——骗子（ἠπεροπῆα）——很快就将在14.398-400中被假扮成乞丐的奥德修斯明确使用。那时，奥德修斯为自己的预言进行辩护，对欧迈奥斯说，"若你家主人并非如我所言归家来，你可以遣奴隶把我从高高的悬崖扔下，告诫其他乞援者不敢再用谎言蒙骗人"（ὄφρα καὶ ἄλλος πτωχὸς ἀλεύεται ἠπεροπεύειν）。[18] 阿尔基诺奥斯在11.365一行中所用的"哺育"（boskei）这个动词，也把撒谎的漫游者和主要关心就是

---

[18] 注意在14.124-26里对ἀλήτης"流浪者"和ἀληθής"真实的"这两个词的双关，关于这些见第8章后面。动词ἠπεροπεύειν"蒙骗"，也被用在不值得信任的腓尼基人身上，腓尼基人在希腊社会的边缘，也是四处漫游，做生意和撒谎欺骗的人，见15.419-22。

"填饱肚子"的乞丐联系起来了（见本书第155页）。从某种意义上说，每个"陌生人"都是乞丐，就如 *xeinoi teptōkhoite*（陌生人和乞丐）这个公式化的并置所暗示的那样。[19] 而且，即使作为费埃克斯人公认的英雄，奥德修斯也依然如他自己所承认的那样，非常"需要"他们对他的归返（*nostoio khatizōn*，8.156；参见11.350）施以援手。

另一方面，在17.512-27中，奥德修斯实际上已经在扮演着乞丐而非英雄的角色了，欧迈奥斯赞美他的客人歌人般的天赋时，用了这样的解释来做开场白："我陪了他三个晚上，留他在我的棚屋住了三天。"（515f.）这些话是一种缩减版本的英雄礼物交换的完美形式。在格劳科斯和狄奥墨得斯之间发生的那一幕，是英雄交换礼物的完美形式：狄奥墨得斯讲到他的祖父"神样的奥纽斯"是怎样在他的宫殿里款待"白璧无瑕的柏勒罗丰"，并留他住了二十天（《伊利亚特》6.216-17）。这个交换被一代又一代地铭记着，而且被参加战争的非凡的英雄们回忆起来，以一种引人注目的、奢侈的方式再度重现。欧迈奥斯的款待要简朴得多："我陪了他三个晚上，留他在我的棚屋住了三天〔τρεῖς γὰρ δή μιν νύκτας ἔχον, τρία δ' ἤματ' ἔρυξα / ἐν κλισίῃ, 17.515f., 参见《伊利亚特》6.217, ξείνισ' ἐνὶ μεγάροισιν ἐείκοσιν ἤματ' ἔρυξας, 在他的宫殿里款待过他（柏勒罗丰），留了他

---

[19] 关于套语 *xeinoi te ptōkhoi te*，见《奥德赛》6.208 = 14.58；也请参看 17.10f., 18.106, 21.292。

二十天〕。"

尽管阿尔基诺奥斯赠予作为吟游诗人/英雄的奥德修斯的英雄式的礼物使撒谎和欺骗的乞丐处于幕后,但是在欧迈奥斯那里,卑微的乞丐/吟游诗人也有英雄的礼物交换。然而,"神样的"战士交换的是珍贵金属所铸的三足鼎和酒杯(或者在受到感动而失去理智的情况下,用金铠甲换了铜铠甲),而一个乞丐和一个牧猪奴却只有他们自己的灾难、生平的故事以及随之的悲伤(kēdea)可以交换。主人给予客人的仅仅是一件外袍和一些不会经久不腐的食物,这些都只能目前立刻使用,不能让后代子孙在储藏室里欣赏。实际上,欧迈奥斯还要求乞丐在明天早晨还是得穿上他自己的破旧衣服,因为每个人都只有一件外袍(14.512-14)。[20] 这绝对不是贵族们的富足世界,在那样的世界里,折叠起来的斗篷和床单一件压一件地放在似乎无底的衣箱里。海伦就曾从那样的衣箱里取出一件布满美丽装饰、闪烁如星的衣服,送给特勒马科斯作为临别的赠礼(15.104-8)。

如果发生在牧猪奴棚屋里的那一幕说明即使一个地位很低的奴隶也可以那样款待一个乞丐,那么贵族安提诺奥斯给乞丐的待遇就完全是反其道而行之。安提诺奥斯先在第18卷中威胁乞丐伊罗斯,后来又在第21卷中威胁乔装打扮的奥德修斯,说要把他们都送到国王埃克托斯

---

[20] 见 Nagy(1979)235ff.。他提出,奥德修斯/乞丐关于外袍的故事是品达的胜利颂歌(epinicia)中颂歌主题的一种卑微的版本。

(Echetus)——"人类的摧残者"——那里去,让他把他们毁形伤体(18.82-87,21.306-10)。乞丐不会受到一位慷慨的国王的接待(这个国王会赠给他的客人十代人也花不完的黄金和铜器),而是会被骇人听闻地毁形伤体或者杀害。在这两个例子中,安提诺奥斯的威胁出现的语境都是混乱无序或者充满暴力的宴会:在第18卷中,血腥的拳击比赛替代了求婚人欢宴享受的歌曲;在第21卷中,他讲了拉皮泰人(Lapiths)和马人(Centaurs)的神话,而之后不久,奥德修斯就出其不意地把这样的范例转变为落到求婚人身上的现实(21.295-304)。安提诺奥斯所描述的一个国王对一个可怜陌生人的所作所为,完全和他所享受的宴饮一致,而且,他也正是死在这样的欢宴中(22.8-21)。

吟游诗人很像乞丐,但是,即使是了不起的英雄也游荡四方以收聚赠礼。[21]然而,英雄所寻求的赠礼,是objets de valeurs,以热尔内的意思来看,是能够在家里(oikos)久存的珍贵的工艺品,带有象征的意义,并且可以表示文化的价值观念,比如权力或者国王身份。当然,英雄交换最终的逆转出现在库克洛普斯那段情节中,奥德修斯求取礼物的远征探险差点就让他变为将会消失在怪物肚子里的容易腐烂的人肉、内脏和骨髓。奥德修斯只能靠抛弃他的英雄的名字和正常的英雄战斗才得以逃生(9.299-306)。于是,他所带回

---

[21] 见《奥德赛》15.80-85;参见19.273和15.558,19.203,11.358-61,大体上见Redfield(1983)234和M.Finley(1965)131。

的赠礼就恰如其分地不是持久的珍贵物品（agalma）或者赠礼（keimēlion），而是酒酿。库克洛普斯喝了那些酒，然后在英雄宴会上又以一种可怕的变形状态打着嗝把酒喷吐了出来（9.372-74）。

在伊塔卡王宫里的那些场景，展现了英雄、吟游诗人还有乞丐之间的不同与相似之处。当欧迈奥斯陪同乔装成乞丐的奥德修斯走进王宫，奸诈不忠的牧羊奴墨兰透斯（Melanthius）用斥责的语言侮辱乞丐，说他乞求的是残肴剩饼，而不是英雄的礼物"刀剑或釜鼎"（17.222）。墨兰透斯继续讥讽说，欧迈奥斯的同伴不愿回田间干农活，而是宁愿"在城镇里游荡乞讨来充实他那永远填不满的肚皮"（ἀλλὰ πτώσσων κατὰ δῆμον / βούλεται αἰτίζων βόσκειν ἣν γαστέρ' ἄναλτον, 17.226f.）。当奥德修斯/乞丐走进王宫后，他不仅赞美那里的建筑，也赞美宴饮的音乐伴奏："里面琴声回荡，神明们使它成为丰盛酒宴的伴侣。"（ἐν δέ τε φόρμιγξ / ἠπύει, ἣν ἄρα δαιτὶ θεοὶ ποίησαν ἑταίρην, 17.270f.＝18.363f.）

我们不能排除奥德修斯在这里把他的角色扮演得淋漓尽致这样一种可能性，因此也得带着某种程度的职业般的羡慕来思考吟游诗人与食物的亲近。如果这样的话，对吟游诗人与乞丐并置的注解有很大的启迪作用。我们可以比较稍后墨兰透斯和安提诺奥斯对乞丐的污辱性说法，他们认为乞丐是"臭毁宴席的饿鬼"（daitōn apolumantēra, 17.220 和 377[译按：原文似误为 317, 根据实际行数更正]）或者是"宴席的讨厌鬼"（daitos aniēn，17.446），这与奥德修斯把竖琴视为"宴饮助兴"的看法形成对比。

欧迈奥斯提醒奥德修斯他可能会被恶意对待，对此奥德修斯/乞丐回答说，他"肚皮总需要填满，怎么也无法隐瞒，它实在太可恶，给人们造成许多祸殃"（17.286f.）。这一段间接地把吟游诗人和乞丐放在了社会阶层对立的两端。吟游诗人属于宴饮之内，带着"神明们使它成为丰盛酒宴的伴侣"的竖琴，而乞丐却是从外面进来的，被他的辘辘饥肠（gastēr）所束缚，为了它，他将不得不忍受拳打脚踢和掷打他的物件（17.283ff.）。吟游诗人给人们带来愉悦（也参见17.385，详下）；而就如安提诺奥斯后面说的，乞丐是个讨厌鬼。

随后不久，在大厅里，欧迈奥斯保护乞丐不受安提诺奥斯的驱赶，介绍了四类不是一直寄居在某处的手艺人（dēmiourgoi），当需要的时候，他们就会被传召进宫（17.381-86）。这些人包括医生、预言家、木工以及"能用歌唱娱悦人们的通神的歌手"（θέσπις ἀοιδός, ὅ κεν τέρπῃσιν ἀείδων, 17.385）。把吟游诗人和手艺人这样联系在一起的说法，可以反映出欧迈奥斯对吟游诗人的看法，他认为吟游诗人是下层阶级而非上层阶级，也就是说，他认为歌唱是一种挣钱的职业，就如其他工人做工挣钱一样。[22]相反，奥德修斯把吟游诗人和某些神圣的东西联系在一起，他说"神明们使它成

---

[22] 关于在这个戏剧化的环境里反映出来的社会地位的另外的方面，见 Nagy（1979）233-34。

为丰盛酒宴的伴侣"（17.270f.）。尽管欧迈奥斯非常喜欢故事，并且也看重吟游诗人所带来的欢乐（17.385），但他对吟游诗人的经济地位似乎有更实际的看法。无论如何，他把吟游诗人看作一个四处漫游的手艺人这样的观点和我们在《奥德赛》中别的任何地方所见的情形都不一致，因为在迈锡尼、斯克里埃和伊塔卡，吟游诗人似乎都和王宫关系密切。阿尔基诺奥斯甚至把他的陈年美酒和他的优秀歌手放在一块儿，作为一种他能提供给客人们的全方位的赏心乐事（13.8-9）。欧迈奥斯的例外可以反映出一种更接近历史真实的情况。它也可以表明史诗关于吟游诗人的总体观点，与17.381-86中所反映出来的欧迈奥斯对歌人的看法相反，这样一种总体的观点主要是属于贵族阶级的，是一个对史诗所面对的听众可能会有所暗示的事实。然而，就如我们稍后将看到的，要雇佣非上层社会的歌手来使上层社会的追求变得高贵起来，这种矛盾便不可避免。贵族们也可能看不起吟游诗人，而仅仅把他们视为雇佣的"手艺人"，但是这首史诗似乎更倾向于一种不同的观点。[23]

不像这类"手艺人"，吟游诗人更频繁地进入国王和贵族们的生活并分享他们的食物。这一观点，以及业已研究过

---

[23] 关于吟游诗人和社会结构之间的关系的不同解释，见彼得·罗斯（1992）112-14。他提出，这首史诗中体现的社会的不同水平反映在"奥德修斯复杂的性格之中。他既有选择性地盗用了统治阶级上层人士的价值观，又挑战了他们的价值观"（121）。我认为，我和罗斯对吟游诗人社会地位的模棱两可的看法是一致的，但是采用了互补的方法。我所强调的是史诗里统一的视野和发展方向，他所强调的是通过史诗反映的社会现实。

第7章 吟游诗人、英雄与乞丐：诗学与交换

的吟游诗人和乞丐的不同之处,明显地都对吟游诗人有利,因为它们抬高了吟游诗人的地位,并且把他和别的"手艺人"区别开来。同时,阶级之间的界限也被严格地划分开。当阿开奥斯人中最优秀的阿喀琉斯像个吟游诗人那样吟唱英雄们的事迹(klea andrōn)时,他就被尽可能彻底地和吟游诗人的身份区别开了。他只是为了自己的快乐而歌唱,而不是为了取悦他人(《伊利亚特》9.187–89);阿喀琉斯忽视他的"听众"(190f.),而且他的情况是:虽然接待了客人,但是拒绝了礼物。他没有听众,他也完全拒绝进入一种相互之间交换的关系(无论他的目的多么有理),这两点就使他有别于他暂时所扮演的吟游诗人这种角色。他是殷勤接待客人,而不是被殷勤接待(202ff.),甚至出于一种更高标准的个人荣誉的信念,"满足于宙斯的意愿"(607–10),他拒绝了接受许多精美礼物的提议。后来,那种荣誉得到了进一步的加强,就如当奥德修斯以使者的谦卑身份向阿伽门农报告阿喀琉斯拒绝礼物的情况时(697–700),狄奥墨得斯所评论的那样。

尽管吟游诗人传诵英雄的丰功伟绩,但他们却完全没有能力来实现这样的丰功伟绩,因为他们要么失明(如得摩多科斯),要么无依无助(如被阿伽门农留下来保护克吕泰墨涅斯特拉的那位不幸的歌人),要么相当怯懦(如费弥奥斯)。尽管奥德修斯开始他吟游诗人般的叙述时,用了一段精心准备的开场白来描述在晚宴上倾听吟游诗人歌唱时的那种快乐(9.2–11),但是他也彻底地区别了那种吟游诗人的歌曲和他自己所讲的故事在内容上的不同:他所讲的故事是他个人的苦难,很快就将用第一人称来讲述(12-15)。而且,他不像吟游诗人那样隐姓埋名地开始,而是骄傲地宣告了他自己的名字和他的"达天宇的声名"(19ff.)。因而,他处于讲述自己的名声(kleos)的歌手这样一种异乎寻常的位置。[24]

如第8卷中的得摩多科斯那样,吟游诗人可以因为他的歌曲而得到荣誉。但是,和英雄的客人(xenos)的礼物形成对比的是,这些礼物不能被带走,也不能作为赠礼(keimēlia)贮藏起来。它们就如吟游诗人的诗歌和故事一样,必须被当场消费。那么,在宴会上接受这些代表荣誉的东西时,吟游诗人接近英雄或者贵族的身份(参见8.471-83,也见本书第147页)。但是从礼物的食物本质来看,他接近于乞丐。

因此,在吟游诗人所收到的表示尊敬的礼物形式和他得到这些礼物的技巧之间就有了完整的对称。这是适合吟游诗人荣誉的模式。不管他是否是一个四处漫游的 dēmiourgos(手艺人)或者是个依附于伟大君主的随从者,他都没有自己的家宅(oikos)来贮藏那些珍贵的物品,他也没有物质财富可以用来作为必要的返礼。然而,贵族家里的收藏,却可以维持很多代人的花销,因此能最终把返礼赠还给最初赠予者的后代。而且,这些英雄的礼物常常会成为歌曲的来源,成为伟大的英雄可以宣指的不朽名声(kleos aphthiton)的来

---

[24] 见本书第5章。

源。就如在《伊利亚特》第6卷中狄奥墨得斯对格劳科斯的回应所表现的那样，交换传家宝（keimēlia）是让英雄成为吟游诗人般的叙述者的起点。当索福克勒斯（Sophocles）让埃阿斯（Ajax）自己来讲述与赫克托尔交换礼物的故事时（《埃阿斯》660ff.），索福克勒斯是非常有荷马风格的。用荷马史诗的话来说，这些正是应该在后世人的记忆中存活的细节。

乔装成乞丐的奥德修斯讲述自己受到特斯普罗托伊人国王费冬的慷慨招待时，他强调的只是赠礼可持续性的物质的一面：铁器和铜器这些传家宝，"足够供应十代人享用：奥德修斯留在王宫的财物如此丰富"（《奥德赛》14.325f.）。奥德修斯的伪装非常完美，因为作为一个乞丐，他强调的是礼物的消耗，而不是其持久性。同样地，他（假定的）关心的是食物，而不是贮藏。当阿尔基诺奥斯把他的客人和那些只是寻找自己利益的乞丐区别开来的时候，使用了这个相同的动词——牧养（boskein）——来说大地"哺育的"骗子和撒谎者（11.364–66，引用本书第149页）。当欧迈奥斯祝贺乞丐得到和佩涅洛佩见面的机会时，他也再次用了 boskein（牧养）这个词，因为从此奥德修斯将能得到他迫切需要的外袍和衬衣，而且"可以到处乞讨填肚皮"了（τῶν σὺ μάλιστα / χρηΐζεις· σῖτον δὲ καὶ αἰτίζων κατὰ δῆμον / γαστέρα βοσκήσεις, 17.556–58）。

在这两段中，用在乞丐身上的"填饱"一词，也可以让我们对缪斯们轻蔑的讲话有所认识：就在她们给予赫西俄德象征吟游诗人权威的权杖之前，她们说牧人"只关心肚皮，应受谴责"。这实际上把只关心肚子的牧人和赫西俄德将要成为的歌手区分开了。要填饱肚子（gastēr），就是要成为一个乞丐而不是一个吟游诗人，从而不能超越日常生存的生物学上的需要。[25]那么，这些只关心肚子的牧人就处于侮辱性的境地，而不是一个表达尊敬的礼物的世界。他们的生活沿着朝生暮死（ephēmeroi）的模式，受地位的无常性和突变性影响，就如奥德修斯在18.125-50中告诫安菲诺摩斯（Amphinomus）和19.71-88中告诫墨兰托（Melantho）的那样，既经不起时间的考验，也不是能被歌曲和故事铭记传唱的格劳科斯的家系的英雄典范。另一方面，吟游诗人与缪斯们有一种面对面的相遇，而且他从她们那里得到权杖（skēptron），这是人类中灵感和权威的标志。

在第14卷最后，乔装打扮的奥德修斯所讲的关于外袍的故事中，吟游诗人和乞丐再次走到了一起，但也以有趣的方式显出差异。乔装打扮的英雄实际上是在乞讨，但他说是

---

[25] 关于gastēr（肚子）和有死的凡人领域以及人和神的区别，见Vernant（1990）194，赫西俄德的笔下关于普罗米修斯（Prometheus）和潘多拉（Pandora）的神话；也见Arthur（1982）72-75。Svenbro（1976）46-59对《神谱》26-28中的gastēr有详细而有益的语义学的研究，他说明这是与依附和生活捉襟见肘的情形有关，而这样的情形将使得吟游诗人对会填饱他肚子的人讲包括谎言在内的任何事情。然而，在我看来，他似乎忽视了gastēr和道德之间的联系，高估了献祭制度和吃肉之间的关系，从而夸张了他对"二元论者"观点（精神或者智力对物质主义）的批判，而实际上，这在他对这段的观点里并不明显。然而，他关于《奥德赛》中乞丐这一主题的各种关联的说明很有价值，令人印象深刻。也见Thalmann（1984）143-47。

美酒使得他歌唱（aeisai，14.464），以这样的话作为他故事的开头。本来这个难忘的故事是奥德修斯式的 mētis（狡计）的一个例子，它很快就起到了作用，奥德修斯用这个聪明的办法得到了一件外袍。换句话来说，它从"纯粹"客观的吟游诗人的叙述变成了乞讨，因此起到了联结吟游诗人和乞丐的作用。

通过讲述过去时代伟大英雄的故事，吟游诗人在国王和贵族们的宴会上挣得一顿晚餐，而那些故事如果不是经过他们的传唱则无法保留下来。在牧猪奴的棚屋这样卑微的环境里，通过讲述这个王宫的主人一次难忘而典型的事迹，乞丐也得到一件外袍。然而，这个关于战争的故事阐明了狡计（metis, dolos）这个主题模棱两可的优点，并且它本身就是过去那个所谓的请求在当前的实现（参见14.488 和 504）。在这两个例子中，其动机都是身体的需要而非荣誉。[26]

吟游诗人和乞丐都讲故事。但是，当吟游诗人因为他的歌曲而得到物质奖赏的时候，他遵循英雄之间表达尊敬的礼物赠予的模式，而且歌曲的主题和吟游诗人的个人境况之间没有直接的联系。但在乞丐这个故事里，对奖赏的要求却是很明显的，歌曲的主题不过是讲述者境况的稍稍加了些掩饰的说法。他希望自己年轻力壮，然后也希望"这屋舍内或

---

[26] 关于乞丐所讲的有关外袍的故事和《伊利亚特》第 10 卷中奥德修斯的 mētis，见 Muellner（1976）96-97，连同注释〔43〕；也见 Edwards（1985）27-41 和 Haft（1983-84）298。

许有牧猪奴给我外袍"（14.504）。但是实际上，"现在我身上衣衫褴褛，不受人尊敬"（506）。通过把他们的注意力转到自己褴褛的衣衫上，乞丐表达了自己没有受到尊重的意思。[27] 尽管欧迈奥斯慷慨地回应了奥德修斯的要求，但是也认识到他的动机是要"得益"（"你的话合情合理，不会无效地白说"，οὐδέ τί πω παρὰ μοῖραν ἔπος νηκερδὲς ἔειπες，509）。[28] 富足而慷慨的英雄环境为吟游诗人提供了一种美学距离，而身体的需求侵蚀了这一切（参见9.5-11）。维持这样的一种不同，对吟游诗人的身份来说至关重要。因此（再一次地），赫西俄德的缪斯们对牧人的称谓"仅仅是肚皮"（gasteres oion）一语就有了轻蔑之意。在神样的歌人看来，被肚子的需要控制的凡人所冒的风险是他们的艺术及其真相将会退化堕落。

但是，费埃克斯人当中的英雄/吟游诗人却因他高贵的恩主而不受需求的困扰，因此他能够听从于他的神明老师——缪斯们和阿波罗；而只关心肚子的牧人，就如游荡的乞丐一样，将会讲任何事情来填饱他们"不知羞耻的""凶

---

[27] 参见奥德修斯对墨兰托因为他褴褛的衣衫而对他不尊敬的告诫，19.71-84；也参见24.154-61。
[28] 英雄世界的距离确实遥远，因为欧迈奥斯关于缺少替换外袍的说法（14.513）让我们想起阿尔基诺奥斯关于费埃克斯人喜欢的正是那样的华丽服装的话（8.249）。然而，更大的讽刺是，欧迈奥斯的慷慨在这个卑微的棚屋里表现出一种比宴席上的求婚者更真实的高贵，最后欧迈奥斯将会为此得到适当的奖赏。我们可以从下一卷中知道，他也是一个国王的儿子。

恶的"或者"有害的"肚子，所以他们会说能使人高兴的谎话。[29]因此，"真话"在伊塔卡是不可能的，因为那里的社会秩序已经被破坏了，而且王宫里没有国王。这个情况本身暗示了一种思想意识，即作为由缪斯给予灵感来讲述真相的一种艺术，诗歌只能存在于一个优秀国王的统治下，存在于一个稳定的、像费埃克斯人的王国那样的地方。通过把诗人和游荡的乞丐的身份并置起来，《奥德赛》证实了我们在费埃克斯人那里看见的吟游诗人表演所需的社会组织。这个组织可以提供秩序井然、敬意满满和彬彬有礼的环境。另一方面，乞丐也反映了另一种现实情况，即诗人身份并不那么受人尊敬。毕竟，诗人依附于那些供养他的有钱人或者有权人，他可能会被迫去演唱那些可以取悦他们的歌曲。而且，就和游荡的 *dēmiourgoi*（手艺人）一样，他也可能是一个漫游者，当有需要的时候，就从流动的生活中被"传唤"去做一份不稳定的、暂时的工作。如果得摩多科斯是一个范例，那么，吟游诗人的实际地位可能就在费弥奥斯所感觉到的"强迫"（*ananke*）与欧迈奥斯所谈到的云游手艺人的窘迫生活之间的某个地方。

因此，就如赫西俄德的缪斯们所谴责的"肚子"，吟游诗人/乞丐对自己肚子的依赖，不仅指向其经济依赖的最基本形式，也指向诗人歌曲中道德的一面，以及吟游诗人的诚

---

[29]《奥德赛》7.216，17.286f. 和 473f.；见 Svenbro（1976）54ff. 和前面注释[25]。

实的道德界限。就如赫西俄德的缪斯们所说的那样,他们会说实话,但是也会撒谎(《神谱》27f.)。在对船队的叙述中,荷马提醒我们这些凡人只知道我们能听见的故事,而"不知道任何事情",但是这些女神们是永生的,在过去的所有事件中都在场,所以"知道一切"(ὑμεῖς γὰρ θεαί ἐστε, ἴστέ τε πάντα,"你们是天神,当时在场,知道一切",《伊利亚特》2.485f.)。缪斯们赐予吟游诗人的知识和技巧,就如同神明们赐予的所有礼物一样,是不稳定的。[30]那么,吟游诗人身上"像乞丐的"一面就指向了他们技艺中偶然的、凡人的这一面,它对凡人境况的参与由 gastēr(肚子)表示出来。歌手的技艺位于神明赠礼和凡人需求之间,位于近于神赐的"真实"和如果要唱歌那么必须填饱"肚子"这样的凡人需求之间。

在和神样的歌人的并置中,乞丐、肚子等等,都具有另外一系列的联想意义,即和吟游诗人的足智多谋、独创性、灵活性的联系。他可以适应许多不同的社会环境和社会层次,无论是牧猪奴的棚屋,还是费埃克斯人的王宫。吟游诗人是游荡的乞丐/骗子/肚子,甚至是"游荡人"(ἀλήτης),可以是"可靠的"(ἀληθής,参见 14.124–26)[31]。但是,他也可能是国王和贵族们的伴侣,是一个"英雄",而且是缪斯们和阿波罗曾经教授过的人。如果在费埃克斯人的盛宴上受人尊敬

---

[30] 见 Thalmann(1984)149。
[31] 关于文字游戏,见本书第 8 章。

的英雄/吟游诗人是神赐故事在人间的讲述者，那么乞丐/吟游诗人就是代表诗歌艺术之灵活性、多样性和变化性的一个形象，也代表着随之而来的一种能力：用各种有着无穷变化的语气和语域的故事，来触及各类型和阶层的男男女女。然而，这种灵活性的另一面，就是说谎的能力。

当然，这些技巧在奥德修斯惊人的流畅叙述中得到了非常突出的反映。所有那些倾听这位英雄以吟游诗人般的方式来讲述故事的人，都很容易以这样或者那样的方式被他变化无穷的讲故事的"魔力"迷住。《奥德赛》主人公的"足智多谋"（polytropy）与其作为吟游诗人的艺术技巧的多变性和多功能性相称。[32] 这个多变的形象，如英雄、吟游诗人和乞丐（有时候同时具有这所有的形象），不仅讲述了他自己的历险，也体现了能把这些形象结合在一个复杂而多变的、不定的统一体中的技巧。史诗后半部分中，伪装、撒谎和吟游诗人的自我指涉（self-referentiality）产生了一种 *mise-en-abîme*（叙事内镜，深渊布局）*的效果——诗人（荷马）为一个乔装成乞丐但也是一个英雄的主人公歌唱。

我们可以说，奥德修斯就是他自己的诗学。因其叙事的需要，我们的吟游诗人采取了各种各样的形式把歌手、英

---

[32] 关于史诗的这个特点及其主人公，见 Pucci（1987）16-17, 24-25 各处，以及 Thalmann（1992）11-12。

* *mise-en-abîme*，法语术语，一种叙事技法，英文字面意思是 "placed into abyss"（置于深渊）。中文可谓 "嵌套结构" "叙事内镜" 或 "纹心结构"，即故事中的故事分裂衍生，仿佛步入无穷深渊般的反身映射。

雄和乞丐进行类比或者等同起来。四处漫游、贫困交加的乞丐，似乎愿意讲述任何事情。他被包裹在凡人的偶然性和朝生暮死的碎片中，愿意抓住眼前所有的机会。这个形象使伪装、独创性和机会具体化了，由此表现出来的开放而快乐的空间构成了灵感现实的一面。从这个视角来看，他也是史诗模仿力和表现力的代表。在史诗给我们描绘的这个变动不定、危险重重的世界里，现实的种种伪装——呈现。因此，乞丐就是后特洛亚战争的历险经历中，类似于神秘海洋世界里的普罗透斯（译按：海洋老人，有预知未来的能力）的一个人物，只是他属于伊塔卡，也更为平凡。乞丐像普罗透斯一样体现出强大的叙事能力，可以表达出常常逃过我们所掌握的现实的多重层面。

英雄可以被比作吟游诗人，就如奥德修斯一样，但他实际上并不是。奥德修斯可以像吟游诗人弹奏竖琴一样射箭，但这个比喻是不可逆的。费弥奥斯是一个绝对的懦夫。因此《伊利亚特》和《奥德赛》都坚持吟游诗人和英雄之间的区别，只是后者的坚持没有前者那么强烈。如果吟游诗人般的陌生人像一个英雄那样从费埃克斯人那里接受礼物（第11卷），他在伊塔卡却是个乞丐（第17卷）。如果得摩多科斯被敬为"英雄"，费弥奥斯则被贬为懦夫。吟游诗人在费埃克斯人那里的地位和在伊塔卡的地位之间的对比更加突出，因为就如我们早些时候指出的那样，欧迈奥斯款待他的吟游诗人般的客人时所用的语言，引出的是英雄的热情好客的场面，就如《伊利亚特》第6卷狄奥墨得斯的故事中，柏勒罗丰和奥纽斯的情况一样（参见《奥德赛》17.515和《伊利亚特》6.516）。

《奥德赛》中不断有关于乞丐、吟游诗人和英雄的三角比喻，这些比喻也可能表明这个世界中某些真实的情况。默克尔巴赫（Reinhold Merkelbach）收集了乞丐的歌曲，有些来自古风时期（译按：公元前800—公元前480年），有些来自希腊化时期（译按：公元前323年亚历山大大帝死后至公元前一世纪），有些也来自其他文化。在这些歌曲中，唱歌的乞丐对赠予他们礼物的人给予祝福的希望，但是对那些拒绝赠予礼物的人则预示灾祸的危险。[33]默克尔巴赫推断："对早期的希腊人、印度人、德国人和很多别的民族来说，诗人游荡并行乞是一种很熟悉、实际也是很典型的现象。"[34]因此，回溯到荷马时代，在歌手和乞丐的身份之间很可能有一种历史的联系。不论其真伪，赫西俄德在《工作与时日》26中，当描写两种形式的冲突时把吟游诗人和乞丐并置了起来：καὶ πτωχὸς πτωχῷ φθονέει καὶ ἀοιδὸς ἀοιδῷ（"乞丐嫉妒乞丐，歌手嫉妒歌手"）。更普遍的是，史诗中乞丐、吟游诗人以及英雄之间的流畅的演变，暗示了在这个总有突发逆转的世界里人生的无常。一个遭遇海难的英雄实际上沦为乞丐；而奥德修斯在乔装打扮下所讲的各种各样的谎

---

[33] Merkelbach（1952）各处，特别是320-23。突出的例子是在Allen（1912）中的433-61行，Herodotean Vita Homeri中陶工的歌曲和Theocritus16中的改编。

[34] Merkelbach（1952）327.

言，在这些变化不断的时代里实际上很可能会发生在一个人甚至是一个英雄或者国王身上。在告诫某个求婚人（译按：此处指安菲诺摩斯）的一番话里，奥德修斯强调了这一点，也强调了人们日常生活的现实苦难（18.125ff.）。

在第21卷的最后，奥德修斯扔掉他的伪装，使用弓箭犹如他讲故事那样技巧娴熟，这证明乞丐实际是一个英雄的战士（21.401-12）。如此，这样的比喻就从另一方面也起到了作用：弓弦声如燕鸣；而宙斯的响雷给了他一个吉兆：奥德修斯箭穿铁斧。奥德修斯射箭时说道："特勒马科斯，坐在你堂上的这位客人没有令你失体面。"（21.426）奥德修斯援引阶级和地位的问题，在这里回应了求婚人对乞丐的轻蔑，以及他们对特勒马科斯的侮辱——说没有比他更不幸的好客主人（照字面的意思，"下贱的客人"，οὔ τις σεῖο κακοξεινώτερος ἄλλος, 20.376）。客人能够给他的主人作为交换的是他自己的价值和地位，而这些又在主人身上得到反映。所以，奥德修斯现在可以回报这个年轻人了——这个他也暗中承认是王宫真正主人的年轻人。

奥德修斯的话语和姿态也回应了他所受到的侮辱以及求婚人对餐桌礼节的违犯，那时候克特西波斯（Ctesippus）一边模仿在宴席上赠予客人礼物时的语言，一边把一只牛蹄作为他的赠礼向假乞丐扔去（20.292-98）。特别是他最后的话，是对表示尊敬的礼物交换的故意模仿，这让人回想起波吕斐摩斯粗野无礼的幽默：

> ἀλλ' ἄγε οἱ καὶ ἐγὼ δῶ ξείνιον, ὄφρα καὶ αὐτὸς
> ἠὲ λοετροχόῳ δώῃ γέρας ἠέ τῳ ἄλλῳ
> δμώων, οἳ κατὰ δώματ' Ὀδυσσῆος θείοιο.

> 让我现在也送他一份待客的礼物,他可以
> 用它馈赠为他沐浴的女奴,或神样的
> 奥德修斯宫宅里的其他奴隶。(20.296-98)[35]

因为奥德修斯躲开了扔来的牛蹄,而后引起了一场英勇的战斗(20.209-301),由此我们可以看到一种与英雄行为更深层的不一致。当特勒马科斯警告克特西波斯,说将用自己的长矛刺穿他的胸膛(20.305f.)时,这一幕预示着将要变成残酷的现实。在21.312f.,佩涅洛佩鼓励乞丐并责备安提诺奥斯时,她也重复了克特西波斯在前一卷不无嘲讽地用来侮辱乞丐的话(20.294f.)。就在佩涅洛佩讲话之前,安提诺奥斯威胁乞丐,用了拉皮泰人和马人难以控制的婚宴这个范例(21.295-304),而他对这个情况真正的适合性全然不知。然而,在第21卷的最后,吟游诗人/乞丐/英雄说"没有令他的主人失体面",这让我们回想起在阿尔基诺奥斯王宫的情景:恰当的待客之道使三种身份并存。诚如我们所见,奥德修斯在那里既被比作吟游诗人,也被比作乞丐,但是奥德修斯也被尊为英

---

[35] 参见《奥德赛》9.365-70。关于与克特西波斯有关的客人(xenos)这个主题另外的反讽,见 Nagy(1979)261。

雄，实际上他讲述的是他自己的英雄业绩（11.326ff.）。

费埃克斯人和伊塔卡人的这两个场景甚至更为相似。因为在第 11 卷那一幕开始的时候，王后阿瑞塔维护了她的客人的荣誉："他虽是我的客人，你们也分享荣光。"（338）[36]这一以她的客人为傲的小小举动，与第 21 卷中奥德修斯/乞丐声明他没有让主人失体面这个做法差不多。随后，阿瑞塔要求送礼物给需要（*khrēzonti*，11.340）这些礼物的客人，这也是一个属于乞丐语义范畴的词（也参见 11.363ff.）。阿尔基诺奥斯（译按：史诗原文此处应为埃克涅奥斯，似为本文作者之误）称赞她的提议"完全符合"（344，not off the mark）他们的意见和心愿，就如奥德修斯在这里说他在射箭时不会"错过目标"（21.425，off the mark）。

奥德修斯在第 21 卷中的下一番话里，把歌曲和竖琴称为"饮宴的补充"（*anathēmata daitos*，430），这就为歌曲和竖琴在宴会上赢得了合适的地位。这样，在自己的宫宅举行的宴会上，乔装打扮中的奥德修斯重新建立起了他受尊敬的地位，为一次整洁有序的宴会做好了准备，也含蓄地为王后带来了荣誉（参见 311ff.），还抵偿了通过他的歌人费弥奥斯给他带来的玷辱——因为以前费弥奥斯在求婚人的强迫下，被

---

[36] 我认为 11.338 的后半部分意思是，那样一位客人的荣誉也延伸到宴会上另外的每一个人身上。Van Leeuwen 和 Mendes da Costa（1897）关于 11.338 的看法也是如此。这种理解似乎最适合这里的上下文，也更适合在"我的客人"和其他人增加更多的礼物之间含蓄的对比。也见 Heubeck 在 Heubeck 和 Hoekstra（1989）中关于 11.338 的论说。

迫吟唱歌曲来"作为宴饮助兴"（1.152；参见 21.430）。[37]

《奥德赛》中吟游诗人、乞丐和英雄之间的关系，不只是清楚地反映了吟游诗人表演的实际情况，而且似乎至少是部分地反映了对贵族的、前货币经济时代的世界观的一种或多或少的自觉的意识。我已经指出了对吟游诗人的三种不同看法之间的矛盾：一是在伊塔卡，他们隶属王宫但是处于一种仆人般的下属地位；二是隶属王宫但是在费埃克斯人当中几乎被尊敬地等同视之；三是被欧迈奥斯视为和木工、医生还有预言者等同的游荡的手艺人。我们似乎可以把这些观点调和在一个协调一致的历史图画中。但是我想提出：英雄、吟游诗人和乞丐的三方关系属于史诗中一个系统的尝试，即，既要使诗人的地位尊荣，同时又要使王公贵族们和他们的臣民之间不可跨越的障碍完整无损。那么，这些矛盾源于一个微妙的双重策略：既要使吟游诗人受到尊敬，也要保护英雄的特权地位。

后来的货币经济时代的作家，把表达诗人尊崇地位的仪式化的活动转化为他们自己的话语。在此我想简单提及这种方式，以此作为这一章的结束。莱斯利·柯尔克（Leslie Kurke）已经指出品达是怎样使英雄的传统适合一个更复杂的货币社会，在这样的社会里，颂歌的贵族恩主们经常陷于财富和花销互相冲突的看法中。尽管诗人必须赞美财富及其使

---

[37] 在荷马文集中，这个短语仅出现过这两次。关于这个的重要性见本书第5章注释[47]和第6章注释[7]。

用,特别是为了庆功的展示(epinician display),但是品达故意避免把"报酬"或者"利益"(misthos, kerdos)归因于诗人,相反地,他强调诗人与其恩主之间的友谊或者亲属关系。[38]根据我已经讨论过的荷马史诗中的问题,品达就像一个贵族一样,能够把他的颂歌作为一种 agalma,即一种珍贵的客人礼物,送给下令演唱颂歌并为之付钱的恩主。[39]然而在荷马史诗中,这样的赠礼的交换为英雄或者国王而保留,而且荷马从未用那样的物品来做他诗歌的比喻。[40]从贵族之间的交换到诗人的作品,珍贵物品的转让涉及很多问题。比如说后者,识字的诗人对自己作品的文本表现出更强烈的意识。但是,表示尊敬的交换活动,也反映出对诗人特殊地位的意识有所增强,并且反映了对一种价值和评价的深思熟虑的要求,而荷马史诗中的诗人仅仅是在区别贵族和普通人的界限的限度内,间接地要求这样一种价值和评价,并且是在费埃克斯人的那个享有特权的、神话的王国里。

大概公元前四世纪的希罗多德的《荷马传》(Life of Homer)很有教益作用。因为它不仅把《奥德赛》中的社会结构变换成文字语言,也变换成后来时代的公民习俗。[41]《荷

---

[38] 见 Kurke(1991)225f. 和 240ff.,关于 Isthmian 2。
[39] 同上书,95ff. 和 135ff.。
[40] 见本书第 6 章最后。
[41] 希罗多德的 Vita 的时间变化范围很大,从公元前五世纪到公元前二世纪;见 Schmid 和 Stählin(1929)1: 84,注释[7],以及 Momigliano(1981)28。关于对 Vita 的讨论,见 Lefkowitz(1981)19–23,她也在 Wilamowitz 文本的基础上提供了一种翻译(她的附录 1)。

马传》简直把诗人塑造成了一个乞丐,他在危难中游荡,很艰难地才能谋生(123ff.)。[42] 他到达赛姆(Cyme)的时候,不是去国王的王宫而是去年长公民(κατίζων ἐν ταῖς λέσχας τῶν γερόντεν, 141)的俱乐部或者聚会地。荷马用他的诗歌使他们感到非常高兴,于是他们提出要用公共资金来留他住下,以便可以使他们的城市有名起来(146–48)。他们开了一个大会,也进行了公开的讨论,但是因为委员会里有一个人反对(这里是不是对《奥德赛》第8卷中在费埃克斯人的王宫里好争吵的欧律阿洛斯的一种暗示?),所以这个计划以失败告终。在这里,贵族们的娱乐完全根据城邦的制度来组织。于是这位懊丧的诗人对他遭到的挫折进行报复,他诅咒赛姆,说将不会有著名的诗人来保证它的名声,这不仅与奥德修斯/乞丐因受辱而诅咒安提诺奥斯的做法如出一辙(《奥德赛》17.475f.),而且也颠覆了荷马史诗的诗人保护英雄名声的做法。然而,即使是这个主题,也被改换成了一种以公民和城邦为导向的形式。

荷马的一生历经持续的沧桑变迁,不断地有经济和契约的交易以及各种公民关系。在福西亚(Phocaea),他和一个名叫特斯托瑞德斯(Thestorides)的人达成了一个协议,同意把自己诗歌的作者权转让给这个人,而这个人以留养他作为回报(《荷马传》194ff.)。但是,当特斯托瑞德斯迁居到希俄斯(Chios)并因荷马的诗歌而出名时,荷马收回了他的作

---

[42] 参考按照 Allen(1912)5:192–218 的行号。

品。荷马后来以教书（*paidagogos*，327ff.）为生，在希俄斯办了所学校，给小孩子们教授自己的诗歌（339ff.），最终他积攒下了足够的钱（συλλεξάμενος δὲ βίον ἱκανόν），结了婚，并养了两个女儿（343ff.）。在阿帕图里亚节（Apatouria）*期间去希腊的一次航行中，他在萨摩斯（Samos）停留下来。萨摩斯人把他视为他们氏族的一员，以这样的方式来表达他们对荷马诗歌的尊重（399-432）。现在，费埃克斯人对一位优秀歌人的欣赏通过一种独特的公民习俗表现了出来："他走进氏族大厅，和氏族成员一起坐下；他们尊敬他并欣赏他。"（430f.）

换句话说，使得这本有趣的小书富有生气的，似乎是一种系统的转化：《奥德赛》中用礼物交换和款待客人的贵族礼仪来表明诗人的地位，这种方法被转化成后来商品经济社会的措辞，也转化为城邦的风俗。欧迈奥斯把歌手归于漂泊不定的手艺人之列，这或许对《奥德赛》本身来说有些反常，但正是在这里，它扩展到了一种巨大的范围和语境，甚至肯定使费弥奥斯和得摩多科斯的创造者都大吃一惊或者忍俊不禁。

---

* 雅典节庆之一，在这个节庆日成年的男子就被接受为雅典公民。

第 8 章

国王与牧猪奴：破衣、谎言和诗歌

《奥德赛》中最被人们忽略的，可能是第 14 卷和第 15 卷。这两卷里没有什么重要的事情发生，所以它们似乎是一段朴实的、田园牧歌似的插曲，出现在奥德修斯到伊塔卡之后在他身后关闭起来的神话世界（第 13 卷），和他对自己儿子表明身份时所开始的相认和复仇计划（第 16 卷）之间。然而这不起眼的两卷，却创造了一首平凡生活的非凡诗歌。牧猪奴欧迈奥斯在一个普通而微贱的环境里，给乔装打扮成乞丐的奥德修斯提供了寒酸而又真诚的款待；而在第 15 卷中，墨涅拉奥斯和海伦举行各种符合皇室宾客之谊（xenia）的仪式，来赠予特勒马科斯华美贵重的礼物。两相对比，牧猪奴那微贱的环境越发引人注目。然而，就如我们将看到的那样，对《奥德赛》的世界及其诗歌艺术的本质而言，这两卷里的卑微人物有着重要的意义。

这两卷表现了另一个奥德修斯。这个奥德修斯的适应性、讲故事的技巧以及他即席演讲的能力，使得他能够和一个（假定的）陌生人建立起亲密的关系，并和他分享人生苦难和人生无常的感慨。在那漫长的秋夜里，当别的奴仆都沉沉入睡的时候，只有他和欧迈奥斯整夜未眠，互相交流彼此的悲惨经历。欧迈奥斯的经历真真实实，而那些精心编造的谎言在奥德修斯的故事里，有着一种更复杂的真实性。炉火的场景和深夜讲述的故事让人回想起奥德修斯在阿尔基诺奥斯的王宫里最后一晚上的叙述。诚然，奥德修斯在欧迈奥斯棚屋里的寄居是底层社会的生活，在此期间的故事也只是关于地位卑微的、（据称）知晓劳役和饥饿之苦的人。欧迈奥斯的棚屋是一个乡村版的费埃克斯，一个宁静而好客的小岛。奥德修斯在这里平静地讲述自己的生平故事，并通过这样的讲述，让自己为今后的困难做好了准备。在如下两段当中，我们甚至可以看到文字上惊人的相似之处：

> νύξ ἥδε μάλα μακρή, ἀθέσφατος, οὐδέ πω ὥρη
> εὕδειν ἐν μεγάρῳ· σὺ δέ μοι λέγε θέσκελα ἔργα.

"长夜漫漫，还不是回家睡觉的时候，请你把你们的神奇事迹给我详叙述。"（11.373f.）

> αἵδε δὲ νύκτες ἀθέσφατοι· ἔστι μὲν εὕδειν,
> ἔστι δὲ τερπομένοισι ἀκουέμεν· οὐδέ τί σε χρή,
> πρὶν ὥρη, καταλέχαι· ἀνίη καὶ πολὺς ὕπνος.

"现在长夜漫漫，有时间用来睡眠，也有时间欣赏听故事，你也无须过早地躺下安寝，睡眠过多也伤身体。"（15.392–94）

不过，神话仙境和现实的伊塔卡有着天渊之别，各种差异显而易见。在讲述他的费埃克斯故事时，奥德修斯是在一个受符咒保护的海岛上，在那些想要一整晚娱乐的无忧无虑的王公贵族当中。但是在这里，他是在跟一个奴隶讲故事。并且，他们两人交换的不是英雄的赠礼，而是彼此生平的故事。[1] 他们对彼此经历的磨难和沧桑都感同身受，心有戚戚。"（我们俩）在陋舍里喝酒吃肉，"欧迈奥斯力劝他的客人，"让我们回忆过去，欣赏对方的不幸故事。"（15.399f.）[2] 在这里，圈住肥猪的木头围栏、威胁奥德修斯生命的真正的恶狗，乡村生活所需的一些东西，包括第14卷开头（23ff.）欧迈奥斯正裁剪着给自己做鞋子的牛皮，以及在这一卷最后（519）他给乞丐做铺盖用的山羊皮和绵羊皮，代替了阿尔基诺奥斯王宫里的青铜墙壁、白银大门，以及赫菲斯托斯制作的黄金白银浇铸的狗。

费埃克斯人和欧迈奥斯都接待了一个穷困的、无名的旅行者，他刚刚在一个危险的变迁时刻神秘地横渡了大海。在费埃克斯人当中，这个陌生人遇到了瑙西卡娅，并由乔

---

[1] Dimock（1989）191强调第14卷和第15卷中奴隶身份的重要性，强调特别是在这个充满变数和无常的世界里，一个原本自由的人很容易就会变成奴隶。关于这首史诗中身份的不稳定性，也见彼得·罗斯（1992）106-8，也见本书第7章。

[2] Dimock（1989）适当地把这一段描述为传递了"一种愁苦人儿之间的真正的兄弟情意"（204）。也请注意14.185对这些"苦难"（kēdea）的相互同情。关于欧迈奥斯与奥德修斯/乞丐之间特殊的联系，见G. Rose（1980）287ff. and Roisman（1990）218ff.，尽管我并不认为这同情达到了她所说的欧迈奥斯对奥德修斯的"隐蔽的相认"的程度。

装成年轻少女的雅典娜带领，去到阿尔基诺奥斯的王宫，那里有静止不动的黄金铸狗守卫着。而在伊塔卡，他遇到的是乔装成一个少年模样的雅典娜，她把他带到欧迈奥斯的棚屋里，而这个棚屋却有凶猛的恶狗守护，它们挡住了奥德修斯获得安全、享受盛情的通路。确实，对阿尔基诺奥斯王宫的详细描述——它的青铜城墙，贵重金属所铸的大门和门柱，许许多多忙碌的仆人，丰盛的宴席，以及护篱围绕的常年硕果累累的花园（7.86-132）——都在对欧迈奥斯的棚屋简短而详尽的描述中，以一种缩影和模仿的方式得到了回应：比如它的刺梨覆盖的石头矮墙，还有木桩围栏和猪圈。这些粗糙简陋但却效果卓著的屏障，现今依然可以在地中海南部看到。它们的设计不是为了舒适安逸，而是为了方便实际劳作以及防御放牧的危险。无论从主题还是从地理位置来看，欧迈奥斯的棚屋都处于费埃克斯人和求婚人中间，因此它是一个合适的地方，来把奥德修斯引入到他在伊塔卡的平凡日常生活的点点滴滴中，无论是岛上的气味、景物，还是声响。

牧猪奴的棚屋里弥漫着一种温柔的怀旧情绪：对奥德修斯来说，是一种对失落已久的过去的回想，而对欧迈奥斯来说，是一种对失落已久的童年幸福的记忆。于是，牧猪奴的这间棚屋，也就是奥德修斯与一个他心爱的人——他所看见的那已经长大成人的儿子——初次相认的合适的地方（16.164ff.）。而且，奥德修斯在欧迈奥斯的陪同下看到他那条忠心耿耿的狗阿尔戈斯，也是非常合适的。在看见自己主人的时候，阿尔戈斯只剩下最后一点力气来对他摇尾巴，然后，就在它被遗弃于此的秽土堆上咽了气（17.290ff.）。然而，使得乞丐和牧猪奴之间的一幕如此动人的人类情感的直接性只是这段情节的一小部分。就如我们将看到的，这两卷也参与了一些史诗主题的重现，比如欺骗性的外表，多重的身份，真相和谎言矛盾重重的相互影响等等。因此，这两卷在归返、重生和诗论这些中心主题之间建立起了一种重要的联系。

生平故事与兴衰变迁

《奥德赛》的第14卷和第15卷对狗和值得信赖的牧猪奴表现出了特殊的喜爱，诗人常常用第二人称把牧猪奴称为"神样的牧猪奴"，δῖε συβῶτα 或 Εὔμαιε συβῶτα。这种特殊的喜爱常常给读者留下深刻的印象。同样让人印象深刻的，是欧迈奥斯展现他善良、好客以及道德这些美好品质的速度（14.33–71）。尽管身为奴仆，但是他主动增加主人的财产，而且有一个自己的奴隶。有两处提到了这一细节，对"未曾禀告女主人和老人拉埃尔特斯"（14.9＝14.451）这行诗的重复强调了这个事实。依靠他的主人给予他未来的幸福，赠给他妻子和财产（14.62-64），欧迈奥斯是一个理想的仆人，一个听话的奴隶，完全地致力于自己主人的幸福。在这个快乐的奴隶的地位上，他证明并重申了这个现状。在他身上，现存的社会秩序起着作用。它是仁爱的，正当的，而且是公正的。在这个秩序下，一个善良而纯朴的人成功了，并且得到了对他的勤劳、诚实和忠诚的奖赏。

于是，和欧迈奥斯在一起的这些场景，展现了之前我们不曾知道的奥德修斯的过去的一部分：他可以掌控的伊塔卡的仆人的忠诚。这些场景还意味着一个拥有并管理土地和牧群的奥德修斯，虽然他的牧群正在被求婚人消耗殆尽。这个值得信赖的牧猪奴欧迈奥斯，照管着数量正在慢慢减少的肥猪，是把奥德修斯引回他过去生活的经济方面的合适人选，也是让奥德修斯知道求婚人损耗他财产的合适人选（14.96-108，417；15.328ff.）。

尽管身为奴隶，但是欧迈奥斯却有着贵族的天性，从某种程度来说，这与他的王室出身有关（第15卷）。然而，这种贵族的出身，也因与他现在地位的对比而使我们困惑。从一开始，诗人就是用 *dios*，"高尚的"，这个形容词来介绍欧迈奥斯，而这个词在下一诗节里就用来描述奥德修斯（14.3f.）。欧迈奥斯在这个普通简陋的棚屋里所表现出来的好客之情、虔敬之意及同情之心，极好地衬托了那些求婚人的暴力与蛮横：牧猪奴忠心耿耿地为主人照管和饲养那些牲畜，而求婚人却不计后果地肆意消耗。在欧迈奥斯给奥德修斯/乞丐吃烤猪肉（在同一个晚上）的第二次晚餐中，这个对比变得更为清楚。欧迈奥斯说，在求婚人把猪弄去之前，他们最好自己享受"最肥壮的猪"（14.414-17）。在不知不觉中，欧迈奥斯给了他乔装打扮的主人理所应得的礼物和款待，而求婚人却粗暴地拒绝给予奥德修斯。

为了自己的主人奥德修斯而像庆祝过节一样屠宰"最肥

壮的猪"这一做法,在史诗接近尾声时的另一次乡村宴会中得以完成。在杀光求婚人之后,奥德修斯到乡间拉埃尔特斯的住所去做最后一次相认。在接近父亲之前,他吩咐仆人们宰杀"最肥壮的猪"(24.215;参见14.414)。随后的晚餐是史诗中的最后一次,为了庆祝奥德修斯大家庭的重新团聚。老拉埃尔特斯重新沐浴过,恢复了生气和活力;奥德修斯对王国的仆人做了最后一系列的相认,即与年迈的多利奥斯(Dolios)和他的家人相认(24.386-412)。然后,宴会开始了,奥德修斯完全收回了自己的土地和家畜,重新谈到了当牧猪奴大胆地吩咐屠宰"最肥壮的猪"来招待他不知名的客人时那些早些时候的事情和乔装的场面。

欧迈奥斯棚屋的那些场景也主要关注一些实际的东西,特别是食物、衣服以及栖身之处。尽管自己处境卑微,但是欧迈奥斯在自己的小农舍里收留并招待了乞丐;他准确地预言了这个乞丐将会受到求婚人的粗暴对待(14.325-39)。这个无家可归的乞丐讲述了他在特洛亚的时候,在一个相似的风雪寒夜得到一件外袍的故事。这个故事让牧猪奴和听众都想到,有一件温暖的外袍可能是涉及生死的问题(14.486-88):"拉埃尔特斯之子,机敏的神裔奥德修斯",乞丐回忆特洛亚往事,引用了一句话,"我快要进入死人行列,寒冷会冻坏我,因为我没有穿外袍,神明恶意地诱使我只穿来衬衫,看来今夜难逃劫难"。但是外袍远远超过了生存的问题,因为它也是奥德修斯对欧迈奥斯好客盛情的极限考验。不仅如此,它还明确了牧猪奴的平凡世界和费埃克斯人的豪奢之间的差别。阿尔基诺奥斯说，费埃克斯人特别喜欢"众多替换的衣裳"（εἵματα ἐξημοιβά, 8.249）。从瑙西卡娅那里借来的蔽体的衣服上，奥德修斯已经欣赏到他们衣服的丰富了；而这些衣服也带来了一个尴尬时刻，奥德修斯凭借自己的机智与老练化解了（7.234-39，295-307，译按：此处原作者误为8.234-39，295-307，译者据实而改）。然而，在欧迈奥斯的世界里，那样的"众多的替换的衣服"并不是那么容易得到的，"因为这里没有多余的外袍和替换的衬衫"（οὐ γὰρ πολλαὶ χλαῖναι ἐπημοιβοί τε χιτῶνες, 14.513；参见521, οὐδὲ συβώτῃ / ἥνδανε...κοιμηθῆναι，"一件替换穿用的衣服"）。费埃克斯人喜欢温暖的沐浴和软床（8.249），但是诗人却一次也没有提到过在欧迈奥斯棚屋里的沐浴。而且牧猪奴自己不住在屋里舒适的床上，而是在一个更粗陋的地方和他的肥猪住在一起，因为他不愿意让它们无人守护（οὐδὲ συβώτῃ / ἥνδανε...κοιμηθῆναι，"它也不会让牧猪奴欣然入睡"524f.，译按：此处原作者误为624f.）。

当欧迈奥斯为奥德修斯提供第二次晚餐，宰杀"最肥壮的猪"的时候，那些准备和细节有许多独特之处，这些独特之处不仅特别适合乡村的场景，而且突出了乡村的慷慨大方与热情好客。[3] 例如，用一块橡树木杀死肥猪来做献祭，这在整首史诗中是唯一的一次。欧迈奥斯不仅没有"忘

---

[3] Dimock（1989）197提出，这种更精心准备的晚餐是更大的信任的一种标志。从某种意义上来说，它也是对求婚人的一种故意的挑战，参见14.81ff.。

记不死的神祇"（14.420f），而且不像那些在王宫里举行的宴席，他也没有忘记自己的主人，他向"所有的神明"祈求，愿他的主人终得返回家园（14.423f.）。接下来，他向赫尔墨斯和居住在山林水泽的仙女们的祈求不仅与乡村场景和牧猪奴平凡的追求特别相称（14.425-36），也标志着奥德修斯与他的土地上当地的神明们重新开始联系。[4] 欧迈奥斯用一种完全英雄式的方式把一块长长的里脊肉奉敬给奥德修斯（14.436f.）；但是我们依然在 anax，"主人"，这个词里，想到奴隶—主人的关系："他把白牙猪的一块长长的里脊肉奉敬奥德修斯，令主人心里不胜喜悦。"（14.437f.）

不管欧迈奥斯的物质环境多么简朴，在精神上，他很像那些比他优越的人。根据奥德修斯虚构的自传所言，他体验到了埃及国王对奥德修斯／乞丐的怜悯以及对"宙斯的愤怒"的敬畏（14.388f.；参见 14.279-84），而在这里，欧迈奥斯表现出来的对奥德修斯的怜悯和对宙斯的敬畏（14.388f.）与之遥相呼应。尽管这只是一个奴隶的屋子，但就如在阿尔基诺奥斯或者墨涅拉奥斯的富丽堂皇的王宫里一样，欧迈奥斯也有仆人可以使唤：他买回来的墨绍利奥斯（Mesaulios）在屋里忙来忙去，分发面食（14.449，455）；当然，许多的套语也一模一样（14.449-56）。就在这段情节的最后，为在寒夜里与猪同住猪圈而做准备的牧猪奴，就如一个正为战斗

---

[4] 参见奥德修斯和欧迈奥斯分别在 13.355 和 17.240-46 对居住在山林水泽的仙女们的祈求。见本书第 3 章。

武装自己的战士（14528-37）："牧猪奴把一柄锋利的佩剑背到肩头，把一件厚厚的挡风外袍穿到身上，拿起一张喂养肥壮的大公羊的毛皮，抓起一根锐利的投枪，防备犬和人。"我们可以比较《伊利亚特》3.330-38中卓越的帕里斯。在那里，武装这个主题在《伊利亚特》中第一次出现。[5]

在欧迈奥斯的个人经历中，微贱的放牧生活与英雄生活的相似和不同有着它们的中心，因为欧迈奥斯的奴隶身份是命运中的一次不幸遭遇造成的。他原本出身王室。在前一卷中，他的行为已经暗示了他超出普通牧猪奴的品质。然而在欧迈奥斯讲述自己的故事之前，荷马一直小心翼翼地隐瞒着他的王室出身。当奥德修斯/乞丐要求欧迈奥斯讲自己的故事时，他想知道，牧猪奴是当他的城市被攻破时俘虏的，还是在他独自牧放羊群或牛群时被海盗绑架的（15.384-88）。这第二种可能性（386）可能暗示了欧迈奥斯很久以来就是牧人，所以也是奴隶。

然而，欧迈奥斯的父亲，统治着一个名叫叙里埃（Syriē）的幸福海岛；这个地方依然在欧迈奥斯的记忆里熠熠发光，一如他失落的童年的天堂。

---

[5] 关于武装这个主题，见Armstrong（1958）。在第14卷开始奥德修斯/乞丐出现的时候，或许也有战争套语的暗示：在14.31中，σκῆπτρον δέ οἱ ἔκπεσε χειρός，"扔掉手中的拐棍"；在14.34中，σκῦπτρον δέ οἱ ἔκπεσε χειρός，"扔掉手里的皮革"，这一套语常常被用来说如弓箭之类的战争器具。

> 有座海岛名叫叙里埃，你或许曾听说，
> 在奥尔提吉亚上方，太阳在那里变路线；
> 那岛上人口不是很稠密，但条件优越，
> 牛健羊肥，盛产葡萄，小麦也丰盛。
> 那里的人民从不发生饥馑，也没有
> 任何可恶的病疫降临悲苦的凡人。
> 当该邦国的部族人民有人衰老时，
> 银弓之神阿波罗便和阿尔特弥斯
> 一起前来，用温柔的箭矢把他们射死。（15.403-11：拉提摩尔的译文）

然而，堕落与腐败潜藏在这个乐土福地。狡诈多端的腓尼基人来了，他们用珠宝进行引诱，欺骗成性，满口谎言，随口发誓（参见 15.415-39，458-63）。生活在欧迈奥斯身上玩了个残酷的恶作剧：一个腓尼基水手诱惑了他的保姆，而后保姆诱拐了欧迈奥斯，使他沦为奴隶。如果不是这样，欧迈奥斯现在甚至可能是他那个极乐王国的国王了（15.415-84）。

然而，这种"一切本应不同"的问题，正是这个纯朴而淡然处世的人不会让自己去想的。欧迈奥斯生活在现在，有着当务之急的任务和问题，不会去伤感。[6] 他唯一的听众同

---

[6] 但是，这里可能也有关于欧迈奥斯失落感的暗示，那种失落感预言了他的故事，例如在 14138-41 中，欧迈奥斯在描述他下落不明的主人奥德修斯的时候，说他再也找不到那么仁慈的一个主人了，"即使我返家乡重新回到父母身边，那是我出生的地方，他们抚育了我"。

情地说道（15.486f.）："欧迈奥斯，你的一件件叙述深深地打动了我的心，你经历了这许多不幸。"这种共鸣实际上确定了故事的框架，因为当奥德修斯/乞丐敦促欧迈奥斯讲述他自己的故事时，也发出了一种类似的感同身受的慨叹：

> ὢ πόποι, ὡς ἄρα τυτθὸς ἐών, Εὔμαιε συβῶτα,
> πολλὸν ἀπεπλάγχθης σῆς πατρίδος ἠδὲ τοκήων.

> 哎呀，牧猪奴欧迈奥斯，你显然早在幼年时便被赶出故乡，离开了父母。（15.381f.；参见 14.361f.）

奥德修斯的反应或许暗示着史诗诗人意识到了这个故事令人感伤的特点，也意识到了这个故事能在听众中引起的感动。但是欧迈奥斯自己并没有得出那样的结论。

同样值得注意的是，欧迈奥斯缺乏一种对痛苦的感觉。他没有为保姆的背信弃义找借口，但是他对这个女人的评价似乎已经到了一种平衡的、心平气和的地步。典型的是，荷马没有告诉我们欧迈奥斯从幼年到成年的心理变化历程。但是欧迈奥斯简单明了的讲述栩栩如生地再现了（他的保姆）对这个无助的小孩儿的出卖，天真无邪的信任和脆弱在那些细节中清晰可见。当保姆提出把这个孩子欧迈奥斯带走作为付给腓尼基人的船费时，她描述由她照料的孩子总是急切地"在我身边蹦蹦跳跳"（15.451）。后来，当她实行诱拐计划时，她"拉着我的手"（465）登上了腓尼基人的快船。[7]

在讲述这件罪恶的事情时，欧迈奥斯据实而说，而不是控诉和指责。一个成熟的男人能够聪明地思考女人的弱点，以及"爱情与欢爱"可以把"哪怕是端庄正派的女人"（译按：王译本和陈译本此处均译为"精于手工的女人"，译者采用此书所引的英文作如是译）拉下水的力量（15.421f.）。他甚至还考虑到了引诱保姆的腓尼基人的技巧，这个引诱者聪明地告诉保姆，说要带她回去看"她父母的高大宅邸和他们本人，据说他们现今还健在，仍然很富有"（432f.）。不过，当欧迈奥斯说到她要把诱拐的小孩儿作为船费时，他对保姆的贪婪和背信弃义还是很清楚的（449-52）。通过一个小孩子的眼睛那段情节被重新体验，当她往快船跑去的时候，欧迈奥斯看见她又拿了他父亲桌子上的三只酒杯藏进怀里，"而我年幼无知地跟随着她"（466-70）。

即使在描述航行中保姆的死亡时，欧迈奥斯也是不加渲染不带任何感情色彩的。他不让自己强调道德，甚至也没有提到正义：

ἑξῆμαρ μὲν ὁμῶς πλέομεν νύκτας τε καὶ ἦμαρ·
ἀλλ' ὅτε δὴ ἕβδομον ἦμαρ ἐπὶ Ζεὺς θῆκε Κρονίων,

---

[7] Dimock（1989）205 把 465 这行"拉着我的手"这个细节认为是这个故事的高潮，第一次显示出那个小孩子就是欧迈奥斯自己。然而，那个事实，无疑是在 15.413-18 欧迈奥斯把国王称为父亲，把王宫称为我父亲家里时暗示出来的。

τὴν μὲν ἔπειτα γυναῖκα βάλ' Ἄρτεμις ἰοχέαιρα,
ἄντλῳ δ' ἐνδούπησε πεσοῦσ' ὡς εἰναλίη κήξ.
καὶ τὴν μὲν φώκῃσι καὶ ἰχθύσι κύρμα γενέσθαι
ἔκβαλον· αὐτὰρ ἐγὼ λιπόμην ἀκαχήμενος ἦτορ.
τοὺς δ' Ἰθάκῃ ἐπέλασσε φέρων ἄνεμός τε καὶ ὕδωρ,
ἔνθα με Λαέρτης πρίατο κτεάτεσσιν ἐοῖσιν.
οὕτω τήνδε τε γαῖαν ἐγὼν ἴδον ὀφθαλμοῖσι.

我们一连六天,昼夜兼程地航行,
当克罗诺斯之子宙斯送来第七天时,
善射的阿尔特弥斯把那女人射中,
她立刻倒下掉进船舱,如一只海鸥。
他们把她扔进海里,成为海豹
和游鱼的食料,我被留下心怀忧虑。
风力和水流推动,把他们送来伊塔卡,
拉埃尔特斯用自己的财物把我买下。
我就是这样到来,看见了这块土地。(15.476-84)

阿尔特弥斯的箭与极乐的叙里埃形成了一种讽刺性的对比,叙里埃的人民从来不会被疾病折磨而只会年高而终,而那时候"银弓之神阿波罗便和阿尔特弥斯一起前来,用温柔的箭矢把他们射死"(410f.);但这是欧迈奥斯自己似乎没有意识到的一个反讽。从某种意义上来说,欧迈奥斯这种据实而说的直接讲述承认了这个女人也是一个受害者,而且他强调那些把她扔到海里的腓尼基人的残酷与无情。然而，他对那段遥远时光的最后记忆，是作为一个被抛弃的孩子那种不知所措与孤苦无助的强烈感觉：αὐτὰρ ἐγὼ λιπόμην ἀκαχήμενος ἦτορ，"我被留下来，心怀忧虑"。在这个世界里，我们任何一个人都可能成为一个漂泊无依的孩子。"风力和水流"（ἄνεμός τε καὶ ὕδωρ）是生活中偶然力量的物质化身。这些自然之力把欧迈奥斯带到了伊塔卡，"拉埃尔特斯用自己的财物把我买下"。

欧迈奥斯唯一的听众不仅重申了他的同情，而且指出命运也不总是那么恶毒：

> Εὔμαι᾽, ἦ μάλα δή μοι ἐνὶ φρεσὶ θυμὸν ὄρινας
> ταῦτα ἕκαστα λέγων, ὅσα δὴ πάθες ἄλγεα θυμῷ.
> ἀλλ᾽ ἦ τοι σοὶ μὲν παρὰ καὶ κακῷ ἐσθλὸν ἔθηκε
> Ζεύς, ἐπεὶ ἀνδρὸς δώματ᾽ ἀφίκεο πολλὰ μογήσας
> ἠπίου, ὅς δή τοι παρέχει βρῶσίν τε πόσιν τε
> ἐνδυκέως, ζώεις δ᾽ ἀγαθὸν βίον.

> 欧迈奥斯，你的一件件叙述深深地
> 打动了我的心，你经历了这许多不幸。
> 但除了苦难，宙斯也已赐给你好运，
> 因为你经历了许多不幸后来到一个
> 仁慈主人的家里，他关怀备至地让你
> 有吃有喝，过着称心如意的生活。（15.486–91）

这个乞丐说他自己的生活还依然是一种游荡的生活："我漫游了许多人间城市，才来到这里。"（491f.）这一行诗让人想起史诗开头的诗行对奥德修斯作为一个四处漂泊的人的描述，这提醒我们，奥德修斯的漂泊也像欧迈奥斯的漂泊一样会有一个尽头；而且宙斯也会给予他某种程度的幸福，来补偿他先前所受的苦难。

在游荡的乞丐和牧猪奴之间，还有一种更深的联系，因为欧迈奥斯作为国王的孩子和被奴役的流浪者的双重身份反映了乔装打扮的奥德修斯的双重身份。[8]根据奥德修斯自己虚构的自传，就如孩提时代的欧迈奥斯一样，他两次被他以为是朋友和帮助者的人背叛了，而且几近被卖为奴隶。第一次和欧迈奥斯一样，是被腓尼基商人背叛的（14.287-97，339-59）。奥德修斯的故事是欧迈奥斯的成人版。可以想象，如果佩涅洛佩意志薄弱的话，那么奥德修斯甚至现在就会成为妇女容易被诱惑这个弱点的受害者。因此，欧迈奥斯所讲的家庭妇女受到诱惑的故事，奥德修斯也有可能遭遇（15.421f.；参见 11.434，24.202；也见 18.164-303，19.541-43）。

更宽泛地看，这两个人的生平故事说明，在这个属于船只和水手的动荡不定的世界里，命运（tuchē）的力量强大，人们可能遭遇改变生活的偶然事件；也说明一个人一旦离开他的 oikos（家宅）的保护，离开了家宅和家庭牢固的联系、根深蒂固的传统，离开了以土地为基础的农业经济，他的身

---

[8] 对每个故事饱含同情的回应的重复，也加强了这一联系：14.361f. 和 15.486f.。

份和地位就变得岌岌可危（参见14.221-28）。奥德修斯眼下以衣衫褴褛的乞丐身份出现以及他用以解释这褴褛衣衫的故事不仅说明了这些沧桑变迁，也亲自把那个充满了偶然和危险的风云难料的海洋世界带到了欧迈奥斯的棚屋里。乔装打扮下的现实展现了那种偶然性最极端的形式：衣衫褴褛的伊塔卡国王向他的牧猪奴乞求食物、住处和衣服。而欧迈奥斯的境遇也刚好被证明是相似的：这个定居的、忠心的牧猪奴，同样也是一个来自王室的、被偶然和厄运戏弄的受害者。

174 　　从个人层面来看，这两个人的故事交换与墨涅拉奥斯和阿尔基诺奥斯王宫里的故事交换作用是一样的。在《奥德赛》中，人们通过讲述他们生命中的悲伤，他们的 kēdea（葬礼），来互相交流并且建立起友谊。分享这些葬礼在人类之间建立起一种联系，因为他们因此能认识到什么事情可能会发生在所有受苦受难的凡人（deiloisi brotoisi）身上。奥德修斯和欧迈奥斯通过对另一个人的故事的反应来表现他们相互的情感，他们几乎用了完全相同的两行诗。"最为不幸的外乡人，"欧迈奥斯说，"你这件件叙述令我感动，你经历了这么多苦难和漫游。"（14.361f.）"欧迈奥斯，你的一件件叙述深深地打动了我的心，"奥德修斯／乞丐说，"你经历了这许多不幸。"（15.486f.）在《伊利亚特》第24卷中，普里阿摩斯和阿喀琉斯的会面是这种悲惨故事交换的最高语域，史诗的主题以这种最崇高的形式在此完成。用弗莱的术语来说，《奥德赛》的第14卷和第15卷以一种低微的形式模仿了《伊利亚特》的第24卷，而这种形式适合史诗中不同社会层次

的混合，也适合英雄世界与农业世界的混合。

根据"乞丐"所讲的遇见奥德修斯的故事，这个国王在他幸运上岸来到费埃克斯人中间（第6、7卷）以及他假想的上岸来到特斯普罗托伊人（Thesprotians）和他们模棱两可的国王费冬（Pheidon）中间，就从一贫如洗变得财富满身（14.320-26）。这个"乞丐"也在他的旅行中让自己得到了类似的财富，这次是从一个不知名的、热情好客的埃及国王那里得到的（14.285f.；参见墨涅拉奥斯在埃及的一段，4.81-91）。但是命运转盘的另一次转动把乞丐又重新带回到贫穷之中。在埃及富足地过了七年之后，一个腓尼基人欺骗了他，并最终把他卖到利比亚做奴隶（14.288-97）。他在一次海难中逃脱（14.301-15），然后转轮又重新开始了。在特斯普罗托伊接受了国王费冬慷慨的馈赠以后，他又一次被他认为是护送者的人背叛了，他的衣服被一件件脱掉，所以他到达欧迈奥斯的棚屋时，身上只穿着可怜巴巴的破烂衣衫了（14.355-59）。

我们可以从欧迈奥斯和"乞丐"（虚构的和真实的）的经历中得出教训：接受你的命运，无论它是什么；堂堂正正地做人，期待神明们会奖赏你一个不错的境遇和发展的希望。或者，即使是一个奴隶，也可能有着贵族的精神。这样的教训可以同时支持贵族和反贵族的社会思潮，而要在这两种思潮中做出选择并不容易。[9]

---

[9] 关于阶级观点的问题，见 P. Rose（1992）第二章，特别是 99ff. 和 106ff.，连同那里所引的文献资料。

奥德修斯的谎言和欧迈奥斯的生平故事也说明了远离自己的故土以及自己出生地的传统职业去历险的危险：他可能失去自己的身份、原籍和自由而成为一个边缘人，一个依赖陌生人的善意生活的流浪者。然而，在《伊利亚特》中，相似的福尼克斯（Phoenix）和帕特罗克洛斯生平故事里，失去身份却是由于家庭暴力和个人激情，而不是因为旅行中的世事变迁或者遇到外国商人或水手（见《伊利亚特》9.447-84和23.84-90）。但是在另一方面，《奥德赛》考虑了那样的历险会带来的潜在的意外横财，从而间接地暗示了一种新的经济意识，即旅行和贸易的商业潜力。[10]在《伊利亚特》的英雄世界里，那些暂时变成了弃儿的人，如福尼克斯和帕特罗克洛斯，只能够通过重新被吸纳入贵族的环境并成为国王或者英雄的同伴（therapontes）而重获新生。然而，《奥德赛》的这些原型故事，反映了一个对商贸、财富和殖民感兴趣，也对这两种事业所带来的收益和风险感兴趣的时代。

《奥德赛》中有一个伊利亚特模式的残余人物，流亡的预言者特奥克吕墨诺斯。当他在皮洛斯的海滩遇到特勒马科斯的时候，他请求特勒马科斯让他上船，因为，就如他所解释的那样，他杀了他们部落里的一个人，正在逃避追杀他的那些复仇的同族者（15.272-78）。在这个后伊利亚特的世界里，那样的人不能再被吸纳为英雄的随从，以此来恢复战士和贵族的生活。实际上，鉴于奥德修斯王宫里的不稳定局

---

[10] 见 Redfield（1983）233ff. 和 M. Finley（1965）65ff.；也见本书第7章。

面，特奥克吕墨诺斯让人左右为难。在奥德修斯远不在家、求婚人又实际控制着王宫里款待客人事务的情况下，特勒马科斯不愿意接待他。他先考虑把特奥克吕墨诺斯送到求婚人欧律马科斯（Eurymachus）那里，但又改变了主意，最后不得不把他委托给他的朋友佩赖奥斯（Peiraeus，参见15.508-46）。史诗好像不是很清楚怎么来处理一个旧模式里的人物。一旦他完成了在20.350-57里说出他恐怖的预言般的告诫这一叙述作用后，特奥克吕墨诺斯就立刻离开去到佩赖奥斯的家里，从此湮没不闻（20.371f.）。

然而，《奥德赛》没有为那些离家的人提出更广泛的选择范围，特别是那些不像过时的特奥克吕墨诺斯而是有一种商业倾向的人。比如，在奥德修斯所谓的生平故事中，奥德修斯/乞丐厌倦了他固定的家庭生活（14.211-28），于是和伊多墨纽斯（Idomeneus）一起到特洛亚参战（14.235-42）。但是，他也能去到一个贸易和航海的世界，凭着一点好运气和适当的关系（合适的腓尼基人），在异国他乡积累起巨大的财富。那样的成功显然带着水手奇谈的色彩：这些都是超过人们想象的，撞大运发横财的荒诞故事。但是它们也反映了这个贸易和殖民的新世界里的梦想与渴望。那些离开传统的农业经济而走向船只和海洋的人，会经历突然而且不可预知的地位从高到低或者从低到高的变化。

欧迈奥斯和乞丐的故事都反映了这个开放的海洋和旅行世界中的两种可能性。从某种程度来说，他们的故事是成功的范例，也是告诫世人的例子。一个人可能会获得巨大的财富，只要他幸运地上岸到了一个富裕的、有个慷慨大方的国王的异域他邦，他就可以很容易地得到财富的赠予；或者他也可能沦落为乞丐，遭遇痛苦与不幸，甚至被卖为奴隶。这两方面可以反映出荷马时代后期社会对未知的更广阔世界可能存在的矛盾心理。当然，从赫西俄德在《工作与时日》中对海洋和贸易的猜测里[11]，我们看到的是疑虑而非希望。在《奥德赛》第14卷中，这两方面以互补的方式在我们在伊塔卡上最先遇见的这两个人身上，具体地体现了出来。这个牧猪奴是贵族出身但沦为奴隶的国王；而这个衣衫褴褛的乞丐实际上是这片土地的国王。但是，就如在许多个世纪之后它最终所引导的冒险故事一样，《奥德赛》对这些兴衰变迁持一种比赫西俄德更乐观的观点。这个奴仆似乎没有为失去王位而惋惜抱憾，却非常满意能遇到一个仁慈的主人并对他尽心尽职。真正的国王只是暂时是个乞丐，这些褴褛的乞丐衣衫，正是一种神之计谋的神奇效果，而这个计谋，将使他（奥德修斯/乞丐）能够重归王宫、收复财产并与家人团圆。

在伊利亚特的社会里，这种地位的变化有一种更忧郁的调子而少了一些可以挽回的可能性。在《伊利亚特》中，被俘虏的妇女，比如现在的克律塞伊斯（Chryseis）或布里塞伊斯，或者后来的安德罗马克，她们面临的都是永久性的奴役（《伊利亚特》1.29–31，6.454–65，19.287–302）。《奥德赛》开创了这种传奇式流浪冒险的模式，在这样的模式

---

[11] 赫西俄德《工作与时日》641–53，667–69，387–92。

里，命运突然的逆转对情节来说必不可少。不像《伊利亚特》，《奥德赛》的世界观是完全非悲剧的，所以它以喜剧的模式来设想流变，从厄运到好运（见亚里士多德《诗学》13.1452b33ff.）。在阿尔基诺奥斯充满欢乐的王宫里，当得摩多科斯演奏起奥德修斯在特洛亚战争中胜利的歌曲，主人公回想起了悲惨的战争世界。他像一个被俘虏的妇女一样流泪了，这些妇女从自由到奴役的改变才刚刚开始，可以预知，这种改变将是永远的（8.521–31）。[12]

流浪者的真相：双关，说谎与真相

如果欧迈奥斯具有一个完全坦率而诚实的人显而易见的单纯，那么奥德修斯/乞丐则具有"历经磨难的人"和"诡计多端的人"（*polutropos* 和 *polumētis*）的复杂。他的外表、身份以及语言，都是双重的，也是骗人的。然而，尽管他的衣服和故事具有欺骗性，奥德修斯依然能够从他所遇见的人那里探出一些可靠的真相。作为一个游荡的客人和乔装的乞丐，奥德修斯就像试金石，能把那些接待过他的人分出好坏善恶。在第14卷最后，他发誓说如果他关于奥德修斯回归的故事是在撒谎的话，就让欧迈奥斯把他处死，欧迈奥斯立刻拒绝了这个提议，认为这是邪恶而不道德的。然而，尽管奥德修斯的生平故事是编造的，但是也有一种普遍的真实性。这些故事能够深深触动这个忠心耿耿、乐于助人的仆人

---

[12] 关于这一段见本书第6章，注释〔13〕。

的心弦，使他思考也曾在自己一生中留下了深深烙印的沧桑与变迁。

奥德修斯虚构的故事进一步表明，命运的变化无常只是《奥德赛》这个世界表面的欺骗性的一方面。因为奥德修斯故事的后半部分，讲的是一个乔装打扮、游无定所、饥寒交迫的乞丐，而这个乞丐也是讲故事的高手。于是，衣服、谎言以及游荡就在乔装打扮的这段情节所固有的表象与真相之间的对比中，紧密地联系在了一起。并且，也因为在这个乔装情节里奥德修斯的谎言常常只是他的实际经历略有改动的说法，史诗便坚持不懈地发展着这样一种反讽，即谎言表达出某种真相。两套反讽都涉及《奥德赛》对其诗学的自我意识，涉及的是探究怎样虚构故事，怎样让故事被听众接受，怎样使故事让听众相信或者不相信。

随着对这个乔装打扮的游荡人的真实身份逐渐增加的暗示，这些反讽积累起来。这个模式在伊塔卡历险的最初阶段就开始逐步展开。英雄对他的保护女神雅典娜撒了他在伊塔卡的第一个谎，但是雅典娜转败为胜，也乔装来欺骗奥德修斯（13.221–351）——这是奥德修斯撒谎技巧的唯一一次失败。[13] 但是，即使是在这里，就如他的保护女神所评论的那样，奥德修斯的撒谎也揭示了他对欺骗和说谎（参见 δόλων ἄτ[ε]，13.293）"永不知足的"喜爱。在下一卷中，

---

[13] 对这一幕已有相当多的讨论；关于评论和更多的参考，见 Pucci（1987）100–109。

当这个乔装打扮极度渴望得到食物和衣服的英雄遇到他的牧猪奴欧迈奥斯时,他实际上是通过回忆一次夜晚的战功再次创造了在特洛亚的、英雄的奥德修斯这个角色。尽管《伊利亚特》中从未提到过那次战功,但它却与伊利亚特的奥德修斯完全一致。在这段故事中,乔装打扮的奥德修斯讲述"真正的"奥德修斯是怎样为这个贫苦的讲述者——乞丐/游荡人——赢得了一件外袍,从而救了这个人的命(14.462-506),展示了他有名的狡计,他就既描绘了奥德修斯成功的典型模式,也上演了这一典型模式。[14]

奥德修斯在哈得斯遇到特瑞西阿斯和阿伽门农,他俩劝他要秘密归返(11.120,442-44,455f.)。这个劝告预示了奥德修斯进入王宫要通过伪装和隐瞒的方式。而对外袍重要性的强调,正标志着这样的乔装打扮和隐藏。从而,这就构成了奥德修斯打败求婚人的计谋的第一个阶段。在14.503-6"乞丐的"愿望中,奥德修斯恢复王位的逐步行动被再次强化:他说,要是有人能给他一件外袍,他将能重新感受到年轻的力量,也不会因为自己身上现在所穿的褴褛衣衫而不受人尊敬。[15]一如既往地,欧迈奥斯赠予外袍这件事情暗示了奥德修斯力量的恢复,因为它不仅再次证明了奥

---

[14]因此,在他的故事当中,"乞丐"用奥德修斯英雄的称号来称呼他,这个称呼特别适合奥德修斯的品质,这个品质既被赞扬,也被再次展现:διογενὲς Λαερτιάδη, πολυμήχαν' Ὀδυσσεῦ(14.486)。

[15]关于在奥德修斯的归返中衣服的重要性,见本书第2章和第4章;Block(1985)1-11;和 Murnaghan(1987)第1章和108-9。特别是有关欧迈奥斯这段情节里的服装,见 G. Rose(1980)293。

德修斯面对自己的敌人时也将需要讲故事人的技巧，需要说谎和欺骗，而且也证实了谎言核心的真相——奥德修斯的特殊才能——体现在他典型的机敏之中：诡计，夜晚的战功，以及一次伏击（lochos, ὑπὸ Τροίην λόχον, 14.469）。实际上，通过他的谎言、伪装以及机敏，奥德修斯将把一场欢宴变成一次血腥的伏击。[16]

在与欧迈奥斯一起的这一幕的开始，奥德修斯提议把一件外袍作为对他自己的归返这个好消息的奖赏（14.152-56），这更为真相和虚假的表象之间的逆转增加了另一种讽刺。因为由于他自己就在伊塔卡，奥德修斯/乞丐自动地就会实现国王归返的这个预言，从而保证了他实际上将会得到的拥有这件外袍的权利，即使在这一卷的最后只是暂时性的。就如希拉·默纳汗（Sheila Murnaghan）所评述的那样，"通过详细说明对他所讲的、将会被证明是真实的好消息的奖励该是一套新衣服，奥德修斯把他乔装的这两个角色——贫困的乞丐和他自己归返的预言者等同起来了，并且暗示，当他的归返被揭示出来的时候，这二者都将结束"。[17]

游荡者的"实话"

在与欧迈奥斯一起的最初，这些反讽和悖论就反映

---

[16] 关于伊利亚特的伏击主题和《奥德赛》中奥德修斯成功的计谋之间的密切联系，见 Edwards（1985）27–41，也见 Haft（1983–84）298。
[17] 见 Murnaghan（1987）109。

在了一系列引人注目的文字游戏之中。比如"真实的"（ἀληθής），这个词的各种双关；动词 ἀλάομαι "游荡"的各种形式，或者其施动名词 ἀλήτης "游荡人"。在回应欧迈奥斯关于他的主人是一个已在特洛亚死亡的人这一暗示时，奥德修斯 / 乞丐狡猾地问这个主人是谁。

> εἰπέ μοι, αἴ κέ ποθι γνώω τοιοῦτον ἐόντα.
> Ζεὺς γάρ που τό γε οἶδε καὶ ἀθάνατοι θεοὶ ἄλλοι,
> εἴ κέ μιν ἀγγέλαιμι ἰδών· ἐπὶ πολλὰ δ' ἀλήθην.

> 告诉我他系何人，也许我在那里见过，
> 须知宙斯和其他不死的众神明清楚，
> 我到过许多地方，我是否也曾见过他。（14.118–20）

在他的回答中，牧猪奴提到他的最后一个词，ἀλήθην（"我到过"），而且把这个词和与它临近的同音字 ἀληθής（"真实的"）联系在一起。

> ὦ γέρον, οὔ τις κεῖνον ἀνὴρ ἀλαλήμενος ἐλθὼν
> ἀγγέλλων πείσειε γυναῖκά τε καὶ φίλον υἱόν,
> ἀλλ' ἄλλως κομιδῆς κεχρημένοι ἄνδρες ἀλῆται
> ψεύδοντ', οὐδ' ἐθέλουσιν ἀληθέα μυθήσασθαι.
> ὅς δέ κ' ἀλητεύων Ἰθάκης ἐς δῆμον ἵκηται,
> ἐλθὼν ἐς δέσποιναν ἐμὴν ἀπατήλια βάζει.

> 老人啊，任何人漫游来这里报告消息，
> 都不能令他的妻子和心爱的儿子相信，
> 原来游荡人只为能得到主人的款待，
> 经常编造谎言，不想把真情说明。
> 常有人游荡来到我们这伊塔卡地方，
> 谒见我们的王后，胡诌一些谎言。（14.122-27）

欧迈奥斯正在利用贯穿了奥德修斯故事的一个主题，即"游荡人"更可能撒谎而不是讲真话。ἀλῆται ψεύδονται...ἀληθέα...ἀλητεύων...ἀπατήλια，"游荡人撒谎……真相……游荡……欺骗地"，这些词语的组合暗示了游荡与真话或者谎言之间的特殊关系。

欧迈奥斯把"游荡人"和"说谎者"联系起来有着他自己的理由，因为他自己有过和另外一个"游荡四方的人"——一个来自埃托利亚（Aetolia）的人——交往的经历。那个人受到了欧迈奥斯的热情款待，但是却欺骗了他（14.379-81）。[18] 然而，奥德修斯/乞丐坚定地坚持奥德修斯归返这个预言的真实性：他主动说，如果他在说谎，欧迈奥斯可以把他处死，"以告诫其他乞援者不敢再用谎言蒙骗人"（ὄφρα καὶ ἄλλος πτωχὸς ἀλεύεται ἠπεροπεύειν，14.400）。眼下的伊塔卡在很多方面都比费埃克斯人的国土更危险，而且一旦费埃克斯人欢迎了奥德修斯之后，他们比伊塔卡人更值得信

---

[18] 关于作为撒谎者的游荡人，见 Stanford（1958-61）关于 14.122 的论述。

赖。他们的国王阿尔基诺奥斯，更容易地接受了他游荡的客人叙述的真相。在阿尔基诺奥斯的王宫里，当奥德修斯在他关于自己旅程的漫长叙述中暂时停顿的时候，费埃克斯国王赞美他作为一个叙述者的技巧：他不是那种大地上哺育无数的"骗子，狡猾之徒"（ἠπεροπῆα...καὶ ἐπίκλοπον...ψεύδεα τ' ἀρτύνοντας，11.364-66）。所有这些段落都以这样一个假设为依据，即游荡人或者乞丐很可能是一个说谎者，愿意说任何话来获得食物以填饱他呱呱叫的"肚子"（gastēr，参见17.283-89）[19]。这些联系给了 14.119-27 中的双关语一种更深刻的讽刺，因为这个游荡人尽管在某种程度上来说是一个明目张胆的说谎者，但他实际上是在讲述事实。

反讽在 ἄνδρες ἀλῆται ψεύδονται（游荡人总是撒谎，14.124f.）这个用语中表现得尤为强烈。在这个用语中，我们可以看到"真话"和"撒谎"之间那种自相矛盾的关系，而这种关系在这里相当合适。[20] 虽然欧迈奥斯被乞丐所讲的奥德修斯在特斯普罗托伊人中的故事感动了，但是他依然保持着自己的怀疑和对"游荡者"的不信任。于是"游荡"和"撒谎"被再次联系起来了：

---

[19] 关于肚子（gastēr）这个主题，见本书第 7 章，注释〔25〕。
[20] 当然，在 ἀληθής（真实的）和 ἀλήθην（游荡）及其施动名词 ἀλήτης（游荡人）的各种形式之间有种音调的不同，但是在后一种情况里，θ 和 τ 在本来的发音之间的区别可能只是送气的不同。尽管荷马很少注意民族语言之间的差别，但是我们是否也可以想到也许说话者是一个叙里埃出身的牧猪奴呢？

> ἆ δειλὲ ξείνων, ἦ μοι μάλα θυμὸν ὄρινας
> ταῦτα ἕκαστα λέγων, ὅσα δὴ πάθες ἠδ' ὅσ' ἀλήθης.
> ἀλλὰ τά γ' οὐ κατὰ κόσμον, ὀΐομαι, οὐδέ με πείσεις,
> εἰπὼν ἀμφ' Ὀδυσῆϊ. τί σε χρὴ τοῖον ἐόντα
> μαψιδίως ψεύδεσθαι;
>
> 最为不幸的外乡人,你这件件叙述
> 令我感动,你经历了这么多苦难和漫游。
> 只是我认为也不尽合情理,你提到奥德修斯,
> 却未能令我置信。你如今这把年纪,
> 又何必肆意编谎言?(14.361–65)

然而,这个特别的"游荡人",他关于奥德修斯归返的预言不仅仅是在讲述一个事实,而且是通过外袍这个故事,在眼前的这一幕中间接地实行这个事实。通过这个乔装打扮的奥德修斯在伊塔卡赢得一件外袍这样的方式,奥德修斯在特洛亚赢得外袍的故事在我们面前展现出来。在这里,乞丐故事中虚构的奥德修斯为我们面前真正的奥德修斯赢得了一件外袍。于是,他在我们眼前展示出"足智多谋(诡计多端)的奥德修斯"(*polumēchanos Odusseus*, 14.486)的"谋略(诡计)"(*mēchanē*)。

乞丐所讲的故事起到了实际的作用,欧迈奥斯对故事做出了回应,赠给他一件外袍,但是他这样做是为了使游荡

人真实的谎言这一悖论得以继续。他这样赞扬乞丐的故事:

> ὦ γέρον, αἶνος μέν τοι ἀμύμων, ὃν κατέλεξας,
> οὐδέ τί πω παρὰ μοῖραν ἔπος νηκερδὲς ἔειπες.
>
> 老人啊,你刚才的故事确实很动听,你的话合情合理,不会无效地白说。[21](14.508f.)

通过把这个故事说成是一个"不会无效地白说"的故事(οὐδέ...ἔπος νηκερδές),我们可以说欧迈奥斯是在对奥德修斯的狡计表示称赞,并且让他自己(有意或者无意地)被这个故事蒙骗,就如在特洛亚那个寒冷的夜晚,那个士兵被"真正的"奥德修斯所蒙骗一样。Kerdos,"利益,狡计",从语义上来说,是与机敏、诡计和撒谎联系在一起的,而奥德修斯正是以机敏著称。[22]当奥德修斯刚刚在伊塔卡上岸的时候,他拒绝说实话(οὐδ' ὅ γ' ἀληθέα εἶπε),他是在以适当的奥德修斯的方式,证明他"一向怀抱狡狯的主意的头脑"(νόος πολυκερδής, 13.254f.)。在同样的这个场景里,雅典娜恢复了她本来的身份后对奥德修斯讲的第一句话是,"诡

---

[21] 如果 ainos (故事) 在这里暗示着对特定群体有特别意义的一种"标记性的"演讲的话,那么欧迈奥斯的话可以更深地传递他与奥德修斯的一致与团结:见 Nagy (1990) 148ff., 237。
[22] 关于奥德修斯在伊塔卡的计谋里 kerdos (利益,狡诈) 词语的重要性,见 Roisman (1990) 219, 225–26, 230。

诈狡狯"(kerdaleos, 13.291);而奥德修斯到达欧迈奥斯的棚屋时,则有另外一个例子证明了他的 kerdosunē(机敏善谋)这一才能:他在那条凶猛的恶狗面前坐到地上(14.31)。ούδέ...νηκερδές,"不无机敏"(在《奥德赛》中 νηκερδές 唯一一次出现),可能是 14.590 的反语法,在这一卷的最后暗示了外表和真相之间自相矛盾的相互转换。欧迈奥斯自以为是的聪明让他落入了圈套。恰好就在他被奥德修斯的狡计所骗时,欧迈奥斯认可了奥德修斯机敏善谋(kerdosunē)的技巧。在这件事情上,这种自以为是的聪明是指他对一个游荡人不可能说真话——或者用这里的双关语来讲:一个 άλήτης(游荡人)不可能是 άληθής(诚实可靠的)——这种看法的肯定。

一个游荡的说谎者讲述的却是事实,这一悖论有着更深刻的含意,即谎言与真相的混合中有着一种自我指涉的暗示,这种暗示主要构成了愉悦(terpsis),而这种愉悦,正是这首史诗整体上要传递的东西。就如赫西俄德一样,写作《奥德赛》的诗人敏锐地意识到这样一个问题:他自己那些非凡的故事能引起特别的"愉悦",而且那些故事在它们难以置信的历险经历中似乎超过了"真相"。[23]这是《奥德赛》

---

[23] 见赫西俄德《神谱》27-28, 97-103 以及 Thalmann(1984)140ff.。关于《奥德赛》中对其诗学的自我意识,见本书第 6、7 章,以及那里所引用的更多的参考书目;也见 Walsh(1984)第 1 章,Thalmann(1984)第 6 章,和西格尔(1988)125ff.。P. Rose(1992)也提出,在口传文化向读写文化过渡的时期,《奥德赛》对双关语和重要名字的兴趣也可以反映出它对"文本制作"的特殊兴趣。另一方面,口头表演本身的特点,也可能使诗人/歌手/吟诵者更加注意词语的发音以及词语可能的使用。

的诗人自我意识的一个方面——那些探究游荡乞丐真实性的段落暗示了诗人的技巧。在本书第180页处所引的第11卷中，阿尔基诺奥斯在评论了奥德修斯讲述的真相之后，很快就明确地赞美了奥德修斯讲故事的技巧："你简直有如一位歌人，巧妙地叙述。"（11.368）这个"乞丐"在对欧迈奥斯讲述奥德修斯在特洛亚的故事时，认为他的叙述是"歌唱"（ἀεῖσαι，14.464）。欧迈奥斯在向佩涅洛佩报告他和奥德修斯的相处时，把奥德修斯的故事的"魅力"比作一个"受神明启示能唱得世人心旷神怡"（17.518f.）的吟游诗人的魅力。这引起了佩涅洛佩的兴趣，于是当她许诺说"如果我看到他说的一切都能应验"（νημερτέα πάντ' ἐνέποντα，17.556）就会给这个乞丐一件外袍的时候，她提到了第14卷中有关欺骗、伪装、外袍以及说真话的这些主题。

不仅如此，第14卷中提到了"撒谎的"游荡人的叙述，这也使人联想到史诗的开场白里，对奥德修斯作为一个历经苦难四处漫游的英雄的总体描述：ἄνδρα...πολύτροπον, ὃς μάλα πολλὰ / πλάγχθη... / πλάγχθη... / πολλὰ δ' ὅ γ' ἐν πόντῳ πάθεν ἄλγεα，"那位机敏的英雄，……四处飘泊，……在广阔的大海上身受无数的苦难"（1.1–4）。我们可以比较在第14卷中被"乞丐"自己使用、或者用在"乞丐"身上的表达方式：ἐπὶ πολλὰ δ' ἀλήθην，"我到过许多地方"（14.120）；ὅσα δὴ πάθες ἠδ' ὅσ' ἀλήθης，"你经历了这么多苦难和漫游"（14.362），以及 ἐπὶ γαῖαν ἀληθείς，"漫游过许多地方"（14.380）。在第16卷中，奥德修斯在伊塔卡第一

次脱掉自己的伪装向儿子展示自己真实身份的情景,史诗是这样描述的:

> οὐ μὲν γάρ τοι ἔτ' ἄλλος ἐλεύσεται Ὀδυσσεύς,
> ἀλλ' ὅδ' ἐγὼ τοιόσδε, παθὼν κακά, πολλὰ δ' ἀληθείς,
> ἤλυθον εἰκοστῷ ἔτεϊ ἐς πατρίδα γαῖαν.

> 绝对不可能有另一个奥德修斯来这里,因为我就是他,忍受过许多苦难和漂泊,二十年岁月流逝,方得归返回故里。(16.204-6)

在回溯到前面第14卷中的段落和作为整体的史诗的开场白时,奥德修斯实际上是在向特勒马科斯郑重宣告:这个英雄绝对不是"另一个奥德修斯",而正是这首史诗的奥德修斯,一个说谎和伪装的行家里手;就如他的诗人一样,经由迂回曲折的道路,通过一种真相和假象自相矛盾的混合,达到了他的终极真实。

第三部分

诸神与预言者

第9章

特瑞西阿斯在育空：关于民间传说与史诗

1982年12月21日,《纽约时报》刊登了如下这条消息：

> 怀特霍斯（Whitehorse）*，育空地区。不久前的某个晚上，这里的一个沙龙里，一些男孩子正在讨论一个中了1800美元彩票的当地妇女。他们一致认为，这个妇女把钱存入银行的决定很令人遗憾，说明她缺乏一种志向。"我要做的，"一个男孩子说，"是要把一个铲雪铁锹系在我汽车的引擎罩上，然后往南方开，一直开到压根儿没有任何人知道那玩意儿究竟是什么东西的地方。"

这一民俗主题最早出现在特瑞西阿斯关于奥德修斯以及让奥德修斯把他的船桨插进地里的预言中（《奥德赛》11.121—37）。《纽约时报》报道的这桩逸事是（据我所知的）这个民俗主题的最新版本。[1] 长久以来，这个主题都被公

---

[1] 《纽约时报》，1982年12月21日，第一部分，第二页，第三栏。Hansen（1990）261特别单独提到了这篇文章，并且在他的论文里发表了这篇文章的一部分。我是在1989年写的这一章——在Hansen的文章发表之前。我们的理解和关注之处大相径庭。

* 加拿大西北部城市，育空地区首府。

认为民俗中最能历久弥新并留存于世的内容之一。各种版本的船桨被误认为是扬谷的大铲的故事，被民俗学者理查德·多桑（Richard Dorson）称为"去往内陆的水手的故事"，从中世纪到现代，从地中海到缅因，人们都已收集到许多。在希腊，这个故事在先知圣以利亚的传说中最为人熟悉，用来解释为什么他的圣祠都在山顶。[2]而来自育空地区的这个例子说明了这个主题流传的范围能有多广，变化能有多大。

这则小小的逸闻让人感觉自然条件恶劣的育空地区几乎像神话中的遥远之地，尽管只是大体上，但其他在精神上与其古老的来源相似——奥德修斯回到伊塔卡之后，将会漫游去遥远的地方。《纽约时报》的文章继续写道：

> 这是一种历史悠久的情感。淘金热时期的诗人罗伯特·瑟维斯（Robert Service）写道，当上帝造育空地区的时候，"有人说上帝累了"。瑟维斯把育空描述为"我所知道的最可恶的土地"。
>
> 几乎一年里的任何一个月，这里都可能下雪，温度在零下40度或者更低是司空见惯的。在那些日子里，太阳早上10点以后才升起来，而大概下午3:30就落下去。

---

[2] 见 Dorson（1964）38–39；关于更多的参考书目，见 Hansen（1976）221–30 和 Hansen（1977）27–48，特别是 28–30。

育空地区山岩里的矿产就像夹心众多的水果蛋糕一样丰富。但这些矿产依赖工业国家的购买。世界经济的衰退使育空地区的情况雪上加霜。自1893年的淘金热之后,第一次,没有矿厂在育空运营了。到下一个春天,居住在这个地区的26000人中,预计有超过5000人将会离开。

从阿拉斯加(Alaska)回到古典主义者更熟悉的哈得斯,我们回想到特瑞西阿斯预言奥德修斯必定最终要旅行到一个地方,那里的人们会把他的船桨误认为是扬谷的大铲,而这个地方离英雄所经历磨难的海洋环境是那么遥远。

> 当你把那些求婚人杀死在你的家里,
> 或是用计谋,或是公开地用锋利的铜器,
> 这时你要出游,背一把合用的船桨,
> 直到你找到这样的部族,那里的人们
> 未见过大海,不知道食用掺盐的食物,
> 也从未见过涂抹了枣红颜色的船只
> 和合用的船桨,那是船只飞行的翅膀。
> 我可以告诉你明显的征象,你不会错过。
> 当有一位行路人与你相遇于道途,
> 称你健壮的肩头的船桨是扬谷的大铲,
> 那时你要把合用的船桨插进地里,
> 向大神波塞冬敬献各种美好的祭品,

> 一头公羊，一头公牛和一头公猪，
> 然后返回家，奉献丰盛的百姓祭礼，
> 给执掌广阔天宇的全体不死的众神明，
> 一个个按照次序。死亡将会从海上
> 平静地降临于你，让你在安宁之中
> 享受高龄，了却残年，你的人民
> 也会享福祉，我说的这一切定会实现。(《奥德赛》11.119-37）

评论家们对这一段情节的处理颇为粗糙，他们经常认为这一段是后来添写进来的，为的是调和奥德修斯平静的死亡和后来的作品《忒勒戈尼亚》(Telegonia)中奥德修斯未得善终的死亡。[3] 奥德修斯在11.139-44中对这个预言的漠然置之，正是我们现在要讨论的问题。这似乎正是那些眼尖的评论家能够看出明显问题的许多地方中的一处。他们认为这里可以清楚地看到把传统的碎片化的资料草率加工、粗糙处理的痕迹。[4] 我们没有必要再在这里为此争执不休，但是我希望现在的研究将能为这些段落的叙述的整体性提供进一步的论据。

---

[3] 关于最新近的讨论和参考书目，见 Heubeck 和 Hoekstra（1989）中 Heubeck 关于 11.100-137（82-83 页）的论述，以及关于 11.121-37（84-85 页）的论述；也见 Russo, Fernández-Galiano 和 Heubeck（1992）中 Heubeck 关于 23.247-88（340 页）的论述；也见 Hansen（1977）32ff.，以及 Peradotto（1985）429-55，特别是 43ff.。

[4] 见 Carpenter（1946）146。

在多桑和威廉·汉森（William Hansen）所引证的荷马史诗以及大部分民间传说的例子中，被误认为是另一种器具的船桨属于一种航海的语境；而对水手而言，这样的误解是他者性（otherness）的根本标志，暗示着与他自己的生活方式完全对立的另一种生活方式。那么，这对一个其主要特点是"见识过不少种族的城邦和他们的思想"（《奥德赛》1.3）的英雄来说，是一种合适的结束。[5]对这个异族他者而言，找到一个对海洋完全陌生的族群是他人生最后的经历。但更为重要的是，当他到达一个对海洋及海上生活方式都一无所知的地方时，这个在大海上颠沛流离的受难者（ὅς μάλα πολλὰ / πλάγχθη, 1.1f.）的旅行就找到了他宁静的终点。这是一个他可以"把合用的船桨插进地里"（γαίῃ πήξας εὐῆρες ἐρετμόν, 11.129＝23.276）的地方。这个举动是一种征兆，即等待他的是在安宁的晚年，"远离海洋的，平和的死亡"（11.134-36）。这是一位定居的国王的死亡，而不是一个不幸的英雄和游荡人的死亡。[6]

如果我们把远离海洋的行动视为整个归返情节的一部分，那么这一行动使这首史诗的模式得以完成：逃离海洋，或者遇到海洋和以某种方式与海洋隔绝的陆地。这一模式最

---

[5] 参见 Peradotto（1985）445 注释〔27〕。

[6] 对 11.134＝23.281 中的 ἐξ ἁλός 的意思是否是"来自海洋"或者"远离海洋"，自古以来即有争论。尽管我们不能排除神谕语言固有的模棱两可性，但是后者的可能性更大：见 Hansen（1977）42-48。关于《奥德赛》中所描述的船桨与生命轮回之间的联系，见 Falkner（1989）21-67，特别是 49f.。

引人注目的例子是设计一个遭遇海难的水手被营救到陆地的故事:直接写的是奥德修斯真实地到达斯克里埃(5.390ff.),也有象征性的写法,把佩涅洛佩认出奥德修斯时的快乐比作被波塞冬摧毁船只的漂游人看见陆地时的喜悦(23.233-40)。[7]在即将搭乘费埃克斯人神奇的船只开始他至为关键的渡海行动时,这位归心似箭而急不可待的英雄被比作一个正在耕地的饥肠辘辘的农夫(13.31-35)。当他把他的海上漂游远远地抛在身后时,那个海洋的世界就永远地关闭了。因为波塞冬把费埃克斯人的船只变成了石头,隔断了他们的港口,使他们不能再渡送他人过海(13.149-84)。就如奥德修斯在他遥远的未来最后的行动一样,费埃克斯人在这首史诗中的最后一个行动,是用献祭来平息波塞冬的怒气(13.181-87;参见 11.130-32)。[8]在奥德修斯与佩涅洛佩第一次单独见面时,乔装的奥德修斯把海洋和陆地的丰饶集中在一起,作为佩涅洛佩身为一个富饶之国的王后其荣誉的一部分(19.112-14)。一条大船的缆绳将用来拴紧大厅的各个大门,以使他能够对求婚人进行彻底的报复(21.391ff.);而且他将用"一根黑首船舶的缆绳"来把那些犯了错误的女仆吊死(22.465)。[9]

育空地区的铲雪铁锹的不可识别性标志着一个遥远的

---

[7] 见第3章。
[8] 关于这一幕的许多问题,见 Peradotto(1985)446ff.。
[9] 见第3章。(此处似西格尔笔误。根据《奥德赛》22.465,用"黑首船的缆绳"吊死女仆们的是特勒马科斯,而非奥德修斯。——译者注)

地方和一个渴求财富的时代。在这里，对财富的渴求表现为幸运地赢得 1800 美元的彩票。当然，在《奥德赛》中，不为人所知的船桨所暗示的收获，不是"一个沙龙里的男孩子们"大肆讨论的一笔数额确定的钱，而是一种漂泊和航海生活的平静结局。然而，在这两种情况下，对普通器具的陌生感属于逃避现实者的一种情绪，属于一种比现在的辛苦生活更轻松容易的生活。

奥德修斯被告知，不仅要把船桨插进地里，而且要为充满敌意的海神波塞冬举行献祭（11.130ff.）。这两种做法都具有荷马史诗中宗教背景和仪式惯例的典型特点。的确，船桨有时候被视为一种祭礼的奉献，有一个传说中就用船桨来说明在像阿卡迪亚*（Arcadia）这样的内陆地区会有波塞冬的神殿的 *aition*（原因或者起源）。[10] 实际上，特瑞西阿斯在他预言的开头，给了波塞冬一个非常突出的位置：

νόστον δίζηαι μελιηδέα, φαίδιμ' Ὀδυσσεῦ·
τὸν δέ τοι ἀργαλέον θήσει θεός· οὐ γὰρ ὀΐω
λήσειν ἐννοσίγαιον, ὅ τοι κότον ἔνθετο θυμῷ,
χωόμενος ὅτι οἱ υἱὸν φίλον ἐξαλάωσας.

光辉的奥德修斯，你渴望甜蜜的归返，
但神明会让它充满艰难，在我看来，

---

[10] 见 Hansen（1977）32ff.。
* 古希腊山地牧区，以境内居民生活纯朴与宁静著称。

> 震地神不会把你忘记,他对你怀恨,
>
> 余怒难消,因为你刺瞎了他的爱子。(11.100–103)

英雄归返(nostos)的强烈愿望立刻需要强大的神明授权,而这个神明是归返的主要障碍。

神明报复这一元素连同其神学上的含义,是使荷马史诗的主题区别于同题材民间传说的特征之一。[11] 但是,这里还有另一个重要的区别。与民间传说版本形成对比的是,当英雄带着别人不认识的器具到达时,诗人荷马的目光超越了此刻;而大多数民间传说故事在此即止,仿佛这就是代表它们逸闻趣事之风格的结尾妙语。

被人们误认的船桨,标志着逃离苦难生活的主题。在史诗宏大而持续的叙述中,这个主题与周围的事件形成强烈的对比。就如我们已经指出的那样,在特瑞西阿斯的预言中,它构成了归返的终点,而这个预言正是以这个终点开始的(参见 11.100,"光辉的奥德修斯,你渴望甜蜜的归返")。但是,奥德修斯自己似乎没有在这个遥远的晚年安宁的死亡里找到什么安慰。他似乎对自己生命的结束非常漠不关心,而仅仅把未来的命运认为是"神明们安排的一切"(11.139),这个用语显示出淡然而疏远的观点背后一种听之任之的态

---

[11] 荷马史诗和民间故事之间的关系已经有很多的讨论。关于这段情节,见 Peradotto(1985)各处,特别是 434ff.;Hansen(1976);Hansen(1977)各处;总体见 Carpenter(1946),特别是 18ff.;Glenn(1971)和(1978);Page(1973),以及 Hölscher(1978)51–67。

度。[12] 奥德修斯把话题转回到他母亲身上，他看见了自己的母亲，但是在特瑞西阿斯到来之前，他克制自己，不跟她讲话（11.84-89）。特瑞西阿斯对一个有死凡人的整个人生过程的描述是那么遥远，而这位英雄要和他多年前离开故园时尚还健在的母亲说话的愿望却如此切近，这一对比，正是史诗对有死性的本质的巨大关注，在这里表现为对一个阴间里的幽灵与一个来自阳世的活人的不同态度。

当奥德修斯真的实现了他的归返并且和佩涅洛佩重新团聚的时候，一个不同但又相似的对比出现了。第一次喜悦和哭泣的高潮过去，奥德修斯简单地提到未来将会遇到的苦难来制止佩涅洛佩的喜悦，就如特瑞西阿斯在哈得斯里告诉他的预言那样：

> ὦ γύναι, οὐ γάρ πω πάντων ἐπὶ πείρατ' ἀέθλων
> ἤλθομεν, ἀλλ' ἔτ' ὄπισθεν ἀμέτρητος πόνος ἔσται,
> πολλὸς καὶ χαλεπός, τὸν ἐμὲ χρὴ πάντα τελέσσαι.
> ὡς γάρ μοι ψυχὴ μαντεύσατο Τειρεσίαο
> ἤματι τῷ ὅτε δὴ κατέβην δόμον Ἄϊδος εἴσω
> νόστον ἑταίροισιν διζήμενος ἠδ' ἐμοὶ αὐτῷ.
> ἀλλ' ἔρχευ, λέκτρονδ' ἴομεν, γύναι, ὄφρα καὶ ἤδη
> ὕπνῳ ὕπο γλυκερῷ ταρπώμεθα κοιμηθέντε.

192

---

[12] 这种疏远和泛泛的调子也是阿尔基诺奥斯在前面的一卷里所用的相似表达方法的特点：7.197ff.，以及8.579ff.。

> 夫人,我们还没有到达苦难的终点,
> 今后还会有无穷无尽的艰难困苦,
> 众多而艰辛,我必须把它们一一历尽。
> 须知特瑞西阿斯的魂灵曾向我作预言,
> 在我当年前往哈得斯的居所的那一天,
> 为同伴们探听回归的路程,也为我自己。
> 夫人,现在走吧,暂且让我们上床,
> 一起躺下入梦乡,享受甜蜜的睡眠。(23.248–55)

第253行,"为同伴们探听回归的路程,也为我自己",是对特瑞西阿斯在11.100中开始所说的话的一个参照。关于自己原初的目的——为救他自己和同伴的命——奥德修斯依然用凡人的视角来看待,就如在史诗开头所叙述的那样:"他在广阔的大海上身受无数的苦难,为保全自己的性命,使同伴们返家园。"(noston hetairōn,1.5)然而,特瑞西阿斯就如全知全能的叙述者(omniscient narrator)一样,知道奥德修斯只能为他自己实现归返(参见11.105,114;另参1.6,"但他费尽了辛劳,终未能救得同伴")。

奥德修斯不是用遥远的未来,而是用即刻的现在来结束他关于这个预言的第一次描述。他想和自己这么多年来日思夜想的妻子同床共眠(23.254f.)。在第11卷中,他从那些遥远事件的预言中转到他仅仅瞥了一眼的母亲身上;现在,他刚刚通过橄榄树婚床的考验,以完整的丈夫身份赢回了自己的妻子,于是在这里,他转向了与妻子的鸳梦重温。两个场景里围绕着这种转变的语境，使得从遥远的苦难经历到眼前热烈感受到的此刻这样的急转非常突出。当然，在第11卷中，是哈得斯里的阴暗，在那里，"毁灭性的黑夜"笼罩着一切（11.18），无数死者的魂灵在接近充满了乌血的深坑时都发出可怕的声音（11.42–50）。在第23卷中，却是雅典娜超自然的介入：她把黑夜延长，以便当他们尽情哭泣的时候，黎明不要降临到这对破镜重圆的夫妻身上（23.241–46）。

就如用婚床的考验来延迟与奥德修斯最初的团聚一样，佩涅洛佩在这里要求奥德修斯讲清楚"无尽的苦难"这一预言，以此延迟他们重温旧梦的时间（23.256–62）。民间故事的主题再一次通过人类的关注得到表达：一个妻子想要知晓并分担最糟糕事情的自然愿望，特别是在忍受过那么多的艰难困苦之后。奥德修斯几乎一字不差地重复了特瑞西阿斯的话，只是在需要的地方把第二人称改成了第一人称（11.121–37＝23.268–84）。因为奥德修斯表达了最初听到这个预言时的知天认命，所以这里佩涅洛佩也对此表示接受，不过她带着一种比奥德修斯更充满希望的情绪。

> εἰ μὲν δὴ γῆράς γε θεοὶ τελέουσιν ἄρειον,
> ἐλπωρή τοι ἔπειτα κακῶν ὑπάλυξιν ἔσεσθαι.

> 如果神明们让你享受幸福的晚年，
> 那就是我们有希望避免这种种的苦难。（23.286ff.）

就在这时，欧律诺墨去为这对重新团聚的夫妇准备实际上是新房的卧室，他们的对话中断了（23.289ff.）。

奥德修斯用"但是今后还会有无穷无尽的艰难困苦"（ἀλλ' ἔτ' ὄπισθεν ἀμέτρητος πόνος ἔσται, 23.249）拉开了这一幕。坚持要分享那些苦难的佩涅洛佩用一种更为乐观的、虽然还是有些听天由命的心绪缓和了这些苦难，带着一种"避免这些苦难"的希望（23.287）。[13] 希望的光辉不仅为他们身体上的团聚创造了合适的气氛，而且也说明了婚姻中丈夫和妻子完美的互补性：奥德修斯自己曾赞美的、婚姻最主要的奖赏 homophrosunē（情投意合，6.181–84）。[14] 这个漫游过许多地方的漂泊者直面未来的危险，而且准备承受更多的苦难。经过漫长等待的妻子佩涅洛佩则采取了一种更积极乐观的态度：她在这里说到了"希望"（elpōrē）。也正是这样的希望，支撑着她年复一年等待的耐心。一旦接受了乔装打扮的乞丐是奥德修斯，佩涅洛佩就重新开始了她作为忠

---

[13] Peradotto（1985）在佩涅洛佩的话中发现了"一些失望，即使不是悲伤"（453）。这个说法可能是真的，但是她的确也以某种方式谈到了奥德修斯所没有谈到的"希望"；而且她主要的基调，特别是与23.266ff.里奥德修斯的基调比较，是乐观的：见 Russo, Fernández-Galiano 和 Heubeck（1992）中 Heubeck 关于23.286ff.的论述："佩涅洛佩的回答简短扼要：奥德修斯的话没有引起她的焦虑而更多的是激起了她对未来的信心。"（第342页）也许值得注意的是，史诗中所有对"希望"（elpōrē）的明确表述都是在奥德修斯处于一种前路未卜的状态或者危机之时，通过一位鼓舞人心的女性给予奥德修斯：2.280（雅典娜），6.314ff.（瑙西卡娅）以及7.76ff.（雅典娜）。

[14] 关于 homophrosunē 见第5章，注释[25]。

心耿耿的妻子的适当而典型的任务：支持丈夫面对不确定的命运，减轻迄今为止奥德修斯不得不独自一人承担的"无穷无尽的艰难困苦"（23.249）带来的重负。

在这里，奥德修斯的"无穷无尽的艰难困苦"类似于在哈得斯里赫拉克勒斯所抱怨的"无数的不幸"，赫拉克勒斯同情奥德修斯也像他那样，不得不忍受生活中"可悲的命运"或者无情的命运。

> διογενὲς Λαερτιάδη, πολυμήχαν' Ὀδυσσεῦ,
> ἆ δείλ', ἦ τινὰ καὶ σὺ κακὸν μόρον ἡγηλάξεις,
> ὅν περ ἐγὼν ὀχέεσκον ὑπ' αὐγὰς ἠελίοιο.
> Ζηνὸς μὲν πάϊς ἦα Κρονίονος, αὐτὰρ ὀϊζὺν
> εἶχον ἀπειρεσίην· μάλα γὰρ πολὺ χείρονι φωτὶ
> δεδμήμην, ὁ δὲ μοι χαλεποὺς ἐπετέλλετ' ἀέθλους.

> 拉埃尔特斯之子，机敏的神裔奥德修斯，
> 不幸的人啊，你遭到什么可悲的命运，
> 就像我在太阳的光辉下遭受的那样？
> 我虽是克罗诺斯之子宙斯的儿子，
> 却遭到无数不幸，不得不受命于一个
> 孱弱之人，让我完成各种苦差事。（11.617–22）

但是，佩涅洛佩提供的不是赫拉克勒斯的魂灵所描述的那种单调的凄凉与黯淡，她提出的是一种崭新的东西，即"希望"

这个安慰性的词汇,因此把他们的谈话引向了一种情绪——在精神上完全不同于阴曹地府的那些会面(23.286f.)。她为奥德修斯提供了在有生之年——"晚年"——享有一种幸福生活的可能性,以及一种吉凶不定的未来。当奥德修斯最初听到特瑞西阿斯预言他未来的磨难时,他就已经预先用到了某些这样的勇气,因为他没有抱怨,也没有失声恸哭,而是转向另外那些鬼魂中他母亲的魂灵:"特瑞西阿斯,定是神明们安排这一切,现在请你告诉我,要说真话不隐瞒。我现在看见我的故去的母亲的魂灵,她在那里默然端坐,不举目正视自己的儿子,也不和自己的儿子说话。老人啊,请告诉我,怎样能使她认出我?"(11.139–44)现在,他特有的忍耐力在他自己的家里得到了分享和肯定。

关于这些场景,可说的还有许多许多,而且从古至今的阐释者也已经说过许多许多。然而,即使只是简单地比较民间传说的逸闻趣事与荷马史诗的叙事,我们也能清楚地看到这个事实:一个伟大的诗人是怎样把民间传说和逸闻趣事转化为具有深刻人类意义的情景,而正是这样的情景,引领着我们一次又一次地回到史诗当中。

第 10 章

神义:波塞冬、库克洛普斯与赫利奥斯

神明的正义与人类的理解

《奥德赛》的开场白明确表示,宙斯具有"更高的"道德,而波塞冬和赫利奥斯则具有人类的报复心理,长久以来,学界一直认为神明之间的这些差异是影响史诗中神学连贯性的主要障碍之一,也是史诗最严重的结构问题之一。[1] 评论家们声称,这些差异可以证明这首史诗就是一些新新旧旧的材料混编而成,并且故事的衔接之处还参差不平。在这一章里,我将论证一种彻底的一神论。我相信,《奥德赛》的文学构思和神学既统一又彼此依赖;并且,第 5 卷、第 9 卷和第 12 卷中有关波塞冬和赫利奥斯的情节绝非反常异例,或

---

[1] 关于对此的讨论和参考书目(这些都只是具有代表性的讨论和参考书目,而非穷尽无遗),见 Fenik(1974)208 注释 [18] 和 223ff.,以及 Friedrich(1987)384-85。一种具有代表性的分析,见 Irmscher(1950)56-64。在 Schadewaldt(1958)15-32,特别是 16 中所提倡的对这种方法比较温和的变体中,后来的一个诗人("*Bearbeiter*","B")把一种伦理学上的阐释嫁接到了一种更早的,从伦理上来说更原始的作品上去,但是,这样的结果也依然保留在波塞冬和赫利奥斯这些形象身上。对这种分析的方法的批判,见 Hölscher(1939)81-82 以及 Bona(1966)23ff. 及 36ff.。关于这首史诗中诸神的观念的根本一致性,见 Reinhardt(1948)86ff.。

者仅仅是《奥德赛》原初版本中残留下来的故事,而是阐明史诗统一的道德关注的关键点。

毫无疑问,《奥德赛》吸收了更古老的有关神明的观点,就如同它在塑造其英雄时也吸收了古老的民间传说一样。[2]许多个世纪以来,对神明的理解日渐朝着道德的方向演变,但这样的演变并没有排除一种连贯一致的神学。这种连贯的神学,存在于史诗形成最后阶段的"伟大的合成"(monumental composition)之中。从历时的角度来看,自然界神祇如赫利奥斯、普罗透斯或者基尔克,很可能代表比宙斯或雅典娜还更古老的神明。但是,从共时的角度来看,这些不同类型的神祇,形成了史诗关于神明可能是什么样子或者应该是什么样子这种总体观点的一部分。[3]我将论证,荷马把一种艺术的、概念上的、既古老又更加进化了的关于神明的整体观念集合到了一起,而且通过这样的方式把他的史诗置于一种自觉的道德神学基础之上。[4]

---

[2] 《奥德赛》中更自觉的道德化的神学是否是历史发展、不同的诗人、或同一个诗人不断变化着的关注、主题或者风格的结果依然是激烈论战的一个问题:见,比如 Post(1939)158-90,特别是 159ff.,188;Dodds(1951)32-33;Kitto(1966)143-44;Lesky(1967)42-43;Lloyd-Jones(1971)28-32,37;Clay(1983)215-39,及有用的参考书目;以及 Hankey(1990)94-95。关于史诗中的民间传说元素,见,比如 Carpenter(1946)第 1 章,Page(1973)各处,Hölscher(1978)52ff.,Hölscher(1988)各处,Clay(1983)68-74,以及 Calame(1986)122ff.。

[3] 有关历时和共时的视角如何平衡以及二者如何相辅相成的很好的论述,见 Nagy(1990)4-5。

[4] 史诗对正义明确的关注属于史诗本身"伦理的"或者"规范的"特征,这与《伊利亚特》悲剧性的调子形成对照:参亚里士多德《诗学》24.1459b12ff.。当然,不是每一次神明的行动都契合一种完美的(转下页)

我特别关注荷马用来起到道德效果的两个策略：一是把道德敏感性不同的神明（如宙斯和波塞冬）并置，二是在史诗中一个划分明确的部分，即第5卷到第13卷中特洛亚和伊塔卡之间的神话般的领域里，对那些不那么道德的、更为"原始"的神明的行为进行的分类。实际上，就在史诗开头的诗行里，这样的分类就开始了，在那里，波塞冬的愤怒与其他"所有的"神明的怜悯截然分开：

θεοὶ δ' ἐλέαιρον ἅπαντες
νόσφι Ποσειδάωνος· ὁ δ' ἀσπερχὲς μενέαινεν
ἀντιθέῳ Ὀδυσῆϊ πάρος ἣν γαῖαν ἱκέσθαι.

神明们怜悯他，
唯独波塞冬除外，仍然心怀怨怒，
对神样的奥德修斯，直到他返抵家园。（1.19–21）

（接上页）道德计划，而且，甚至有关道德行为和神明的正义的概括，也必须放到具体的语境中来理解，视其为行动发展和人物之间相互影响的一部分。《奥德赛》17.485–87便是一个典型的例子：安提诺奥斯拿搁脚凳击中奥德修斯，奥德修斯向"保护乞求人的众神明和埃里倪斯"祈祷，随后，一个求婚者评论神明们的道德警觉性。这个求婚者也是"傲慢自负的年轻人"之一，他也有着安提诺奥斯的hubris（狂妄自大），因此也与安提诺奥斯有同样的下场。此处，让这一番关于道德的讲话出自这样的年轻人之口，便具有了一种更深的反讽之意。也参15.523–48一系列的祈祷和预兆，特别是15.9ff.雅典娜出现在特勒马科斯面前之后，这可与6.21ff.雅典娜出现在瑙西卡娅面前对观：参Hölscher（1939）85。

一旦与其他的神明们脱离开来,波塞冬立刻就被分派去扮演"他者"的角色,成为奥德修斯归返以及宙斯意志的阻碍力量或者障碍。[5]

因为《奥德赛》是一首关于变化的史诗,所以神学也就与转换的经历和对英雄不断扩展的理解密切地联系在一起了。奥德修斯"见过许多的人并渐渐知晓他们的思想"(1.4),但是他也看到并且渐渐知晓了神明们各种各样的想法。这许多年来,尽管我们对奥德修斯的看法不断延伸,并且这些看法被浓缩到位于最显著位置的相对短暂的几天时间里,但我们看到的是他整个从出生到死亡的人生轨迹,而这一切都被打上了神明的正义印记,无论他们在不在场。我们也看见了没有道德意识且不择手段的骗子那消磨不去的痕迹。[6]

在人的层面上,奥德修斯的过去与现在的叠加给我们展示了这样一个事实:在经受并目睹神明在凡人中的所作所为的生命历程中,一种道德的自觉是如何形成的。类似地,在神的层面上,宙斯在一开始的惩罚性的正义并不是一种世界秩序的既成事实,而似乎是一件正在进行中的工作。因此,奥德修斯陈述他的神义论时,带着抱怨的口吻,用的是现在时态和将来时态(1.32–41),在1.35中用了"如现今"(ὡς καὶ νῦν)这样的短语来把我们带到现时之中。实际上,在第1卷结束之前,我们看见一个凡人正在谴责宙斯曾试图驳斥的内容,即,神明

---

[5] 这是史诗中 nosphi(除……之外)唯一一次带着一个人名出现在诗行中,这个细节更增加了波塞冬孤立的风格。

[6] 见 Rutherford(1986)160–61。

是人类不幸与苦难的罪魁祸首。费弥奥斯要唱命途多舛的阿开奥斯人的归返之歌时，特勒马科斯为其歌唱的权利申辩，认为"过错不在歌人，而在宙斯，全是他按自己的意愿赐劳作的凡人或福或祸"。（1.347-49；参见 11.558-60）[7]

我们看到，奥德修斯在海上漂泊期间，其道德意识也尚在萌芽阶段，与特勒马科斯持一种类似的观点。在哈得斯遇见埃阿斯的魂灵时，奥德修斯试图用这样的理由来为自己开脱，"那件事的肇因不在他人，是宙斯对持枪矛的达那奥斯人心怀积怨，给你降下了死亡的命运"（11.558-60）。在得摩多科斯关于阿瑞斯和阿佛罗狄忒的歌曲中，对宙斯的责备出现了稍许变化：赫菲斯托斯控诉神明的"责任"（responsibility），把矛头直接对准了宙斯本人。他抱怨说，阿佛罗狄忒喜欢俊美的阿瑞斯而不喜欢他，是因为他自己的残疾，这事实"不是别的任何人的过错，而是我父母，但愿他们不曾把我生养的父母的过错"（8.310f.）。这个"责任"的转移先发制人，可能阻止来自通奸者的任何反诉，也增加了他要求赔偿的权利；但是对父母的怨责和他突如其来的、任性的愿望，却把这个有关正义的问题化解成了一种滑稽可笑的家庭争吵。

但是，在凡人的世界里，宙斯的"责任"却更加严肃。在特勒马科斯在希腊本土的旅行过程中，通过雅典娜的行

---

[7] 在《伊利亚特》中，把"责任"归于诸神或者宙斯是相当普遍的：见 3.164f. 和 19.86-89，270-74，409f.。我们甚至可以怀疑《奥德赛》的开场白是否还记得《伊利亚特》中的内容，诗人在那里问道"是哪位天神"让阿伽门农和阿喀琉斯争吵起来。

为，我们知道宙斯的正义在起作用。在特洛亚英雄的海难故事中，因为"人们思虑欠周全，决定错误"（3.133f.）。埃阿斯*（Locrian Ajax）愚蠢地夸口说，即使违背诸神的意愿他也能逃离大海（4.503–5），这就不幸地招致了波塞冬的惩罚（4.499–511）。尽管只是惊鸿一瞥，但是，当我们注意主要人物处于他一生中重大危机的时刻时，这些有关神明的正义的例子，也在情节的主线中预示了宙斯正义的实现。[8]

尽管《奥德赛》似乎在道德上比《伊利亚特》更先进，但是它们有一方面是相似的：通过第三人称叙述（omniscient narrator）来逐步说明宙斯的意志，伴随着主人公对宙斯意志的逐步理解。阿喀琉斯，这个常常做事过头、容易犯错的英雄，最初把他的目标和宙斯的意志等同起来，结果意识到在那样的等同中所包含的苦难时，为时已晚。[9]而一生以克制、内敛和持之以恒为主要特点的奥德修斯，能够用他对宙斯意志的理解来实现自己的目标。

在第13卷中，奥德修斯到达伊塔卡并开始了他的讲述，回忆他多年的漫游经历。[10]除了将过去的经历融入他当前生活的整合工作之外，在第13卷中奥德修斯还有幸与雅

---

[8] 见 Clay（1983）47f.。
[9] 特别参见《伊利亚特》18.74–93，在那里，阿喀琉斯承认他对宙斯的要求所带来的灾难性的后果，以及在 24.525–51 中，他用宙斯的两个罐子的比喻来解释人类的苦难。关于阿喀琉斯在《伊利亚特》最后的悲剧性的认识，见 Whitman（1958）202f.，以及 Mueller（1984）56–59。
[10] 见本书第 2 章。
* 这里指奥伊琉斯之子埃阿斯，即小埃阿斯。

典娜一起筹划未来的行动。雅典娜当面重申奥德修斯性格中的基本特点，把他再次与这些特点联系起来（291–99，330–38）。同时，（尽管有所省略）雅典娜优先告诉了奥德修斯神明的安排，而这些安排超越了奥德修斯凡人的认知范围。"我知道，"她说，"你终得回故乡，虽会失去所有的同伴。只是我不想和那波塞冬费力争斗，因为那是我的叔伯，他心怀怨恨，你刺瞎了他那心爱的儿子令他气愤。"（13.340–43）知道了雅典娜关注的事情，也改变了奥德修斯对神明们的处事方式的理解。在史诗后半部分里，在保卫自己伊塔卡的家园时，奥德修斯对神明的帮助就更确定了，而且较之对抗库克洛普斯来保卫自己和同伴的生命时的那个奥德修斯来说，他更加审慎和自制了。

在给儿子的第一次指示中，奥德修斯分享了他自己对神明们的特别认识：神明会助力正义的复仇行为。当特勒马科斯在史诗中第一次出现的时候，他对乔装成门特斯的雅典娜抱怨，说是神明们的"险恶居心"造成了他父亲的苦难（1.234–45；另参 1.348）。但是许多卷之后，奥德修斯向儿子揭示出自己的真实身份时，他用自身的例子来纠正特勒马科斯的看法，给他讲了雅典娜的力量和关心。在解释这位女神能够如何改变他的外貌时，奥德修斯赞美诗般的措辞类似于赫西俄德在《工作与时日》的开场白里描述宙斯威力的祷文：

αὐτάρ τοι τόδε ἔργον Ἀθηναίης ἀγελείης,
ἥ τέ με τοῖον ἔθηκεν ὅπως ἐθέλει, δύναται γάρ,

ἄλλοτε μὲν πτωχῷ ἐναλίγκιον, ἄλλοτε δ' αὖτε
ἀνδρὶ νέῳ καὶ καλὰ περὶ χροΐ εἵματ' ἔχοντι.
ῥηΐδιον δὲ θεοῖσι, τοὶ οὐρανὸν εὐρὺν ἔχουσιν,
ἡμὲν κυδῆναι θνητὸν βροτὸν ἠδὲ κακῶσαι.

刚才是赠送战利品的雅典娜的作为，
她按照自己的意愿，她有这样的能力，
一会儿把我变得像个穷乞丐，一会儿
又把我变得年轻，身着华丽的服装。
掌管广阔天宇的神明很容易这样做，
能使有死的凡人变尊贵或者变卑贱。（《奥德赛》16.207-12）

ῥέα μὲν γὰρ βριάει, ῥέα δὲ βριάοντα χαλέπτει,
ῥεῖα δ' ἀρίζηλον μινύθει καὶ ἄδηλον ἀέξει,
ῥεῖα δέ τ' ἰθύνει σκολιὸν καὶ ἀγήνορα κάρφει
Ζεύς ὑψιβρεμέτης, ὅς ὑπέρτατα δώματα ναίει.

宙斯既能轻易地使人被称为强有力者，也能轻易地压抑强有力者。他能轻易地压低高傲者抬高微贱者，也能轻易地变曲为直，打倒高傲者。（《工作与时日》5-8；参看《神谱》447）

之后不久，奥德修斯反对特勒马科斯对他们所遭遇的不利形势而灰心丧气,并向他保证,"雅典娜和天父宙斯"(16.260)会帮助他们。在从大厅搬动那些武器的时候,源自雅典娜的黄金灯盏(译按:陈译本此处为金柄的火把,王译本为黄金火炬)的奇异光辉让奥德修斯有了另一个机会来教导儿子,"众神明自有行事的道理"(*dikē theôn*,19.43)。神明们能够为一个他们愿意帮助的人创造"伟大的奇迹"或者"奇事"(*mega thauma*),就如特勒马科斯在此所言(19.36);我们也回想起第16卷中奥德修斯对他儿子说的第一番话,那时他开始行使为父之责,教给特勒马科斯有关神明处事方式的初步知识,并且告诉他不要过分"惊奇"(*thaumazein*,201-12,特别是203)。

奥德修斯在伊塔卡的其他故事也展示出了他所具有的、比他周围的大多数人都更深刻的道德意识。在一个有名的段落里,奥德修斯思考凡人的人生,谈到了凡人的微弱无力以及凡人一生的短暂与无常,他警告安菲诺摩斯等待着那些"只顾做恶事"(*atasthala mēchanoōntas*,18.143)的人的厄运。[11]

---

[11] 见Nagy(1979),他指出,"在荷马史诗的措辞里,*atasthaliai*(鲁莽)这个词通常都与*hubris*(狂妄)及其派生词表示的动作联系在一起"(163)。尽管并非《奥德赛》之独有特点,凡人因其*atasthaliai*而遭受苦难是一个经常出现的主题:参见《伊利亚特》4.490和22.104。见Post(1939)164;也见Schadewaldt(1958)31及注释〔13〕;Andersen(1973)12-14;以及Clay(1983)34-38。奥德修斯在《奥德赛》18.130f.总结了凡人一生的微弱无力,其总结与宙斯在《伊利亚特》17.446f.的评述非常相似。奥德修斯与宙斯的道德目标相一致,这非常有趣。我们也可以比较奥德修斯对安菲诺摩斯的警告与他告诫安提诺奥斯关于狂妄是怎样导致灾难的故事,参见17.431-44。

在乔装成乞丐的奥德修斯对佩涅洛佩的第一次讲话中,他对国王身份做了一个定义,这个定义强调敬畏神明,执法公允,关心百姓(19.108-114;参见赫西俄德《工作与时日》225-37)。他的伪装提供了一些机会,可以揭示出凡人对神明的错误认识。当奥德修斯就正站在欧律克勒娅和牧牛人菲洛提奥斯面前时,他们还在为他们的主人没能够归返而谴责宙斯(19.363-69,20.201-10)。[12] 奥德修斯胜于求婚人的优势在于他高尚的道德,也同样在于他的诡诈(mētis)。[13] 在奥德修斯用他的诡诈获得的第一次重大胜利中——他与独眼巨人波吕斐摩斯的遭遇——我们就看到这个模式已经开始建立起来了。

在这段故事快要结束的时候,奥德修斯给库克洛普斯上了一堂道德课:库克洛普斯注定将自食其罪恶行径的恶果,因为他不尊重客人友谊的规则,所以宙斯和其他神明惩罚了他:

καὶ λίην σέ γ' ἔμελλε κιχήσεσθαι κακὰ ἔργα,

---

[12] Dimock(1989)330 提出,拉埃尔特斯在 24.351f. 回答了对宙斯的正义的这种失望。这或许太有计划性了,但是对正义的这种无知,无疑衬托了最后对正义的知晓。在我看来,Fenik(1974)223-24 似乎夸大了雅典娜对求婚人的怂恿(18.346f. 和 20.284)和在开场白中宙斯对作恶者的劝阻之间的对比。这两种行动属于人类罪行的不同阶段;而实际上,这种对比加强了神明的正义。在史诗非主线的故事中,神明们的正义得到了独立的证实:宙斯和阿尔特弥斯联手惩罚了那个把孩提时代的欧迈奥斯诱拐了的女仆(15.475-81,特别是 477f.)。

[13] 史诗对奥德修斯对求婚人胜利的道德基础的关注,见 Saïd(1977)9-49,特别是 28 页精细的研究,以及所引的更多的文献。

> σχέτλι, ἐπεὶ ξείνους οὐχ ἅζεο σῷ ἐνὶ οἴκῳ
> ἐσθέμεναι· τῶ σε Ζεὺς τείσατο καὶ θεοὶ ἄλλοι.
>
> 不幸的祸患已经很快降临到你身上，
> 可恶的东西，竟敢在家里把客人吞食，
> 宙斯和众神明让你受到应有的惩处。（9.477-79）

这种对宙斯惩罚的反思（宙斯本人在开场白 [*tisis*, 1.40] 中也曾说起），为奥德修斯自己的行动提供了一个道德的解释：奥德修斯之所以成功，是因为他把自己的目的和众神明的正义与报复融为一体了。而他开始遭遇不幸，则是由于他因胜利而扬扬得意，忍不住让敌人知道了他征服者的身份（9.491-505）。[14]

但是，库克洛普斯这段情节引起了有关神的正义的严肃问题。一方面，库克洛普斯人"依赖不死的神明"，这些神明实际上似乎是关照他们的，因为他们不耕不犁的土地上照样谷物生长葡萄累累（9.109-11），而且"宙斯的降雨使它们熟甜"（111）。另一方面，他们傲慢自大无法无天（9.106）。如果神明们是正当行为的守护者，为什么他们又赋予那些"狂妄傲慢的库克洛普斯"，ἀνδρῶν ὑπερηνορεόντων——就如诗人在费埃克斯人那段情节开始的时候称呼他们的那样（6.5）——

---

[14] 学者们经常指出奥德修斯对波吕斐摩斯进行伊利亚特式的夸耀所表现出来的愚蠢：见 Hogan（1976）202，Austin（1981）41-42，以及 Clay（1983）121f. 有关避免夸耀所表现出来的更高的道德行为，见 Blundell（1989）56 和 62f.，关于索福克勒斯的《埃阿斯》。

如此的富足呢？[15]对波吕斐摩斯的叙述探究了这个矛盾。要说库克洛普斯信神，那可看错了对象，至少在库克洛普斯人的 hubris（狂妄者），即波吕斐摩斯身上，尤其如此。这样一来，上述矛盾至少得到了部分的解决。

费埃克斯人与库克洛普斯人，宙斯与波塞冬

杰弗里·柯克（Geoffrey Kirk）和皮埃尔·维达尔-纳杰（Pierre Vidal-Naquet）指出，库克洛普斯人是在一种不稳定的时候出现的。他们不仅拥有黄金时代的天堂乐园，而且"依赖神明"，无须辛苦劳作便可享受累累硕果，他们以一种低于人类的状态居住在山洞里，只有一个基本的社会组织和一些独立的核心家庭（nuclear families, 9.106–15）[16]。奥德修斯的到来使库克洛普斯人原始社会消极无用的一面显露了出来，因为正是"不关心他人事情"这一点阻止了他们来帮助波吕斐

---

[15] 这个措辞的矛盾修辞法也许暗示了把库克洛普斯族裔看成"人"的古怪之处。

[16] 见 Kirk（1970）162–71, Vidal-Naquet（1986）21–22 以及 Rawson（1984）1160–63。较近期的，O'Sullivan（1990）16–17 正确地批评了 Kirk 关于库克洛普斯的"超文化"观点，但是他在相反的方向走了极端，而没有注意库克洛普斯人在野蛮和黄金时代之间模棱两可的位置。Mondi（1983）22f. 认为，库克洛普斯人的矛盾反映了荷马对两种传统的合并，一个关于食人魔怪的民间传说传统和一个古老的希腊神话，在赫西俄德的《神谱》139–46 中关于铁匠神们的故事里得到了反映：铁匠神们为宙斯打造雷电霹雳，因为帮助他对抗提坦巨神（Titans），保护（就如《奥德赛》9.107–15 所描绘的）至福之境而得到奖赏。这个解释对荷马史诗的库克洛普斯人的来源来说是很有吸引力的，但是依然没有说明荷马把他的合成版本（如果这是个合成版本的话）放在这首史诗里的作用。

摩斯（οὐδ' ἀλλήλων ἀλέγουσι，115；参见 399-412）。因为急着要返回他们各自的山洞睡觉（401-4），所以他们都乐于把波吕斐摩斯关于"无人"的说明作为不理会他诉苦的一个理由。

换句话说，波吕斐摩斯使库克洛普斯人前文明社会中野蛮的一面具体化了；由于这种野蛮，我们在叙事中看到了一种更原始的、道德发展不够完善的神明。通过与奥德修斯的遭遇，波吕斐摩斯无意中进入了一个有更高道德标准起作用的世界。无论承认宙斯与否（9.275-78），他最终受到了审判和惩罚，这样的审判和惩罚不是根据波塞冬的愤怒，而是根据由宙斯的正义来定义的一种世界秩序。[17]

费埃克斯人当年曾经从库克洛普斯人的近邻处逃走（6.4-8），作为奥德修斯的恩主，他们几乎恰好就是库克洛普斯人的对立者。总的来说，费埃克斯人和库克洛普斯人体现了有特权接近神明的族裔的两极。就凡人与神明的关系而言，有一种通常的人类标准，费埃克斯人高于这个标准，而库克洛普斯人则在这个标准之下。费埃克斯人也完全有着人类的特点，铁器时代的城市世界，会海上航行，还有复杂的社会组织。除这些以外，费埃克斯人与库克洛普斯人的差别类似于赫西俄德作品中黄金时代和白银时代的差别（《工作与时日》115-19，133-39）。然而，尽管有这样的差别，但是在客人—主人的场景下，费埃克斯人和库克洛普斯人的种

---

[17] 波吕斐摩斯关于他的同族库克洛普斯们"从不害怕"（*ou...alegousi*，9.275）宙斯的这个描述或许正是对他们"不关心他人"（*ou...alegousi*，9.115）的一个讽刺性的呼应。

种反应,却都一样地具有某种不可预测性。而这样的反应,是史诗定义"正常地"文明化了的人——即希腊人——的最重要的标准之一。[18] 尽管费埃克斯人在某些方面是超文明化的,但是在阿尔基诺奥斯漫长而令人尴尬的沉默期间,他们没有回应奥德修斯想要得到款待的请求(7.153–66),后来却又令人费解地变得对奥德修斯无比慷慨大方,不仅渡送他返回家园,还送给他丰富而昂贵的礼物。

在正式欢迎奥德修斯的时候,阿尔基诺奥斯能够指出,在不远的过去神明们常常来拜访他们,并且参加他们的献祭礼,"因为我辈与他们很亲近,如同库克洛普斯族类和野蛮的众巨灵"(7.199–206;参见 5.35,19.279)。这三个族类,费埃克斯人、库克洛普斯人以及巨灵族都享有特权,因为他们是波塞冬的世系或者与波塞冬有密切关系(参见 7.56f., 13.130);但我们即将看到,那种家系的关系指向的是其他的姻亲。这三个族类中的每一个都属于道德行为的一个阶段,而这样的阶段在普通的凡人世界的道德行为之前;每一个都是更古老的过去的一种残余。就如我们已经评述的那样,即使是费埃克斯人,也有点库克洛普斯人那种与世隔绝的状态和对陌生人的敌意。

其他几个叙述方面的特征也有助于把库克洛普斯人和一个更古老的社会联系起来。库克洛普斯人在农业方面非常富足,但却自私而暴力,从这些方面来看,库克洛普斯人类似于赫西俄德笔下五个时代的前面两个,即黄金族类和白银族类。

---

[18] 见 G.Rose(1969)389–93。

就像费埃克斯人（7.114-21），库克洛普斯人在农业上很富足，无须耕作土地作物便自然生长。从这方面来看，他们很像黄金族类（9.107-11；参见 9.123f.；《工作与时日》117f.）。[19] 然而他们又不像费埃克斯人。库克洛普斯人社会组织低级，充满暴力而富有攻击性，也不尊敬神明们。在这些方面，他们接近白银族类（9.106，112；《工作与时日》134-37）。[20]

通过把库克洛普斯人和费埃克斯人与巨灵族联系起来（7.59 和 206），荷马使这两种从前的种族似乎属于更遥远时代的一部分，因为巨灵族总体上属于一个更古老的秩序。[21] 比如，在赫西俄德的《神谱》中，巨灵族由大地女神盖亚

---

[19] 但是，库克洛普斯人和费埃克斯人之间有个非常重要的区别，即阿尔基诺奥斯的果园里丰富的果实属于这样的一片景色，这样的景色被宫墙、围栏和晾晒平地之类的东西包围着（7.112f, 123f., 127），而且毗连着一个精美的综合性建筑（7.130f.），这些建筑反过来又反映了一个很高层次的社会和政治组织。

[20] 也见 Slatkin（1986a）264-66。有趣的是，《奥德赛》从来没有明确地用 hubris（狂妄）或者 atasthaliai（鲁莽）这样的词语来描述波吕斐摩斯的行为，或许是因为他的世界依然对与 dikē（正义）和 hubris 所对立的行动的标准一无所知。

[21] 关于荷马史诗中巨灵族按年代顺序安置的问题，见 Heubeck, West 和 Hainsworth（1988）关于 7.59 的论述。奥德修斯把巨灵族视为一个"野蛮的族类"（agria phula, 7.206），而且后来又把莱斯特律戈涅斯人比作他们（10.120）。的确，这些最后的人略微像进化过的库克洛普斯人：他们体形巨大，野蛮暴虐，而且要吃人，但是他们有一个 agora（市场，译按：此处王译本译为"广场"，陈译本译为"部族的集会"，此处英文为"market place"，故译者译为"市场"）（10.114）和一个 astu（城镇，10.118）。实际上，他们互助协作的能力使得他们比库克洛普斯人要危险得多。波吕斐摩斯仅仅杀了六个人，而莱斯特律戈涅斯人毁掉了奥德修斯所有的船只，最后只有他自己乘坐的那一只幸免于难（10.121-32）。

（Gaia）和乌拉诺斯（Ouranos）切断后的生殖器所生，也是复仇女神厄里倪厄斯（Erinyes）和墨利亚（Meliai）的同时代人（185-87）；赫西俄德笔下的库克洛普斯人是盖亚和乌拉诺斯的孩子（139）。[22]

因为波塞冬是波吕斐摩斯的父亲，也因为他与巨灵族的关系（7.56-59），所以波塞冬也被移置到了一种更古老的社会秩序之中。通过使他成为波吕斐摩斯的父亲（尽管不一定是整个库克洛普斯族类的父亲），荷马实际上使波塞冬成了原始创造的祖神之一。他与古老的海神福尔库斯（Phorkys）的一个女儿托奥萨（Thoōsa）结合，生了波吕斐摩斯（1.72）。这个结合加强了这一倒退的模式。托奥萨如果没有跟波塞冬结合，那她将会籍籍无名。我们可以推测，托奥萨和福尔库斯的其他孩子——比如格里伊三姐妹（Graiai），蛇发女怪戈耳戈（Gorgons），半人半蛇女怪厄喀德那（Echidna）和堤丰（Typhon）等大概属于同一代（参见赫西俄德《神谱》270-336）。也因作为奥托斯（Otus）和埃菲阿尔特斯（Ephialates）的父亲，波塞冬得到了同样的前奥林匹亚时代的光环（11.305-20）。这些早熟而具有攻击性的青少年非常像赫西俄德笔下的白银族类（参见9.317f.和《工作与时日》132-36）；但是，在他们对

---

[22] 关于荷马笔下的库克洛普斯人与赫西俄德笔下库克洛普斯人的不同之处，见Mnodi（1983）18f., 22f.。但是，就如荷马一样，赫西俄德用了一个表示他们狂傲自大的暴力（*huperbion ētor echontas*，《神谱》139；参见《奥德赛》6.5, 9.106）的形容词来介绍他的库克洛普斯人，这可以表明，这两个版本并不像Mondi指出的那么不同。

奥林波斯的进攻和他们与土地密切的联系这些方面（11.309），他们也像《神谱》中的提坦人或者百头巨怪那样的怪物。

整体而观，《奥德赛》试图在宙斯统一的道德之下把秩序带到多中心、多神教的世界之中；如此，《奥德赛》就有了压制或者转移存在于《伊利亚特》背景之中的宇宙演化的斗争的倾向。[23]《奥德赛》中的波塞冬似乎返回到了一个妖怪、提坦人和巨灵族的前奥林匹亚时代；但是，这首史诗把世界秩序按年代顺序或者历史的维度包括到此时此刻宙斯的统治之中，由此，就把远古时代为争夺宇宙统治权而进行的斗争放到了现在（或者换句话说，通过把叙事的历时的轴线投射到叙事的共时的轴线上）。《奥德赛》建立起了它的奥林波斯的、宙斯统治的现在作为唯一的视角；从这个视角，我们可以看见一种更古老的秩序，波塞冬作为这个世界的一个古老形象出现，也是逐渐被废弃的社会秩序的代表。或者可以说，在赫西俄德《神谱》中的历时的过程，以及在《伊利亚特》宏大的叙事中惊鸿一瞥的演变，在此时此地，都已成了宙斯和波塞冬之间对比的一部分，在这样的对比中，声名狼藉的波塞冬似乎正在渐渐退出历史的舞台。之后，当叙事完全转到伊塔卡现在的场景之中，他实际上就消失了。

在与费埃克斯人和库克洛普斯人的接触中，奥德修斯是把残余的旧秩序推向宙斯统治的崭新世界的催化剂。因为

---

[23] 比如，《伊利亚特》1.401–6，8.13–27，8.477–83，15.18–24。见 Whitman（1970）37–42 和 Slatkin（1986）10–14。

拒绝了卡吕普索提供的长生不老的机会（参见 5.215-24），奥德修斯也就拒绝了一种世界的可能性，这个世界就如很久以前费埃克斯人的世界一样，在那里，神明与凡人的界限是可变的（7.199-210）。通过往费埃克斯人的世界里注入他从卡吕普索那段情节带出的神性与有死性的强烈区别，奥德修斯彻底改变了费埃克斯人与他们最重要的神明——波塞冬之间的关系。卡吕普索的海岛虽然安逸但却死气沉沉，伊塔卡上的生活需要劳作、充满苦难，但也满是正义。就如费埃克斯人的岛屿是奥德修斯从卡吕普索的岛屿回归"真正的"世界的过渡之处，费埃克斯人与奥德修斯接触，也就让他们看到了自己的神明祖先残酷无情的一面（13.128-87）。

在费埃克斯人那段情节刚开始的时候，得摩多科斯关于阿瑞斯和阿佛罗狄忒的歌曲所展现的波塞冬是一个高贵的、给人深刻印象的和平制造者：他通过协商、誓约和担保这些类似法律的程序，平息了冲突两方的怒气（8.343-58）。但是这个爱好和平的波塞冬的形象是由歌曲的框架所支撑的，从而也与奥德修斯所知道而且也将让费埃克斯人知道的那个波塞冬（13.149-87）区别开来了。得摩多科斯歌曲中那个调和纷争的波塞冬，那个灵活和宽恕的代言人，对歌曲中充满了机智和笑声的那个轻松、愉快、情色的世界来说是合适的，费埃克斯人认为自己就是居住在这样的一个世界里（8.334-43；参见 8.246-49）。得摩多科斯的歌曲恰当地暂缓了占据史诗剩下部分的宙斯的道德秩序的严肃性。这实质上是《奥德赛》中唯一描述神明们轻浮妄动一面的一段情节，而在《伊利亚特》中，这种行为比比皆是；然而值得注意的是，即使是这首歌曲，也没有让宙斯本人成为这种轻浮行为的一部分；他显然是在幕后（参见 8.306）。[24]

面对欧律阿洛斯的挑战，奥德修斯非常愤怒。这一幕已然揭示出他的世界与费埃克斯人的世界不同（8.158-234）；而他有关波塞冬的叙述将很快把这些不同之处带到一个更严肃的层面。得摩多科斯想象中的波塞冬与奥德修斯所遭遇的波塞冬全然不同，就如得摩多科斯故事中赫菲斯托斯对阿瑞斯基本上算是无关痛痒的惩罚与奥德修斯在伊塔卡对他妻子的求婚人残酷无情的报复全然不同一样。而且，在得摩多科斯的歌曲中，受到伤害的丈夫接受了来自波塞冬的赔偿，但奥德修斯断然拒绝了来自求婚人的任何赔偿（22.55-64）。[25]

宙斯对乐于助人的费埃克斯人的看法美好而乐观，他说费埃克斯人将敬奥德修斯"如神明"并且送他毫发无伤地返回家园，并带着丰富的礼物（5.36-40）；而雅典娜很早就提醒过奥德修斯，告诉他费埃克斯人是危险的（7.32-36），这样的对比和前面所说的不同是类似的。同样地，费埃克斯人对陌生人的怀疑也暗示着他们受到波塞冬的特殊恩惠（7.35）。

对费埃克斯人的这两种看法是一种标志，分别意味着

---

[24] 见 Burkert（1960）143。古代的注释者指出了宙斯的缺席：见 8.344 的批注。波塞冬在这里想结束争吵的努力和他在《伊利亚特》里诸神间的抗争中寻机与阿波罗吵架的急切（《伊利亚特》21.435f.）大相径庭。
[25] 赫菲斯托斯在歌曲中的情形近似于奥德修斯在伊塔卡的情形，这对古代的读者来说是很熟悉的：见 Athenaeus, 5.192 d-e 和 Burkert（1960）140。

一种"朱庇特的"(Jovian)*世界秩序与一种"尼普顿的"(Neptunian)**世界秩序。宙斯从更广阔的视角来预测了这一行动的实现,这符合他在史诗中的职责[也符合他作为Teleios(全能的)宙斯的作用],他只是把费埃克斯人定义为他预言奥德修斯归返的工具。但是,雅典娜要在凡人奥德修斯经历的种种细节之中来实现这些命令,要体现奥德修斯的谨慎与怀疑,还要让尼普顿一方了解她的掌控。第13卷中,在这一段情节的最后,费埃克斯人不祥的一面通过他们与波塞冬的关系被再次表达出来,而这变得对他们自己不利了(128ff.);但是在这里,在他们的认知范围之外,宙斯也正实施着他对波塞冬的控制(139-58),就如他在一开始就已经做过的那样(168-79)。[26]在第1卷中宙斯干预了波塞冬对奥德修斯愤怒的迫害;在第13卷中,他调节了波塞冬要把费埃克斯人的船只粉碎的计划,而把这个惩罚减轻了,只把他们的船只变成了石头(参见150f.,连同155f.,163f.以及168f.)。[27]

费埃克斯人和库克洛普斯人都是主人,但他们都低估了

---

[26] 但是,波塞冬在4.503–11对洛克里斯的埃阿斯的惩罚也暗示了一个关注道德的波塞冬,这个波塞冬像宙斯一样,反对夸耀以及藐视神明的那种 atē(狂妄)。
[27] 从阿里斯塔克斯(Aristarchus,译按:217? –145? BC,古希腊语语法学家和文献校勘家,当过亚历山大城图书馆馆长,以校订和研究荷马史诗而闻名)开始,人们已经做出了各种各样的尝试来减轻宙斯对波塞冬愤怒的默许;但是13.158的语言只需要指阻塞海湾,而且无论如何,波塞冬的威胁似乎从来都没有实现过(参见13.179–83)。关于讨论,见Friedrich(1989)395–99。
* 朱庇特是罗马神话中的主神,即希腊神话中的宙斯。
** 尼普顿是罗马神话中的海神,即希腊神话中的波塞冬。

招待客人会带来的后果。其结果就是他们自己被永远地改变了,或者是受到限制,或者是身体残废。在这两件事里,这样的损失都伴随着一种对古老的神谕(palaiphata thesphata,9.507=13.172)的承认。费埃克斯人高于独眼巨人波吕斐摩斯,在于他们在神谕实现之前就记起了神谕(8.555-69)。然而这样的认识也没给他们带来任何好处(参见8.563f.);并且,就如库克洛普斯人一样,他们太相信自己受到"众神明的眷顾"了(6.203;参见9.107)。因此,国王阿尔基诺奥斯以一种费埃克斯人典型的自满自得,满不在乎地打消了对这个预言的顾虑:"神明是让此事实现,还是不应验,全看他心头持何意愿。"(8.570f.)费埃克斯人预先就知道,渡送一个像奥德修斯那样的凡人会带来灾难,但这并没有阻止他们兑现把奥德修斯护送回家的承诺。与这形成对照的是,艾奥洛斯对凡人生活有一种神明般的聪明而冷淡的看法,所以他拒绝再给奥德修斯任何更多的帮助(10.72-75)。

求援者和外乡旅客都受宙斯保护,但当奥德修斯向波吕斐摩斯要求客人应有的待遇,波吕斐摩斯不仅一口拒绝(9.266-71),而且认为库克洛普斯人是不受神明约束的。他解释说,"库克洛普斯们从不怕提大盾的宙斯,也不怕常乐的神明们,因为我们更强大"(polu pherteroi,9.275f.)。但是波吕斐摩斯不仅不恭不敬,也大错特错了。[28]早些时候洛克

---

[28] 对比荷马的《得墨忒耳颂歌》(Hymn to Demeter,译按:得墨忒耳是希腊神话中的农事和丰产女神,婚姻和女性的庇护者)148,在那里一个行为端正且虔诚恭敬的依洛西斯(Eleusis,译按:古希腊城市)公主坚持凡人是如何必须要忍受神明的礼物,"因为他们更强大"(polu pherteroi)。

里斯的埃阿斯的死亡（4.503-11）就是一个警告，提醒背逆神意而声称独立将会受到的惩罚。作为库克洛普斯的父亲，波塞冬在道德上还有待发展。

库克洛普斯人因为他们的食物而绝对地"相信神明"这事，指出了神赐之礼物不那么有益的一面，因为使得奥德修斯的报复成为可能的酒酿，根本上是来自"宙斯的雨露使它们生长"（9.111）的葡萄。在史诗中，有关"宙斯的降雨"（111）带来生长这样的诗句，另外只出现了一次，那是出自波吕斐摩斯之口，赞扬奥德修斯的美酒并且把它比作神浆神醪。

> καὶ γὰρ Κυκλώπεσσι φέρει ζείδωρος ἄρουρα
> αἶνον ἐριστάφυλον, καί σφιν Διὸς ὄμβρος ἀέξει·
> ἀλλὰ τόδ' ἀμβροσίης καὶ νέκταρός ἐστιν ἀπορρώξ.

> 富饶的大地也给独目巨人送来可酿酒的葡萄，宙斯的雨露使它们生长，但你带来的这酒酿却是神浆神醪。（9.357-59）

来自宙斯的雨露给了库克洛普斯人安逸的生活，但是也为奥德修斯的报复提供了方法。

波吕斐摩斯把美酒比作神浆神醪（9.359），这也强调了这个穴居的牧人/食人族与奥林波斯山上的神明们的天渊之别。当酒酿的目的是为了报复他生吃活人的习惯时（344，347），波吕斐摩斯把它称为"仙酿般"和"神酒般"（359）。

而且，库克洛普斯人所知道的酒酿（vin ordinaire，普通酒）是来自宙斯的赐礼——酿酒的葡萄无须播种和耕耘就会生长（109）。因此，大致说来，它与库克洛普斯走向文明与"文化"的其余的生命之间有一种模棱两可的关系。另一方面，奥德修斯用来对抗波吕斐摩斯的 grand cru（著名葡萄酒）却是超文明化的：它是阿波罗的祭司马戎（Maron）送的礼物，之所以送给奥德修斯，是因为奥德修斯和他的同伴保护了这位祭司和他的家人（196-201）。[29]

那么，无论从道德上还是艺术上来说，马戎的美酒离波吕斐摩斯的生活和行为都尽可能遥远，这是非常合适的。作为一种对神明的"尊敬"（αζόμενοι, 200）和对制止潜在暴力的奖赏，马戎把美酒连同其他"珍贵的礼物"（9.201）送给了奥德修斯。美酒出现在奥德修斯的储藏之中，这本身就是一种人与人之间文明的交换的结果：对神明的尊敬，对暴力的制止，以及礼物的赠予。

从各方面来看，马戎的生活都是独眼巨人生活的对立面。波吕斐摩斯居住在山中的一个洞穴里，和他的绵羊而非神明住在一起；而马戎作为阿波罗的祭司，居住在阿波罗的一个圣林里，他的人类家庭虽然很小但是却很完整，包括妻子、孩子还有仆人（206f.）。[30] 和这美酒一起的礼物还包括

---

[29] 见奥斯丁（1983）20-21。
[30] 除了他的管家，马戎没有让其他任何一个仆人知道有此酒贮藏，这一事实自然表明了它的珍贵，但是它可能也预示了奥德修斯将用它来对付波吕斐摩斯的诡计。

黄金和白银的器皿以及其他文明的食品，即奥德修斯装载上船只的"食物"（ἦα）。[31] 他的美酒是一种"神明的饮料"，有着甜美和神明般的芳香，要用二十倍的清水来掺兑（205-11）。但是库克洛普斯，尽管他把这美酒称之为神浆神醪，却没有冲兑就喝了，然后打着嗝，把它混着一块块生的人肉屑吐了出来。

209
> ἦ, καὶ ἀνακλινθεὶς πέσεν ὕπτιος, αὐτὰρ ἔπειτα
> κεῖτ' ἀποδοχμώσας παχὺν αὐχένα, κὰδ δέ μιν ὕπνος
> ἤρει πανδαμάτωρ· φάρυγος δ' ἐξέσσυτο οἶνος
> ψωμοί τ' ἀνδρόμεοι· ὁ δ' ἐρεύγετο οἰνοβαρείων.

> 他这样说，晃悠悠身不由己地倒下，
> 粗壮的脖子歪向一侧，偃卧地上，
> 被征服一切的睡眠制服，醉醺醺地
> 呕吐不止，喉咙里喷出碎肉和残酒。（371-74）

实际上，他只是用这个新的饮料酒酿来代替他刚才喝的"不掺水的"牛奶，来就着他早些时候同样令人毛骨悚然的晚饭。

> αὐτὰρ ἐπεὶ Κύκλωψ μεγάλην ἐμπλήσατο νηδὺν

---

[31] 在 2.289f., 那样的"食物"被描述为包括"美酒和谷物，人的精力的源泉"，从而暗示了这样的食物是完全文明化的饮食，而不是库克洛普斯的牛奶和生（人）肉。

> ἀνδρόμεα κρέ᾽ ἔδων καὶ ἐπ᾽ ἄκρητον γάλα πίνων,
> κεῖτ᾽ ἔντοσθ᾽ ἄντροιο τανυσσάμενος διὰ μήλων.
>
> 库克洛普斯填满了他的巨大的胃壑,
> 吃完人肉,又把不掺水的羊奶喝够,
> 仰身倒卧地上,躺在羊群中间。(296-98)

这种"不掺水的羊奶"(akrēton gala, 297)从而为美酒文明的来源和它凶暴的饮用者之间出现的差异做好了准备,而且,就如丹尼斯·佩奇(Denys Page)所说,不是"一种很小,但是非常典型的疏漏"。[32]

原本应该以文明的方式饮下的美酒,在这里被如此糟蹋,而它终将被证明是与库克洛普斯合适的交换。波吕斐摩斯拒绝尊重客人应得的权利,而奥德修斯把美酒给了波吕斐摩斯,于是美酒就反衬了库克洛普斯的待客之道。这块土地上的所有赠礼都是有害的;库克洛普斯把最后吃奥德修斯作为给他的礼物,而美酒使奥德修斯能够夺去波吕斐摩斯的视力。

库克洛普斯被奥德修斯的"无人"(Outis / Mētis)的诡计骗到了,因为,就如他们对波吕斐摩斯说的那样:"既然你独居洞中,没有人对你用暴力,**若是伟大的宙斯降病患却难免除**,你该向你的父亲强大的波塞冬求助。"(9.410-12)那么,波吕斐摩斯甚至比他的同类库克洛普斯人更为愚笨,

---

[32] Page(1955)7.

因为就生命（111）和可能的死亡（411）来说，库克洛普斯人实际上比神明们更弱小，而且他们也依赖神明。[33]后来，波吕斐摩斯采纳了库克洛普斯人的建议向波塞冬祈求，但是为时已晚（526ff.）。

另一方面，波吕斐摩斯也没有夸耀他比神明们更优越的理由，因为他自己的生命被一个灾难的预言限制着（9.507-14）。他缺乏理解那种神谕的智慧。尽管这个神谕是由一种预言（mantis anēr，508）来传达的，但是却源自宙斯及其意志。尽管波吕斐摩斯知道对奥德修斯的生命来说，有一种他所不能控制的注定的命运（moira，532），但是他不能感知到这些未来事件后面的任何道德模式或者更大的目的。与之相反，奥德修斯在他对波吕斐摩斯的第一次讲话中，就已经把他在库克洛普斯岛上的登陆归于宙斯的意愿或者诡计了（262）。[34]

当波吕斐摩斯回答奥德修斯的夸耀时，他声称自己是

---

[33] 古代的注释者们指出，波吕斐摩斯在9.275的声称与在9.411这里的说明是自相矛盾的，并且把这归于他恶劣的性格以及他与其他库克洛普斯人的隔离：见对9.411的批注。

[34] 宙斯的"明确的谕言"（早些时候是在作品中，但是后来就在奥德修斯归返的年表里了）已经阐明了这位英雄的moira（命运）的另一部分了，也就是，他将"见到自己的亲人，返回他那高大的宫宇和故土家园"（5.41f.）。宙斯的声明并非与库克洛普斯的诅咒不一致，因为宙斯也知道这个归返不是apēmon "没有苦难的"（5.40）；但是，在对奥德修斯的护佑神所说的话里，他强调的是收获而不是损失。参见阿尔基诺奥斯的自信，他们"从不担心会遭受任何损伤"（pēmanthēnai，8.563），因为"我们安全地伴送所有的外来客"（pompoi apēmones，8.566）。

波塞冬的儿子,以此来提高他的神明父亲帮助自己的可能性:"只要他愿意,他还会治好我的眼睛,**其他常乐的天神和凡人都无此能力**。"(520f.)[35]通过如此激烈地把波塞冬和其他神明区别开,从某种意义上来看,波吕斐摩斯是向奥林波斯发出了这样一个信息:他自己在库克洛普斯人当中也是孤立的。就其表现而看,波吕斐摩斯完全缺乏对神明秩序的理解,在这一秩序中,波塞冬的意志(αἴ κ' ἐθέλησι, 520)从属于宙斯的意志。史诗最早的场景就已经显示出宙斯取消了波塞冬的意志(1.78f.);而且在第5卷中,宙斯重申了奥德修斯的归返是他"明确的谕言"的一部分(nēmertea boulēn, 30)。当那个计划在第13卷中完成的时候,波塞冬甚至重复了宙斯的话(13.130-38＝5.38-40),但是也只能惩罚惩罚费埃克斯人,聊以自慰(参见13.131-33)。

于是,波吕斐摩斯对"其他任何常乐的神明"强调性的排斥是一个严重的失误(520)。它反映出一种行为模式,这种行为模式符合我们目前所知的波吕斐摩斯的风格。他不合理地寄希望于波塞冬的"意愿"和权势。尽管他那些同族的人也建议波吕斐摩斯向波塞冬祈求(9.412),但是他们原本应该能给他更好的劝告,因为他们知道宙斯降下的疾病无法避免(9.411)。

尽管波吕斐摩斯夸口说,波塞冬本人"只要他愿意,他

---

[35] 这种对波塞冬潜在的帮助的自信,与阿尔基诺奥斯在8.570f.轻描淡写地打消了对波塞冬预言过的威胁的顾虑,形成了一种补充。

还会治好我的眼睛",但他实际上只是祈求波塞冬为他报仇,这是一个和波吕斐摩斯愚钝的道德相吻合的矛盾。他请求波塞冬阻止奥德修斯的归返,而不是请求他治好自己的眼睛。其他的库克洛普斯人以不同的方式劝过他:"若是伟大的宙斯降病患却难免除,你该向你的父亲强大的波塞冬求助。"(9.411f.)他们的劝告已经使请求治好眼睛的祈祷有一种真实的可能性,[36]但是波吕斐摩斯自己的愚钝使他继续遭受痛苦。这个库克洛普斯人不止在一个方面是个瞎子。

这个预言的另外一个特点也揭示了同样的愚钝和无知。波吕斐摩斯只能以他自己的词汇——暴力和征服——来理解这个预言(9.513-16):他料想的是一个更高大强健的攻击者,结果却只是瘦小孱弱之辈"用酒把我灌醉"(516)。[37]他也没有把这个预言和他对奥德修斯的行为或者宙斯保护下的客谊的蔑视(272-78)做任何联系。尽管他对奥德修斯进行了诅咒,但是他是暴力的忠实信徒。荒谬的是,他的胜利靠的不是自己;他作为最后的救命稻草使用的方法,却被证明是正确的。他所投出的最后一个投掷物没有击中奥德修斯的船只,但他的诅咒最终却的确让奥德修斯遭了殃(536-40)。祈祷所说出的话语——不可见而又遥远的实现——终究

---

[36] 9.412 的措辞暗示着波吕斐摩斯可以期望波塞冬的帮助来治好他的眼睛,因为这个神明是他的父亲。
[37] 在我看来,Dimock(1989)113 太过于乐观地解读了库克洛普斯的反应。关于库克洛普斯对神明权势的接受,除了他对波塞冬的祈祷这个最狭义的方面,文中并没有任何的证据。

是更为有效的复仇工具。

在提供他具有讽刺性的"赠礼"时（ἵνα τοι πὰρ ξείνια θείω，"我会赐你礼物"，9.517f.；参见356，ἵνα τοι δῶ ξείνιον，"好让我赠你礼物"），波吕斐摩斯也会重复他早些时候的残暴。然而，他向波塞冬祈祷时伸出双手的姿势（527）和奥德修斯向宙斯保护下的客谊祈祷时的姿势（294）相似。这种相似进一步确认了奥德修斯的理解，他对波吕斐摩斯的报复是由神明们发起的一次正义的惩罚（tisis）行动（τῶ σε Ζεὺς τείσατο καὶ θεοὶ ἄλλοι，"因此宙斯和众神明让你受到应有的惩处"，479；参见270，275-78）。奥德修斯声称"宙斯和众神明"是复仇者（479），这也可能是对波吕斐摩斯蔑视"宙斯和其他常乐的神明"的一种讽刺性的提醒（275-76）。

即使身在波吕斐摩斯洞穴的深处，奥德修斯也期待着神明的佑助，希望有来自雅典娜的正义的惩罚行动（tisis，εἴ πως τεισαίμην，δοίη δέ μοι εὖχος Ἀθήνη，"心中思虑，如何报复，祈求雅典娜赐我荣誉"，9.316f.）。彼时，奥德修斯和他的同伴面对库克洛普斯"残忍的行径"（295），正深陷于"绝望的无助"（amēchaniē）之中。但是，当库克洛普斯唯一的依靠是向神明祈祷时，局面就被扭转过来了——尽管波吕斐摩斯并不这么认为，但是在我们看来，这是波吕斐摩斯对神明更为强大这个事实一种不言而喻的承认。而在他第一次的野蛮行为中，他是那么强烈地公开蔑视神明（275f.）。相反，库克洛普斯这一道德上的无知支持了史诗开场白所阐明的对神明的观点。波吕斐摩斯的鲁莽（atasthaliai）包括野蛮行为本身，也包括他行为的依据：对神明们错误的傲慢态度（275-77）。

奥德修斯自己的叙述让我们知道，这个阶段他依然需要对神明有更多的了解。在他第一次的夸耀中，奥德修斯提到宙斯的惩罚（9.478-80），但他很快又走出了危险的一步，推测波塞冬将会做什么："我真希望能夺去你的灵魂和生命，把你送往哈得斯的居所，那时即便是震地之神，也无法医治你的眼睛。"（525）[38] 正是在奥德修斯讲出这大可不必的冒犯之语时，波吕斐摩斯说出了他的诅咒（526-35）。也正是在那个时候，奥德修斯瞥见了这种祈祷可能具有的力量，从而（不明显地）瞥见了自己的愚蠢："他（波吕斐摩斯）这样祈祷，黑发神听取他的祈求。"（536）当奥德修斯把库克洛普斯的大公羊献祭给"统治一切"的宙斯时，他认识到宙斯"没有接受献祭，仍然谋划如何让排桨精良的船只和我的那些忠实同伴们全部遭毁灭"（552-55）。如果仅仅作为叙述的信息来看，这些诗行表现出一个深陷于一连串事件中的凡人有限的认识。但是它们也可以表明这个人追溯既往的认知。很多年之后，他正在讲述这个故事，从这样的距离他可以看清楚以前没能看明白的神明干预的模式。

我们不能假定奥德修斯在 9.553-55 的评论证明了宙斯道德上的独断专横，或者证明了这首史诗是不同版本随便而

---

[38] 关于奥德修斯的假定所表现出的愚蠢，见对 9.525 的批注。

草率地拼凑在一起的结果。即使神明的干预是为奥德修斯好的时候，荷马在区别他叙述的全知全能与奥德修斯对神明干预的无知方面也是非常小心的。[39] 我们这些听众知道宙斯的计划，也只是通过全知全能的叙述者对史诗的编造，他能告诉我们奥林波斯山上的神明们说了些什么（参见 1.65–79 和 5.30–42）。[40] 全知全能的叙述者第三人称的讲述，让我们看到了库克洛普斯的诅咒与宙斯意志之间的联系，当然，那是一个奥德修斯不能参与的奥林波斯的场景（13.125–45；参见 1.68–75）。与波塞冬在奥德修斯的各种事情里那种直接的、具体的、神人同形同性论的（anthropomorphic）干预相反的是，这个来自宙斯的反面征兆遥远而神秘（9.552），对奥德修斯来说也是难以解释或者理解的。

在波吕斐摩斯的海岛上，英雄与他的敌人越来越相似。不论是对英雄还是对魔怪来说，仇恨与愤怒都以不同的方式预示着要不顾他们自己的利益。波塞冬的愤怒是因儿子而起，如果这种愤怒是波吕斐摩斯那种原始的野蛮的延伸，那

---

[39]《奥德赛》12.389f. 是最明白的例子。也参见 6.325f.，在那里，奥德修斯不知道乔装打扮的雅典娜实际现在就在他旁边帮助自己；在 7.263 处，在她对阿瑞塔概括他的旅行的时候，他不知道是否是卡吕普索"因为宙斯的消息或者她自己改变了主意"而放他离开。关于荷马在使凡人和神明的认识保持不同中所表现出来的细致，见 Jörgensen（1904）366f.。

[40] 奥德修斯在 9.553–55 中所说的和宙斯在第 1 卷、第 5 卷中所说的之间的不一致（如果算是不一致的话），可以通过奥德修斯的假设很简单地来解释：即，人类的事情，大体上都是以这种或者那种方式由宙斯统治着的（也见，比如在 6.188f. 瑙西卡娅），而且无论程度多么轻，波塞冬的意愿要实施，终究也需要宙斯的允许：见注释 [42] 以及 [43]。

么奥德修斯也陷落到类似的冲动的愤怒和复仇地步了：他"满怀愤怒"（κεκοτηότι θυμῷ, 9.501）对库克洛普斯喊话，[41]开口夸耀，结果招致了巨大灾难（501–5）。然而，不像库克洛普斯，奥德修斯最终认识到了他行为的后果，这当然是因为他正在讲述这个关于自己过失的故事。当他讲到自己是怎样拒绝理会同伴们的"好言相劝"时（492f., 500），奥德修斯让我们看到了他对自己愚蠢行为的回顾性认识。

波吕斐摩斯对他那头公羊的一番讲话，是他最接近那样一种沉思的时候；而这只不能说话的牲畜，正带着他的敌人奔向安全之地。

> "公羊啊，今天你为何最后一个出山洞？……或者主人的眼睛令你悲伤，它被一个恶人刺瞎，他和他的同伴们先用酒把我的心灵灌醉，他叫无人，他肯定还未能逃脱死亡。要是你也能思想能说话，你便会告诉我，他现在在那里躲藏，逃避我的愤怒。"（9.477f., 452–57）

许多个世纪以后，忒奥克里托斯和奥维德（Ovid）发掘出了在那一刻使这个怪物具有一些人性的那一丝感伤；但是，即使波吕斐摩斯最为努力地对另外一个生物表示同情，也注

---

[41]"满怀愤怒"这一措辞在史诗中仅又出现了两次，两次都是在极端愤怒的情况下：奥德修斯在19.71处对放肆无礼的女仆墨兰托的讲话，以及在22.477处对墨兰提奥斯肢体的损毁。这显然类似于波塞冬本人的 *kotos*（愤怒，11.102＝13.342）。

定要失败。库克洛普斯的"意趣一致",或者说同感(同情,*homophrosunē*, *homophroneois*, 456)和奥德修斯用他机智得体的话在瑙西卡娅那里所引起的文明化的*homophrosunē*截然不同(6.181-85);这只是对不会说话的牲畜讲述的一个愿望,而这头牲畜实际上正在营救他深恨的敌人。那么,在语言和情节的层面上,波吕斐摩斯只能反复地讲他上当受骗的方式("无人",9.455,460)。当充满同情的平静这短暂的一瞬让位于复仇的想法时,波吕斐摩斯只能反复地讲他自己残暴的暴力,他要把敌人的脑袋摔破:"脑浆迸流,溅满四壁,方可消解可恶的无人给我的心头造成的痛苦。"(9.458-60;参见9.289f.)

在库克洛普斯的这段情节里,奥德修斯对宙斯的意志多半还依然茫然无知。尽管在把波吕斐摩斯的公羊做献祭的时候有不祥的预感(9.553-55),但是奥德修斯从来没有弄清楚,他归返途中遭遇的艰难和损失究竟与波塞冬的愤怒和宙斯的共谋之间有什么关系。在他关于这次献祭回顾性的评述中,他既没有提到库克洛普斯,也没有提到波塞冬。[42]奥德修斯对波塞冬愤怒的直接认识,仅仅是在他逃离了这一愤怒回到

---

[42] 即使是特瑞西阿斯的预言也似乎没能让他看清楚(11.102f.)。当伊诺-琉科特埃(Ino-Leucothea)问奥德修斯为什么波塞冬如此恨他时(5.339-41),她很自然地认为一个经历海难的人是惹起了海神的愤怒:见4.505f.。在5.423,5.446和6.326等处,奥德修斯知道了或者设想到了波塞冬的愤怒;但是即便他有特瑞西阿斯的预言,他对库克洛普斯也不着一词。当奥德修斯因为卡吕普索确对神明的行为有稍微的了解时,愤怒却是来自赫利奥斯而不是波塞冬了(12.374-90)。9.553-55的某些困难可能是因为荷马试图想要把对过去的一种简单明了的叙述和第一人称的回顾结合起来。

伊塔卡的时候（13.342f.）。严格地说，他断言宙斯"依然谋划如何让排桨精良的船只和我那些忠实的同伴们全部遭毁灭"是不对的（9.554f.），因为我们从来没有听见宙斯正好就是用这样的方式来计划。他的"明确的谕言"是以一个相反的方向为目标的，目的是"奥德修斯的归返"（5.30）。在史诗的开始，他就明确地说过奥德修斯归返延迟的原因不是他的任何安排，而是波塞冬为他儿子的失明所进行的报复（168-70）。

当奥德修斯离开了库克洛普斯原始的道德领域，神明正义的性质就以一种不同的方式显现了。当奥德修斯描述他旅行中最后的灾难，即离开特里那基亚的海难时，他把毁灭和帮助都归于宙斯：宙斯用雷电把船击毁（12.415f.；参见7.250），但也是宙斯阻止了斯库拉的再次出现（12.445f.）。[43] 在评论这个具有帮助意义的干预时，奥德修斯给予了宙斯父亲的称呼："凡人和天神之父。"（12.445）这次海难是在宙斯的示意下发生的，不像第5卷的那次海难是波塞冬发起的，因为这不仅仅是一个特定神明个人仇恨的结果，而是有一种对正义的要求。奥德修斯在这个时候明确地提到宙斯，可能反映了他对自己同伴遭受到死亡的惩罚有所认识。在赫尔墨斯拜访卡吕普索的海岛之后不久，奥德修斯新近从卡吕普索那里知道（12.389f.），毁灭的行动者是宙斯，但是他也知道宙斯已经从赫利奥斯那里接手了一个任务，那就是对一

---

[43] 宙斯在此的角色和他在5.30f.影响"奥德修斯的归返"的"明确的谕言"之间并没有必然的矛盾，因为后面的段落是在奥德修斯离开特里那基亚失去他的同伴和船只七年之后才说的（12.415f.）。

个侵犯神明特权的凡人进行惩罚（参见12.374-88）。当奥德修斯让他的同伴在特里那基亚上发一个庄重的誓言"任何人都不得狂妄地萌生宰杀之念，随意伤害壮牛和肥羊"（12.300f.），他呼应了开场白里诗人自己关于他们致命的鲁莽（atasthaliai，1.6-9）的话，所以推测起来，他大概离体现在那种全知全能叙述中的真实的认识越来越近了。

赫利奥斯与特里那基亚

尽管库克洛普斯在他的诅咒里包括了"失去所有的同伴"，但却不是这个诅咒本身引起了他的报复。这是由于他们自己对神的命令——吃赫利奥斯的神牛——这个禁忌的违犯。[44]这一模式在开场白中确认了宙斯的神学——我们现在通过奥德修斯的眼睛能够看到，而且这个模式也以神的概念介绍了一种重要的变化。不像波塞冬的报复，赫利奥斯的报复是从一系列仔细划分的阶段发展起来的，这些阶段表明了这些同伴几乎每个时刻的责任。[45]

---

[44] 关于吃赫利奥斯的牛所涉及的宗教和仪式的违犯，见Vernant（1979）243-48。在特里那基亚之前，奥德修斯不知道他的同伴的命运已经注定。特瑞西阿斯曾指出，即使是库克洛普斯的诅咒也不一定会导致同伴们的毁灭，因为波塞冬只是要使归返"艰难"（argaleon，11.101）。基尔克后来一字不差地重复了特瑞西阿斯的话（12.137-41＝11.110-14）。

[45] Schadewaldt（1960）865-66对同伴逐渐的、一步一步的毁灭过程给出了一个很好的说明，但是夸大了奥德修斯誓言的重要性，他把奥德修斯的誓言认为是一种道德化的附加，来使这段情节与开场白中的神学相适合（867-68）。而实际上，当他们在特里那基亚登陆后，再没有提起过这个誓言（12.298-304）。也见Bona（1966）10f.，以及Andersen（1973）12-14。

在第一个阶段，奥德修斯通过重复特瑞西阿斯和基尔克的警告，力劝他们绕过特里那基亚而行（12.271-76）。在闹派别、好捣乱的欧律洛科斯的带领下，同伴们拒绝这样的劝告，抱怨说已经疲惫不堪（278-93）。除非他们发誓不伤害那些神牛奥德修斯才会让步，然后他的同伴们就这样发了誓（303f.）。当他们真的登陆后，奥德修斯再次重复了这个警告（320-23）。

在第二个阶段，一个月过去了，他们因为无风不能航行，也开始缺乏食物（12.325-32）。奥德修斯退到避风处向奥林波斯所有的神明祈求，但是神明们却"把甜蜜的睡眠撒向（他的）眼睑"（337f.）。趁他不在的时候，欧律洛科斯"开始他邪恶的计划"（339），发表了第二次讲话，鼓动同伴们不服从命令。他建议说，如果他们能回到伊塔卡，他们就可以用祭品来弥补；无论如何，在海上迅速地死亡也要比在这个岛上慢慢地饿死更好（340-51）。

奥德修斯在第三个阶段醒来，发现了他的同伴所做的一切，于是对宙斯和其他神明抱怨，说他们"用残忍的睡眠，将我欺哄，使我遭难"，而在这期间其他的人"做下了可怕的事情"（12.371-73）。这个对"宙斯和其他神明"的抱怨恰好阐明了宙斯在开场白中针对人类提出的谴责（1.32ff.）。导致这个灾难的根本原因是同伴们自己的愚蠢行为，而不是神明们的恶意。神明们只是利用了凡人躯体的弱点（奥德修斯的嗜睡）来给予同伴们空间和自由，但这也正毁灭了他们自己。[46] 和库克洛普斯情节不同的是，道德的起因在这里明显可见。

在最后一个阶段，赫利奥斯知道他的牛被宰杀了，于是立刻告诉了宙斯并威胁说，除非他得到 *tisis*，"赔偿"，否则他将从世界收回他的光芒（12.378-382）。其时，那些同伴献祭并吃了神牛，在那之后，宙斯在适当的时候，引诱他们再次来到开阔的海上，毁灭了船只。只有奥德修斯活了下来（397f.）。

当然，神明们并没有特别努力地帮助这些窘困的希腊人；而且正是他们降到奥德修斯身上的"甜蜜的睡眠"导致了这次灾难。我们为那些命中注定的同伴感到同情；在当时的环境下，他们的错误似乎是可以宽恕的，而且无论如何不应受到那么严厉的惩罚。然而，这一行为涉及对凡人和神明之间界限的逾越，所以奥德修斯的叙述强调的是他同伴的责任而不是神明的恶意。尽管宙斯送来了风使得

---

[46] 神明们施降睡眠的任务有些模棱两可，这是有疑义的。这次睡眠似乎是作为对奥德修斯在 12.337f. 的祈祷的一种讽刺性回答。构成这个主题的通称"甜蜜的睡眠"（*glukus hupnos*，338；*nēdumos hupnos*，336）与"残忍的睡眠"（*nēleēs hupnos*）之间的对比，可能也暗示着奥德修斯正在为普通的凡人肉体的弱点而责备神明们。神明们涉嫌用"残忍的睡眠"诱使奥德修斯犯了"糊涂"而沉沉睡去；所以当奥德修斯在 12.372 处醒来时，他大声怨诉。比较《吉尔伽美什史诗》（第二简册，197-228）中睡眠考验人类的弱点的作用。在艾奥洛斯这段情节里与主题相关的睡眠（《奥德赛》10.31f.）是由奥德修斯整整十天独自掌舵而自然引起的（1031-33）。在赫利奥斯这段情节里，动机不明的睡眠可能是一种更深的疲惫和不断失去控制的结果。关于这个问题以及以前文学作品的评论，见 Bona（1966）21-23。

希腊人在一个中空的洞穴里停泊船只（12.312-17），这也只是在欧律洛科斯"强迫"奥德修斯首先在特里那基亚登岸之后（297）。值得注意的是，这里没有提到把他们搁置在海岛上长达一个月的南风是哪位神明所为。荷马只是说："整整一个月，南风劲吹不见停息。"（325）就如开场白中的埃吉斯托斯和后来的求婚人，同伴们都被充分地警告过。但是他们也屈服于"轻率的愚蠢行为"（atasthaliai），尽管他们可以选择另外的行动。当他们决定宰杀赫利奥斯的神牛时并不是真的快饿死了：他们当时靠游鱼、飞鸟和其他的猎物为生（330-32）。这些食物可能不合他们的口味，但是却足够让他们活下去。

就荷马史诗常用的双重决定（double determination）这种策略来看，神明的干预是同伴们失去了士气、纪律以及良好判断力的可见的表达方式。当奥德修斯同意欧律洛科斯靠岸的要求时，他意识到"恶神在制造种种祸殃"（καὶ τότε δὴ γίνωσκον ὃ δὴ κακὰ μήδετο δαίμων，12.295）。神明的这种"图谋"有其明显可见的、对应的人类事件，那就是在神明把睡眠降临到奥德修斯身上之后不久，欧律洛科斯就"开始向同伴们提出坏建议"（339）。奥德修斯自己有先见之明，把同伴最初的违抗认为是"邪恶的鲁莽"，atasthaliai kakai（300），从而使他们的行为符合宙斯在开场白中的警告和对求婚人的惩罚。

即使这样简短的分析也可以展示出赫利奥斯的愤怒是怎样仔细地被激起的，还可以展示出这与波塞冬愤怒的情况和具体实施有多么的不同。[47]因此，到这个程度，奥德修斯关于他和他同伴遭遇的解释，就从一种愤怒的报复模式发展到了一种个人责任上面，也发展到了一种至少是部分定义了的道德因果关系上面。

波塞冬从来没有提到过正义。他完全是被神人同形同性论的、个人的仇恨所激发。奥德修斯惩罚库克洛普斯并没有犯罪，而这个神明也只是心怀强烈的怨恨。当宙斯同意波塞冬对无辜的人实施报复（13.128-58），他是在同意一种行为的模式，就如我们已经指出的那样，通过把库克洛普斯人、费埃克斯人以及波塞冬与一个更古老的黄金时代/白银时代的社会联系起来，这种模式也被归为遥远或者陈旧过时的一类。似乎现在也依然能在费埃克斯人身上看到他们在远古时代与巨灵族和库克洛普斯的亲近关系（参见6.4-6，7.59ff.）。即使如此，宙斯调和了波塞冬的暴行，因此这位海神没有"击碎"船只而只是把它变成了岩石（13.151和163f.；参见13.177f.）。[48]波塞冬现在"单独地"

---

[47] 那样的考虑也说明，这些分析者把赫利奥斯仅仅看作是波塞冬的复制品这样的观点是不恰当的：见Schadewaldt（1960）861中的学术评论和注释〔1〕。我相信，同样错误的是由Fenik（1974）所提出的这样一个观点：赫利奥斯这段情节是"把赫利奥斯的故事与在宙斯的第一次演说中所提出的道德规范协调起来的一种草率的尝试，这样的尝试仅在愤怒故事本身中就会被抛弃"（225-26）。Fenik认为，因为当诗人把它们合入他的史诗中的时候，他不想改变"Apologoi（故事）的古老冒险故事"，所以问题就出现了（226）。但是我们应该区分可能的来源与最后的效果，或者，换句话说，历时视角和共时视角。

[48] 关于此处的宙斯和波塞冬，见前面注释〔27〕。

(*nosphi*，13.164）离开，又恢复了我们在史诗开头看见他时的情形（1.20）。

从世仇到正义

波塞冬的愤怒是一种狭隘的个人世仇中纯粹的愤怒（*kotos*，*cholos*）。荷马同时代的人当然会承认一个家庭成员要求复仇的权利。在伊塔卡，奥德修斯撒的第一个谎刚好就包含了那样一种家庭世仇的故事（13.258-73）。稍后，特勒马科斯从特奥克吕墨诺斯的预言中也知道了一个类似的故事（15.224，272-78）。史诗也将以安提诺奥斯之父拟报杀子之仇来结束（24.433-37）。然而，宙斯在史诗开头提到的家族复仇的范例，即俄瑞斯忒斯（Orestes）的故事，就在超越命限、缺乏良好的判断力以及惩罚（*huper moron*，*agatha phronein* 和 *tisis*，1.35-43）这样一种清楚的道德结构之中，埋下了那种世仇。在第 13 卷中，当奥德修斯从波塞冬的领域里逃出来之后，神明无情的愤怒这个主题就从史诗中退出了。[49] 一旦离开了这个神明的势力范围，奥德修斯就和神明建立起了一种新的关系。离开特洛亚之后，在奥德修斯与自己的保护女神雅典娜第一次面对面的相遇中，这种新的关系就开始了（参见

---

[49] 关于波吕斐摩斯的失明和波塞冬的愤怒，除了第 9 卷以外，见 1.68-79，5.339-41，5.446，6.328-31，11.101-3，13.125f.，以及 13.339-43。但是，在得摩多科斯关于阿瑞斯和阿佛罗狄忒的歌曲中，具有讽刺性的是，是波塞冬提出了一个和平的、非暴力的解决办法：见前面注释〔24〕。

13.314-23）。[50] 这种关系较之以前立刻就变得非常私人化，而且更集中在道德行为上。库克洛普斯人和费埃克斯人与各自神明的关系，都是以家系宗谱为基础的；然而就如雅典娜指出的那样，奥德修斯与自己的关系是基于一种本性的相似。[51] 换句话说，这样的转移是从一种转喻的原则到一种隐喻的原则，是从（血缘上的）邻近到（本性上的）相似。[52] 宙斯是所有神明中最超然的一位，也是这种以原则而不是血缘为基础的关系最完美的体现。宙斯平息了兄长波塞冬的愤怒，缓和了波塞冬对奥德修斯和费埃克斯人的报复，在这之后，他几乎完全变成了一个遥远奥林波斯的正义与报偿的守护神。

赫利奥斯这段情节为这个发展做好了准备，因为它体

---

[50] 关于这一场景作为奥德修斯境况的一个过渡时刻的重要性，见 Rutherford（1986）157-59，以及他的注释[63]中的参考书目。

[51] 比如，《奥德赛》13.296-99, 330-32。见本书第 3 章；也见 Clay（1983）42-43, 198-99。参见《奥德赛》5.5-20 和 Pucci（1987）20-23。也请注意雅典娜在 13.298f. 展示自己身份时对她在 pasi doloisi（所有的诡计）中的技巧的强调，这个强调呼应了奥德修斯在 9.19f. 对费埃克斯人做自我揭示中所用的同样的词汇：见 Pucci（1982）52。

[52] 我们得非常小心，不把这次见面过分地从道德上来解释；Rutherford（1986）148 很恰当地指出了一点，即雅典娜为他们之间的相似感到高兴，是在于谋略诡计而不是道德行为方面。但是也不能完全排除道德。固然，雅典娜强调作为他们共同纽带的是聪明而不是道德；但是良好的判断力或者 13.332 处坚定的意志（echephrēn）这样的品质是一种道德的使用：参见 22.411-16。而且，她欣赏奥德修斯的道德品质，在一开始的时候，她在 1.60-62 赞扬奥德修斯虔敬的品质，而且宙斯也赞同。在第 13 卷他们见面时，雅典娜显然不能谈起和他**分享**虔敬的品质，因为她是以一个女神的身份在说话，而且荷马也不能说神祇是"虔敬的"。

现了一种转向，即从一个特殊的神明（报复奥德修斯的波塞冬）转向一个共同的神明（让赫利奥斯留在天堂的宙斯），从狭隘的、个人的动机转向维护世界秩序的努力。甚至赫利奥斯的报复也有一种道德的结构，因为宰杀并啖食神牛违犯了保持神明和凡人之间适当距离的献祭原则。[53] 在史诗第 13 卷的重要的地理过渡中，这些行动都聚合起来，也就把两种神明的发展带到了一起：从父系忠诚到性格相似的改变，以及从纯粹的神人同形同性论的报复到正义的管理的改变。

到史诗的最后，奥德修斯渐渐接近于意识到宙斯在世间的奥林波斯计划（尽管就如我们将看见的那样，带着一些重要的限制条件），并回应了宙斯在开场白里对凡人的抱怨，奥德修斯站在求婚人的尸体上回应了宙斯的话："他们为自己的罪恶得到了悲惨的结果。"（22.416；参见 1.34）后来，拉埃尔特斯以类似的话认可了他的儿子及其行为，说那是求婚人"暴行"（atasthalon hubrin eteisan，24.351f.）的报应。[54] 甚至佩涅洛佩，虽然她怀疑奥德修斯的归返，但是对神明正义的途径却毫不怀疑："或许是哪位天神杀死了高傲的求婚者，被他们的傲慢态度和劣迹恶行震怒……他们罪有应得。"（23.63–68）另一方面，那些被杀掉的求婚者并不

---

[53] 见本章注释〔44〕。
[54] 关于这一段，见 Dimock (1989) 330。也请注意预言者哈利特尔塞斯（Halitherses）关于求婚人的死亡是因为他们自己的"恶行"（atasthaliēsi kakēsi，24.458）这样的评论；求婚人的亲属并不理会他，就像当他在第 2 卷中的集会上解释老鹰的预兆时，求婚人自己也不怎么理会他的预言一样。

懂得他们死亡背后的道德模式。安菲墨冬在哈得斯里给阿伽门农解释他们的死亡时，只知道奥德修斯归返的背后有一些模糊的"邪恶的神明"（kakos daimōn，24.149）。他模模糊糊地觉察到"宙斯的智慧"（ἀλλ' ὅτε δή μιν ἔγειρε Διὸς νόος αἰγιόχοιο，"提大盾的宙斯的智慧给他感召"，24.164），但他仅仅将这种智慧作为一种唤醒忍受打击和侮辱的奥德修斯的中介力量，而不是看作在整体的归返背后的一种道德智力。就如库克洛普斯一样，他从来没有提到过"赔偿"或者"正义"（tisis，dikē）。

正义的复杂性

在第9卷中，对库克洛普斯的诅咒的描述以一种三层折射的方式展现出奥德修斯一生的故事：（1）奥德修斯听到预言，知道了自己注定的命运（moira）；（2）从敌人讲的故事里听到自己的命运；（3）他现在正在把自己的故事讲给费埃克斯人听。现在我们把这个故事，作为一个故事中的故事来听。奥德修斯转述自己的失败，有时候带着"那样本会更合适"（9.228）之类的编者评论似的口吻。这样的转述展示出叙述者对自己的过去有一种更深入的理解。奥德修斯甚至讲到了他应该对自己的"草率愚行"而导致库克洛普斯对同伴的毁灭负责（10.435–37）。而在彼时，奥德修斯不准备把这个有关他自己的道德责任归于自己，而且他将会拔出他的剑来把说话人的头砍下来（10.438–41）。当然，他通过对这个谴责者的性格和情景的直率描述淡化了同伴的控诉：欧律洛科斯已经因为看见基尔克的魔法而受到了精神上的创伤（10.431-34）。然而，奥德修斯并没有压制这样的谴责，也没有压制他自己对此的暴力反应（10.438-42）。[55]当然，也可能他的目的是要向费埃克斯人展示，他是一个认识更深刻、更清楚的人了；但是，如果他的目的仅仅是为了取悦自己的客人，他完全可以避而不谈这些不让人喜欢的细节。

这一回顾的技巧传递了《奥德赛》重要的信息之一——人类的生活总是在进行当中：作为一个凡人活着，就意味着要经历苦难，要不断改变，还要一直保持对人类和神明的了解（1.3）。即使当奥德修斯已经达到了与佩涅洛佩团聚的目的，前面也还有更多的苦难，奥德修斯在讲述特瑞西阿斯的预言时阐明了这些苦难（23.248f.）。[56]即使当他安安全全地坐在费埃克斯人当中，告诉他们库克洛普斯的祈祷的时候，他也已经知道，归返途中的损失和苦难会夺去极度快乐的归返中的快乐（9.532-34）。

到史诗结束的时候，奥德修斯似乎已经从他的错误中吸取了教训。当他杀死最后一个求婚者之后，欧律克勒娅禁不住要为这胜利而欢呼，但是奥德修斯"阻止她，不让她说话，尽管她很急切"（κατέρυκε καὶ ἔσχεθεν ἰεμένην περ，22.409）。几年前不能控制夸耀的这位英雄，现在在夸耀实

---

[55] Gill（1990）10-11恰当地强调了奥德修斯关于他过去的描述道德上的可说明性和可接近性；但是，当我们也考虑到嵌入其中的叙述模式的多重折射时，情况就变得更加复杂了。
[56] 见本书第9章。

际上可能是安全而适当的场合阻止了自己的仆人。[57]然而，甚至在更早的情节里，奥德修斯这样的自制力就曾救过他的命：因为他忍住了想在波吕斐摩斯的山洞里把他杀死这种最初的冲动（ἕτερος δέ με θυμὸς ἔρυκεν，"但一转念又立即停顿"，9.302）。现在他告诉欧律克勒娅，"在被杀死的人面前夸耀不合情理"，因为"神明的意志"和他们自己的"恶行"，以及他们的狂傲自大导致了他们的毁灭（22.412–16）。416行里最后的一个词语把我们带回到开场白中宙斯关于人的鲁莽（atasthaliai）的警告（1.33f.；参见 1.7），但是，现在是奥德修斯本人来为这些事件做出道德解释。[58]

刚好就在这样的道德约束开始之前，奥德修斯答应特勒马科斯"停止"杀掉歌人和传令官的要求（22.356，367），他从道德上解释了自己胜利的意义。"放心吧，"奥德修斯对传令官墨冬说，"既然（特勒马科斯）保护了你，救了你一命，那么好让你心中明白，也好对他人传说，做善事比做恶事远为美好和合算。"（372–74）因为传令官和歌人在这一幕里是那么紧密地联系在一起，所以奥德修斯的宣告既适用于

---

[57] 22.412 的批注引用了一个《伊利亚特》（11.450）中奥德修斯对一个被击倒的敌人进行夸耀的场合，但是相当奇怪的是，这个批注却对《奥德赛》中奥德修斯对波吕斐摩斯的夸耀这个更相关的场合不着一词。也见前面注释〔14〕。

[58] 在 22.413 中 schetlia erga（暴行）这个用语也是奥德修斯在 9.295 处用来说库克洛普斯的第一次暴行的词语。这个用语在《奥德赛》中仅又在另外一处出现过一次，那时欧迈奥斯批评那些求婚者，概括了由神明们实施的道德："常乐的神明们憎恶这种邪恶的行为，他们赞赏人们公正和合宜的事业。"（14.83f.）

传令官的声音也适用于吟游诗人的声音：这个消息是这两位职业的交流者自此以后将会对凡人们宣扬的（ἀτὰρ εἴπῃσθα καὶ ἄλλῳ，"也好对他人传说"，373）。这个道德的消息也有着"伟大的宙斯"的权威，歌人和传令官此时都是在他的祭坛下避难的（379）。史诗的最后一幕继续把歌人和传令官道德的功能聚合在一起，那时他们刚好从睡梦中醒来，去给求婚者愤怒的亲属们解释神明们的行为方式。传令官最后的任务，也是和"神样的歌人"费弥奥斯一起（24.439-40），去告诫这些人，奥德修斯是在神明们的佑助下行动的（24.438-49）。

在让奥德修斯为他到达伊塔卡后的血腥行动做准备的过程中，甚至雅典娜也乐于想象"那些求婚人的鲜血和脑浆定会溅洒富饶的大地"（13.395f.）。她预期的报复与库克洛普斯凶残的宴席惊人地相似（参见9.289f.，以及9.458-60）。当我们在第三人称的叙述中真的听说奥德修斯"浑身沾满血污"，她的预期似乎是实现了，尽管让现代读者欣慰的是，荷马没有再说到脑浆。这里，奥德修斯也像库克洛普斯一样，被比作一头饥饿的雄狮（22.402-5和9.292；另参4.335f.）。然而，就如我们已指出的那样，出于一种对虔敬的考虑，奥德修斯立刻控制了自己以及他的仆人（22.411-16），并且很快吩咐对厅堂进行清洁（22.480f.）。以这样的方式，奥德修斯把自己从他更"原始的"库克洛普斯阶段的残忍分离了出来，并向宙斯在开场白中裁定的广阔视角走得更近了。

现在，奥德修斯在伊塔卡的家园实现了宙斯之正义的正面范例，而宙斯正义的反面范例是阿伽门农的家园。在奥德修斯的家园，佩涅洛佩和拉埃尔特斯都以一种类似于奥德修斯(也类似于宙斯)的道德解释来对报复行为做出了反应：求婚人因为他们自己肆意的暴行、邪恶的行径、鲁莽以及不顾一切的傲慢（hubris，kaka erga，atasthaliai，atasthalos hubris，23.64-67，24.351f.）而遭到报应。

《奥德赛》中没有一种情形或者观念长久地保持静止，并且史诗既不是以英雄典型的道德自制也不是以他的亲人的道德正当性来结束的，而代之以英雄的草率和冲动。在结尾的一幕中，奥德修斯没有理会雅典娜让他"停止战斗"的第一次呼喊（ἴσχεσθε πτολέμου，24.531；参见 22.409），尽管有"灰白的恐惧"（24.531-36）紧紧抓住了每一个人。要制止奥德修斯，需要一个来自宙斯本人的霹雳，也需要雅典娜明确命令他"停止"的第二次警告（ἴσχεο，543）。雅典娜让奥德修斯"停止"的警告也重复了奥德修斯自己要欧律克勒娅在求婚人死亡后克制的命令（ἴσχεο，22.411），以及早些时候让特勒马科斯要克制的命令（ἴσχανε，19.42；另参 22.356，367）。雅典娜像这样用了奥德修斯自己的话来警告他。不仅仅是库克洛普斯和求婚人拒绝"理会神明们"而成了他们自己道德无知的牺牲者。但是奥德修斯真的很快"听从"了女神的警告（epeitheto，24.545），因为他在库克洛普斯那段情节里没有听从他同伴们的劝告（9.228 和 500）。

有关雅典娜的这小小一幕反映出史诗一个重要的主题。凡人生活常常受时间和变化以及这些时间和变化所掌握的无法控制的偶然事件的侵袭。人类常常被一时的鲁莽、愤怒以及毁灭性的愚蠢所控制。因此，总是需要有奥德修斯的灵活性、克制力以及对神明们可能的惩罚的意识。就如我们在史诗结束的这段情节里看见的那样，奥德修斯尽管有（甚至是因为）成功和胜利，但是依然需要使他和他的保护女神雅典娜联系在一起的克制、远见和审慎这些品质。

妄自尊大这种习性故态复萌的危险也可以解释史诗结尾处一个令人好奇的省略。尽管有波吕斐摩斯的诅咒带给他的苦难，但是当奥德修斯在与佩涅洛佩团聚的快乐夜晚开始讲述他的这一部分历险时，他只讲了自己对库克洛普斯的惩罚，而对他自己引起这个如此延迟了他的归返的诅咒所应负的责任却只字不提（23.312f.）。伊利亚特模式中自我彰显的性格旧习难改。或者也许奥德修斯认为，自己的妻子会更有兴趣听到他的聪明机智，而非他的愚蠢行为以及为此所付出的代价。

但是，在结尾处，奥德修斯没有像在《伊利亚特》第18—22卷中的阿喀琉斯那样，被应允成为那种寻求个人意志和激情无限延伸的英雄。[59] 如此认同他最"奥德修斯的"性格特点的雅典娜（参见13.330–38），在最后让他成为了

---

[59] 在《伊利亚特》第24卷中，神明们也进行了干预并加以限制（比如，24.112-19），但只是在英雄被激怒之后，或者可能要发怒之后，因此这些限制就处于一种悲剧性的多余和妨碍的位置。

真正的奥德修斯。就如在开场白中,她和宙斯一起努力;他们协力坚持:这不是《伊利亚特》的世界,也不是供《伊利亚特》那种未受制止的好战的暴力和杀戮欲汹涌不止的地方(24.526-47)。

在《伊利亚特》中,在行动一开始就想要"结束争斗"的尝试终究不过是徒劳无益或者有所偏袒。[60]而在《奥德赛》中,神明的命令让破坏社会秩序的"争斗"(neikos, 24.543)得以停止。这些神明,比如《伊利亚特》最后一卷中的宙斯,为人类提供了一种希望,人们可以获得(或者重新获得)一个更加井然有序的社会。这种社会我们曾经有过惊鸿一瞥:在第2卷中的集会上,在费埃克斯人的王国的方方面面,以及在第19卷中,奥德修斯对佩涅洛佩所说的对一个优秀国王的几乎如赫西俄德式的赞美(108-14;参见《工作与时日》225-37)。在这个世界里,就如在《伊利亚特》中一样,暴力将不会是最后的解决办法;因为史诗不是以战争来结束的,而是以双方调和的、文明的发誓这一行动来结束的(24.546)。[61]

---

[60] 参见《伊利亚特》1.210, 1.319, 2.221-24, 2.243, 2.277。关于由史诗所拟想的涉及社会秩序的 neikos(争吵)和 eris(争斗),见 Nagy(1979)226-27, 311f.。

[61] 通过《奥德赛》最后和解的一幕,我们可以比较阿喀琉斯与普里阿摩斯在《伊利亚特》第24卷中和解的伟大一幕,或者神明在那一卷的开始对赫克托尔尸体归还的要求;但是《伊利亚特》的和解更稳固地基于一种行动,并且有一种更深刻的悲剧感。

结论：想象与现实主义

奥德修斯最后的伊利亚特式的战斗既面向过去，又面向未来。这是他父亲的活力的新生。由于有雅典娜的帮助，奥德修斯的父亲像《伊利亚特》中的战士那样，也真的参加了杀戮（《奥德赛》24.516-25）。在他儿子证明其英勇的行动中和拉埃尔特斯自己在三代人并肩作战中的喜悦中（24.504-15），这样的战斗保证了奥德修斯家系的未来。然而我们知道，奥德修斯最后的胜利并不是他故事的结尾。他的一生需要某种努力。这种努力超越直接的满足，更为深远，也更加未知——这种努力在其旅行、模棱两可的话语以及遇到陌生的人，经历不同的风俗这些主题上，都具有典型的奥德修斯的特点（参见 1.3f.）。于是，他将必须利用自身以外的力量，就此而言，这力量就是佩涅洛佩用来反对奥德修斯的预言的那种"希望"（23.286f.；参见 23.248-50）。[62]

在史诗的开场白里，雅典娜用一种鲜明的措辞质问宙斯，他为什么如此憎恨奥德修斯（τί νύ οἱ τόσον ὠδύσαο, Ζεῦ, 1.62）。宙斯的否认立刻给故事强加了一种道德的结构：他承认了奥德修斯的虔敬，并也做出了让奥德修斯安全归返的保证（1.63-67）。但是这次讲话也在宙斯道德上的关注（对虔敬的尊敬）和另一种神性——波塞冬为奥德修斯弄瞎了他儿子而对他进行的纯粹的神人同形同性论的报复——

---

[62] 佩涅洛佩在奥德修斯沮丧的时刻对"希望"的表述，也让人回想起在 2.280 处雅典娜类似地鼓励特勒马科斯的"希望"。

之间开凿了一个鸿沟（1.68–75）。

从叙事学的角度来看，我们可以认为，宙斯起到了一种著者的作用：这是诗人意图的一种标志，意味着诗人重新定义他故事中继承而来的材料，并且赋予它道德的意义。宙斯赞扬奥德修斯之后，很快又提到波塞冬不断的报复，在这样的衬托下，故事的这种道德的重新定义显得更加鲜明而突出（1.68–79）。荷马原本可以很容易地把波塞冬的报复这个主题和奥德修斯的苦难这个道德的解释调和起来，因为根据宙斯关于埃吉斯托斯的例子（1.32–43），他可能已经追查到奥德修斯遭遇苦难的原因了：奥德修斯自己的鲁莽（atasthaliai）。但是，库克洛普斯这段情节避免了这个模式，因为这段故事的叙述者不是宙斯而是奥德修斯，所以他从来都不认为他对波吕斐摩斯的挑衅是草率而不顾后果的冒犯。但是，在宙斯对波塞冬明确的责备中，整首史诗的道德解释变得明显可见。因此，史诗的开场白也揭示了另一种可能性，诗人可能吟唱的是一个有关神明的报复、残忍、不公正以及不理性也不道德的不幸故事。而实际上，我们正在聆听的这个故事是作为那样一个故事的否定而存在的。

叙述中的这个"他者"——一种没有道理的、恶毒而且非道德的阻碍力量或者一种无法控制的暴力的可能性——从来没有完全消失，即使是波塞冬在第13卷中实际地从行动中退出之后，也没有完全消失。我们在业已提到的道德故事的缝隙中瞥见了它：在特里那基亚这段情节中同伴们的毁灭以及我们对他们的同情，奥德修斯消灭所有求婚者的无情决定，他对女仆们的报复，以及他在最后的战斗中嗜杀成性的残忍。解释者有时候把这些道德上顽抗的成分看作史诗的神话对"文化"同化的"自然的"拒绝的一部分，或者作为在用向心方式组织的"高级的"神话结构与"更低的"离心的民间传说素材之间的冲突。[63]无论我们怎么把它概念化，这样的张力依然作为一种烦扰的但也是充满活力的力量在诗歌中存在。当宙斯的叙述和波塞冬的叙述相遇的时候，它变得特别明显可见，就如宙斯在开场白中关于奥德修斯苦难的说明，也如在费埃克斯人最后的且悬而未决的命运以及（以替代的形式）赫利奥斯的报复行为中那样。

在最后，宙斯命令（要奥德修斯）克制的霹雳（24.539）标志着他的秩序在人类中的建立。叙述发展到这个结尾，与赫西俄德的《神谱》中朝着宙斯的统治权发展的运动可以相提并论。然而在赫西俄德的作品中明确地进化的东西，在这里以纯粹的人类事件以及在伊塔卡"真实的"空间和时间里例证般地发生了。尽管有神明的干预以及奥德修斯的旅行中难以置信的事件，《奥德赛》绝对地回归到了人类的层面上，《伊利亚特》则不然。但也像《伊利亚特》一样，通过强调个人的选择和责任，《奥德赛》为雅典的悲剧铺好了道路。

以宙斯和雅典娜的权威来结尾，这重复了开场白的策略，这个策略暂时地诉诸非理性的暴力，而后又拒绝它。这样的结尾，连同雅典娜的警告，也重申了宙斯在开场白

---

[63] 见 Peradotto（1990）75-93，特别是82-83。

中阐明的道德秩序（1.32–67）。的确，这个结尾似乎随着雅典娜的警告直接回到了开场白中。在史诗最后诗节的直接引语中，雅典娜警告说奥德修斯的违抗会引起宙斯发怒（24.544）。奥德修斯的违抗将使他自己变成宙斯所"憎恶"的目标，而在开场白中，宙斯自己是否认憎恶奥德修斯之说的（162–67）。[64]在一个完全理性化的、道德上井然有序的故事之中，英雄因为顺从宙斯的正义而受到奖励，但奥德修斯在服从命令时的迟疑不决，则重新在故事的平坦中制造了开场白中的裂缝或者缝隙。在归返的家庭问题方面，当奥德修斯告诉佩涅洛佩特瑞西阿斯的预言以及他未来带着船桨的内陆旅行（23.246–53，265–84）时，史诗就以同样的方式提醒我们想起波塞冬持续不断的报复行为。

无论是第23卷中的家庭行动，还是第24卷中的武力行动，在此都接近尾声了——因此，史诗在完成和悬疑之间依然留下了一个裂缝，这个裂缝类似于第13卷中对焦虑的费埃克斯人的 nostos（归返之旅）叙述的结尾。尽管丈夫和妻子破镜重圆了，但是依然有未来的分离以及"无穷无尽的艰难困苦"的兆头（23.249）。尽管英雄已经打败了他家里的敌人，赢回了他的王国，却依然有着他在最后结束时对和平的反抗，以及一个凭神的力量强加的突然结尾。

所有这些都是要说明，《奥德赛》是诗歌，而不是道德哲学。神明因其个人的愤怒而成为一种阻碍力量的模式从来

---

[64] 关于这些段落之间的呼应，见 Peradotto（1990）166–67。

都不会被彻底忘记（参见 23.276–79，352f.），所以宙斯的正义不是作为一种绝对的必然之事，而常常是作为一种遥远而不确定的目标出现。第 1 卷的开场白里宙斯的讲话中所暗示的那个世界——一个完全由神的正义统治的世界——有一种远见，这种远见是一种假设，由神明和凡人的统治者以准著者般的声音提出来；这种远见依然对其他更加艰难、更加痛苦的远见开放，需要我们去思考，凡人和神明应该怎样行为处事。尽管《奥德赛》充满了丰富的幻想和想象力，但与《伊利亚特》一样，它在探讨为何痛苦、暴力和苦难仍然定义着人类境况时，表现出深刻的现实主义。

参考文献

Abrahamson, Ernst. 1960. *The Adventures of Odysseus*. St. Louis.

Allen, T. W., ed. 1920. *Homeri Opera*. Vol. 5. Oxford Classical Texts. Oxford.

Amory, Anne. 1963. "The Reunion of Odysseus and Penelope." In Charles H. Taylor, Jr., ed. *Essays on the "Odyssey."* Bloomington. 100–21.

Andersen, Øivind. 1973. "Eer Untergang der Gefahrten in der *Odyssee*." *Sybolae Osloenses* 49: 7–27.

———. 1992. "Agamemnon's Singer (*Od*. 3. 262–272)." *Symbolae Osloenses* 67: 5–26.

Armstrong, James I. 1958. "The Arming Motif in the *Iliad*." *American Journal of Philology*. 79: 337–54.

Arthur, Marylin B. 1982. "Cultural Strategies in Hesiod's *Theogony* : Law, Family, Society." *Arethusa* 15: 63–82.

Auerbach, Erich. 1957. *Mimesis: The Representation of Reality in Western Literature*. Trans. Willard Trask. New York.

Austin, Norman. 1972. "Name Magic in the *Odyssey*." *California Studies in Classical Antiquity* 5: 1–19.

———. 1975. *Archery at the Dark of the Moon : Poetic Problems in Homer's "Odyssey."* Berkeley and Los Angeles.

———. 1981. "Odysseus Polytropos: an of Many Minds." *Arche* 6: 40–52.

———. 1983. "Odysseus and the Cyclops : Who Is Who." In Rubino and Shemerdin, eds., 3–37.

———. 1991. "The Wedding Text in Homer's Odyssey." Arion, 3d series, 1, no. 2: 227–43.

Autrain, Charles. 1938. *Homère et les origins sacerdotales de l'épopée grecque*. 3 vols. Paris.

Bassett, S. E. 1938. *The poetry of Homer*, Sather Classical Lectures 15. Berkeley.

Baudouin, Charles. 1957. *Le triomphe du héros*. Paris.

Benveniste, Emile. 1969. *Le vocabulaire des institutions indo-eruopéennes*. 2 vols. Paris.

Bergren, Ann. 1981. " Helen's 'Good Drug' : Odyssey IV 1–305. " In Stephan Kresic, ed. *Contemporary Literary Hermeneutics and Interpretation of Classical Texts*. Ottawa. 200–214.

Bertolini, Francesco. 1988. "Odisseo Aedo, Omero carpentiere: *Odissea* 17. 384–85. " *Lexis* 2: 145–64.

——. 1989. " Dal folklore all'epica: Esempi di trasformazione e adattamento. " In Diego Lanza and Oddone Longo, eds. *Il meraviglioso e il verosimile tra antichità e Medioevo*. Florence. 131–52.

Blake, William. 1914. *The Marriage of Heaven and Hell*. Ed. John Sampson. Oxford.

Block, Elizabeth. 1985. " Clothing Makes the Man: A Pattern in the *Odyssey*. " *Transactions of the American Philological Association* 115: 1–11.

Blundell, Mary Whitlock. 1989. *Helping Friends and Harming Enemies: A Study in Sophocles and Greek Ethics*. Cambridge.

Bona, Giacomo. 1966. Studi sull' "*Odissea*. " Turin. = Università di Torino, Facoltà di Lettere e Filosofia, Filologia Classica e Glottologia 1.

Bradley, Edward M. 1975. " On King Amphidamas' Funeral and Hesiod's Muses. " *La Parola del Passato* 163: 285–88.

——. 1976. "' The Greatness of His Nature': Fire and Justice in the Odyssey. " Ramus 5: 137–48.

Brillante, Carlo. 1993. "Il cantore e la Musa nell' epica greca arcaica. " *Rudiae: Ricerche sul Mondo Classico* 4: 7–37.

Brown, Calvin S. 1966. " Odysseus and Polyphemus: The Name and the Curse. " *Comparative Literature* 18: 193–202.

Buffière, Felix. 1956 Les mythes d'Homère. Paris.

Burkert, Walter. 1960. " Das Lied von Ares und Aphrodite. " *Rheinisches Museum für Philologie* 103: 130–44.

———. 1985. *Greek Religion* (1972). Trans. John Raffan. Cambridge, Mass. Calame, Claude. 1977. *Les choeurs de jeunes filles en Grèce archaique.* 2 vols. Rome.

———. 1986. *Le recit en Grèce ancienne.* Paris.

Calhoun, G. M. 1933. " Homeric Repetitions. " *University of California Publications in Classical Philology* 12. no. 1: 1–25.

Carpenter, Rhys. 1946. *Folk Tale, Fiction, and Saga in the Homeric Epics.* Sather Classical Lectures 20. Berkeley and Los Angeles.

Caswell, Caroline P. 1990. *A Study of Thumos in Early Greek Epic.* Mnemosyne Supplement 114. Leiden.

Clarke, H. W. 1962. " Fire Imagery in the *Odyssey.* " *Classical Journal* 57: 358–60.

Clay, Jenny Strauss. 1983. *The Wrath of Athena.* Princeton.

Cook, Erwin. 1992. " Ferrymen of Elysium and the Homeric Phaeacians." *Journal of Indo-European Studies* 20: 239–67.

Crane, Gregory. 1988. *Calypso: Backgrounds and Conventions in the "Odyssey."* Bei-träge zur klassische Philologie 191. Frankfurt.

Detienne, Marcel. 1973. *Les maîtres de vérité dans la Grèce archaïque.* 2d ed. Paris.

Dimock, Gaeorge E. 1956. " The Name of Odysseus. " *Hudson Review* 9: 52–70.

———. 1989. *The Unity of the "Odyssey."* Amherst, Mass.

Dodds, E. R. 1951. *The Greeks and the Irrational.* Sather Classical Lectures 25. Berkeley and Los Angeles.

Dorson, Richard M. 1964. *Buying the wind: Regional Folklore in the United States.* Chicago.

Dougherty, Carol. 1991. " Phemius's Last Stand: The Impact of Occasion on Tradition in the *Odyssey.* " *Oral Tradition* 6: 93–103.

Durante, Marcello. 1960. " La terminologia relativa alla creazione poetica. " *Rendiconti dell' Accademia Nazionale dei Lincei* 15: 244–49. = Cchmitt, ed., 1968. 283–90. In German translation.

Edwards, Anthony T. 1985. *Odysseus against Achilles: The Role of Allusion in the*

Homerc Epic. Beiträge zur klassische Philologie 171. Meisenheim / Glan.

Eitrem, Sam. 1938. " Phaiaken. " *In Real-Encyclopädie der classischen Alertumswissenschaft*. Vol. 38. 1581-34.

Elderkin, G. W. 1940. " The Homeric Cave on Ithaca. " *Classical Philology* 35: 52-54.

Else, G. F. 1965. *Homer and the Homeric Problem*. Lectures in Memory of Louise Taft Semple. First Series. Cincinnati.

Falkner, Thomas M. 1989. " Επὶ γήραος οὐδῷ: Homeric Heroism, Old Age, and the End of the Odyssey. " In T. M. Falkner and Judith de Luce, eds. *Old Age in Greek and Latin Literature*, Albany. 21-67.

Farron, S. G. 1979-80. " The Odyssey as Anti-Aristocratic Statement. " *Studies in Antiquity* 1: 59-101.

Fenik, Bernard. 1974. *Studies in the " Odyssey.* " Hermes Einzelschriften 30. Wiesbaden.

Finley, John H., Jr. 1978. *Homer's "Odyssey.* " Cambridge, Mass.

Finley, Moses. 1965. *The World of Odysseus*. Revised ed. New York.

Fitzgerald, Robert, trans. 1963. *The Odyssey*. New York.

Foley, Helene P. 1978. " ' Reverse Similes' and Sex Roles in the *Odyssey*. " Arethusa 11: 7-26.

Ford, Andrew. 1992. Homer: *The Poetry of the Past*. Ithaca, N. Y.

Frame, Douglas. 1978. *The Myth of Return in Early Greek Epic*. New Haven.

Francis, E. D. 1983. " Virtue, Folly, and Greek Etymology. " In Rubino and Shel-Merdine, eds., 74-121.

Frankel, Hermann. 1962. *Dichtung und Philosophie des frühen Griechentum*. 2d ed. Munich.

Freud, Sigmund. 1992. *Group Psychology and the Analysis of the Ego*. Trans. James Strachey. London.

——. 1955. *Totem and Taboo* (1913). In *The Standard Edition of the Complete Psychological Works of Sigmund Freud*. Ed. And trans. James Strachey et al. Vol. 13. London.

Friedrich, Rainer. 1987. " Thrinakia and Zeus' Ways to Men in the *Odyssey*. " *Greek,*

Roman, and Byzantine Studies 28: 375–400.

———. 1989. " Zeus and the Phaeacians: Odyssey 13. 158. " American Journal of Philology 110: 395–99.

Frontisi-Ducroux, Francoise. 1986. *La cithara d'Achille*. Rome.

Frye, Northrop. 1957. *Anatomy of Criticism*. Princeton.

Gennep, Arnold van. 1960. *The Rites of Passage* (1908). Chicago.

Germain, Gabriel. 1954. Genêse de "l'Odyssée. " Paris.

Gernet, Louis. 1968. " La notion mythique de la valeur en Grèce. " *In Antrropologie de la Grèce antique*. Paris. 93–137.

Gill, Christopher. 1990. " The Character-Personality Distinction. " In Christopher Pelling, ed. Characterization and Individuality in Greek Literature. Oxford. 1–31.

Glenn, Justin. 1971. " The Polyphemus Folktale and Homer's Kyklopeia." *Transactions of the American Philological Association* 102: 133–81.

———. 1978. " The Polyphemus Myth: Its Origin and Interpretation. " *Greece and Rome* 25: 141–55.

Goldhill, Simon. 1988. " Reading Differences : The *Odyssey* and Juxtaposition. " *Ramus* 17: 1–31.

Haft, Adele. 1983–84. " Odysseus, Idomeneus, and Meriones: The Cretan Lies of *Odyssey* 13–19. " *Classical Journal* 79: 289–306.

Hague, Rebecca. 1983. " Ancient Greek Wedding Songs: The tradition of Praise. " *Journal of Folklore Research* 20: 131–43.

Hankey, Robin. 1990. " ' Evil' in the *Odyssey*. " In Elizabeth Craik, ed. *Owls to Athens: Essays on Classical Subjects for Sir Kenneth Dover*. Oxford. 88–95.

Hansen, William F. 1976. " The Story of the Sailor Who Went Inland. " In Linda Dégh, Henry Glassie, and Felix Oinas, eds. *Folklore Today*: *A Festschrift for Richard M. Dorson*. Bloomington. 221–30.

———. 1977. " Odysseus' Last Journey. " *Quaderni Urbinati di Cultura Classica* 24: 27–48.

———. 1990. " Odysseus and the Oar: A Folkloric Approach. " In Lowell Edmunds, ed. *Approaches to Greek Myth*. Baltimore. 241–72.

Harsh, Philip W. 1950. " Penelope and Odysseus in *Odyssey* XIX. " *American Journal of Philology* 71: 1–21.

Hart, W. M. 1943. "High Comedy in the *Odyssey*. " *University of Califronia Publications in Classical Philology* 12, no. 14: 263–78.

Havelock, Eric A. 1963. *Preface to Plato*. Cambridge, Mass.

——. 1982. *The Literate Revolution in Greece and Its Consequences*. Princeton.

Herington, C. J. 1985. *Poetry into Drama*. Sather Classical Lectures 49. Berkeley and Los Angeles.

Heubeck, Alred, and Arie Hoekstra, eds. 1989. *A Commentary on Homer's " Ddyssey."* Vol. 2, bks. 9–16. Oxford.

Heubeck, Flfred, Stephanie West, and J. B. Hainsworth, eds. 1988. *A Commentary On Homer's " Odyssey. "* Vol. 1, bks. 1–8. Oxford.

Hoekstra, Arie. 1965. *Homeric Modifications of Formulaic Prototypes*. Amsterdam.

Hogan, James C. 1976. " The Temptation of Odysseus. " *Transactions of the American Philological Association* 106: 187–210.

Hölscher, Uvo. 1939. *Untersuchungen zur Form der "Odyssee."* Hermes Einzel-Schriften 6. Berlin.

——. 1978. " The Transformation from Folk-Tale to Epic. " In Bernard C. Fenik, ed. Homer: Tradition and Invention. Leiden. 51–67.

——. 1988. Die *"Odyssee": Epos zwischen Märchen und Roman*. Munich.

Irmscher, Johannes. 1950. *Gotterzorn bei Homer*. Leipzig.

Jörgensen, Øve. 1904. " Das Auftreten der Götter in den Bücher ι-μ der *Ddyssee*. " *Hermes* 39: 357–82.

Katz, Marylin Arthur. 1991. *Penelope's Renown: Meaning and Indeterminacy in the "Odyssey."* Princeton.

Kirk, G. S. *Myth: Its Meaning and Function in Ancient and Other Cultures*. Sather Classical Lectures 40. Berkeley and Los Angeles.

Kitto, H. D. F. 1966. *Poiesis: Structure and Thought*. Sather Classical Lectures, vol. 36. Berkeley and Los Angeles.

Knight, W. F. Jackson. 1936. Cumaean Gates. Oxford.

Kurke, Leslie. 1991. *The Traffic in Praise: Pindar and the Poetics of Social Economy.* Ithaca, N. Y.

Lanata, Giuliana. 1963. *Poetica Preplatonica.* Florence.

Lattimore, Richmond, trans. 1967. *The Odyssey of Home.* New York.

——. 1969. " Nausikaa's Suitors. " In *Classical Studies Presented to Ben Edwin Perry.* Illinois Studies in Language and Literature 58: 88–102.

Lefkowitz, Mary. 1981. *The Lives of the Greek Poets.* Baltimore.

Lesky, Albin. 1967. " Homeros. " In *Real-Encyclopäadie der classichen Altertumswissenschaft.* Supplentband 11. 387–846.

Levy, Gertrude R. 1948. *The Gate of Horn.* London.

——. 1953. The Sword from the Rock. London.

Lloyd-Jones, Hugh. 1971. *The Justice of Zeus.* Sather Classical Lectures 41. Berkley and Los Angeles.

Lobel, Edgar, and Denys Page, eds. 1955. *Poetarum Lesbiorum Fragmenta.* Oxford.

Lord, Albert B. 1960. *The Singer of Tales.* Harvard Studies in Comparative Literature 24. Cambridge, Mass.

——. 1962. " Homer and Other Epic Poetry. " In A. J. B. Wace and F. H. Stubbings, eds. *A Companion to Homer.* London. 179–214.

Marg, Walter. 1956. " Das erste Lied des Demodokos. " In *Navicula Chiloniensis* (Festschrift Felix Jacoby). Leiden. 16–29.

——. 1971. *Homerüber die Dichtung: Der Schild des Achilleus.* 2d ed. Münster. Martin, Richard P. 1989. *The Language of Heroes: Speech and Performance in the " Iliad. "* Ithaca, N. Y.

Merkelbach, Reinhold. 1952. " Bettelgedichte. " *Rheinisches Museum für Philologie* 95: 312–27.

Momigliano, Arnaldo. 1971. *The Development of Greek Biography.* Cambridge, Mass.

Mondi, Robert. 1983. " The Homeric Cyclops: Folktale, Tradition, and Theme. " *Transactions of the American Philological Association* 113: 17–38.

Monsacré, Hélène. 1984. Les larmes d'Achille. Paris.

Morris, Ian. 1986. " The Use and Abuse of Homer. " *Classical Antiquity* 5: 81–138.

Most, Glenn. 1989. " The Structure and Function of Odysseus' *Apologoi*." *Transactions of the American Philological Association* 119: 15–30.

Muellner, Leonard C. 1976. *The Meaning of Homeric EYXOMAI through Its Formulas*. Innsbrucker Beiträge zur Sprachwissenschaft 13. Innsbruck.

Murnaghan, Sheila. 1987. *Disguise and Recognition in the "Odyssey."* Princeton.

Nagy, Gregory. 1974. *Comparative Studies in Greek and Indic Meter*. Harvard Studies In Comparative Literature 33. Cambridge, Mass.

——. 1979. *The Best of the Achaeans*. Baltimore.

——. 1989. " Early Greek Views of Poets and Poetry. " In George A. Kennedy, ed. *Cambridge History of Literary Criticism*. Vol. 1. Cambridge. 1–77.

——. 1990. *Pindar's Homer*. Baltimore.

Newton, Rick M. 1984. " The Rebirth of Odysseus. " *Greek, Roman, and Byzantine Studies* 25: 5–20.

——. 1987. " Odysseus and Hephaestus in the *Odyssey*. " *Classical Journal* 83: 12–20.

Olson, S. Douglas. 1989. "*Odyssey* 8: Guile, Force, and the Subversive Poetics of Desire." *Arethusa* 22: 135–45.

Ong, Walter J. 1982. *Orality and Literacy*. London and New York.

O'Sullivan, James N. 1990. " Nature and Culture in the Odyssey. " Symbolae Osloenses 55: 7–17.

Page, D. L. 1955. *The Homeric Odyssey*. Oxford.

——. ed. 1962. *Poetae Melici Graeci*. Oxford.

——. 1973. Folktales in Homer's " Odyssey." Cambridge, Mass.

Pagliaro, Antonino. 1961. "Aedi e rapsodi. " In *Saggi di crtica semantica*. 2 ed. Messina-Florence. 3–62.

Pease, A. S. 1937. " Olbaum. " *In Real-Encyclopäadie der classichen Altertumswissenschaft*. Vol. 34. 2020–22.

Peradotto, John. 1985. " Prophecy Degree Zero: Tiresias and the End of the Odyssey." In Bruno Gentili and Giuseppe Paioni, eds. *Oralità, Letteratura, Discorso: Attidel convegno internazionale*, Rome. 429–55.

——. 1990. *Man in the Middle Voice: Name and Narration in the "Odyssey."* Martin Classical Lectures, new series I. Princeton.

Podlecki, A. J. 1961. "Guest Gifts and Nobodies in *Odyssey* 9." *Phoenix* 15: 125–33.

Pollard, John. 1965. *Seers, Shrines, and Sirens*. New York and London.

Post, L. A. 1939. "The Moral Pattern in Homer." *Transactions of the American Philological Association* 70: 158–90.

Pötscher, Walter. 1986. "Das Selbstverständis des Dichters in der Homerischen Poesie". *Literaturwissenschaftliches Jahrbuch*, Neue Folge, 27: 9–22.

Pritchard, J. B., ed. 1955. *Ancient Near Eastern Texts Relating to the Old Testament*. 2nd ed. Princeton.

Pucci, Pietro. 1977. Hesiod and the Language of Poetry. Baltimore.

——. 1979. "The Song of the Sirens." *Arethusa* 12: 121–32.

——. 1982. "The Proem of the Odyssey." *Arethusa* 15: 39–62.

——. 1987. *Oysseus Polutropos: Intertextual Readings in the "Odyssey" and "Iliad."* Cornell Studies in Classical Philology 46. Ithaca, N. Y.

Puelma, Mario. 1989. "Der Dichter und die Wahrheit in der griechischen Poetik von Homer bis Aristoteles." *Museum Helveticum* 46: 65–100.

Raaflaub, Kurt. 1988. "Die Anfange des politischen Denkens bei den Griechen." In Iring Fetscher and Herfried Munkler, eds. *Pipers Handbuch der Politischen Ideen.* Vol. I. Munich and Zurich. 189–271.

Rawson, Claude. 1984. "Narrative and the Proscribed Act: Homer, Erripides, and the Literature of Cannibalism." In *Literary Theory and Criticism: Festschrift in Honor of René Wellek*. New York. 1159–87.

Redfield, James M. 1983. "The Economic Man." In Rubino and Shelmerdine, eds., 218–47.

Reinhardt, Karl. 1948. "Die Abenteuer der Odyssee." In *Von Werken und Formen*. Godesberg. 52–162.

Ritook, Zs. 1975. "Stages in the Development of Greek Epic." *Antiqua Academiae Scientiarum Hungaricae* 23: 127–40.

Roisman, Hanna M. 1990. "Eumaeus and Odysseus—Covert Recognition and Self-

Revelation?" *Illinois Classical Studies* 15: 215–38.

Rose, Gilbert. 1969. " The Unfriendly Phaeacians. " *Transactions of the American Philological Association* 100: 387–406.

——. 1980. " The Swineherd and the Beggar. " *Phoenix* 34: 285–97.

Rose, Peter W. 1992. *Sons of the Gods, Children of Earth: Ideology and Literary Form in Ancient Greece.* Ithaca, N. Y.

Rubin, Nancy F. and William M. Sale. 1983. "Meleager and Odysseus: A Structural and Cultural Study of the Greek Hunting-Maturation Myth. " *Arethusa* 16: 137–71.

Rubino, Carl A., and Cynthia. W. Schelmerdine, eds. 1983. *Approaches to Homer.* Austin, Tex.

Russo, Joseph A. 1982. " Interview and Aftermath: Dream, Fantasy, and Intuition in Odyssey 19 and 20. " *American Journal of Philology* 103: 4–18.

Russo, Joseph A., Manuel Fernadez-Galiano, and Alfred Heubeck, eds. 1992. *A Commentary on Homer's "Odyssey."* Vol. 3, bks. 17–24. Oxford.

Russo, Joseph A., and Bennett Simon. 1968. " Homeric Psychology and the Oral Epic Tradition. " *Journal of the History of Ideas* 29: 483–98.

Rüter, Klaus. 1969. *Odysseeinterpretationen,* ed. K. Matthiessen. Hypomnemata 19. Göttingen.

Rutherford, R. B. 1986. " The Philosophy of the Odyssey. " *Journal of Hellenic Studies* 106: 145–62.

Säid, Suzanne. 1977. " Les crimes des prétendants, la maison d'Ulysse, et les festins De l'*Odyssée.* " In *Cahiers de l' Ecole Normale Supérieure.* 9–49.

Schadewaldt, Wolfgang. 1958. " Der Prolog der *Odyssee.* " *Harvard Studies in Classical Philology* 63: 15–32.

——. 1960. " Die Gestalt des homerischen Sängers. " In *Von Homers Welt und Werk.* 4th ed. Stuttgart. 54–87.

Schein, Seth L. 1970. " Odysseus and Polyphemus in the *Odyssey.* " *Greek, Roman, And Byzantine Studies* 11: 73–83.

Schmid, Wilhelm, and Oto Stählin, eds. 1929. *Geschichte der griechischen Literatur.* Vol. I. Munich.

Schmitt, Rüdiger. 1967. *Dichung und Dichtersprache in indogermanischer Zeit.* Wiesbaden.

——, ed. 1968. *Indogermanische Dichtersprache.* Wege der Forschung. Darmstadt.

Scott, J. A. 1939. " Odysseus and the Gifts from the Phaeacians. " *Classical Journal* 34: 102–3.

Scully, Stephen. 1981. " The Bard as Custodian of Homeric Society : *Odyssey* 3. 263–72. " *Quaderni Urbinati di Cultura Classica, nuova serie,* 8: 67–83.

Seaford, Richard. 1989. "Homeric and Tragic Sacrifice. " *Transactions of the American Philological Association* 119: 87–95.

Segal, Charles. 1971. " Andromache's Anagnorisis : Formula and Artistry in *Iliad* 22. 437–76. " *Harvard Studies in Classical Philology* 75: 33–57.

——. 1974. "Eros and Incantation : Sappho and Oral Poetry. " *Arethusa* 8: 139–60.

——. 1986. Pindar's Mythmaking. Princeton.

——. 1988. " Poetry, Performance, and Society in Early Greek Literature. " *Lexis* 2: 123–44.

——. 1988a. " Theater, Ritual, and Commemoration in Euripides's *Hippolytus*. " *Ramus* 17: 52–74.

——. 1989. " Song, Ritual, and Commemoration in Early Greek Poetry and Tragedy. " *Oral Tradition* 4: 330–59.

——. 1993. *Euripides and the Poetics of Sorrow: Art, Ritual, and Commemoration in "Alcestis", " Hippolytus, " and "Hecuba. "* Durham, N. C.

Seidensticker, Bernd. 1978. " Archilochus and Odysseus. " *Greek, Roman, and Byzantine Studies* 19: 5–22.

Sittig, Ernst. 1912. " Harpyien. " *Real-Encyclopädie der classischen AltertumswissenSchaft.* Vol. 14. 2417–31.

Slatkin, Laura. 1986. " The Wrath of Thetis. " *Transactions of the American Philological Association* 116: 1–24.

——. 1986a. " Genre and Generation in the *Odyssey*. " *Metis* 1: 259–68.

Snell, Bruno. 1953. *The Discovery of the Mind.* Trans. T. G. Rosenmeyer. Oxford.

Snell, Bruno, and Herwig Maehler, eds. 1975. *Pindari Carmina cum Fragmentis:* Pars 2,

Fragmenta. Leipzig.

Snodgrass, Anthony. 1971. *The Dark Age of Greece*. Edinburgh.

———. 1980. *Archaic Greece: The Age of Experiment*. Berkeley and Los Angeles.

Stanfrod, W. B. 1952. " The Homeric Etymology of the Name Odysseus." *Classical Philology* 47: 209–13.

———. 1954. *The Ulysses Theme*. Oxford.

———, ed. 1958–61. *The " Odyssey" of Homer*. 2d ed. 2 vols. London.

Stella, L. A. . 1955. *Il poema d'Ulisse*. Florence.

Stewart, Douglas. 1976. *The Disguised Guest: Rank, Role, and Identity in the "Odyssey."* Lewisburg, Pa.

Svenbro, Jesper. 1976. *La parole et le marbre*. Lund.

Thalmann, William G. 1984. *Conventions of Form and Though in Early Greek Epic Poetry*. Baltimore.

———. 1992. *The " Odyssey": Poem of Return*. New York.

Trahman, C. R. 1952. " Odysseus' Lies (*Odyssey* Books 13–19). " *Phoenix* 6: 31–43.

Van Leeuwen, Jan, and M. B. Mendes da Costa, eds. 1897. *Homeri Odysseae Carmina*. Leiden.

Vernat, Jean-Pieere. 1959. " Aspects mythiques de la mémoire et du temps. " In *Mythe et pensée chez les grecs* 3d ed. 1974. 2 vols. Paris.

———. 1979. "Manger aux pays du Soleil. " In Marcl Detienne J. -P. Vernant, eds. *La cuisine du sacrifice en pays grec*. Paris. 239–49.

———. 1986. " Feminine Figures of Death in Greece. " *Diacritics* 16, no. 2: 54–64.

———. 1989. " De la psychologie historiqueà une anthropologie de la Grêce ancienne. " *Metis* 4: 305–14.

———. 1990. *Myth and Society* (1974). Trans. Janet Lloyd. New York.

Vidal-Naquet, Pierre. 1986. " Land and Sacrifice in the *Odyssey*: A Study of Religious and Mythical Meanings. " In *The Black Hunter*. Trans. Andrew Szegedy-Maszak. Baltimroe. 15–38. Originally published as " Waleurs religieuses et mythiques de la terre et du sacrifice dans l'*Odyssée*. " *Annales*, E. S. C. 25(1970): 1278–97.

Walsh, George. 1984. *The Varieties of Enchantment: Early Greek Views of the Nature and Function of Poetry.* Chapel Hill, N. C.

Wankel, Hermann. 1983. " Alle Menschen müssen sterben: Variationen eines Topos Der griechischen Literatre. " *Hermes* 111: 129–54.

Wegner, Max. 1968. *Musik und Tanz: Archaeologis Homerica.* Vol. 3. chap. U. Göttingen.

West, Martin L. ed. 1971, 1992. *Iambi et Elegi Graeci.* 2 vols. Oxford.

Westermann, Anton, ed. 1843. *Mythographoi.* Brunschwig.

Whitman, Cedric H. 1958. *Homer and the Heroic Tradition.* Cambridge, Mass.

———. 1970. " Hera's Anvils. " Harvard Studies in Classical, Philology 74: 37–42.

Wilamowitz-Moellendorff, Ulrich von. 1884. *Homerisch Untersuchungen.* Philologische Untersuchgen 8. Berlin.

———. 1959. *Der Glaube der Hellenen* (1931). 3d ed. 2 Vols. Darmstadt.

Woodhouse, W. J. 1930. *The Composition of Homer's "Odyssey."* Oxford.

Woolsey, R. B. 1941. " Repeated Narratives in the *Odyssey.* " *Classical Philology* 36: 167–81.

Wyatt, William F., Jr. 1989. " The Inermezzo of *Odyssey* 11 and the Poets Homer And Odysseus. " *Studi Micenei ed Egeo-Anatolici* 27: 235–53.

Zumthor, Paul. 1984. *La poésie et la voix dans la civilization médiévale.* Paris.

Zwicker, Johannes. 1927. " Sirenen. " In *Real-Encylopädie der clasischen Altertumswissenschaft.* 2 Reihe. Vol. 3, pt. 1. 288–301.

索 引

（索引中所列均为原书页码，即本书边码）

阿喀琉斯 Achilles, 35, 37, 43, 45, 58, 85, 88, 114, 121, 123, 134, 140, 143, 153, 174, 223; 阿喀琉斯的盾牌, shield of Achilles, 114, 118–19

埃吉斯托斯 Aegisthus, 217, 225

埃涅阿斯 Aenaes, 58

艾奥洛斯 Aeolus, 28, 29, 34–35, 45, 60, 80, 207

赠礼 Agalma (ta), (Guest-gifts), 143, 162。另参"交换"；礼物

阿伽门农 Agamemnon, 37, 41, 43, 45, 58, 72, 78–79, 94–95, 97, 99, 107, 108, 135, 140, 143, 147, 153, 178, 220, 222

时代 Age, 见远古时代 Old age

原因，起源 Aition (cause, origin), 190

埃阿斯 Ajax, 43, 58, 154, 197; Locrian Ajax, 198, 207

阿尔凯奥斯 Alcaeus, 129

阿尔基诺奥斯 Alcinous, 19, 25, 28, 30, 55, 80, 86, 109, 115, 119–22, 129, 137, 144–45, 153, 161, 165, 166, 169, 174, 176, 180, 203, 207

真相 Alētheia, 21. 另参真相 Truth

比喻；寓言；讽喻 Allegory, 14

神食 Ambrosia, 17, 38, 207

遮盖 Amphikaluptein (cover over), 29

安菲墨冬 Amphimedon, 94, 108, 123, 220

安菲诺摩斯 Amphinomus, 155, 200

分析家 Analysts, 188–89, 195

宴饮助兴 Anathemata daitos (accompaniment of the feasing) 117, 127, 146, 161. 另参宴饮 Feasing

安德罗马克 Andromache, 87, 125–126, 176

《安德罗马克》 *Andromache*, 欧里庇得斯作, 130

拟人说，神人同性论 Anthropomorphism, 10, 213, 217–18, 219

安提克勒娅 Anticleia, 42

安提诺奥斯 Antinous, 8, 50, 54,

151，163，218

歌曲 Aoide（song），122，130

歌手 Aoidos（singer），118，139，148

成人节 Apatouria，163

无痛 Apēmōn（without pain），28

阿佛罗狄忒 Aphrodite，24，118，119，122，197-98，205，

阿波罗 Apollo，13，102，113，119，133，142，146-47，148，156，158，170，208

阿卡迪亚 Arcadia，190

阿瑞斯 Ares，24，118，122，197-98，205，206

阿瑞塔 Arete（费埃克斯人王后），21，26，27，30，51，60，74，80，81，94，129，145，161

阿尔戈（著名的寻取金羊毛的海船）Argo，87

阿尔戈斯 Augus，56-57，166

亚里士多德 Aristotle，65，142

阿诺德，马修，Arnold，Matthew，6

阿尔特弥斯 Artemis，23，72，172

鲁莽 Atasthaliai（evil recklessness），212，215，217，220-22

狂妄，带来灾难的愚蠢 Atē（disastrous folly），216

雅典娜 Athena，16，18，23，39，46，47，49，52，55，57，59，60-61，68-71，75，79，83，108，124，127，166，177，192，196，198，200，206，219，222，224，在《奥德赛》最后，223-24，226

阿特拉斯 Atlas，15

听众 Audience，113-41

奥尔巴赫 Auerbach, Erich，6-9

诺曼·奥斯丁 Austin, Norman，91，96

自学 Autodidaktos（self-taught），138

奥托吕科斯 Autolycus，9

吟游诗人 Bard，11，55，85-86，98-100，103，105，106，109，113-41，142-65，222；吟游诗人的社会地位 social station of，145-57. 另参奥德修斯的弓箭 Bow, of dysseus；阶级意识 Class, consciousness of；竖琴 Lyre；诗学 Poetics

沐浴 Bath，72-76，79，107，168

蝙蝠的比喻 Bats, simile of，46

但丁笔下的比阿特丽斯 Beatrice in Dante，48

乞丐 Beggar，9，10，56，80-81，92，98，142-83

柏勒罗丰 Bellerophon，126，144，150，159

肚皮 Belly，17，151，-52，156-157，180，另参肚皮 Gastēr

本特利，理查德，Bentley, Richard，116

索引 385

力量 Biē (force), 98
出生 Birth, 7, 82, 另参新生 rebirth
狩猎公猪 Boar, hunt of, 7
哺育 Boskein (feed), 154-55
奥德修斯的弓箭 Bow, of Oeysseus, 53-57, 72, 81, 98-100, 106, 117, 123, 133, 159, 160, 另参吟游诗人 Bard; 竖琴 Lyre, 诗学 Poetics
布里塞伊斯 Briseis, 121, 176
卡利马科斯 Callimachus, 114
卡尔维诺, 伊塔洛, Calvino, Italo, 4
卡吕普索 Calypso, 4, 15-19, 21, 22, 23, 28, 30, 32, 38, 39, 40, 43, 46-47, 51, 52, 58, 68-69, 78, 205, 215, 另参奥古吉埃 Ogygia
《奥德赛》中的女英雄名录 Catalogue of Heroines, in *Odyssey* 11, 86
舰船名录 Catalogue of Ships, 119, 134, 135, 139, 157
太阳神的牛 Cattle of the Sun, 10, 215-18. 另参赫利奥斯 Helios
卡吕普索的洞穴 Cave: of Calypso, 4; of Eileithyia, 7; 伊塔卡上山林女神的洞穴 of the Nymphs on Ithaca, 51-53, 59, 60, 79; 波吕斐摩斯的洞穴 of Polyphemus, 96, 211
马人 Centaurs, 151, 160

流变 Change, 14
卡律布狄斯 Charybdis, 46, 51, 73
希俄斯 Chios, 163
克律塞伊斯 Chryseis, 176
基科涅斯人 Ciconians, 18, 22, 34
基尔克 Circe, 28, 30, 32, 34-35, 40-41, 43, 45, 45, 51, 60-61, 67, 69, 73, 74, 78, 98, 100, 102-3, 135, 196, 216, 220
阶级意识 Class, consciousness of, 5, 145-57, 160, 167, 174; 另参吟游诗人
衣服 Clothing, 21, 56, 66, 77, 107, 150, 168, 174, 177-78, 181; 衣服与沐浴 and Bath, 76-77
克吕泰墨涅斯特拉 Clytaemnestra, 93, 94, 108, 135, 147, 153,
殖民化 Colonization, 176
《安慰阿波罗琉斯》*Consolatio ad Apollnium*, by Plutarch, 131, 另参普鲁塔克 Plutarch
安慰 Consolation, 131
克特西波斯 Ctesippus, 160
与费埃克斯人对比的库克洛普斯人 Cyclopes: contrasted with the Phaeacians, 30-33; 以及神明的正义 and divine justice, 201-15, 218-19
库克洛普斯 Cyclops, 17, 50, 51, 58, 67, 80, 89, 97, 116, 118,

124, 151, 199, 201-15, 216, 220-23, 225. 另参波吕斐摩斯 Polyphemus

赛姆 Cyme, 163

舞蹈 Dance, 117

但丁 Dante, 47, 58, 62, 65

达佛涅斯 Daphnis, 115

死亡 Death, 13, 68, 71, 72, 78, 82, 84; 死亡与奥德修斯的归返 and Odysseus's retrun, 37-64

得洛斯 Delos, 114

特尔斐 Delphi, 102

手艺人 Demiorugos (craftsman), 115, 146, 152, 154, 157

得摩多科斯 Domodocus, 18, 24, 29, 32, 55, 58, 85-86, 92, 99, 107, 115-16, 118-20, 122, 127-30, 132, 136-39, 145-48, 153, 157, 159, 163, 176, 197-98, 205-6; 得摩多科斯的名字 name of; 147

历时 Diachronic, the, 146, 196, 204

迪亚戈拉斯 Diagoras, 137

口述 Dictation, 131

乔治·迪莫克 Dimock, George, 91

狄奥墨得斯 Diomedes, 93, 126, 144, 150, 154, 159

伪装 Disguise, 39, 177, 178, 183, 200

将两度经历死亡的人 Disthanees (twice-dying), 41

多利奥斯 Dolios, 168

狡诈, 诡计 Dolos (guile), 90, 93-94, 95-98, 108, 156, 178

多桑, 理查德 Dorson, Richard, 187, 189

双重决定 Double determination, 217

埃克托斯 Echetus, 151

厄喀德那 Echidna, 204

埃埃提昂 Eetion, 114

埃及 Egypt, 21, 45, 174

埃勒提亚 Eileithyia, 7

埃尔佩诺尔 Elpenor, 40-41, 44

极乐世界 Elysium, 24, 45

魔法 Enchantment 见 Kēlēthmos

朝生暮死 Ephēmeroi 155

埃菲阿尔特斯 Ephialates, 204

埃拉托色尼 Eratosthenes, 113

欧迈奥斯 Eumaeus, 5, 10, 27, 45, 52-53, 54, 56, 86, 107, 116-17, 129, 130, 149-53, 155-56, 161, 163, 164-83

欧佩特斯 Eupeithes, 8

欧里庇得斯 Euripidies, 130, 也见个人剧本目录 entries for individual plays

欧律阿洛斯 Euryalus, 24, 30, 145, 163, 206

欧律克勒娅 Eurycleia, 607, 49, 50, 74, 77, 200, 221, 223

欧律洛科斯 Eurylochus, 34-35,

索引　387

216–17, 220
欧律马科斯 Eurymachus, 175
欧律诺墨 Eurynome, 75, 193
尤斯塔修斯 Eustathius, 12, 13
交换 Exchange, 10, 142–65, 另参客礼 Guest-gifts
放逐，流放 Exile, 62
谎言 Falsehood, 89, 149, 177–83
名声 Fame, 9, 另参荣誉 Kleos
"英雄们的光荣之歌" "Famed song of heroes." 见 Kleos: klea andrōn
"不朽的名声" "Fame imperishable," 87–88. 另参 Kleos: kleos aphthiton
宴饮 Feasting, 26–27, 79, 106, 109, 128, 146, 149, 152, 161, 222, 另参 Anathēmata daitos
虚构性 Fictionality, 123
无花果树 Fig tree, 46
芬利，摩西 Finley, Moses, 9
火 Fire, 47, 76–79
倒叙 Flashback, 20
民间传说 Folklore, 10, 195
民间故事 Folktale, 67, 187–94, 225
食物 Food, 66
遗忘 Forgetting, 124, 另参记忆 Memory
程式 Formulas, 67, 72, 75–76, 83–84, 137
弗雷姆，道格拉斯 Frame, Douglas, 103

弗洛伊德 Freud, Sigmund, 63
弗莱，诺思罗普 Frye, Northrop, 67, 83, 174
盖亚 Gaia, 204
阿尔基诺奥斯的花园 Garden, of Alcinous, 22, 31, 50, 166
肚皮 Gaster (belly), 17, 152, 155, 156–57, 180. 另参肚子 Belly
世代变迁 Generational passage, 6–8, 14
范亨讷普，阿诺德 Gennep, Arnold van, 66
杰曼，加布里埃尔 Germain, Gabriel, 67
热尔内，路易 Gernet, Louis, 9, 142, 151
巨灵族 Giants, 32, 203–4, 218
礼物 Gifts, 28; 费埃克斯人赠送给奥德修斯的礼物 of Phaeacians to Odysseus, 21, 30, 36, 51, 57–61, 145
《吉尔伽美什》*Gilgamesh Epic*, 13, 67, 79
格劳科斯 Glaucus, 93, 126, 134, 144, 150, 154
诸神 Gods, 4; 诸神与道德秩序 and moral order, 195–227
歌德 Goethe, Johann Wolfgang von, 3, 63
黄金时代 Golden Age, 31, 103, 202–4, 218

悲伤 Goos（lament, grief），25
戈耳戈 Gorgons，204
格里伊三姐妹 Graiai，204
悲伤 Grief，25–30
礼物 Guest-gifts，143–65，211. 另参交换 Exchange
狡诈，诡计 Guile 见 Dolos；Mētis
《格利佛游记》主人公格利佛 Gulliver, of *Gulliver's Travels*，4
哈得斯 Hades，15，24，35，37–44，45，46，50，78，100，178，191，192，197
汉森，威廉 Hansen, William，189
志趣相投 "Harmony of spirit,"94，另参 Homophrosunē
哈比 Harpies，104–5
赫克托尔 Hector，87，88，90，126，154
《赫卡柏》*Hecuba*，欧里庇得斯作，130
海伦 Helen，59，73，75，90，118，119，125–26，129，132–33，150，164
赫利孔山 Helicon, Mount，139
赫利奥斯 Helios，10，196，219；赫利奥斯与神明的正义，215–20
赫菲斯托斯 Hephaestus，119，165，198，206
赫拉克勒斯 Heracles，43–44，194
赫拉克利特 Heraclitus，14，65
赫林顿，约翰 Herington, John，114

赫尔墨斯 Hermes，4，16–17，31，38，52，69，82，119，169
希罗多德 Herodotus，另参《荷马传》*Life of Homer*
赫西俄德 Hesiod，89，90，105，121，134，136，139–40，155–57，159，176，182，199，200，202，204–5，226，另参《工作与时日》*Works and Days*
喜帕恰斯 Hipparchus，113
《希波吕托斯》*Hippolytus*，欧里庇得斯作，130
《阿波罗颂歌》Homeric *Hymn to Apollo*，46
志趣相投 *Homophrosunē*（harmony of spirit, likemindedness），132，193，214
好客 Hospitality，10
侮辱 Hubris（insult），127，201，220，222
伊比克斯 Ibycus，90
第一人称叙述 *Ich-Erzählung*，88
身份 Identity，6，13–15，17，35，134
伊多墨纽斯 Idomeneus，175
《伊利亚特》*Iliad*，4，10，25，35，67，85，121，124，126，133，175，176，224，226–27；《伊利亚特》中的宇宙进化论 cosmogony in，204–5
不死性 Immortality，17，23，47，

索引　389

205，另参 有死性 Mortality

咒语，咒符 Incantation，13

入会式 Initiation，12

《伊诺》*Ion*，柏拉图作，139

铁器时代 Iron Age，202-3，另参 黄金时代 Golden Age；白银时代 Silver Age

伊罗斯 Irus，71，151

以撒的献祭 Isaac，sacrifice of，6

以实玛利 Ishmael，14

旅行 Journey，9，36

愉悦 Joy，25-30

正义 Justice，171，195-227。另参诸神 Gods；报复 Vengeance

隐藏 Kaluptein（conceal），15

苦难 Kēdea（sufferings），24，130，150，165，174

礼物 Keimēlion（guest-gift），59，151，154，另参赠礼 Guest-gifts

魔力 Kēlēthmos（enchantment），86，89，133

利益 Kerdos（profit），181-82

王权 Kingship，200

柯克，杰弗里 Kirk，Geoffrey，202

名声，声誉 Kleos（fame），24，32，85-109，154；英雄们的荣誉之歌 klea andrōn（famed song of heroes），24，86，90，114，124-25，134，139，153；不朽的名声 kleos aphthition（fame imperishable），87，103，135，154

听 Kluein 105

柯尔克，莱斯利 Kruke，Leslie，162

拉埃尔特斯 Laertes，5，8，22，49，50，75-76，83，167，220，222，224

莱斯特律戈涅斯人 Laestrygonians，26，98

土地 Land，44-45

风景，景色，地形，地貌 Landscape，3-4

拉皮泰人 Lapiths，151，160

利亚 Leah，in Dante，47-48

琉科特埃 Leucothea，29

利维，格特鲁德 Levy，Gertrude，67

谎言，149，177-83。另参 Falsehood

《荷马传》*Life of Homer*，attributed to Herodotus，希罗多德著 10，162-63

生平故事 Life Stories，166-79

志趣相投 Like-mindedness。见 Homophrosune

利诺斯歌 Linus song，113

雄狮的比喻 Lion，simile of，77

伏击 Lochos（ambush），178

洛德，阿尔伯特 Lord，Albert，141

食洛托斯花者 Lotos-eaters，34，102，134

卢克莱修 Lucretius，138

利西达斯 Lycidas，115

弦琴，竖琴 Lyre，55，98–100，106，117，133，136，137–38，140，159；费弥奥斯的弦琴 of Phemius，148

另参吟游诗人 Bard；奥德修斯的弓箭 Bow, of Odysseus；诗学 Poetics

马尔格，沃尔特 Marg, Walter，87

马戎 Maron，208

婚姻 Marriage，23，30，75，109，193

但丁《神曲》中的马蒂尔达 Matilda, in Dante，48

墨冬 Medon，70，222

墨兰提奥斯（墨兰透斯）Melanthius，53，151

墨兰托 Melantho，155

墨利亚 Meliai，204

梅尔维尔 Melville, Herman，14

记忆 Memory，103，124，134–35，139

墨涅拉奥斯 Menelaus，21–22，26，45，59，99，102，117，118，122，132，164，169，174

活力 Menos（energy），139

门特斯 Mentes，55，199

默克尔巴赫，莱茵霍尔德 Merkelbach, Reinhold，159

墨绍利奥斯 Mesaulios，169

隐喻 Metaphor，137，219

狡猾 Mētis（guile），39，97，108，124，155–56，178，181，200，209

转喻，换喻 Metonymy，219

约翰·弥尔顿 Milton, John，115

奖赏 *Misthos*（reward），142

金钱 Money，142–43，145，161，162

荷马史诗的不朽篇章 131，196

有死性 Morality，225

奥德修斯的有死性 Mortality，22–23，28，48；of Odysseus，23，37–44，48，191，194

默纳汗，希拉 Murnaghan, Sheila，178

默里，吉尔伯特 Murray, Gilbert，126

缪斯（们）Muse(s)，13，26，89，90，105，114，119，129，133，136，139，140，146–48，155–58

密卡尔 Mycale，114

神话 Myth，5，9，10，62–64，67，123，225

纳吉，格雷戈里 Nagy, Gregory，88，103

涅伊阿德斯 Naiads，50

赤裸 Nakedness，19，36

奥德修斯的名字 Name, of Odysseus，17，33，90–91，93，95

瑙西卡娅 Nausicaa，8，19，22–23，30，73–74，82，95，166，214

瑙西托奥斯 Nausithous，31

涅斯托尔 Nestor, 101-2, 136
《尼各马可伦理学》Nicomachean Ethics, 142
"无人""Nobody", 见 No-Man; Outis
归返 Nostos (return), 103, 190-91, 192, 226
伊塔卡岛上的山林女神 Nymphs, on Ithaca, 50-53, 169, 也见洞穴 Cave
特瑞西阿斯预言中的船桨 Oar, in Teiresias' prophecy, 44
奥纽斯 Oeneus, 144, 150, 159
奥古吉埃 Ogygia, 15-21, 34, 38, 67, 68, 78, 另参卡吕普索 Calypso
家宅 Oikos (household), 154, 173,
旧时代 Old age, 49, 50, 74, 82, 194
海中老人 Old Man of the Sea, 21-22, 63, 另参普罗透斯 Proteus
橄榄树 Olive tree, 47, 51, 60, 68, 118, 192
《奥林匹亚赛会颂》*Olympian* 1 和 7, 见品达
奥林波斯 Olympus, 4, 18, 204
口传诗歌 Oral poetry, 13, 66-67, 83, 134, 135
《俄瑞斯忒亚》*Oresteia*, 埃斯库罗斯 Aeschylus 作, 133
俄瑞斯忒斯 Orestes, 218

奥托斯 Otus, 204
无人 Outis, 124, 209。另参无人 No-Man
奥维德 Ovid, 213
登尼斯·佩奇 Page, Denys, 209
痛苦 Pain, 28
《天堂》*Paradiso*, 62, 另参但丁
帕里斯 Paris, 90, 169
帕默尼德斯 Parmenides, 65
帕尔涅索斯 Parnassus, 7, 8
帕尔特诺斯（少女）Parthenos (maiden), 23
帕特罗克洛斯 Patroclus, 115, 121, 175
佩赖奥斯 Peiraeus, 175
痛苦 Pēma (pain), 25
佩涅洛佩 Penelope, 6-9, 20-23, 26, 28, 49, 55-56, 58, 61, 69, 75, 77, 81-82, 86, 91-95, 104, 107-8, 117, 123, 127, 129, 131, 132, 160, 173, 182, 189, 192-94, 200, 221-24; 佩涅洛佩和睡眠, 70-72
表演 Performance, 118-19, 137
费埃克斯人 Phaeacians, 8, 9, 12-36, 37-64, 67-69, 72, 80, 82, 106, 116, 118, 122, 131, 141, 146, 157, 168, 189-90, 226, 与库克洛普斯们对比, 202-4; 与欧迈奥斯的好客对比, 164-66, 168

《斐德若》*Phaedrus*，柏拉图作，139

费冬 Pheidon, 154, 174

费弥奥斯 Phemius, 26, 55, 85, 99, 107, 115, 117, 127-28, 137-39, 140, 146-48, 154, 159, 161, 163, 197, 222

菲洛提奥斯 Philoetius, 44, 54, 200

朋友，亲爱的人 Philos 80

福西亚 Phocaea, 163

腓尼基人 Phoenicians, 170-71, 172-74, 176

福尼克斯 Phoenix, 175

福尔库斯 Phorcys, 51, 204

品达 Pindar, 102, 114, 133, 140, 162；《奥林匹亚赛会颂》1 *Olympian* 1, 141,《奥林匹亚赛会颂》7 *Olympian* 7, 137；《皮提亚赛会颂》1 *Pythian* 1, 114, 133, 137, 140

柏拉图 Plato, 65, 139

愉悦 Pleasure, 25-30, 134. 另参 *Terpsis*

普鲁塔克 Plutarch, 118, 131

《奥德赛》的诗学 Poetics: of the *Odyssey*, 9, 25, 127, 140, 142-65, 182；诗学的自觉 self-consciousness of, 133

制造者，上帝 *Poiētēs* (maker), 139

观点 Point of View, 125

波吕斐摩斯 Polyphemus, 10, 31, 32, 51, 52, 59, 91, 95-98, 160, 201, 223. 另参库克洛普斯们 Cyclopes；独眼巨人 Cyclops

多变性 Polytropy, 158

波菲利 Porphyry, 14

波塞冬 Poseidon, 10, 28-29, 33, 73, 97, 119, 122-23, 142, 189-90, 225；在得摩多科斯的歌曲中的波塞冬, 205-6；波塞冬与前奥林匹亚世界 pre-Olympian world, 204-5；波塞冬的愤怒 Wrath of, 190, 196-98, 202, 206-10, 213, 215, 218-19

语用学，语用论 Pragmatics, 140

普里阿摩斯 Priam, 121, 123, 174

开场白 Proem, 154

预言 Prophecy, 28-29, 122, 207, 210；特瑞西阿斯的预言 of Teiresias, 18-94

普罗透斯 Proteus, 127, 158, 196. 另参海中老人 Old Man of the Sea

原始雅典风格 Proto-Attic style, 67

灵魂 Psuchē (soul), 17, 42

精神分析 Psychoanalysis, 64

《炼狱篇》*Purgarorio*, 47, 另参但丁

洁身礼 Purification, 47, 76-79

《皮提亚赛会颂》*Pythian* 1. 见品达

拉结 Rachel, 但丁《神曲》中的拉结 in Dante, 47-48

新生 Rebirth, 13, 19, 38, 75, 82–83. 84
相认 Recognition, 39, 48–53, 75, 77, 83
詹姆斯·瑞德费尔德 Redfield, James, 9
文艺复兴 Renaissance, 116
复活 Renewal, 37, 另参新生 Rebirth
责任 Responsibility, 223; 道德 moral, 197–98
报仇, 复仇 Revenge, 见复仇, 报复 Vengeance
奖赏 Reward, 见 Misthos
过渡仪式 Rites of passage, 65–66
仪式 Ritual, 9, 12, 13, 65–84, 143–44, 190; 仪式的定义, 68, 143
彼得·罗斯 Rose, Peter, 149
约翰·罗斯金 Ruskin, John, 6, 126
献祭 Sacrifice(s), 79, 143, 168, 190, 216, 219
圣以利亚的传说 Saint Elias, tale of, 187
萨摩斯岛 Samos, 163
奥德修斯的伤疤 Scar, of Odysseus, 6–8, 49, 74
赫西俄德的权杖 Scepter, of Hesiod, 139–40, 155
斯克里埃 Scheria, 见费埃克斯人
斯库拉 Scylla, 28, 34–35, 51, 52, 89, 214

海洋 Sea, 8, 17, 24, 30, 37, 44–45, 50, 73, 96, 189–90
暗含的自我概念 Self, implied conception of, 5, 17, 18, 63
耻感文明 Shame-culture, 85
阿喀琉斯的盾牌 Shield, of Achilles, 114, 118–19; 内斯特的盾牌 of Nestor, 92
白银时代 Silver Age, 202–3, 218. 另参黄金时代 Golden Age
西摩尼得斯 Simonides, 141
歌手 Singer, 见 Aoidos
塞壬 Sirens, 26, 35, 78, 100–106, 134–35
睡眠 Sleep, 19, 30, 47–48, 52, 68–72, 217
斯诺德格拉斯,安东尼 Snodgrass, Anthony, 116
歌曲 Song, 130. 另参 Aoidē
斯泰西科拉斯 Stesichorus, 14
斯特拉博 Strabo, 113
求婚者 Suitors, 26–27, 50, 71, 78–79, 106, 107, 117, 128, 146, 225
太阳神之岛 Sun, Island of, 16. 另参 赫利奥斯 Helios
乞援人 Suppliants, 31, 80
《乞援人》Suppliants, 欧里庇得斯 Euripides 作, 130
牧猪奴 Swineherd 见欧迈奥斯
共时 Synchronic, the, 146, 196, 204

叙里埃 Syriē, 170

技巧，手艺 Technē (skill, craft), 17

特瑞西阿斯 Teiresias, 21, 26, 37, 178, 216; 特瑞西阿斯的预言 prophecy of, 15, 41-42, 44, 82, 127, 187-94, 221, 226

《忒勒戈尼亚》*Telegonia*, 188

特勒马科斯 Telemachus, 21, 22, 26, 50, 55-56, 59, 79, 81, 109, 123, 127-28, 150, 160, 183, 197-99, 200, 218, 222-23

阿尔佛雷德·坦尼森 Tennyson, Alfred, 65

愉悦 *Terpsis* (pleasure), 25, 86, 99, 105, 107, 114-15, 118, 120-21, 122, 127, 132, 152

塔米里斯 Thamyris, 129, 139

魔法，魔力 Thelxis (enchantment), 89, 100, 106, 133

特奥克吕墨诺斯 Theoclymenus, 128, 175, 218

忒奥克里托斯 Theocritus, 115, 213

神义论，神正论 Theodicy, 197

《神谱》*Theogony*, 139, 204, 226, 见赫西俄德；《工作与时日》

《奥德赛》中的神学 Theology, of *Odyssey*, 195-227

特尔西特斯 Thersites, 140

特斯普落托伊人 Thesprotia, 21, 180

特斯托瑞德斯 Thestorides, 163

汤姆森 Thomson, J. A. K., 67

托奥萨 Thoōsa, 204

门槛 Threshold, 79-82

特里那基亚 Thrinacia, 19, 22, 34-35, 51, 68, 78, 214-20

冲动，精神 *Thumos* (implus, spirit), 138-39

惩罚 *Tisis* (retribution, punishment), 201, 211-12, 216, 218, 220. 另参报复 Vengeance

提坦 Titans, 204

忍耐 *Tlēmosunē* (endurance), 45

贸易 Trade, 176

希腊悲剧 Tragedy, Greek, 11, 130

变迁的主题 Transition, motif of, 9, 16, 20, 65-84

骗子 Trickster, 178, 197

特洛亚战争 Trojan War, 19, 25, 33-36, 95. 另参特洛亚 Troy

《特洛亚妇女》*Trojan Women*, 欧里庇得斯作, 130

特洛亚, 4, 8, 29, 30, 32, 33-36, 45, 48, 54, 58, 70, 73, 75, 96, 101, 120, 130, 132, 135, 142, 175, 176, 178, 182, 196. 另参特洛亚战争 Trojan War; 特洛亚木马 Wooden horse

真相，事实 Truth, 20-22, 89, 157-58, 177-83

机会 Tuchē（chance），173
百头巨怪 Typhoeus，204
堤丰 Typhon，204
提尔泰奥斯 Tyrtaeus，135，143
但丁和丁尼生笔下的尤利西斯 Ulysses，in Dante and Tennyson，65
无意识的 Unconscious，63
报复：神明 Vegenace：divine，191，199，207，222，225；赫利奥斯的报复 of Helios，215–20；神明的道德秩序 and moral order，218–24。另参诸神 Gods；惩罚 Tisis
让－皮埃尔·韦尔南 Vernant，Jean-Pieere，9，142
变迁，盛衰 Vicissitude，166–79
维科 Vico，Giambattista，126
皮埃尔 Vidal-Naquet，Pierre，202
声音 Voice，135–36
游荡 Wandering，149，158，173，177–83。另参乞丐 Beggar
《伊利亚特》和《奥德赛》中的战争比较 War，in *Iliad* and *Odyssey* compared，35
水域的过渡功能 Water，transitional function of，38，48，53，66，73，76，79。另参海洋 Sea
编织（织布）Weaving，51，93，125，126
波吕斐摩斯的酒酿 Wine，of Polyphemus，207–9
特瑞西阿斯预言中的扬谷大铲 Winnowing fan，in Teiresias' prophecy，44，188
沃尔夫 Wolf，Friedrich August，3，126
特洛亚木马 Wooden horse，17，2，127。也见 Troy
《工作与时日》*Works and Days*，赫西俄德作，140，159，176，199，200，202–3，224。另参赫西俄德
育空 Yukon，187–88，190
宙斯 Zeus，10，16，31，78，80，83，124，127，143；道德秩序 moral order，195–227；道德秩序的计划 plan of，219–20；全能的宙斯 Zeus Teleios，206；保护客人的宙斯 Zeus Xenios. 169，211
扎姆塞尔，保罗 Zumthor，Paul，13

译后记

"《奥德赛》看似质朴而实多深意"（尤斯塔修斯语），诚哉斯言。《奥德赛》的故事让读者一不留神就会读成"奥德修斯归返历险记"。的确，智胜独眼巨人，冥府寻访魂灵，巧计逃过撞岩，伊诺浮衣脱险，勇杀求婚人夺回家园，故事之曲折和想象之丰富，足可谓好莱坞的《魔戒》《夺宝奇兵》或者007系列的古希腊荷马版。

如果仅只这些精彩，《奥德赛》就不会是传世千古的伟大史诗，就不会从古至今吸引着一代又一代的读者不断地走进史诗的王国，去探寻在那古老而璀璨的文明背景之下，充满了魔幻神秘色彩的"天界幻境"。

"任何想要理解诗人的人，都必须进入诗人的国度。"歌德如是说。网络时代的海量信息让我们养成或被迫养成的快餐式阅读习惯，和我们阅读《奥德赛》或者任何别的经典作品的要求之间，有着云泥之遥。我们需要一字字，一句句，"锱铢必较"式的细读，才能真正进入"诗人的国度"，史诗的国度。

寻找诗人和史诗的国度这一阅读之路美好而艰辛。所幸我们有着许多执着、敬业、热情而渊博的古典学者，他们的辛勤研究和累累成果为我们打开了这个美好世界的大门，让我们能够呼吸到大海咸湿而清新的空气，走进瑙西卡娅那种"柠檬花盛开的"美丽国度。

本书作者查尔斯·西格尔就是这样的学者之一。作为著名的古典学者，西格尔涉猎广泛。在他长达四十余年的学术生涯中，古希腊或古罗马的诗人，几乎没有哪一位他没有深入地研究过，并且其研究都不是蜻蜓点水：从《古代田园文学中的诗歌与神话》(*Poetry and Myth in Ancient Pastoral*)、《悲剧与文明：解读索福克勒斯》(*Tragedy and Civilization: An Interpretation of Sophocles*)、《酒神的诗学与欧里庇得斯的〈酒神的伴侣〉》(*Dionysiac Poetics and Euripides' 'Bacchae'*)、《品达的神话创造》(*Pindar's Mythmaking*)、《俄耳甫斯：诗人的神话》(*Orpheus: The Myth of the Poet*)、《卢克莱修论死亡与忧虑》(*Lucretius on Death and Anxiety*) 等书中，我们对其研究的宽泛和深入可见一斑。而西格尔对《奥德赛》也许情有独钟。从1962年发表《费埃克斯人与奥德修斯归返的象征意义》一文开始，到1983年《〈奥德赛〉中的荣誉及其反讽》，再到1993年的《特瑞西阿斯在育空：论民间传说与史诗》，西格尔对《奥德赛》的研究，持续了三十余年。

而本书正是西格尔三十余年研究和讲授《奥德赛》的心血结晶。全书共十章，其中八章的内容，都曾先后发表过。因此，对熟悉西格尔的西方读者来说，这不算一本新书；但是，对类似解读作品接触甚少的中国读者来讲，这本1994年出版的书，依然可算"全新"之作。诚然，三十余年的悠长岁月里，西格尔不可避免地经历了世事的变迁、思想的变化和文学批评研究方法的各种转变，但我们从他的文字之间，依然可以看见许多恒久不变的东西：他对古典学一如既往的热情，对史诗作者始终如一的尊敬，对各种细节充满了仁爱和人性关怀的解读，以及他清楚地阐明更大主题和模式的能力。

读西格尔的这本书，我们不必担心会到处充斥着各种所谓的"行话"或者各种各样的"主义"。虽然经过从新批评到结构主义再到后结构主义这些学术活动的转移，西格尔在各个阶段的研究中也的确用过心理学、社会学和人类学之类的方法，但是，在其作品的字里行间，我们看不到那些坚顽如岩的"主义"挡道。西格尔的解读流畅无阻，他总是敏锐地抓住各个细节，通过细致入微的分析和对照来阐明自己的理解和观点。这也许和他多年从教的经历有关。西格尔曾先后在宾夕法尼亚大学、布朗大学、普林斯顿大学和哈佛大学任教，作为一名优秀的老师，他擅长用清楚明白的语言深入浅出地说明问题，而不会让自己的学生在繁杂的语言和术语的丛林里迷失。作为文学批评家，西格尔也有自己的尖锐和复杂，但这样的锋芒，在他坚持做一名好老师的理念以及对人类的遭遇与痛苦那种充满感情的理解和同情中得到了很好的平衡。

正因如此，我们从西格尔分析的视角看见的就是一个别样的奥德修斯了。跟从伯纳德特冷峻而理性的解读，从哲学、政治和思辨的角度，我们看见的是不那么"英雄"的奥德修斯(《弓弦与竖琴——从柏拉图解读〈奥德赛〉》,伯纳德特著,程志敏译,华夏出版社,2003年)。他虽然有公认的机智、勇敢、忍耐的品性,但更多的却是一个为了经济利益而劫掠特洛亚的首领,一个采用高压手段镇服百姓的暴君,一个篡夺父亲王位的儿子,一个因为知道与神明结合会招来杀身之祸而放弃长生不老的机会选择归返的丈夫。而本书的视角和分析,则充满了西格尔式的仁爱和温暖的色彩。我们在这里看见的奥德修斯,算得上一位后特洛亚时代的"真心英雄",一个想要挽救同伴而无能为力的首领,一个机敏灵活、坚强隐忍的英雄,一个善于讲述也懂得倾听的吟游诗人,一个历经磨难而雄风犹在的国君,一个忧伤的儿子,一个坚强的父亲,一个懂得和妻子分享的丈夫,一个恩怨分明有仇必报的男人。西格尔看到,审慎和聪明没有消除奥德修斯慈善爱人的善良天性和信任别人的能力,漫长的漂泊流浪也没有把他的心磨砺得太过坚硬而失去可贵的敏感与温情。

奥德修斯是西格尔目光之所系。在本书的十章中,几乎章章可见奥德修斯回归途中或者归返家园之后的各种细节,但主人公并非西格尔唯一的关注,本书也绝非细节的罗列与堆砌。正如西格尔自己所言:

> 尽管《奥德赛》富有魅力、明白晓畅,也喜欢纯粹的叙事,但它并不是一首简单的诗歌。甚至它颇为令人赞赏的明晰畅达的叙事,也有着只有当把风格、叙

事构思和神话模式等方面综合研究之后才会完全可见的深度。那种综合性的研究就是本书的目标。本书的三个部分和本书标题中的三个词语：歌手、英雄与诸神，与我所采取的三个主要视角相符合（尽管不是按照那样的顺序）。

奥德修斯在归返过程中有着多重经历，从英雄，到吟游诗人，到乞丐，再到成功归返的一国之君；从特洛亚的战场，到海上的漂泊，到基尔克的温柔之乡，到费埃克斯人的富足和平之国，再到伊塔卡上的危险之境，奥德修斯一路走来这些身份的转变和地域的变迁，为《奥德赛》中的三个主要视角展开了丰富多彩的画卷。西格尔注意到分散在史诗中的诸多细节，把它们前后联系加以对比或整合，使各种散落的线索形成了一些清楚的主题：比如英雄的荣誉及其反讽，歌手、吟游诗人和乞丐之间紧密相关的微妙关系，奥德修斯归途中的转变与仪式所涉及的沐浴、洁身礼、门槛、睡眠的意义及其习俗和文化问题。歌手、英雄与诸神，这三个主题词看似平行并列，实际上又都因为主人公奥德修斯这条主线而巧妙地联系了起来，成为一个和谐的整体，既各自独立，又彼此交错，形成了本书经纬清晰的脉络。奥德修斯自己是一个英雄，在费埃克斯人的王宫和欧迈奥斯的棚屋里，也有过吟游诗人的经历。而他归返路上的艰难或者顺利，以及回家之后复仇行动的始终，都和诸神以及诸神的正义密切相关。奥德修斯在归返的整个过程中，逐渐对诸神的意志和正义有了更深的认识和理解。因此第9章和第10章关于民间传说与史诗，以及波塞冬、库克洛普斯和赫利奥斯的讨论，可以看成是理解奥德修斯归返过程中各种事件的另一个视角。

相对其余八章而言，第7章和第8章是以前没有发表过的。第7章研究歌手、英雄和乞丐之间的关系：《奥德赛》一方面把吟游诗人与英雄般的客人联系起来，另一方面又把吟游诗人与贫困潦倒且谎话连篇的乞丐联系起来。西格尔用人类学的方法，分析了诗人荷马笔下英雄的款待和交流的情形。通过比较荷马笔下以宫廷为中心的英雄的交流与希罗多德笔下荷马时代的生活中以市民为中心的环境，西格尔对吟游诗人作为交流形式的表演做了有趣的阐述。

第8章尤其体现了西格尔研究中充满人性关怀的这一特点。在这一章里，西格尔的目光落在了《奥德赛》中常被人忽略的第14卷和第15卷上。这两卷中没有什么特别的事情发生，主要讲了在牧猪奴欧迈奥斯的棚屋里，奥德修斯和欧迈奥斯彼此交换讲述自己的生平故事。较之阿尔基诺奥斯与墨涅拉奥斯和海伦的王宫那样的环境，欧迈奥斯的棚屋简陋、寒碜，但却充满了一种怀旧的温柔情绪。在西格尔看来，这是一段田园牧歌式的插曲。奥德修斯的故事虚虚实实，欧迈奥斯关于童年的回忆真实而有些伤感，这两个都经历了人生中生死流变兴衰变迁的人儿，在寒夜的交流中，产生了一种感同身受的彼此怜惜。随着西格尔娓娓的分析，我们看见了一个虽然遭遇不幸但依然忠厚、善良、平和而高贵的欧迈奥斯，而依然在说着谎话的奥德修斯，也流露出了人性中最基本的善良和关爱。同时，西格尔对"谎言中的真理"的讨论，也让其研究回到了《奥德赛》中的诗学问题。无论是奥德修斯的人生还是欧迈奥斯的人生，西格尔对这两卷的关注都让读者对人生的盛衰与流变心有戚戚：人类所有的幸福，都具有混杂而有限的本质，即使人类最努力地期求和获得成功之后，也依然无法摆脱时间、流变和死亡的牵累。

或许，每个人心中，都有一本自己的《奥德赛》。奥德修斯的旅程是我们人类自己人生旅程的一种代表和缩影。西格尔几乎用了半生的时间来阅读和研究《奥德赛》，这是对这部伟大史诗的热爱，也是对人类生活的一种致敬。2002年的第一天，在和癌症进行多年的斗争之后，65岁的西格尔在麻省剑桥溘然而逝。在他留下的21部著作中，作为记录了他学术步履的这本书，也许，是西格尔最钟爱的一本。

斯人已逝，而我们对《奥德赛》的阅读和理解，依然在继续。也许我们的阅读经历也如奥德修斯的人生经历一样，是一种视野探求之旅、灵魂之旅、自我求索之旅。在这样一段艰难而美好的旅程中，我们不用担心会有失落，因为，就如 Louise Pratt 所言：西格尔有一种能力，他可以帮助我们看到文本中最好的东西，也能让我们看到最有可能的潜在意义。

本书的翻译初稿，在四年前已经完成。原书前 54 页的内容，由程志敏教授翻译；从原书第 55 页到全书结束，由杜佳翻译。书中所有希腊文引文，均由郑兴凤老师帮忙录入，对她的辛勤劳动，无限谢意难表。时隔数年，能有机会再次全文校译，本人深感兴奋和压力。由于多次搬迁，原文书稿不知何置，幸得田立年老师及时从国家图书馆复印此书快件寄来，让我能够对照原文校对，减少了不少错谬之处，在此致以诚挚的感谢。

译稿虽经多次校译，但因译者能力所限，疏漏错误之处，或许仍难全免，恳请各位专家和读者不吝指正。

杜佳
2008 年 10 月 1 日　于中山大学

******

十年之后，再次校完本书，心中百感交集。荷马史诗描绘的世界或许离我们太过遥远，然而每个人的一生中，也许都会经历自己的《奥德赛》之旅。幽暗，未知；迷茫，无助；迟滞，无为；而我们终究会渡过雾霭沉沉的海域，回到，或者找到自己"阳光明媚的伊塔卡"。

于我个人而言，校对十年前的译文仿佛审视十年前的自己。从前那些生涩的译文带着不成熟的印记，很庆幸因为未知的原因，这本译作的出版延迟至今，让我有机会可以更正从前的许多失误，并因此，再次细致地阅读和理解《奥德赛》。

回看 2008 年写的译后记，仿佛又触摸到了十年前校完本书的激动和感慨。尽管文字青涩，我依然想把它放在这里，一则因为它里面包含了对本书内容和作者的基本介绍，二则因为它亦是本书翻译过程的美好纪念。也因有了前一份译后记，我可以在这一次的译后记里，分享一些重读《奥德赛》以及重校此书的新的认识和收获。

首先，值得一提的是本书的题献："献给心意相通的南希"（ὁμοφρονεούσῃ νοήμασιν）。无独有偶，国内新近翻译出版的《不为人知的奥德修斯——荷马〈奥德赛〉中的交错世界》（诺特维克著，于浩、曾航译，华夏出版社，2018年版）一书，作者诺特维克的题献与西格尔的题献异曲同工："献给玛丽，是她教我懂得了何谓心意相通。"

"心意相通"一语，立刻让我们想到经历海难之后的奥德修斯，在初次见到如阿波罗祭坛边新生棕榈一般美好的瑙西卡娅时，他说了这段著名的话：

> 我祈求神明满足你的一切心愿，
> 惠赐你丈夫、家室和无比的家庭和睦，
> 世上没有什么能如此美满和怡乐，
> 有如丈夫和妻子情趣相投意相合（6.180–183，王焕生译文）

尽管西格尔和诺特维克在自己的书中并没有过多地强调奥德修斯的这段话，但管中窥豹，从他们的题献可以看出，从古至今，人们对家庭和夫妻之间这种美好和谐关系的珍惜和向往。整体来看，人们的目光更多地注意荷马史诗中的战争与英雄，关注政治与城邦，神话与诗学，神明的正义与凡人的苦难，但在这些宏大的主题之外，从这一段话，以及别的一些细节，我们亦可以看到荷马,或者英雄时代的人们对家庭与幸福的关注。甚至女神卡吕普索,这位不食人间烟火亦不知凡人愁苦的女神救了凡人奥德修斯,与之结为夫妇,何尝不是想体验家庭和婚姻的幸福。身为女神,亦不惜屈尊,"对他一往情深,照应他饮食起居"(5.135),甚至为了天长地久,"答应让他长生不死,永远不衰朽"(5.136)。而在这种渴望的另一端,是奥德修斯对故乡伊塔卡和亲人的想念。奥德修斯对阿尔基诺奥斯说"任何东西都不如故乡和父母更可亲"(9.34)。

说此番话的奥德修斯没有任何伪装,尽管他在此时并没有提到妻子佩涅洛佩,而只是提到了故乡和父母。但我们在第23卷佩涅洛佩与奥德修斯相认时说的话里,看到了这对"心意相通"的夫妻曾经的幸福生活:"神明派给我们苦难,他们嫉妒我们俩一起欢乐度过青春时光。"(23.210)而与奥德修斯一起生活长达七年的卡吕普索也知道,奥德修斯"一直对她(佩涅洛佩)深怀眷恋"(5.210)。

佩涅洛佩是美好往昔的一部分,是奥德修斯归返的动力与向往之一。各种传说告诉我们,特洛亚战争开始之际,奥德修斯并不想参加。那个时候,他与佩涅洛佩新婚宴尔,初得贵子;锦绣华年,难以割舍。为了避免参战,奥德修斯甚至装疯卖傻。当被前来劝说的帕拉墨得斯识破,他只好答应出征。战争漫长,归途尤艰,奥德修斯一去二十年。而在如此看不到尽头的岁月里,归返家园,重见妻子和儿子,必然成为奥德修斯坚持的信念。

然而岁月无情,带走的不仅是奥德修斯的母亲,改变的不只是佩涅洛佩美丽的容颜。历经艰险归返家园的奥德修斯，也不再是当初离家时的年轻战士。一切都已改变。唯一不变的只剩下奥德修斯亲手打造的那张婚床，持久而固着，是佩涅洛佩对奥德修斯最后的考验，是家庭和婚姻稳固的象征，是奥德修斯和所有人对"心意相通"这种珍贵的坚持和渴望。这样的"心意相通"打动心灵，穿越几千年历史和神话的迷雾，在两位作者的题献中发出美好的回响。

在这一次校对修改的过程中，我还依然对西格尔的这一段叙述特别心有戚戚：

> 大约在沃尔夫（Friedrich August Wolf）为他1795年出版的《荷马史诗导论》（*Prolegomena ad Homerum*）煞费苦心的时候，年轻的歌德正坐在巴勒莫（Palermo）的植物园里，若有所思地想着瑙西卡娅（Nausicaa）和das Land wo die Zitronen blühen［柠檬花盛开的国度］。歌德没有受到集体创作、笨拙的转变、同源异形词、修订者或 *Bearbeiter*［编辑者］等等问题的困扰，而是对《奥德赛》中想象的世界产生了共鸣。这首史诗的特殊魅力，正是这样一种把我们带入迷人之境的方式。在这首史诗首次吟唱的许多个世纪之后，这些境地依然萦绕在我们的想象之中。这多半是因为《奥德赛》创造了一种想象中的境地，一种天界幻境。当然，就像开篇数行所告诉我们的那样，在它的世界居住着的是传说中的怪物，但它的城市、港口、海洋和岛屿也还是凡尘

男女都熟悉的环境。从古至今，学者们都试图在他们所能探访并以图绘之的真实地方确定这些环境的位置，这或许就是对荷马艺术最佳的称颂。尽管《奥德赛》绝非是儿童文学，但它总是孩子们所接触的第一部古代作品，而且它也依然对成年人心里的童性——我们想了解这个世界的热望和好奇心，充满了吸引力。

在荷马史诗中，《伊利亚特》或许太过严峻，毕竟太多战争的场面单一而血腥。但据说亚历山大大帝特别喜欢《伊利亚特》，作为枕边书，时时翻阅，熟读成诵。亚历山大还特别喜爱阿喀琉斯，在远征期间，曾专门去拜谒特洛亚战争故址，祭奠英雄。尽管特洛亚城最终不是被阿喀琉斯的武力征服，却是被奥德修斯的狡计所灭，但是伟大的亚历山大也不会有多喜欢奥德修斯。在《伊利亚特》的世界里，荣誉和永恒属于英勇俊美的阿喀琉斯与赫克托尔，奥德修斯只是在后伊利亚特的世界里，才成就了自己的史诗。阿喀琉斯注定战死沙场，一去无回；亚历山大终身远征，故国不归。传统的英雄家国天下，志在四海，而奥德修斯式的英雄远行之后，渴望归返。

《奥德赛》没有《伊利亚特》的金戈铁马英雄豪情，但在《奥德赛》的结构中，神话与诗学和谐地交织在一起，也正因为这些相互交错的经纬，《奥德赛》卓尔不群又自成一体。《奥德赛》的世界如此丰富，一如其主人公奥德修斯的性格。英雄奥德修斯的归返历经十年，经过多少异域他邦，多少波折起伏。尽管亚历山大或许无暇（抑或无心）去探寻奥德修斯曾经经历过的那些"天界幻境",但"从古至今,学者们都试图在他们所能探访并以图绘之的真实地方确定这些环境的位置"。诚如西格尔所言,读者可以不去关注《奥德赛》的种种问题,而只是对《奥德赛》中想象的世界产生共鸣,去欣赏它的迷人之境,沉醉于"柠檬花盛开的国度"。因此,《奥德赛》的意义远非只在于荷马的诗学与史诗的魅力,还在于它的丰富与多彩,千百年来慰藉并激发了成人和孩子对世界的热爱与好奇心。

十年如此漫长又如此短暂。再次校译这本启蒙了我细读经典的著作,内心依然充满了热爱和感激。我要再次感谢本书的合译者程志敏教授,他始终如一的拳拳关心和鞭策以及富有洞见的指导是我永远的动力与珍贵的记忆。

感谢李小均,感谢罗晓颖,感谢朱廷婷,感谢粟花,感谢宋瑾,感谢她们在我翻译遇到困难的时候给予我温暖的帮助。

特别感谢本书的编辑王晨晨。感谢她无比细致、敬业和专业的编辑与润色,感谢她对我一次次拖延的宽容和理解,感谢她令我深深感动的努力,让这本延迟已久的译作能够以现在最好的样子呈现在读者面前。译路漫漫,这本书最终遇到了自己美好的"瑙西卡娅"。

最后,借程志敏老师之语作结:学无止境,翻译亦然。唯愿有斐君子,屈尊切磋琢磨。

杜佳

2018 年 12 月 31 日　于北京